안씨가훈

顔氏家訓

顔之推(안지추) 原著

陳起煥(진기환) 譯註

明文堂

水深河寬行大船,

　　　강물이 깊고 넓으니 大船이 다니고,

學多智廣成大業.

　　　학식과 지혜가 많아 大業을 이룬다.

　　顔之推(안지추)의 학문은 넓고 깊었기에 여러 난관 속에 지혜롭게 살면서 《顔氏家訓(안씨가훈)》이라는 명저를 우리에게 남겨주었다. 이 책에는 극심한 혼란 상황을 이겨내면서 성실하게 살아온 한 지식인의 모습이 생생하게 담겨있다.

　　공자의 첫째 가는 제자 顔回(안회, 顔淵)의 후손이라는 자부심을 바탕으로, 바른 가정교육을 받고 성장한 안지추는 명석한 두뇌의 소유자이면서 열심히 독서하고 성실하게 탐구하는 학자이었다. 안지추가 얼마나 博識(박식)했는가는 《顔氏家訓》 속에 저절로 드러난다.

　　안지추는 南朝 梁(양)의 명문 귀족이나 西魏(서위)의 포로가 되었다. 기회를 틈타 北齊(북제)로 망명하였고, 존경받는 학자이며 관리였지만, 나라가 北周(북주)에 망하자 북주에서 벼슬을 살았다. 그러다가 隋(수)가 건국된 뒤에 그 관리가 되었다가 隋나라의 중국 통일(589년) 이후에 죽었다.

그야말로 파란만장한 60평생을 살아온 안지추의 이 책이 중국과 우리나라에서 왜 그토록 오래—1400여 년이 넘도록 읽혀졌는가?

돈 많은 부자가 되기보다는(不願金玉富) 다만 자손이 현명하기를 바란다(但願子孫賢)고 했다. 나무를 심고 가꾸지 않으면 숲이 되질 않고(裁樹不管不成林), 아들을 낳아 가르치지 않으면 사람이 되질 않는다(生兒不敎不成人). 궤짝에 가득 찬 황금은 자식에게 경전 한 권을 가르치는 것만 못하다(黃金滿匱 不如敎子一經).

잘난 자식이 바로 家寶이니 자식을 키우면서 가르치지 않는다면 그 家門에 희망이 없다. 집안에 오동나무가 있으면 봉황을 부른다는 말도 있으니, 이는 근본 바탕이 좋아야 현량한 사람과 교제할 수 있다는 뜻일 것이다.

부모의 교육이 엄격하고 교훈이 바르고 좋아도, 자식을 때려서 가르치는 棒敎(봉교)는 말로 타이르는 言敎(언교)만 못하고, 언교보다는 몸소 본보기로 가르치는 身敎(신교)가 보다 더 효과적이다.

그러나 자식 가르칠 때를 놓치면 어떻게 보충하거나 바로잡기가 쉽지 않다. 아버지가 많이 배워서 가정교육을 잘 했다 말할 수도 없고, 가정 교육은 이러해야 한다는 어떤 표준도 없지만, 하여튼 가정 교육이 실패했다면 이는 가장의 허물이다.

자녀가 열심히 배우고 익히며 바른길을 걷는데, 거기에 가정이 화목하다면?—이 모두가 가풍이며 가훈의 결과가 아니겠는가!

세상의 어느 부모가 자식을 잘 키우려 애쓰지 않겠는가?

어느 가정, 어느 가문인들 가훈이 없고, 가풍이 없겠는가!

아버지가 원하든 원하지 않던, 직접적이든 간접적이든 아들에게 가르침을 주어야 한다. '學問에 王道가 없듯' 자식 교육에도 왕도는 없다. 다만 아버지가 알고 있으면 언젠가는 아들에게 들려 줄 수 있다. 그래서 아버지는 자식을 위해서라도 공부를 해야 하며, 성실한 생활 모습을 보여줘야 한다.

안지추는 바로 그런 아버지이었다.

《안씨가훈》은 家長인 나에게 절실하게 다가왔다. 때문에 나는 번역에 최선을 다했고, 내 가슴은 여전히 설레며 떨린다.

《안씨가훈》은 베스트셀러이면서 꾸준히 읽히기에 그동안 국내에 여러 번역과 주석이 나왔다. 나의 번역은 다른 책보다 늦었다. 그러나 늦었기에 가장 정확하고 상세하면서도 내용이 충실해야 한다.

역자는 독자가 알고 싶을 것 같은 내용을 주석에서 모두 설명하였다. 인물이나 역사적 사실, 故事(고사)나 그와 관련한 깊은 뜻을! 그리고 독자에게 새롭게 보여주고 제시하는 교훈과 보통 사람의 인정과 생활의 모습까지!

이에 독자가 함께 공감하리라 믿는다.

2022. 2. 8

陶硯(도연) **陳起煥**(진기환)

일러두기

1. 顔之推가 지은 《顔氏家訓》 역주의 기본 텍스트는 《顔氏家訓集解》(增補本), 王利器 撰, 中華書局, 2007년 간행본이다.
   이는 標點(표점)이 찍혔고, 諸家의 註釋(주석)을 병기하였다. 본 《顔氏家訓》은 原文에 주석을 달고 국역하였다.

2. |原文|의 문단 구분과 구두점은 모두 기본 텍스트 《顔氏家訓集解》를 준용하였다. 안지추의 原書는 7권 20개 편인데 문단과 내용에 따라 역자가 소제목을 달았다.

3. 경전이나 書册, 저서는 《　》, 경전과 서책의 편명이나 제목을 붙일 수 있는 문장, 樂曲 등은 〈　〉로 구분하였다. 경전의 인용구, 詔書, 上奏文, 書册이나 文書의 내용은 「　」로 표시하였다. 개인 열전에 수록된 문학작품이나 유명한 글의 제목은 〈　〉로 표시하였다.

4. 【註釋】은 아래와 같이 구성되었다.
   ○글자 뜻을 정확하게 설명하였고, 읽기 어려운 한자의 독음을 첨가했으며, 구절 풀이와 함께 필요한 문법적 설명을 첨가하였다.
   ○본서에 표시된 년도는 서기이고, 연호는 황제와 사용 기간, 그리고 서기로 환산한 년도를 기록하였다. 또한 인용된 經典(경전)의 출처와 내용을 밝혔다.

○ 인물에 대한 주석으로 立傳(입전)된 자료의 소재를 밝혔다. 그래서 독자가 보다 상세하거나 필요한 내용을 직접 찾아볼 수 있게 했다.

○ 관직명이나 제도, 역사적 인물, 도량형에 대한 상세한 주석을 달아 본문 내용에 대한 이해도를 높였다.

○ 역자는 본서의 주석에 심혈을 기울였다. 저자 안지추의 博識(박식)한 내용은 주석이 없으면 이해하기가 쉽지 않다. 본서의 주석은 原文이나 국역 내용보다 분량이 훨씬 많다. 역사적 인물이나 사건, 문학과 철학 관련 典故(전고)에 상세한 주석을 달았다. 그리하여 독자의 확실한 이해와 知的 탐구, 그리고 보다 심오한 지식을 폭넓게 습득할 수 있도록 文, 史, 哲 전반에 걸친 주석을 보충하여 국내 타 번역서와 차별화를 시도하였다. 본서의 주석은 독자를 위한 백과사전이다.

5. | 국역 | 의 문단은 원문을 준용하였지만, 우리말 번역이 너무 길어 주제 파악이 어려운 경우 필요에 의거 마침표를 찍어 문장을 나누었다. 또 경우에 따라서 줄 바꾸기를 하였다.

참고 자료

《顔氏家訓 集解》: 增補本 - 王利器 撰, 中華書局, 2007.

《顔氏家訓 集解》: 顔之推 撰, 王利器 集解, 明文書局, 民國 73.

《顔氏家訓 全譯》: 顔之推 著, 程小銘 譯注, 貴州人民出版社, 1993.

《顔氏家訓》: 檀作文 譯注, 中華書局, 2007.

《顔氏家訓》: 顔之推 撰, 顔光敏 著, 山東友誼書社, 1989.

《顔氏家訓 彙注》: 周法高 撰輯, 中央硏究院歷史語言硏究所, 1993.

《顔氏家訓》 蘭瑞平 編著, 華夏出版社, 2013.

《안씨가훈》(상, 하) : 안지추 찬, 임동석 역주, 동서문화사, 2009.

《顔氏家訓》(1, 2) : 鄭在書, 盧暻熙 역주, 傳統文化硏究會, 2012.

차례

● 머리글 3

● 일러두기 6

● 참고 자료 8

一. 저자 顏之推 17

二.《顏氏家訓》 23

三. 魏晉南北朝(위진남북조)의 역사 개관 29

   1. 삼국시대 29

   2. 西晉(서진)의 통일 30

   3. 南北朝 시대 32

   4. 隋(수)의 통일 36

顏氏家訓 〈제1권〉

1. 序致(서치) 40

   001 믿고 따라주기를 바란다 40

   002 우리의 家風 45

2. 敎子(교자) 51

003 자식 가르치기 51

004 嚴父(엄부)의 회초리 57

005 嚴敎(엄교)와 失敎(실교) 59

006 엄격한 父子 관계 61

007 자식을 망친 총애 64

008 자식 偏愛(편애) 67

009 時流에 영합하지 말라 70

3. 兄弟(형제) 72

010 부모의 氣를 이어받은 형제 72

011 서로 돌볼 형제 76

012 兄弟가 不和하면? 79

013 同壻(동서) 사이는? 81

014 兄을 父親처럼 모신다면? 83

015 죽음도 같이 한 3형제 85

4. 後娶(후취) 87

016 愼重(신중)해야 할 後娶(후취) 87

017 後娶에 따른 폐해 91

018 家門의 禍(화) 94

019 繼母(계모)와 生母 96

020 孝子의 兄弟 友愛 98

5. 治家(치가) 102

021 上行下效 102

022 治家는 治國과 같다 105

023 검소와 절약 107

024 生業의 기본 110

025 지나친 刻薄(각박) 112

026 寬容(관용)의 폐단 113

027 지나친 관용 114

028 자선과 인색 116

029 새벽에 암탉이 울 수 없다 119

030 女風의 南北 차이 121

031 여아 혐오 125

032 며느리 학대 128

033 婚事의 상대방 130

034 빌려온 책 132

035 미신을 믿지 말라 135

顔氏家訓 〈제2권〉

6. 風操(풍조) 138

036 사대부의 예의범절 138

037 지나친 避諱(피휘) 142

038 아첨하는 避諱(피휘) 145

039 피휘 – 같은 뜻으로 대체 146

040 피해야 할 비천한 이름 148

041 후손의 처지를 고려해야 151

042 옛 名人을 본뜬 이름 152

043 천박한 名字 155

044 陶朱公의 長男 156

045 家內 호칭 158

046 남의 친족에 대한 호칭 161

047 問喪(문상)과 接客(접객)의 남북 차이 163

048 自稱(자칭)의 禮 165

049 古人에 대한 호칭 167

050 백숙부와 조카에 대한 호칭 171

051 남, 북의 이별 174

052 친족 호칭은 분명하게 176

053 宗親 내의 호칭 178

054 姑母(고모)와 姨母(이모)의 호칭 180

055 호칭에 따른 조롱 182

056 名, 字, 諱 183

057 喪禮의 哭 185

058 問喪(문상) 187

059 辰日 不哭 189

060 亡者의 혼령이 殺人을? 191

061 부모 한 분을 여읜 뒤에 193

062 탈상 후의 모습 194

063 양친을 추모하는 마음 196

064 부모 유품 199

065 斷腸(단장)의 슬픔 201

066 忌日不樂(기일불락) 203

067 節日에도 근신하기 205

068 글자로 피휘하기 207

069 말실수 209

070 돌날의 돌잡이 211

071 괴로울 때의 탄식 214

072 탄핵, 재판 중일 때 216

073 家長의 出征, 臥病(와병)의 경우 218

074 義兄弟 맺기 220

075 손님맞이하기 223

7. 慕賢(모현) 226

076 聖賢(성현)은 만나기 어렵나니! 226

077 옆집 노인 孔氏 232

078 他人을 인정하기 234

079 출신은 미천하지만 235

080 능력의 차이 239

081 생사에 따른 存亡 242

082 나라의 기둥 244

顔氏家訓 〈제3권〉

8. 勉學(면학) 248

083 不學無識(불학무식) 248

084 자손을 위한 萬卷書 254

085 가장 고귀한 일은? 259

086 왜 학문을 해야 하는가? 262

087 누구에게 배웠는가? 268

088 배운 것은 실천해야 274

089 학문했다고 미움 받아서야! 280

090 학문은 나무 심기 281

091 晚學(만학) - 밤을 밝히는 촛불 283

092 실용성 있는 학문을 해야! 291

093 학문이 깊지 못하니! 298

094 老莊의 후예들 302

095 無知한 효도 314

096 梁 元帝의 好學 316

097 古人의 勤學(근학) 318

098 면학했던 환관 322

099 자식의 참된 효도는? 325

100 부정확한 지식 327

101 眼學과 耳學 337

102 학문의 바탕 文字學 342

103 정확한 글자 쓰기 346

104 地名의 유래 탐구 348

105 字意 탐구(一) 350

106 字意 탐구(二) 352

107 語源探究(어원탐구) 354

108 方言 탐구 356

109 鳥名 탐구 358

110 無識(무식) 360

111 同音異字 362

112 서적 校定 364

顔氏家訓 〈제4권〉

9. 文章(문장) 368

113 文人의 경박 368

114 학문의 재능 387

115 名文 짓기 390

116 文士의 지조 391

117 揚雄(양웅)에 대한 평가 394

118 風雪을 이기고 꽃도 피운다면? 399

119 良馬에 고삐를 401

120 문장 규범 402

121 古今 문장의 조화 404

122 우리 가문의 文風 405

123 문장은 쉬워야! 408

124 인물 평가 411

125 詩文에서 꺼리는 말 413

126 詩文 비평 419

127 代作의 어려움 421

128 輓歌(만가) 426

129 일관된 主題 428

130 典故의 바른 인용 430

131 文章의 지리적 지식 437

132 文外 絶唱 － 詩人 王籍(왕적) 439

133 완연한 정경 441

134 何遜(하손)의 詩 443

[一. 저자 顔之推]

● 南北朝와 隋代(수대)의 風雲을 겪다.

　顔之推〔안지추, 531 - 590?, 字는 介(개)〕는 南朝 梁나라 瑯邪郡(낭
야군, 琅邪) 臨沂縣(임기현, 今 山東省 남부 臨沂市) 출신이다.

　안지추는 중국 역사에서 가장 혼란스러웠던 南北朝 시대, 南朝
의 梁(양, 502 - 557년 존속)과 北朝의 北齊(북제, 550 - 577년 존속),
北周(북주, 557 - 581년 존속), 그리고 隋(수, 581년 건국)에서 여러 관
직을 역임한 학자였다.

　중국 대륙은 땅덩어리가 큰 만큼 남쪽과 북쪽은 모든 것이 다
르다. 하다못해 바퀴벌레도 長江 남쪽에서는 몸집이 크지만 河北
에서는 작다고 한다. 기후, 지형, 사람, 습속 모두가 극단으로 대
비되는 그 땅, 그리고 南朝와 北朝의 정치적 소용돌이 속!

　본인의 뜻과 상관없이 南北을 오갔고, 파란만장의 삶과 함께
관직에 있으면서 南朝의 梁과 北朝의 北齊, 北周 3國의 멸망을 겪

었다. 그렇다면 그가 겪은 경험이, 그의 삶 자체가 驚異(경이)가 아니겠는가?

그런 안지추에게 자신의 생명을 보존하는 것 이상으로 중요한 것은 자신의 가문을 지켜야 한다는 책임이었다.

자손이 끊긴다면? ‒ 이는 생각도 할 수 없는 비극이다!

후손이 무식하거나 우둔히여 관직에 진출 못한다면? ‒ 그런 일이 있어서는 절대로 안 된다!

안지추는 자신이 어려서 배운 가정교육을 바탕으로, 士人으로서 바른 자세를 견지하며 儒家의 정통 학문을 계속했다.

그가 난세에도 관직에 머물 수 있었던 것은 바른 人性과 함께, 극단이 아닌 中庸(중용)을 선택하고 堅持(견지)할 수 있었기에 가능했다. 그러니 자신의 경험을 바탕으로 자식과 뒷날 이어질 후손을 가르쳐야만 했다. 안지추는 儒家에서 강조하는 교육의 중요성을 알고 있었다.

가정교육 ‒ 家教에는 規範(규범)이 있어야 한다. 立身과 治家의 원칙을 분명히 일러주어야 한다. 時俗의 오류를 알 수 있는 지혜를 터득하려면 학문을 해야 한다. 학문을 지속하고 바른 心性을 견지하기 위한 바탕은 폭넓은 敎養이다.

안지추 자신의 경험을 공유하면서 자손을 깨우칠 수 있는 방법으로, 자신의 家訓을 저술했다.

사실 많은 有名人이 자식을 깨우치고 훈계하는 글을 남겼다. 가문마다 후손을 훈계하는 글이 있다. 短文(단문)이건 서적이든, 어느 가문인들 가훈이 없겠는가?

그런데 중국과 우리나라에서 家訓의 鼻祖(비조)로 꼽고, 가정 교육 지침서로 누구나 인정하고 心服하는 최고의 名著(명저)는 《顔氏家訓》이다.

안지추는 後漢의 關內侯이었던 顔盛(안성)의 후손이며, 西晉이 멸망하고 東晉이 건국할 무렵에 일족이 동쪽으로 이주했고, 祖父는 南朝 齊(479 - 502년)의 官員이었던 顔見遠(안견원, ? - 502년)이며, 부친 顔勰(안협, 顔協)의 三男으로, (南朝, 梁 武帝) 中大通 3년 辛亥年(531년)에 江陵(강릉)에서 (今, 湖北省 남부 江陵市) 출생했다. 형 顔之儀(안지의, 523 - 591년)와 顔之善(안지선, 무亡)이 있었다고 알려졌다. 長兄 안지의는 唐의 令狐德棻(영호덕분) 등이 지은 《(北)周書 顔之儀傳》에 立傳(입전)되었다.

영특한 안치추는 12세에 《莊子》와 《老子》를 풀이하고 講學(강학)하였으며, 家學인 《周官》과 《左氏傳》을 전공하였다.

젊은 날의 안지추는 음주를 좋아하고, 언행에 구속을 받지 않는 자유분방한 기질이 있어, 世人의 존중을 받지는 못했다고 한다.

그러나 안지추는 當代에 유행했던 虛談(淸談)을 좋아하지 않았고, 많은 책을 博覽(박람)하여 통하지 않은 책이 없었으며, 그의 문장은 典雅(전아)하면서도 美麗(미려)했다.

안지추는 기본적으로 儒家思想(유가사상)을 바탕에 깔고 살았다. 이는 어렸을 때 家學의 영향이다. 안지추는 儒家사상에서 중시하는 교육 — 교육만이 바른 心性을 체득하고 윤리 도덕을 지킬 바탕을 마련할 수 있다고 믿었다.

안지추는 亂世(난세)를 살았다. 그것도 남북을 전전하면서! 위험을 감내하고 危機(위기)를 돌파하며, 그런 위기를 기회로 善用(선용)해야만 一身과 가문에 닥칠 禍(화)를 피하거나 免(면)할 수 있었다. 그것은 僥倖(요행)으로, 아니면 阿世(아세)로 해결될 일이 아니었다. 그것은 世波(세파)에 흔들리지 않는 中心 — 敦篤(돈독)한 中庸(중용)을 유지했기에 가능했다.

안지추는 南朝 梁의 武帝 재위 중에 湘東王 蕭繹(소역, 武帝의 아들)을 따라 江州〔강주, 治所는 尋陽(심양), 今 江西省 북부 九江市〕 등지에서 관직을 시작했다. 武帝 太淸 2年(548), 侯景(후경, 503 - 552년)의 반란 이후에, 안지추는 반군의 포로가 되어 여러 번 죽을 고비를 넘기며, 建康(건강, 建業, 수도)에 죄수로 압송되었다.

侯景이 敗死(552년)하고 湘東王(상동왕) 蕭繹(소역)이 梁 元帝로 즉위하자(재위 552년 12월 - 555년 1월) 안지추는 다시 江陵에 돌아와 散騎侍郎(산기시랑) 등 관직을 역임했다. 554년에 西魏〔서위, 鮮卑族 拓跋氏(탁발씨)〕가 침입하여 元帝가 피살되고 江陵(강릉)이 점령되자, 안지추는 포로가 되어 長安으로 끌려갔다.

나중에 안지추는 남쪽 梁으로 돌아가려고, 黃河를 따라 北齊(북제, 高氏)로 탈출하여 洛陽에 이르렀고, 北齊의 文宣帝(문선제) 天保 7年(556)에 관직을 맡았다.

이때 남쪽에서는 陳霸先(진패선)이 梁을 없애고 陳(진)을 건국하자(陳 武帝, 재위 557 – 559년), 안지추는 南行을 포기하였고, 北齊에서 文翰(문한) 관련 여러 직책을 수행했다.

577년에 北周(북주, 宇文氏)가 晉陽(진양, 今 山西省 太原市)을 함락시켰고, 안지추는 平原太守(평원태수)로 河津(하진)을 지켰다.

나중에 北周 靜帝(정제) 大象(대상, 579 – 580) 연간에 안지추는 御史上士(어사상사)가 되었다. 이어 北周가 隋(수, 581 – 619년 존속)로 교체되고, 文帝〔楊堅(양견), 재위 581 – 604년〕의 開皇(개황, 581 – 600) 연간에 太子 楊勇(양용, 隋 煬帝 楊廣의 형)의 부름을 받아 學士가 되었고 인정과 예우를 받았다. 이후 병으로 사임한 뒤, 開皇 11년(591) 전후에 죽은 것으로 알려졌다.

안지추는 《顏氏家訓》 20편을 저술했고 文集 30권과 여러 저술을 남겼지만, 지금은 佛敎說話集(불교설화집)인 《冤鬼志(원귀지)》 3권과 자신의 일생을 回顧(회고)한 賦(부)인 〈觀我生賦(관아생부)〉 및 몇 首의 詩가 전한다. 안지추는 唐의 李百藥(이백약)이 편찬한 《北齊書》 45권 〈文苑傳(문원전)〉에 立傳(입전)되었다.

안지추는 江南 출신 귀족이었지만, 이민족 국가인 北齊에서 관직생활을 했다. 한마디로 파란만장한 일생이었다. 그런 인생 歷程(역정)이라서 생각이 깊었고, 그런 바탕이 있어 자식과 후손을 위한 훈계나 가르침은 그만큼 절실했다.

안지추는 부인 陳郡 殷氏(은씨)에게서 아들 顔思魯(안사로) 등 三子를 두었다.

顔思魯(안사로, 생졸년 미상. 字는 孔歸)는 문자와 음운학에 정통했는데, 隋朝의 東宮學士를 거쳐, 入唐 이후 李世民(唐 太宗)에게 발탁되어 秦王府 記室參軍(기실참군)을 역임했다. 안사로는 陳郡 殷氏(은씨) 殷英童(은영동)의 딸과 결혼하여 三子를 얻었으니, 顔師古(안사고), 顔相時, 顔勤禮(안근례)이다. 後繼(후계)로 王氏를 맞아 顔育德(안육덕)을 얻었다.

안지추의 孫子인 顔師古(안사고, 顔思魯의 장남. 581 – 645년)는 唐代 經學者, 史學家로 널리 알려졌으며《漢書》를 註釋(주석)했다.

盛唐(성당)의 名筆인 顔眞卿(안진경, 709 – 785, 字는 淸臣)은 안지추의 5대손이다. 안진경은 歐陽詢(구양순), 柳公權(유공권), 趙孟頫(조맹부)와 함께 '중국 楷書(해서) 四大家'로 유명하다.

[二.《顔氏家訓》]

● 강요하지 않는, 절실하며 실천적인 가르침.

顔之推(안지추)는 어렸을 때부터 받은 가정교육과 亂世(난세)를 겪으며 살아온 자신의 경험을 바탕으로《顔氏家訓》을 저술하였다.

안지추는《顔氏家訓》을 통하여 마음이 한 가지에만 집중할 수 있는 어렸을 때의 학습과 가정교육을 강조하였다. 안지추는 자신의 경험을 바탕으로 20개 분야로 나누어 인생의 가르침을 설명하였는데, 자신의 직접 견문과 책에서 읽은 내용으로 250여 사례를 들어 가르침을 언급하였다.

안지추는 자신과 후손에게 최소한의 희망사항을, 그것도 직접적인 부탁이나 당부가 아니라 이런저런 사례를 열거하여 후손이 스스로 思慮(사려)하여 體得(체득)하게 하였다. 이 책에서 안지추의 가르침은 매우 卑近〔비근 : (늘 보고 들을 수 있을 정도로) 흔하고 가까움〕하면서도 실질적이다.

안지추의 가정교육은 자식을 무릎 꿇어 앉혀놓고 엄하게 요구하는 가르침이 아니었다. 온화하면서도 합리적인 사례와 이유로 스스로 배우고 생각게 하는, 그러하기에 결코 어길 수 없는 가정교육이었다.

안지추의 家訓은 어렸을 때 읽어 터득하지 못했어도 나중에 成人이 되어 생각하고 실천할 수 있는 교훈이었다.

「君子는 交絶(교절)에 無惡聲(무악성)이라」고 했다(文章 第九) - 벗으로 사귀었는데, 교제를 계속할 벗이 아니라면? 응당 절교해야 한다. 그렇더라도 그간의 감정이나 험담을 말하지 말라는 뜻이다.

사회 경험이 없는 젊은이라면 읽어도 실감하기 어려울 것이다. 그러나 이런저런 경험을 한 成人이라면 이 말에 절대적으로 공감할 것이다.

《顔氏家訓》은 隋(수)나라 초기에 成書되었는데, 全書는 7卷 20편이다. 각 편의 내용은 아래와 같이 요약할 수 있다.

1卷 - 序致(서치) : 저자 서문에 해당.

敎子(교자) : 자식 교육의 중요성을 언급. 교육 방법론.

兄弟(형제) : 형제간 우애와 心地를 강조.

後娶(후취) : 再婚(재혼), 蓄妾(축첩)에 따른 여러 사례.

治家(치가) : 가정, 문중의 화목을 강조. 이상 5편.

2卷 - 風操(풍조) : 士人(선비)의 언행, 處身(처신). 日常(일상), 풍습을 언급.

　　慕賢(모현) : 人才(인재) 발굴, 국가 存亡(존망)을 설명. 이상 2편.

3卷 - 勉學(면학) : 士人(선비)의 학문, 중요성과 자세, 사례를 언급.

4卷 - 文章(문장) : 문장의 본질, 효용, 비평의 자세를 언급.

　　名實(명실) : 일상생활의 마음가짐과 名分(명분)을 피력.

　　涉務(섭무) : 자신의 본분. 업무 수행. 이상 3편.

5卷 - 省事(성사) : 처세 방법론.

　　止足(지족) : 금욕을 강조.

　　誡兵(계병) : 武人(무인)의 자질. 武人과 學問(학문).

　　養生(양생) : 保養(보양), 건강, 神仙術(신선술)을 언급.

　　歸心(귀심) : 불교 기본 사상, 교리, 귀의. 이상 5편.

6卷 - 書證(서증) : 일반상식, 문자와 언어생활 등 이상 1편.

7卷 - 音辭(음사) : 音韻(음운). 바른 언어생활을 강조.

　　雜藝(잡예) : 書法(서법) 등 日常의 技藝(기예)를 언급.

　　終制(종제) : 안지추의 유언, 臨終(임종)에 관한 당부. 이상 3편.

《顔氏家訓》20편은 전통 유가 사상을 中心으로 삼고, 實學(실학)인 工農商(공농상) 등 기능을 중시하면서 修身(수신), 治家(처가), 處世(처세) 등의 가정교육을 강조하였다.

그중에 〈歸心(귀심)〉은 佛敎 思想(불교사상)에 관한 내용인데, 그가 청소년에서 成人이 되는 시절, 好佛(호불)의 君主인 梁 武帝(양 무제)의 영향을 받았다고 생각된다.

그리고 〈書證(서증)〉, 〈音辭(음사)〉는 古書의 訓詁(훈고)와 音韻(음운)을, 〈文章〉은 문학에 관한 토론이며, 〈誡兵(계병)〉은 武人과 軍事(군사)에 관한 토론인데, 이런 여러 방면에 관한 언급은 가문의 질서와 전통, 바른 思考(사고)와 認識(인식)의 定立(정립)을 강조하는 뜻이라고 볼 수 있다.

《顔氏家訓》의 20편이 그야말로 藥石(약석)이고 句句節節(구구절절)이 우리에게 龜鑑(귀감)이 된다. 《顔氏家訓》은 우리가 생각하는 한두 구절이나 한두 마디로 요약할 수 있는 가훈이 아니다.

《顔氏家訓》은 실질적 사례를 언급하였기에, 마치 재미있는 옛날 이야기처럼 부담 없이 들을 수 있다. 이 책을 읽다보면, 자식에게 들려주며 가르치기 전에 우선 내가 실천해야 한다는 생각을 하게 된다. 따라서 자식을 위한 책이 아니라 우선 家長(가장)이 읽고 실천할 책이다. 아버지가 읽고 실천한다면 자식은 저절로 배워 나를 따라오지 않겠는가? 그것이 바로 가르침이 아니겠는가?

6朝(조) 이후에 안지추의 《顔氏家訓》은 널리, 그리고 오래도록 알려졌고 전승되었다. 淸代 《欽定四庫全書(흠정사고전서)》에 《顔氏家訓》 2卷은 雜家類(잡가류)로 분류되었다.

어느 家門인들 家訓이 없겠는가? 그러나 어느 가훈이 1500년을 지속해 내려 왔는가? 古今의 家訓에 《顔氏家訓》만이 祖宗(조종)의 지위와 명성을 누릴 뿐이다.

※ 참고

諸葛亮(제갈량)의 〈誡子書(계자서)〉

蜀漢(촉한)의 諸葛亮(제갈량, 181 - 234년)은 부인 黃氏(황씨)가 아들을 出産(출산)하지 못하자, 형 諸葛瑾(제갈근)의 次子 諸葛喬(제갈교)를 養子(양자)로 삼았다. 그 뒤 제갈량은 47세에 아들 諸葛瞻(제갈첨, 227 - 263년)을 얻었고, 제갈첨은 영특했다.

〈誡子書(계자서)〉는 제갈첨이 7살 때, 그러니까 제갈량이 죽기 전 해에 지은 것으로 알려졌다. 제갈량은 成人이 된 아들의 모습을 보기 힘들 것이라고 스스로 생각했을 것이다. 일곱 살 아들에게 유언과 같은 교훈을 남겨야 하는 아버지의 심정은 어떠했겠는가? 그만큼 자식 교육과 가훈은 절실한 문제였다.

제갈량이 아들을 훈계하는 글은 짧은 글이지만, 아들에게 修身(수신)과 立志(입지)를 강조하였다. 아들을 훈계하는 요점은 '澹泊明志(담박명지 : 마음이 욕심이 없고 깨끗하고 밝은 뜻)'와 '寧靜致遠(영정치원 : 평안하고 교요히 원대한 임무에 견딤)'이라 할 수 있다.

여기에서 제갈량의 아들에 대한 심경과 기대, 그리고 부탁을 느낄 수 있다. 제갈량은 명철하고 현명했다. 안지추 역시 博學(박학)했고 뛰어난 재능의 소유자이었다. 아버지인 제갈량과 안지추 - 그들 심경에 무엇이 다르겠는가?

어느 시대건 賢人(현인)이든 우매한 사람이든, 할아버지가 손자에게, 그리고 아버지가 아들에 거는 기대와 그리고 진심어린

당부는 시대를 초월하여 다 똑같다.

제갈량의 〈誡子書(계자서)〉는 《顔氏家訓》의 집필 의도를 이해하는데 도움이 될 것이라 생각한다.

많은 사람들이 제갈량의 문장으로 〈出師表(출사표)〉만 알고 있기에 家訓과 연계하여 여기에 그 원문을 싣고 국역하였다.

| 原文 | 「夫君子之行, 靜以修身, 儉以養德. 非澹泊無以明志, 非寧靜無以致遠. 夫學須靜也, 才須學也. 非學無以廣才, 非志無以成學. 淫慢則不能勵精, 險躁則不能治性. 年與時馳, 意與日去, 遂成枯落, 多不接世. 悲守窮廬, 將復何及!」

| 국역 | 「君子의 행실은 靜心(정심)으로 修身하고 儉素(검소)로 養德(양덕)한다. 澹泊(담박)하지 않으면 心志(심지)를 명확히 가질 수 없고, 마음이 平靜(평정)하지 않으면 원대한 뜻을 품을 수 없다.

학문은 마음이 평정해야 성취할 수 있고, 재능은 학문이 있어야 이룰 수 있다. 학문이 없으면 재능을 확장할 수 없고, 의지가 없으면 학문을 완성할 수도 없다. 放逸(방일)하거나 怠慢(태만)하면 精密(정밀)하게 성취할 수 없으며, 거칠고 조급하면 性情(성정)을 다스릴 수 없다.

해가 가고 시간도 흘러가면서, 의지도 세월 따라 사라져서, 결국 시들어 떨어지나니, 삶에 이룬 것이 많지 않도다. 궁색한 집안에 앉아 슬퍼한들 다시 무슨 일이 있겠는가!」

三. 魏晉南北朝(위진남북조)의 역사 개관

※《顔氏家訓》의 저자 안지추는 南朝(남조)의 梁(양)나라에서 출생, 성장하여 관리가 되었고, 北朝(북조)의 北齊(북제)에서도 관직생활을 했다. 그리고서는 北周(북주)의 관리가 되었는데, 北周는 隋(수)나라에 병합되었고(581년) 隋는 남조 陳(진)을 멸망시켜(589년) 위진남북조시대 360여 년의 분열을 통일하였다. 안지추는 隋에서도 관직을 역임하고 죽었다.

사실 이 위진남북조 시대의 역사 전개 상황이 너무 복잡하여 체계를 잡아 이해하기가 쉽지 않다. 그래서 여기에 위진남북조 시대의 역사를 요약하여 설명한다. 이는《안씨가훈》에 보이는 역사적 사실을 이해하기 위한 방편이다.

1. 삼국시대

後漢(후한, 서기 25 - 220년)이 멸망한 뒤 魏(위), 蜀(촉), 吳(오), 삼국의 鼎立(정립)과 항쟁은 중국 역사가 고대에서 중세로 전환하기 위한 혼란의 시작이었다. 이러한 풍운의 시대에는 영웅호걸들이 출현하여

자기의 역량을 과시하지만 그것은 새 시대를 열기 위한 서막이었다.

후한 멸망과 魏(위)나라의 성립(서기 220년)에서 吳(오)나라의 멸망(280년)까지 60여 년간은 소설 《三國演義(삼국연의)》 후반부의 무대로 이 시기에도 수많은 영웅들이 명멸했다.

삼국의 항쟁은 중국이라는 지리적 영역의 확산이었다. 삼국의 성립과 항쟁은 국세와 국력의 차이가 있었지만, 四川 지역 등 중국 내륙지방과 강남의 발전을 촉신시켰다.

사실 劉備(유비)의 蜀漢(촉한)과 손권의 吳에 의하여 蜀(사천)과 江東, 江南 개발이 본격적으로 시작되었다고 볼 수 있으며, 이러한 지역의 경제적 발전은 곧 이 지역 정치권력의 성장이었다.

2. 西晉(서진)의 통일

이러한 삼국의 대립을 종식시키고 중국을 다시 통일한 것은 司馬炎(사마염)의 晉(진)이었다. 이 진나라는 북방 유목민족의 침입으로 남으로 내려간 東晋(동진)과 구분하여 西晉(서진)이라 통칭한다.

西晉은 지친 경제력을 회복하기 위한 일시적 휴식기간이 있었고 이어 서기 280년에 강남의 吳나라를 멸망시킨다. 이 과정에서 국력소모와 함께 천하 一統(일통)에 따른 긴장감의 해이는, 곧 사치풍조의 만연과 淸談(청담)의 유행이라는 반작용을 낳았다. 이러한 긴장 해이는 '八王의 난' 이라는 대 혼란을 스스로 연출했고 이때문에 서진의 통일 지배는 단명으로 끝났다.(316년)

삼국의 정립과 서진의 통일과 멸망이라는 역사 속에서 고대에
서 중세로 전환하기 위한 싹은 잉태되었고, 이런 과정에서 중국
사는 분명한 진보를 이룩하였다. 그렇다면 삼국과 西晉 시대는
그 나름대로 충분한 소명을 다했다고 볼 수 있다.

삼국과 西晉 시대의 주요 사건을 정리하면 아래 표와 같다.

서기	國名, 帝位	주요 내용
220	魏, 文帝	曹丕(조비) 칭제, 낙양 도읍.
221	蜀, 昭烈帝	劉備(유비) 칭제, 국호 漢.(蜀漢).
223	蜀, 後主	劉備 병사, 後主〔劉禪(유선)〕 즉위.
226	魏	文帝〔曹丕(조비)〕죽음. 明帝 즉위.
227	蜀, 後主	諸葛亮(제갈량) 出師表 올림.
228	蜀	魏에 대패, 泣斬馬謖(읍참마속).
229	吳, 大帝	孫權(손권) 칭제, 국호 吳, 都 建業(건업).
234	蜀, 後主	제갈량 五丈原(오장원) 病死.
249	魏	司馬懿(사마의) 승상이 됨.
251	魏	사마의 병사.
252	吳	孫權 죽음.
255	魏	司馬昭(사마소). 전권 장악.
263	蜀 後主	蜀 멸망(劉禪 降魏).
265	魏	사마소 病死(병사). 魏 멸망.
	西晉 武帝	司馬炎(사마염) 즉위, 晉, 洛陽 도읍.
280	晉 武帝	晉 滅吳(멸오), 천하 통일.
290	晉 惠帝	武帝 사마염 死, 惠帝 位.
291	晉 惠帝	八王의 亂 시작(~306).
311	晉 懷帝	낙양 함락. 永嘉(영가)의 난.
316	晉	劉聰(유총) 長安 점령, 西晉 멸망.

3. 南北朝 시대

　西晉 멸망(서기 316년) 이후 중국은 남북의 대립 시대가 시작된다. 화북 지방에서는 북방 이민족의 무상한 흥망 속에 전란이 계속되는 5胡16國 시대가 열린다. 이 5호16국 시대는 그동안 사실상 독자적으로 성장했던 중국의 농경문화와 북방 유목문화의 대융합이 이루어지는 시기이었다.

　이는 유럽에서 게르만족의 이동으로 로마제국의 고대가 붕괴하고 중세가 열리는 상황과 유사한 일면이 있었다.

　서진이 멸망하기 전부터 시작되었던 북방 5胡族(호족)의 중국 진출은 16국의 건국과 멸망이 진행되다가 前秦(전진)의 苻堅(부견)에 의해 일시 통일이 되지만, 前秦은 東晉(동진)과의 싸움에서 패하며 곧 멸망한다. 이어 北魏(북위)가 화북지방을 통일 지배하게 된다.

　이들 5胡16國의 흥망은 민족 간의 갈등을 첨예화시켰다.

　당시 사회는 불안했고 경제는 쇠락하여 백성들의 생활은 매우 곤궁하였다. 그러나 이를 통하여 북방 유목민족과 한족의 융합은 가속화 되었고 문화에도 활력이 보태지는 역동적인 시대이었다고 평가할 수 있다.

　서진 멸망 이후 士族(사족)과 함께 많은 사람들이 남방으로 이동하였다. 서진의 황족인 司馬睿(사마예)는 建業(건업, 今 江蘇省 南京市)에서 晉(진)을 부흥하면서 帝位(제위)에 오른다.(서기 317년)

　이 나라는 司馬炎(사마염)이 건국한 晉나라와 구분하기 위하여

東晉(동진)이라 부르는데, 동진의 기초는 강남에 거주하는 漢族의 문벌귀족들이었다.

북방 유목민족의 침입과 전란을 피해 남으로 이동한 중국인들은 동진이라는 안전지대에서 나름대로 착실한 경제 발전을 이룩했다. 그리고 이러한 강남의 경제력을 바탕으로 귀족 문화가 발전하였다.

동진의 정치적 역량은 부진하였지만 강남지방의 농업생산이 크게 증가하고 북방 농민들의 지속적 유입은 농업 이외에도 여러 산업을 발전시켜 중국 경제의 중심이 남방으로 이동하게 된다.

【十六國 총괄표】

국명	건국자	민족	존속 기간	수도 (현 위치)	멸망시킨 나라
漢(한)	劉淵(유연)	匈奴(흉노)	304~329	平陽 (山西省)	後趙
成漢 (성한)	李雄(이웅)	氐(저)	304~347	성도 (四川省)	東晉
後趙 (후조)	石勒 (석륵)	羯(갈)	319~351	鄴(업) (河北省)	冉魏
前梁 (전량)	張軌 (장궤)	漢(한)	301~376	姑臧 (甘肅省)	前秦
前燕 (전연)	慕容皝 (모용황)	鮮卑(선비)	337~370	龍城 (遼寧省)	前秦
前秦 (전진)	苻健 (부건)	저	351~394	長安 (陝西省)	後秦

後燕 (후연)	慕容垂 (모용수)	선비	384~407	中山 (河北省)	北燕
後秦 (후진)	姚萇 (요장)	羌(강)	384~417	長安 (陝西省)	東晉
西秦 (서진)	乞伏國仁 (걸복국인)	선비	385~431	金城 (甘肅省)	夏
後凉 (후량)	呂光 (여광)	저	386~403	고장 (甘肅省)	後秦
南凉 (남량)	禿發烏孤 (독발오고)	선비	397~414	낙도 (靑海省)	西秦
北凉 (북량)	沮渠蒙遜 (저거몽손)	흉노	401~439	張掖 (甘肅省)	北魏
南燕 (남연)	慕容德 (모용덕)	선비	398~410	광고 (산동성)	東晉
西凉 (서량)	李暠 (이고)	한	400~421	돈황 (감숙성)	北凉
胡夏 (호하)	赫連勃勃 (혁련발발)	흉노	407~431	통만 (섬서성)	吐谷昏
北燕 (북연)	慕容雲 (모용운)	선비	407~436	용성 (요령성)	北魏

이와 같은 화북의 5호16국과 江南 東晉의 대립 이후, 화북에서는 선비족의 탁발규가 北魏(북위)를 건국(서기 386년)한 뒤 화북 지방을 통일하여(서기 439년) 지배하지만, 이 북위는 다시 東魏(동위)와 西魏(서위)로 분열되고 이는 다시 北周(북주)와 北齊(북제)로 이어진다. 북위와 이후의 여러 나라를 '북쪽의 왕조'라는 뜻으로 北朝(북조)라고 한다.

한편 강남에서는 동진의 멸망(서기 420년) 이후에 宋(송, 420~479년), 齊(제, 479~502년), 梁(양, 502~557년), 陳(진, 557~589년)으로 이어지는 데, 이를 南朝(남조)라 부르고 전체적으로는 南北朝 時代(남북조 시대, 서기 420~589년)라고 한다.

이 중에서 손권의 吳 이후 東晉과 南朝의 4나라를 합하여 특별히 六朝(육조)라고 한다.

다시 종합한다면, 서진 멸망(서기 316년) 이후에 북쪽에서는 5호16국시대(서기 304년~439년), 남쪽에서는 東晉이 존속했다.(서기 317~420년)

화북지방에는 북위의 통일과 분열이 진행되는 동안, 남조에서는 송-제-양-진의 남조가 흥망을 거듭하고, 이를 남북조 시대라고 하는데, 서기 589년에 隋(수)나라에 의해 전 중국은 통일이 된다.

그리고 後漢(후한) 멸망 이후 삼국의 분립에서 수의 통일까지는 魏晉南北朝 時代(위진남북조 시대, 220~589년)라 부른다.

남북조의 왕조 개창과 멸망을 요약하면 다음과 같다.

南北	국명	건국자	존속기간		비고
南朝	宋	劉裕 (유유)	420~479	59년	齊에 멸망
	齊	蕭道成 (소도성)	479~502	23년	梁 〃
	梁	蕭衍 (소연)	502~557	55년	陳 〃
	陳	陳霸先 (진패선)	557~589	32년	隋 〃
北朝	北魏	拓跋珪 (탁발규)	386~534	148년	東西魏 분열
	東魏	元善見 (원선견)	534~550	16년	北齊로 교체
	西魏	元寶炬 (원보거)	535~556	21년	北周로 〃
	北齊	高洋 (고양)	550~577	27년	北周에 멸망
	北周	宇文覺 (우문각)	557~581	24년	隋에 멸망

남북조 시대 ; 통상 420년~589년까지 170년간을 말함.

4. 隋(수)의 통일

위진 남북조 분열의 시대를 종결시킨 것이 隋(수)의 통일이었다.

서기 581년 개국한 隋 文帝 楊堅(양견)은 589년 남조의 陳(진)을 멸망시켜 통일을 완성하며 위진남북조의 오랜 분열에 종지부를 찍었다.

그러나 수의 건국과 통일에서 멸망(서기 618년)까지는 불과

30년이었다. 그 다음에는 290년에 가까운 세월동안 당(唐)의 융성과 번영이었다. 唐의 제도와 문화는 중국 중세의 완성이라고 할 수 있다.

그렇다면 중국 고대 춘추전국시대의 분열을 통일한 秦이 漢 융성의 토대가 된 것처럼 隋는 위진남북조의 혼란을 수습했고, 이는 唐의 통일과 융성으로 똑같이 재현되었다.

말하자면 秦과 隋의 통일은 漢과 唐의 발전과 융성의 기초가 되었다. 혼란 수습이라는 난제를 그 앞의 秦과 隋에서 다 해주었기 때문에 漢과 唐은 곧장 비약적인 발전을 이룩할 수 있었다.

隋나라는 三省六部(삼성육부)를 두어 재상의 권한을 분산시키고 지방제도를 주와 현으로 단순화시켜 지방통제의 효율성을 제고한다. 또 開皇律(개황률, 開皇은 文帝의 연호)을 반포하고, 九品中正制(구품중정제)를 폐지하고 선거제(選擧制, 과거시험)를 실행하여 문벌정치의 폐단을 개혁했다.

수 煬帝(양제)는 황하와 양자강을 연결하는 등 총 길이 2400km의 대운하를 착공 개통하는데, 이는 강남 개발 촉진과 함께 실질적 남북 경제의 통합을 이룩하는 효과를 얻었다. 그러나 문제에 이어 양제 때는 高句麗(고구려) 원정의 실패로 각지에서 무장봉기가 일어난다.

그중 李淵(이연)의 唐은 618년 수를 멸망시키고 이어 천하를 차지한다.

顔氏家訓

제1권

1. 序致(서치)[1]

001/ 믿고 따라주기를 바란다

|原文| 夫聖賢之書, 敎人誠孝, 愼言檢跡, 立身揚名, 亦已
備矣. 魏, 晉已來, 所著諸子, 理重事複, 遞相模斅, 猶屋下
架屋, 牀上施牀耳. 吾今所以復爲此者, 非敢軌物範世也,
業以整齊門內, 提撕子孫. 夫同言而信, 信其所親, 同命而

---

1 序致(서치) – 篇名. 序文(서문)의 의미. 여기 致는 至의 뜻. 顔之推가
家訓을 짓게 된 동기를 요약하였다. 안지추는 쉽고 친근하게 타이
르는 것이 聖人의 말씀보다 때로는 더 효과적일 수 있다고 생각하
였다. 곧 안지추는 本書 내용이 비근한 실례를 바탕으로 했다는 뜻
과 자신의 성장과정을 略述(약술)하며, 어렸을 때 교육이 중요하며,
성인이 된 다음에는 잘못 길들여진 습성을 고치기 어렵다고 하였
다. 그러면서 자신의 삶을 후손들은 前轍(전철)로 생각하라고 당부
하였다.

行, 行其所服. 禁童子之暴謔, 則師友之誡不如傅婢之指
揮. 止凡人之鬪鬩, 則堯,舜之道不如寡妻之誨諭. 吾望此
書爲汝曹之所信, 猶賢於傅婢寡妻耳.

|국역| 대체로,[2] 聖賢(성현)의 글은 사람들에게 忠孝(충효)를 가
르치지만,[3] 언사와 행실을 조심하여[4] 立身(입신)하고 명성을 날리
라는[5] 뜻도 (거기에) 이미 들어있다.[6]

---

2 원문 夫聖賢之書 – 夫는 發語辭(발어사). 用例.「夫天地者는 萬物之
逆旅야!」乃, 被, 若의 뜻. 夫는 감탄사로도 쓰인다.

3 원문 敎人誠孝 – 人은 모든 사람. 3인칭. 불특정한 일반인. 不定稱.
誠孝는 忠孝. 隋(수) 文帝〔楊堅(양견), 581 – 604년 재위〕의 부친 楊
忠(隋國公, 507 – 568)의 忠을 諱(휘)하여 誠(성)으로 고쳤다는 주석
이 있다.

4 원문 愼言檢跡 – 愼言(신언)은 愼重(신중)한 言辭. 檢跡(검적)은 행실
을 조심하다.

5 立身揚名 – 立身은 三十而立의 立身. 揚名(양명)은 이름을 날리다.
가장 큰 효도는 가문, 부모, 자신의 이름을 후세까지 널리 알리는 것
이라 할 수 있다.「身體(신체)와 髮膚(발부)는 受之父母하였으니 감히
毁傷(훼상)치 않는 것이 孝의 시작이다. 立身行道하여 후세에 揚名
(양명)하고 父母를 드러내는 것이 효도의 끝이다. 효도란 事親에서
시작하여 事君하며 立身으로 끝난다.(《孝經 開宗明義章》 참고)

6 원문 亦已備矣 – 亦은 또 역. 또한. 마찬가지로. 已는 이미 이. 以와
通. 備는 갖출 비. 들어있다. 포함하다.

魏(위)와 晉(진) 이래로,[7] 여러 학자들의 저술에서[8] 언급하는 도리나 사실이 중복되고, 서로 모방하거나 본떠서[9] 마치 지붕 아래 지붕을 또 짓고,[10] 침상 위에 침상을 만드는 것과 같았다.[11]

내가 또 지금 이런 가훈을 쓰는 것은[12] 감히 세상 일의 법도나 世人의 모범이 되려는 뜻이 아니라[13] 전적으로(業) 家門(가문)을

---

7 원문 魏,晉已來 - 曹操(조조, 155 - 220년. 魏王)의 아들 曹丕(조비, 187 - 220 - 226년. 魏 文帝)가 건국한 魏(위. 220 - 265년 존속)와 司馬懿(사마의, 179 - 251년, 字는 仲達)의 손자 司馬炎(사마염, 236 - 265 - 290. 字는 安世. 司馬昭의 아들. 武帝)의 晉(진, 西晉 265 - 316, 東晉, 317 - 420년 존속) 이후로.

8 원문 所著諸子 - 所는 ~한 바. 著는 저술하다. 저술. 諸子는 여러 학자.

9 원문 遞相模斅 - 遞는 갈마들 체. 교체하다. 模는 模倣(모방). 斅는 가르칠 요. 배울 효. 學과 通. 學의 古字.

10 원문 猶屋下架屋 - 猶는 같을 유. 屋은 집 옥. 지붕. 架는 시렁 가. 구조물을 짓다. 이는 타인의 글이나 주장을 답습하고 새로운 창조가 없는 풍조를 비판한 말이다.

11 원문 牀上施牀耳 - 牀은 평상 상. 마루. 施는 베풀 시. 만들다. 耳는 종결 어미. ~할 뿐이다.

12 원문 吾今所以復爲此者 - 吾는 나 오. 1인칭 代詞. 所以는 까닭. 이유. 復은 다시. 爲此者는 이를(此, 家訓을) 짓는(쓰는, 爲) 것은 (者).

13 원문 非敢軌物範世也 - 敢은 감히. 軌物(궤물)은 사물의 틀, 규범. 範世는 世人의 模範(모범). 也는 종결어미.

반듯하게 바로잡아[14] 子孫(자손)을 바른길로 이끌려는 뜻이다.[15]

같은 말이라도(同言) 가까운 사람의 말에 믿음이 더 가고, 같은 부탁이라도(同命) 섬기는 사람의 부탁을 더 실천하게 된다.[16] 童子(동자, 어린아이)의 심한 장난에 대한(暴謔, 포학) 師友(사우)의 훈계(誡)보다 시녀〔傅婢(부비)〕가 타이르는 것이 더 나을 수 있다.[17] 보통 사람의 싸움질을 못하게 하려면[18] 堯(요)나 舜(순)의 가르침보다 못난 아내의 당부가 더 나을 수 있다.[19]

나는 너희가 하녀나 아내의 말보다 이 책이 더 낫다고〔賢(현)〕 믿어주기를 바란다.[20]

---

14 원문 業以整齊門內 – 業은 일(事). 여기서는 일삼다. 전적으로. 整齊(정제)는 정돈하여 바르게 하다. 門內는 家門.

15 원문 提撕子孫 – 提는 끌 제. 이끌다. 撕는 끌 서. 쪼갤 사(析也).

16 원문 夫同言而信, 信其所親 – 夫는 발어사. 同言을 信하더라도, 그 중에서(其) 所親한 사람의 말을 信한다. 모르는 사람의 말보다 가까운(親) 사람의 말을 믿는다.

17 원문 師友之誡不如傅婢之指揮 – 師友는 스승이나 벗. 誡는 훈계할 계. 傅婢(부비)는 侍婢(시비). 指揮(지휘)는 타일러 못하게 하다.

18 원문 止凡人之鬪鬩 – 止는 그칠 지. 그치게 하다. 鬪鬩(투혁)은 싸움. 여기서는 형제간의 다툼.

19 원문 寡妻之誨諭 – 寡는 적을 과. 寡妻(과처)는 자기 아내에 대한 겸칭. 誨諭(회유)는 타일러 깨우치다.

20 원문 吾望此書爲汝曹之所信, 猶賢於傅婢寡妻耳 – 이 구절은 영문법으로 말하자면 수동태의 문장이다. 吾는 主語이고 望은 타동사

인데, 문장 끝까지가 望의 목적절이 된다. 爲는 피동형 문장을 만
들다. ~이 되다. 汝曹(여조)는 너희들. 所信은 믿어지는 바. 믿음.
猶는 오히려, 賢은 더 낫다. 더 좋다의 뜻. '현명하다'로 새기면 우
리말이 어색해진다. 於는 비교, ~보다. 傳婢寡妻(부비과처) 다음에
'之言'이 생략되었다. 耳는 종결 어미. 영어나 漢文에서 수동태
(피동형) 문장은 아주 자연스럽지만 우리말 어순에는 어색하다.

002/ 우리의 家風

|原文| 吾家風敎, 素爲整密. 昔在齠齔, 便蒙誘誨. 每從
兩兄, 曉夕溫淸, 規行矩步, 安辭定色, 鏘鏘翼翼, 若朝嚴
君焉. 賜以優言, 問所好尙, 勵短引長, 莫不懇篤.

　年始九歲, 便丁荼蓼, 家塗離散, 百口索然. 慈兄鞠養,
苦辛備至, 有仁無威, 導示不切. 雖讀《禮傳》, 微愛屬文,
頗爲凡人之所陶染, 肆欲輕言, 不脩邊幅.

　年十八九, 少知砥礪, 習若自然, 卒難洗蕩. 三十已後,
大過稀焉, 每常心共口敵, 性與情競, 夜覺曉非, 今悔昨失,
自憐無敎, 以至於斯. 追思平昔之指, 銘肌鏤骨, 非徒古書
之誡, 經目過耳也. 故留此二十篇, 以爲汝曹後車耳.

|국역| 우리 가정의 家風(가풍)과 교육은 평소에도 嚴整(엄정)하고
세밀하였다.[21] 옛날〔昔(석)〕 내가 이를 갈 무렵부터[22] 늘〔便(편)〕 가
르침을 받았다.[23] 매번〔每(매)〕 두 형을 따라[24] 조석으로 부모님께

---

21 원문 吾家風敎, 素爲整密 – 風敎는 家風과 敎化. 素는 평소. 整密
(정밀)은 잘 정돈되고 빈틈이 없다.

22 원문 昔在齠齔 – 齠는 이 갈 초. 齔은 이 갈 츤. 젖니가(幼齒) 빠지
고 영구치가 나다.

23 원문 便蒙誘誨 – 便은 곧. 바로. 늘. 蒙은 입을 몽. 은혜를 받다. 誘

문안을 여쭙고,[25] 법도[規矩(규구)]에 맞게 걷고,[26] 安穩(안온)한 언
사와 평온한 표정, 당당하면서도 바른 행동으로[27] 부모님께 문안

誘(유회)는 권유와 敎誨(교회).

24 兩兄 – 顔之推는 부친 顔勰(안협)의 三男으로, (南朝, 梁 武帝) 中大
通 3年 辛亥年(531)에 江陵(今, 湖北省 남부 江陵市)에서 출생했
다. 형 顔之儀(안지의, 523 – 591년,《周書 顔之儀傳》에 입전)와 顔之善
(안지선, 무亡)이 있었다고 알려졌다.

25 원문 曉夕溫凊 – 曉는 새벽 효. 曉夕(효석)은 조석. 溫은 따뜻할 온.
凊은 서늘할 정. 溫凊(온정)은 아침과 저녁으로 부모님 거처가 알
맞게 따습고 서늘한가를 살피다. 출처.《禮記 曲禮 上》「凡爲人子
之禮, 冬溫而夏凊, 昏定而晨省.」

26 원문 規行矩步 – 規矩(규구)와 行步를 합친 말. 規矩(규구)의 規는
법 규. 圓을 그리는 컴퍼스. 矩는 법 구. 직각을 그리는 그림쇠. 行
步(행보)는 걷다.

27 원문 鏘鏘翼翼(장장익익) – 鏘은 金玉의 소리 장. 鏘鏘(장장)은 성대
한 모양. 걸음걸이가 整然(정연)한 모양. 翼은 날개 익. 翼翼(익익)
은 공경하면서도 삼가는 모양. 장엄하면서도 웅장한 모양. 鏘鏘翼
翼(장장익익)은 君子의 당당한 걸음걸이다. 사람이 걷는 모양이
나 외모를 보면 그 사람을 알 수 있다. 五行에 맞춰 五事가 있다.
五事는 修身의 다섯 가지 德目인데, 곧 貌(모), 言, 視, 聽, 思이다.
五事의 첫째가 용모이며, 용모는 표정과 태도, 특히 걸음걸이이
다. 그 사람의 걸음걸이는 그 사람의 모든 것을 나타낸다. 여기서
저자 顔之推가 자신이 어렸을 때 배운 風敎에 왜 鏘鏘翼翼(장장익
익)이란 말을 썼는가를 정말 깊이 생각해야 한다. 걸음걸이도 분
명 가르쳐야 한다. 특히 젊은데도 신발 끄는 소리를 내며 걷는 사
람은 병든 몸(病身)이다.

을 드렸다.[28] (부모님은) 부드럽게 말씀하시면서(賜以優言) 내가 좋아하는 것을(所好尙) 물으셨고, 나의 부족한 점을 격려해주시고〔勵短(여단)〕 장점은 잘하도록 격려하셨는데(引長) 정성 아닌 것이 없었다.[29]

막 아홉 살이 되었을 때 갑자기 부친상을 당했고,[30] 家道〔家塗 (가도) : 집안 형편〕가 어려워졌으며[31] 온 식구가 막막하였다.[32] 자애로운 형님이 가족을 부양했지만, 온갖 고생을 해야만 했으며,[33] (형님은) 인자하시기만 할 뿐 위엄을 갖추지 않았지만, 가

---

28 원문 若朝嚴君焉 – 朝는 入朝하다. 부모님을 뵙다. 어른에게 보일 조. 아침에 부모님을 뵙고 문안하다. 동사로 쓰이었다. 아침이란 뜻이 아니다.

嚴君은 父親, 아버지의 높임말. 부모.

29 원문 莫不懇篤 – 정성이 아닌 것이 없었다. 모두가 眞情이었다. 莫不는 아닌 것이 없었다. 이중부정 곧 긍정. 懇篤(간독)은 간절한 진심에 돈독한 정성.

30 원문 便丁荼蓼 – 便은 마땅할 변. 곧(卽也). 문득, 갑자기(輒也 첩). 丁은 고무래 정(농기구 이름), 당할 정(當也). 荼는 씀바귀 도. 차다. 쓴 나물. 蓼는 여뀌 료. 풀이름. 荼蓼(도료)는 씀바귀와 여뀌. 고통과 해악을 받다. 부모의 죽음. 자식에게 가장 큰 슬픔이다.

31 원문 家塗離散 – 塗는 진흙 도. 길(道也). 家塗는 家道. 집안 형편. 離散(이산)은 흩어지다. 형편이 나빠지다.

32 원문 百口索然 – 百口는 온 식구. 索은 줄 삭. 찾을 색. 索然(삭연)은 비다. 공허하다. 떨어지다.

33 원문 慈兄鞠養, 苦辛備至 – 鞠養(국양)은 부양하다. 양육하다. 鞠

르치고 본보기를 보이면서 간절하지 않은 것이 없었다. (내가) 비록 《禮記 / 周禮》와 《左氏傳》을 읽었지만,[34] 글짓기를 좋아하지 않았고,[35] 凡人(俗人)들이 기뻐하는 일에 많이 물들어서,[36] 말을 함부로 하며 옷차림이나 용모에 유념하지 않았었다.[37]

은 공 국. 기르다. 苦辛(고신)은 辛苦. 힘든 고생. 備至(비지)는 한꺼번에 닥치다.

34 원문 《禮傳》 - 《禮》가 《禮記》인지 《周禮》인지 확실하지 않다. 《傳》은 《春秋左氏傳》이다. 王莽(왕망) 時에 劉歆(유흠)은 《周官經》의 博士를 설치케 하였다. 《周官經》, 곧 지금의 《周禮》이다. 《周官 / 周官經》은 書名으로 보면 周代 官制를 쓴 책이지만 周公이 지었다고 하는 이상적 정치제도와 國家 제도의 근본, 衣冠, 官制, 軍制, 田制, 稅制, 禮制 등 國家政治制度 전반을 논한 책이다. 관직을 天官, 地官, 春官, 夏官, 秋官, 冬官의 6권으로 그 직무를 설명하였다. 이때 周는 國名이 아니라 빠진 것이 없다는 周備의 뜻이라 하였다. 武帝 때, 河間 獻王 劉德(유덕)이 이를 조정에 바쳤고, 前漢 말 劉歆(유흠)이 《周禮》라 하였다. 後漢에서는 박사를 두고 이를 교육하였는데 馬融(마융), 鄭玄(정현) 등이 이를 연구하였다. 《周禮》와 《儀禮》, 《禮記》를 '三禮'라 통칭한다.

35 원문 微愛屬文 - 微는 작을 미. 많지 않다. 屬은 모을 촉, 이을 촉. 무리 속, 붙일 속, 글 잘 엮을 속. 屬文(촉문)은 문장을 이어가다. 곧 글을 짓다.

36 원문 頗爲凡人之所陶染 - 頗는 자못 파. 제법, 많이. 爲는 ~이 되다. 凡人은 俗人. 陶는 기쁠 도, 질그릇 도. 俗人들이 좋아하는 일. 染은 물들 염. 물들다.

37 원문 肆欲輕言, 不脩邊幅 - 肆는 방자할 사. 제멋대로. 輕言(경언)은 마음대로 함부로 하는 말. 不脩(불수)는 수양하지 않다. 邊幅(변폭)

나이 18, 9세에 (언행이나, 학문 등) 갈고 닦아야 한다는 사실을 조금은 알았지만[38] 타고난 습성인 양, 끝내 깨끗이 씻어버리기 어려웠다.[39]

서른 살 이후로, 大過는 적었지만(稀) 말을 함부로 할까 늘(每常) 마음으로 걱정하였으며,[40] 천성과 心情이 다투고, 밤에 깨닫고도 새벽에 잘못을 저지르고, 어제 失行을 오늘 후회하며, 가르침을 제대로 받지 못해(無敎) 스스로 연민하면서(自憐) 지금까지 살아왔다(以至於斯). 옛날 (부친이나 형님의) 뜻을 되짚어 생각하여(追思) 내 마음속 깊이(피부나 뼈에) 새겨졌으니,[41] (이는) 한낱 古書의 훈계가 아니라 직접 눈으로 보고 귀로 들은 것들이었다.[42]

은 옷의 가장자리. 옷차림. 젊은 날의 반항 같은 기질이 누군들 없었겠는가?

38 원문 少知砥礪 — 少知는 조금 알다. 조금씩 깨우치다. 砥礪(지려)는 숫돌. 칼이나 도끼를 硏磨(연마)하는 돌. 砥는 숫돌 지. 礪는 숫돌 려.

39 원문 卒難洗蕩 — 卒은 부사로 쓰였다. 별안간, 갑자기, 끝내. 병졸 졸, 죽을 졸. 難은 어려울 난. 洗는 씻을 세. 씻어내다. 蕩은 쓸어버릴 탕. 洗蕩(세탕)은 깨끗히 씻어버리다.

40 원문 每常心共口敵 — 每常(매상)은 늘. 여전히. 心이 口를 敵으로 여겼다. 입이 말을 함부로 할까 마음속으로 걱정했다는 뜻.

41 원문 銘肌鏤骨 — 銘은 새길 명. 肌는 살 기. 피부. 鏤는 새길 누(루).

42 원문 非徒古書之誡 — 徒는 무리 도. 걷다(步行). 비었다(空). 징역. 다만(但也). 한낱. 여기서는 부사로 쓰이었다. 誡는 훈계할 계.

그래서 여기 20편을 남기니 너희들은 (이를) 경계로 삼기 바란
다.⁴³

---

43 원문 以爲汝曹後車耳 – 以爲는 以~爲~. 汝曹(여조)는 너희들. 후
손. 後車는 '前車覆亡 後車爲戒'의 뜻. 앞에 가던 수레가 뒤집힌
것을 보고 뒤에 가는 수레가 조심하다. 앞에 간 수레는 바퀴자국
을 남긴다(前有車 後有轍). 앞에 간 수레가 뒤집히면(前車之覆)
後車之鑑(후거지감)이라고 했다. 앞서 가던 사람이 넘어지면(前人
躓, 넘어질 지) 後人戒(후인계)라 하였고, 같은 뜻으로 前人之失은
後人之鑑(앞사람의 실패는 뒷사람의 귀감이 된다.)이란 말이 있
다. 또 前事不忘은 後事之師이고, 前事不戒하면 後事復覆(후사복
복)이라 했다. 약간 다른 뜻이지만 앞에 간 배가 댄 곳에, 뒤 따라
오는 배도 댄다(前船就是後船崖)고 하였다. 또 사람은 산에서는
넘어지지 않고(人莫躓於山), 낮은 개미 두둑에 걸려 넘어진다(而
躓於山)는 말도 있다.

2. 敎子(교자)⁴⁴

003/ 자식 가르치기

|原文| 上智不敎而成, 下愚雖敎無益, 中庸之人, 不敎不

---

44 敎子 – 篇名. 자식 교육. 《孟子》에는 옛날에 아들을 서로 바꾸어 교육했다는 말이 있다. 아무리 어린 아들이지만, 수준에 이르도록 계속 꾸짖는 것이 결코 부자지간에 좋은 일은 아닐 것이다. 아버지가 아들을 꾸짖고 나무라며 가르치는 것도 어렸을 때 이야기이지, 成人이 된 아들을 꾸짖는 것도 최선의 방법은 아니다. 그리고 성인이 된 아들이라도 연세든 아버지의 잘잘못을 따질 수도 없을 것이다. 그렇게 되면 父子간은 완전히 갈라서게 된다. 일단 父子가 틈이 벌어지면 다시 봉합하는 것도 어려운 일이다. 그래서 맹자는 '부자간에는 서로 잘하라고 책망하지 않아야 한다.' 고 결론을 내고 있다.(《孟子 離婁 上》「公孫丑曰 君子之不敎子 何也. 孟子曰 … 則是父子相夷也 父子相夷則 惡矣. 古者 易子而敎之. 父子之間 不責善. …」

知也. 古者聖王有胎敎之法. 懷子三月, 出居別宮, 目不邪
視, 耳不妄聽, 音聲滋味, 以禮節之. 書之玉版, 藏諸金匱.

　生子咳嗁, 師保固明孝仁禮義, 導習之矣. 凡庶縱不能
爾, 當及嬰稚, 識人顏色, 知人喜怒, 便加敎誨, 使爲則爲,
使止則止. 比及數歲, 可省笞罰.

|국역| 上智(상지)는 가르치지 않아도 저절로 사람이 되나, 下愚
(하우)는 가르쳐도 無益(무익, 나을게 없다)하며, 보통 사람은(中庸
之人, 중용) 가르치지 않으면 아는 것이 없다.[45] 옛날에(古者) 聖

---

45 원문 上智不敎而成 ~ ─ 그리고 공자는 학문을 할 수 있는 능력을
　구분하여 生而知之, 學而知之, 困而學之, 困而不學(곤이불학)의 4
　등급으로 구분할 수 있다고 보았다.(《論語 季氏》孔子曰, "生而知
　之者上也, 學而知之者次也, 困而學之, 又其次也, 困而不學, 斯爲
　下矣.") 이는 본성의 문제가 아니라 재능의 문제라고 인식해야 한
　다. 태어나면서부터 사리를 깨우칠 능력을 가진 生而知之者는 上
　知(上智)인데, 이들은 배우지 않는다 하여 그 천재성이 사라지지
　않고 또 바뀌지도 않는다. 그리고 아는 것이 없어 몹시 힘들게 살
　아가면서도 배우려 하지 않는 사람, 가르침을 거부하는 사람, 또
　선행을 거부하는 완강한 無知者(무지자)가 있다면 이들은 모두 下
　愚(하우)인데 이들은 깨우치려 해도 깨우칠 수 없는 사람이다. 곧
　전혀 가능성을 기대할 수 없는 불변이라고 보았다. 곧 상등의 明
　知와 하등의 愚者는 바뀔 수 없다고 하였다.(《論語 陽貨》子曰,
　"唯上知與下愚不移.")
　또 공자는 "재능이 中人 이상이면 재능 이상을 말해줄 수 있지만

王에게 胎敎(태교)의 法度가 있었다. 아이를 가진 지〔懷子(회자)〕 3달이면 (평소의) 거처를 나와 별도의 건물에(別宮) 기거하며, 눈으로는 사악한 것을 보지 않고(目不邪視), 귀로는 함부로 하는 말을 듣지 않았으며(耳不妄聽),[46] 말소리나(音聲) 먹는 것도(滋味) 禮法에 맞게 조절하였다. 이를 玉版(옥판)에 새기어 금속의 궤짝에 보관하였다.[47]

자식을 낳아 안아 키울 때가 되면,[48] 師保(사보)는 꼭(固) 孝와 仁, 그리고 禮와 義를 일러주고(明), 아이를 이끌어 가르치게 하였다. 보통 서민들이야(凡庶) 그렇게까지(縱) 할 수는 없지만, 그래

(그러면 이해하려고 노력을 할 것이다), 中人 이하에게는 그 능력 이상을 일러줄 수 없다."고 말했다. 《論語 雍也》子曰, "中人以上, 可以語上也, 中人以下, 不可以語上也."

46 《論語 顏淵》의 첫 章에 顏淵(안연, 顏回)이 問仁하자, 공자는 克己復禮(극기복례 : 자신의 이기적 욕심을 극복하고 예로 돌아가다)가 仁이라 말했고, 안회가 그 실천 방법을 물었고 공자는 "非禮勿視, 非禮勿聽, 非禮勿言, 非禮勿動."의 4가지를(四勿) 말했다. '禮가 아니라면 보거나 듣지 말며, 말과 행위도 하지 말라.' 는 뜻이다.

47 원문 藏諸金匱 - 藏은 감출 장. 보관하다. 諸는 ~에. 之於의 축약. 金匱는 금속으로 만든 궤짝(匱). 金은 금속. 곧 靑銅을 의미. 金은 黃金, 白金, 赤金(靑銅)으로 구분했다. 鐵은 金보다 늦게 사용되었다.

48 원문 生子咳嗁 - 咳는 어린아이가 웃을 해. 孩(어린아이 해)와 通. 嗁는 새가 울 시. 咳嗁는 孩提(해제). 孩提(해제)는 품에 안고 웃길 수 있는 나이. 2, 3세의 아이.

도 응당(當) 어린아이 때부터[49] 남의 안색을 살피고, 다른 사람의 좋고 싫은 감정을 알게 하며, 가르쳐서 할 일을 하게 하고, 못할 것은 못하게 해야 한다[使止則止(사지즉지)]. 그러면 제 나이를 셀 때가 되면[50] 매질이나 벌을 주지 않아도 그 뜻을 알 수 있게 한 것이다.[51]

|原文| 父母威嚴而有慈, 則子女畏愼而生孝矣. 吾見世間, 無敎而有愛, 每不能然. 飮食運爲, 恣其所欲, 宜誡翻獎, 應訶反笑, 至有識知, 謂法當爾. 驕慢已習, 方復制之, 捶撻至死而無威, 忿怒日隆而增怨, 逮於成長, 終爲敗德.

孔子云「少成若天性, 習慣如自然.」是也. 俗諺曰, '敎婦初來, 敎兒嬰孩.' 誠哉, 斯語!

|국역| 父母에게 威嚴(위엄)[52]과 慈愛(자애)가 있으면 자녀는 부

---

49 원문 嬰稚 – 嬰은 갓난 아이 영. 嬰兒. 稚는 어릴 치. 幼稚(유치). 4–6세 정도의 아이.

50 원문 比及數歲 – 比及은 때가 되다. 數歲는 '여러 살'이라는 뜻이나 너무 막연하다. 제 나이를 알 정도의 어린아이일 것이다.

51 원문 可省笞罰 – 省은 살필 성. 줄일 생. 笞는 볼기칠 태. 罰은 죄 벌. 벌을 주다.

52 威嚴(위엄) – 아버지가 취하는 엄격함은 자식 교육의 원칙이다. 그

모를 어려워하면서도 근신하고〔畏愼(외신)〕 효도할 것이다. 내가 볼 때, 세상에(世間) 가르치지는 않고 애정만 준다지만, 늘 그렇지는 못할 것이다. (자녀의) 음식이나 행실이(運爲) 하고 싶은 대로 방자하다면 (부모가) 응당〔宜(마땅할 의)〕 훈계하고〔誡(계)〕 못하게 해야 하나, 응당 꾸짖을 일을 반대로 웃어넘기니[53] 철이 들어 알아야 할 나이에도〔至有識知(지유식지)〕 법이 당연히 그런 줄 알게 된다〔謂法當爾(위법당이)〕. 驕慢(교만)이[54] 습관화 된 뒤에〔已習(이습)〕 그때 가서 자식을 制止(제지)하려고 죽도록 매질하여도 (부모의) 권위가 서지 않으며,[55] 忿怒(분노)는 날마다 커지고 원망만 늘어나니, 성인이 되어서는 끝내 패륜에 이르게 된다.[56]

러나 그것이 아들을 묶어두는 틀이나 구속이 되어서는 안 된다. 그리고 아버지가 엄격한 권위를 보이려고 일부러 회초리를 들어서도 안 된다.

53 원문 應訶反笑 — 訶는 꾸짖을 가. 反笑는 도리어 웃어버리다. 자녀의 못된 행실을 응석으로 받아주다.

54 《老子道德經》에 「부귀한데다가 교만하다면(富貴而驕) 스스로 화를 초래한다(自遺其咎).」는 말이 있다. 본래 부잣집 아들들은 교만이 많고(富家子弟多驕), 권세가 아들은 오만이 많다(貴家子弟多傲).

55 원문 捶撻至死而無威 — 捶는 종아리 때릴 추. 撻은 매질할 달. 捶撻(추달)은 회초리로 때리다. 無威(무위)는 위엄이 서지 않다.

56 원문 終爲敗德 — 엄한 가르침은 효자를 만들고(嚴敎出孝子), 응석받이 교육에 버린 자식 많다(溺愛多敗子). 집안을 망치는 자식은 많은 재산을 걱정하지 않는다(敗家子不怕財多) 하였으니, 재산이 아무리 많아도 모두 다 말아먹는다.

孔子가 말한 「젊어 배운 버릇은 天性과 같고, 習慣(습관)은 自然과 같다.」는 말은 사실이다.[57] 그래서 俗諺(속언)에 '며느리를 가르치려면 처음 시집왔을 때 가르치고, 아이를 가르치려면 어렸을 때 가르쳐라!' 고 하였으니, 이 말은(斯語) 참으로 옳은 말이다 (誠哉!)[58]

---

57 《論語 陽貨》에 子曰, "性相近也, 習相遠也." 고 하였다.

58 '어린아이는 부모의 그림자이다(孩子是父母的影子).' 라는 속언이 있다. 자식은 부모를 빼닮는다. 특히 언행이 그러하다. 그러니 자식을 가르치지 않을 수 없다.

004/ 嚴父(엄부)의 회초리

|原文| 凡人不能教子女者, 亦非欲陷其罪惡, 但重於訶怒. 傷其顏色, 不忍楚撻慘其肌膚耳. 當以疾病爲諭, 安得不用湯藥鍼艾救之哉? 又宜思勤督訓者, 可願苛虐於骨肉乎? 誠不得已也.

|국역| 보통 사람이(凡人) 자식을 가르치지 못하는 것은 자식을 죄악에 빠트리려는 뜻이 아니라, 다만 자식을 꾸짖거나 자식에게 화를 내지 못하고,[59] 안색을 바꿔 매질하여 자식의 종아리에 차마 상처를 내지 못하기 때문이다.[60]

(자식 교육을) 疾病(질병)으로 비유하자면, (쓰디쓴) 湯藥(탕약)이나 (따끔한) 鍼(침)이나 쑥뜸을 뜨지 않고 어찌 병을 고칠 수 있겠는가?[61]

---

59 원문 但重於訶怒 – 重은 삼갈 중. 난감해 하다. 두려워하다. 자주. 訶는 꾸짖을 가.

60 不忍楚撻慘其肌膚耳 – 不忍(불인)은 차마 하지 못하다. 楚撻(초달)은 매질. 회초리로 때리다. 慘은 참혹히 여기다. 肌는 살 기. 膚는 껍질 부. 肌膚(기부)는 살. 살갗.

61 安得不用湯藥鍼艾救之哉? – 安은 어찌. 의문사. 鍼은 침 침. 艾는 쑥 애. 救는 병을 고치다. 哉는 어조사 재. 의문 종결어미.

또(又) 부지런히 훈육해야 한다고 생각할지라도 자식을(骨肉) 가혹하게 할 수 있겠는가? 참으로 어려운 문제이다.[62]

---

62 원문 誠不得已也 – 誠은 진실로. 참으로. 不得已(부득이)한 일이다. 사실 집안에서 회초리를 아끼면 밖에 나가서 남의 미움을 받게 되고, (나의) 버릇없는 아들은 (다른 사람에게) 천덕꾸러기가 된다는 것을 명심해야 한다.

005/ 嚴敎(엄교)와 失敎(실교)

|原文| 王大司馬母魏夫人, 性甚嚴正, 王在湓城時, 爲三千人將, 年踰四十, 少不如意, 猶捶撻之, 故能成其勳業.

梁元帝時, 有一學士, 聰敏有才, 爲父所寵, 失於敎義. 一言之是, 徧於行路, 終年譽之. 一行之非, 揜藏文飾, 冀其自改. 年登婚宦, 暴慢日滋, 竟以言語不擇, 爲周逖抽腸釁鼓云.

|국역| 大司馬인 王僧辯(왕승변)[63]의 모친 魏氏(위씨) 夫人은 천성이 매우 엄격했는데, 왕승변이 湓城(분성)[64]에 근무할 때, 3천 명을 거느린 장수로 나이가 40이 넘었지만, 조금이라도 (모친의) 뜻에 맞지 않으면 회초리를 맞았기에, (나중에) 큰 공을(勳業) 이룰 수 있었다.

梁 元帝 재위 중에[65] 어떤 學士가 있었는데, 총명하고 재주가

---

63 大司馬 王僧辯(왕승변, ?-555년, 字는 君才) - 大司馬는 武官 직명. 漢代와 같은 최고위직은 아니다. 南朝 梁나라의 장수. 侯景(후경)의 난(548-552)을 진압하는 등 공을 세웠고 梁에 충성을 다했다.

64 湓城(분성) - 湓水(분수)와 長江의 合流點. 今 江西省 북부 九江市 관할 瑞昌市(서창시).

65 梁 元帝〔蕭繹(소역), 재위 552-555년〕 - 梁 武帝 蕭衍(소연)의 第七子. 잔인한 황제였었다.

있어 부친의 총애를 받았지만 가정교육을 제대로 받지 못했다. (그 學士가) 한 번 옳은 말을 하면 (그 부친은) 길을 가는 모르는 사람에게도 1년 내내 자랑을 했다.[66] 한 번 비행을 저지르면, 감싸주고 핑계를 만들며 스스로 고치기를 기대했다.[67]

나이가 들어(年登) 결혼하고 벼슬하면서 포악과 교만은 날로 성했고, 결국(竟) 말을 가려 하지 않아서(不擇), 周逖(주적)에게 창자가 찢겨 죽었고, 그 피를 북(鼓)에 발랐다고 한다.[68]

---

66 원문 徧於行路, 終年譽之 − 徧은 두루 편. 모두에게. 行路는 길 가는 사람. 모르는 사람. 終年은 1년 내내. 譽之는 아들을(之) 자랑하다(稱譽).

67 원문 揜藏文飾 冀其自改 − 揜은 가릴 엄. 덮어주다. 藏은 감출 장. 文飾(문식)은 꾸며대다. 핑계를 만들다. 冀는 바랄 기.

68 원문 爲周逖抽腸釁鼓云 − 爲는 피동. ∼이 되다. 당하다. 周逖(주적)은 인명. 梁 원제 때 장군이며, 지방관. 抽는 뺄 추. 창자를 뽑아내다. 극형을 당하다. 釁은 피 바를 흔. 鼓는 북 고. 云은 ∼라고 한다.

006/ 엄격한 父子 관계

|原文| 父子之嚴, 不可以狎, 骨肉之愛, 不可以簡. 簡則
慈孝不接, 狎則怠慢生焉. 由命士以上, 父子異宮, 此不狎
之道也, 抑搔癢痛, 懸衾篋枕, 此不簡之敎也.

　或問曰, "陳亢喜聞君子之遠其子, 何謂也?" 對曰, "有
是也. 蓋君子之不親敎其子也,《詩》有諷刺之辭,《禮》有
嫌疑之誡,《書》有悖亂之事,《春秋》有衰僻之譏,《易》有
備物之象, 皆非父子之可通言, 故不親授耳."

|국역| 아버지와 아들의 엄격한 관계는 親狎(친압)할 수 없고,[69]
골육의 애정은 소홀히 할 수 없다.[70] 소홀히 하여 멀어지면 자애
나 효도가 이어지지 않고, 친압하면 怠慢(태만)해진다. 그래서 관
직을 받은 士人(命士) 이상은 父子가 거처를 달리하는데(父子異

---

69 원문 不可以狎 – 狎은 익숙할 압. 친압하다. 격의 없이 터놓고 지
내다. 곧 너무 지나칠 정도로 가깝다는 뜻이다. 우리말로는 '무람
없다' 이다. 부끄럽거나 무안하여 삼가고 조심하는 태도를 '무람
하다' 라고 한다. 그런 조심스런 모습도 없는, 곧 버릇없이 친밀한
관계가 狎(압)이다. 親狎(친압)은 '사이가 너무 가까워 무람이 없는
관계' 이다.

70 원문 不可以簡 – 簡은 대쪽 간. 줄이다. 업신여기다. 무례하다. 무
시하다. 대수롭지 않게 여기다.

宮), 이는 (父子간의) 친압하지 않는 道(不狎之道)이며, (부모의) 아픈 곳〔痛(아플 통)〕을 주물러 드리고〔抑(누를 억)〕, 가려운 곳을 〔癢(가려울 양)〕 긁어드리며〔搔(긁을 소)〕 이불을 개어서 올려놓거나〔懸衾(현금)〕 베개를 상자에 넣어두는 일〔篋枕(협침)〕 등은 疏遠(소원)하지 않게 하려는 가르침이다.

或者(혹자)가 물었다.

"陳亢(진항)[71]이 君子는 그 아들을 멀리한다는 말을 듣고 기뻐하였는데,[72] 무슨 뜻입니까?"

---

71 陳亢(진항) - 字는 子禽(자금). 《論語》에서는 여러 번 그 이름이 나오나, 공자의 제자 여부는 확실치 않다. 《史記 仲尼弟子列傳》에는 이름이 나오지 않는다.

72 원문 喜聞君子之遠其子, 何謂也 - 《論語 季氏》에 수록된 내용이다. 陳亢(진항)이 공자의 아들 伯魚(백어)에게 물었다. "당신은 (부친으로부터) 특별히 들은 말씀이 있습니까?(子亦有異聞乎?)" 이에 백어가 말했다. "없습니다(未也). 한번은 혼자 서 계실 때(嘗獨立), 제가(鯉) 빠른 걸음으로 뜰을 지나갔습니다(趨而過庭). (부친께서) '詩를 공부했느냐?(學詩乎?)' 하고 물으셨습니다. '아직 못했습니다(未也).' '詩를 공부하지 않으면 말을 잘 할 수 없다(不學詩, 無以言.)' 그래서 저는 물러나 詩를 배웠습니다(鯉退而學詩). 他日에 또 혼자 계실 때(又獨立), 제가 빠른 걸음으로 앞을 지나갔습니다(鯉趨而過庭). 그러자 '禮를 배웠는가?(學禮乎?)'라고 물으셨습니다. '아직 못했습니다(未也).'라고 대답했습니다. '禮를 배우지 않으면 자립할 수가 없다(不學禮, 無以立).' 그래서 저는 물러나 禮를 배웠습니다(鯉退而學禮). 저는 이 두 가지 말씀을 들었습니다(聞斯二者)."

이에 대답했다.

"그렇습니다(有是也). 대체적으로 君子는 직접 그 자식을 가르치지 않습니다. 《詩》에는 諷刺(풍자)의 말이 있고, 《禮》에는 嫌疑(혐의)해야 할 일에 대한 훈계(誡)가 있으며, 《書》에는 인륜을 어지럽힌 사건 기록도 있고〔悖亂之事(패란지사)〕, 《春秋》에는 사악한 짓에 대한 비난이 있으며(衺僻之譏),[73] 《易》에는 (음양을 포용하는) 만물의 형상에 대한 글이 있는데, 이 모두는 父子가 말로 소통할 수 없기에 직접 가르치지 않는 것입니다."[74]

이에 진항이 물러나와 기뻐하며 말했다(退而喜曰). "하나를 물어세 가지를 얻었으니(問一得三), 詩와 禮를 배워야 한다는 것(聞詩聞禮), 그리고 君子는 자식을 멀리한다는 것을 배웠다(又聞君子之遠其子也)."
여기서 자식을 멀리한다는 뜻은 남달리 對하지 않는다는 뜻이다.

73 원문 有衺僻之譏 – 衺는 비뚤어질 사, 간사할 사. 僻은 후미질 벽. 譏는 나무랄 기.

74 善惡과 生死에 관해서는 부자간이라도 서로 도와줄 수 없다. 곧 자신의 일은 자신이 결정해야 한다.

007/ 자식을 망친 총애

|原文| 齊武成帝子琅邪王, 太子母弟也. 生而聰慧, 帝及后並篤愛之, 衣服飮食, 與東宮相準. 帝每面稱之曰, "此黠兒也, 當有所成."

及太子卽位, 王居別宮, 禮數優僭, 不與諸王等, 太后猶謂不足, 常以爲言. 年十許歲, 驕恣無節, 器服玩好, 必擬乘輿. 嘗朝南殿, 見典御進新氷, 鉤盾獻早李, 還索不得, 遂大怒, 詬曰, "至尊已有, 我何意無?"

不知分齊, 率皆如此. 識者多有叔段州吁之譏. 後嫌宰相, 遂矯詔斬之, 又懼有救, 乃勒麾下軍士, 防守殿門. 旣無反心, 受勞而罷, 後竟坐此幽薨.

|국역| (北朝) 齊 武成帝(무성제)[75]의 아들 琅邪王(낭야왕, 高儼, 고

---

75 (北朝) 齊 武成帝(무성제) - 高洋(고양)의 北齊(서기 550 - 577 존속)와 宇文覺(우문각)의 北周(서기 557 - 581 존속)는 경쟁자 관계이었다. 북제는 중국인의 鮮卑族化를 추진했고, 북주에서는 선비족의 漢人化를 추진했었다. 개국 군주 高洋은 선비족화한 漢人이었다. 고양은 선비족의 언어를 쓰며 선비족을 우대하고 등용하며 철저하게 선비족에 동화하였다. 그러면서 한인들에게는 선비족은 중국인들을 위해 싸우고 나라를 지켜준다고 강조하였다. 결과적으로 북제의 조정은 선비족이 모든 요직을 차지하게 된다. 때문에

엄)은 太子(뒷날 망국하는 後主, 高緯 고위)의 同母弟(친형제)이
었다. 출생 이후 총명하여 황제와 황후가 함께 아주 돈독하게 총
애하였는데, 의복이나 음식이 東宮(동궁:太子)과 똑같았다. 황제
(武成帝)는 낭야왕을 볼 때마다 "이처럼 영리한 아들이니[76] 꼭 큰
일을 할 것이라."고 칭찬하였다.

太子가 즉위한 뒤에(後主 緯) 낭야왕은 別宮에 거처했지만, 禮
遇(예우)는 분수에 넘쳤고(禮數優僭) 다른 王들과 같지 않았는데
도 태후는 '그래도 부족하다'면서(猶謂不足) 늘 이를 언급하였
다. 나이가 열 살이 넘었는데도, 교만 방자하여 절도가 없었고,
器物(기물)이나 服裝(복장), 노리개〔玩好(완호)〕 등이 꼭 황제와 같
았다.[77]

초기에는 북제가 무력적으로 강국이었으나 지속적 발전을 이루지
못하고 쇠약해진다. 북제의 재위 순서를 정리하면 다음과 같다.
  文宣帝(高洋) ; 선비족. 개국 군주 (재위 550 – 559년).
  廢帝(高殷, 고은) ; 文宣帝(高洋)의 長子(재위 559 – 560년).
  孝昭帝(高演, 고연) ; 高洋의 同母弟(재위 560 – 561년) 조카 高
  殷을 폐위, 죽임.
  武成帝(高湛, 고담) ; 高洋의 同母弟(재위 561 – 565년) 조카 百
  年을 폐위, 죽임.
後主 高緯(고위, 재위 565 – 577)는 소인들을 많이 사랑했기에 정치,
문란. 北周가 北齊 정벌에 나서 수도 鄴(업)을 공격하자 8살 아들
高恒(고항)에게 선위(25일 재위). 後主 고위와 幼主 高恒은 北周로
끌려가 피살. 북제는 건국하고 6세 28년에 망했다.
76 원문 此黠兒也 – 黠은 약을 힐. 영리하다. 교활하다.

언젠가(嘗) 낭야왕이 南殿에 入朝(입조)하면서 侍者(시자, 典御)가 금방 꺼낸 얼음을 올리고, 苑囿(원유) 담당 관리 鉤盾(구순)이 일찍 익은 자두〔早李(조리)〕를 진상하는 것을 보고, 궁에 돌아와 그런 것을 찾았으나 얻지 못하자 결국 대노하면서 아랫사람을 꾸짖었다〔詬(꾸짖을 후)〕.

"至尊(지존, 황제)은 벌써 먹었는데, 나는 왜 못 먹는가?"**78**

그 분수(分數, 分齊:나눔과 동등함)를 모르기가 대개 이와 같았다. 識者들은 (春秋 시대의) 叔段(숙단)과 州吁(주우)**79**에 비교하며 낭야왕을 비난하였다.

뒷날 재상을 혐오하였고, 나중에는 조서를 위조하여 재상을 참수했으며, 재상을 구원하려는 세력이 일어날까 두려워 휘하의 군사로 궁전 문을 지키게 하였다. 낭야왕은 처음부터 반역의 뜻은 없었기에, 황제의 慰撫(위무)가 있자 군대를 해산했으나, 결국 이와 연좌되어 유폐되었다가 죽었다.

---

77 원문 必擬乘輿 – 擬는 헤아릴 의, 본뜨다. 흉내 내다. 乘輿(승여)는 탈 것이나 수레인데, 여기서는 황제를 지칭하는 말로 쓰이었다.

78 원문 我何意無? – 왜(何意) 나는 없는가? 我無何意?의 도치.

79 叔段,州吁(숙단,주우) – 叔段(숙단)은 춘추시대 鄭 武公의 아들. 자신의 세력을 키워 鄭 莊公을 습격하려다가 실패하고 共國으로 도주하여 共叔(공숙)으로도 불렸다. 《春秋左傳》 隱公 元年 참고. 州吁(주우)는 춘추시대 衛나라 莊公(장공)의 아들. 《春秋左傳》 隱公 三年 참고.

008/ 자식 偏愛(편애)

|原文| 人之愛子, 罕亦能均, 自古及今, 此弊多矣.

賢俊者自可賞愛, 頑魯者亦當矜憐, 有偏寵者, 雖欲以厚之, 更所以禍之.

共叔之死, 母實爲之. 趙王之戮, 父實使之. 劉表之傾宗覆族, 袁紹之地裂兵亡, 可爲靈龜明鑒也.

|국역| 사람의 골 고른 자식 사랑은 드문 일이며,[80] 예로부터 지금까지 이에 따른 가문의 피폐가 많았다.

---

80 원문 罕亦能均 – 罕은 드물 한. 거의 없다. 그물 한. 긴 자루가 달린 그물. 网部 3획. 能均은 균등하게 하다.
자식에 대한 부모의 사랑은 다 같다. 그래서 열 손가락을 깨물면 모두 아프다(十個指頭咬着都痛). 또 부모의 입장에서는 '모두 다 내가 난 자식이다.' 란 뜻으로, '어느 손가락이든 다 자기의 살점이다(哪根指頭也是自己的).' 라는 중국의 속담도 있다. 그러나 '한 어미가 자식 아홉을 낳는데, 아홉 자식의 생김새는 같지 않다.(一母生九子, 九子不一樣.)'고 하여 한 배에서(腹) 나온 형제라도 모습이 모두 제각각이며 자식들 성격도 모두 다 다르다. 그래서 '손가락 열 개가 다 같지는 않다(十個手脂頭不一般齊).'고 하였다. 그러니 형제간의 능력 차이가 나는 것은 당연하다. 그렇다면 부모가 여러 형제를 똑같이 아껴주고 사랑하며 대우하기가 쉬운 일이겠는가? 결코 쉽지 않다는 말이다.

똑똑하고 뛰어난 자식은(賢俊者) 스스로 사랑을 받을 수 있지만, 둔한 자식일지라도 마찬가지로 어여삐 여겨야 하나[81] 편애나 총애하는 자식이 있으면 비록 우대하려(厚之) 하나 이 때문에 더욱 禍(화)가 생겨난다.

(春秋 시대의 鄭나라의) 叔段(숙단, 共叔)의 죽음은 사실 그 어미 때문이다. (漢 高祖의 呂后에 의한) 趙王(如意, 戚夫人 소생)의 살육은 실제 父親(漢 高祖)이 그렇게 만든 것이다.[82] (後漢 말) 劉表(유표) 일족의 멸망이나[83] 袁紹(원소)의 자식에 대한 領地 분열

---

81 원문 頑魯者亦當矜憐 - 頑은 고집 셀 완. 둔하다. 魯는 미련할 노. 우둔하다. 頑魯은 고집도 세고 미련하다. 矜은 불쌍히 여길 긍. 憐은 불쌍히 여길 연(련).

82 원문 父實使之 - 趙 隱王 如意(은왕, 여의 前 208 - 194) - 戚夫人(척부인, ? - 前 194)은, 今 山東省 서남부 菏澤市 定陶縣 출생으로 漢王 4년부터 漢王 劉邦(유방)을 시종하며 高祖의 총애를 받았지만, 高祖 死後에 呂后(여후)에 의해 비참한 최후를 맞이했다〔人彘(인체), 彘는 돼지 체〕. 중국 북방 일부 지역에서는 廁神(측신, 화장실의 신)으로 숭배되고 있다.
그 소생인 如意(여의) 역시 피봉된 지 4년에, 惠帝가 지켜주려 했지만, 결국 독살되었다. 班固의《漢書》38권,〈高五王傳〉에 立傳.

83 원문 傾宗覆族 - 傾은 기울어질 경. 宗은 宗族. 覆은 엎어질 복.
劉表(유표. 142 - 208, 字는 景升)는 前漢 魯 恭王 劉餘(유여)의 후손, 劉表(유표)의 신장은 八尺餘, 온후 장대한 儒者의 풍모였으나 우유부단했다. 荊楚 지역을 옹유한 군벌로 荊州刺史이며, 鎭南將軍의 직함을 갖고 있었으며 黨錮(당고)의 화를 당한 名士의 한 사람으로

과 군사 패망은[84] 모두가 神靈(신령)한 거북점과 같으니, 이를 거울로 삼아야 한다.[85]

《後漢書》에는 '八及(팔급)'이라고 불렸다. 建安 13년(서기 208) 劉表가 죽고, 少子인 劉琮(유종)이 대를 이었으나 유종은 荊州(형주)를 들어 조조에게 투항하였다. 《後漢書》74권, 〈袁紹劉表列傳〉 立傳. 陳壽 正史 《三國志 魏書》6권, 〈董二袁劉傳〉에 입전.

84 袁紹地裂兵亡 - 袁紹(원소, 153 - 202, 字는 本初) - 후한 말 軍閥(군벌)의 한 사람. 전성기에 冀州(기주), 幽州(유주), 幷州(병주), 靑州 등을 장악. 한때 가장 강성했으나 官渡之戰(관도의 싸움)에서 曹操(조조)에게 패배 후 곧 울분으로 사망했다. 사람이 優柔寡斷(우유부단)하고 外寬內忌(외관내기)한 작은 그릇이었다. 거기에 원소의 아들 3형제 중, 장남(袁譚)을 후계자로 삼지 않고 막내(袁尙)를 편애하여 후계자로 삼자, 결국 형제의 내분으로 그 일족은 결국 曹操(조조)에게 패망했다.

85 원문 可爲靈龜明鑒也 - 靈龜(영귀)는 신령한 거북. 거북의 등판(龜甲)을 불에 구워 길흉을 판단했다. 전례를 확실한 龜鑑(귀감)으로 삼아야 한다.

009/ 時流에 영합하지 말라

|原文| 齊朝有一士大夫, 嘗謂吾曰, "我有一兒, 年已十七, 頗曉書疏, 敎其鮮卑語及彈琵琶, 稍欲通解, 以此伏事公卿, 無不寵愛, 亦要事也."

吾時俛而不答. 異哉, 此人之敎子也! 若由此業, 自致卿相, 亦不願汝曹爲之.

|국역| 北齊의 조정에 어떤 士大夫가 한 번은 나에게 말했다.

"내 아들 하나는 이제 열일곱 살인데, 제법 문서를 만들 줄 알고,[86] 鮮卑族(선비족)의 말이나 琵琶(비파) 연주를 가르쳤더니(彈) 많이〔稍(점점 초)〕 통달하였습니다. 이를 배워 公卿(공경)을 섬긴다면 누구한테서나 총애를 받을 것이니 이 또한 요긴한 일이 아니겠습니까!"

나는 그때, 고개를 숙인 채 대답하지 않았다.

이 사람의 자식 교육은 참으로 이상하다. 만약 그렇게 하여 卿(경)이나 재상이 될 수도 있겠지만 나는 그런 걸 원치 않나니 너희

---

86 원문 頗曉書疏 – 頗는 자못 파. 제법. 曉는 새벽 효. 깨우치다. 알다. 書疏(서소)는 書簡文(서간문)이나 상소문, 여기서는 公文書란 뜻.

들은 본받지 말라.[87]

87 亦不願汝曹爲之 – 「아내 자랑을 하지 말라(不要誇妻子). 손님이
집안에 들어오면 곧 알게 된다(客人進屋就知道). 아들 자랑을 하
지 말라(不要誇兒子). 벗이 찾아오면 바로 알 수 있다(朋友來了就
曉得). 재주와 학문이 깊다면 자랑하지 말고(才學深 不張揚), 날이
선 좋은 칼은 칼집에 감추어야 한다(寶刀利 鞘裏藏).」

3. 兄弟(형제)⁸⁸

010/ 부모의 氣를 이어받은 형제

|原文| 夫有人民而後有夫婦, 有夫婦而後有父子, 有父子而後有兄弟, 一家之親, 此三而已矣. 自兹以往, 至於九族, 皆本於三親焉, 故於人倫爲重者也, 不可不篤.

　兄弟者, 分形連氣之人也. 方其幼也, 父母左提右挈, 前襟後裾, 食則同案, 衣則傳服, 學則連業, 游則共方, 雖有

---

88 가족 간에는, 부모와 자식은 세대 차에 의한 위계가 있고, 형과 아우는 출생의 선후 차이에 의한 위계가 있다. 위 세대는 아래 세대를 사랑해야 하고, 아래 세대는 위 세대를 효도로 모시는데, 이를 父慈子孝(부자자효)라 한다. 형은 아우와 우애하고 아우는 형에게 공손해야 하는데, 그것을 兄友弟恭(형우제공)이라 한다. 사회생활 또한 가정과 같은 위계가 있다. 본 兄弟편에서는 형제 우애를 강조하였다.

悖亂之人, 不能不相愛也. 及其壯也, 各妻其妻, 各子其子, 雖有篤厚之人, 不能不少衰也.

娣姒之比兄弟, 則疏薄矣. 今使疏薄之人, 而節量親厚之恩, 猶方底而圓蓋, 必不合矣. 惟友悌深至, 不爲旁人之所移者, 免夫!

|국역| 대체로 백성이 있고, 다음에 夫婦가 있으며, 부부가 있어야 父子가 있고, 부자가 있은 뒤에 兄弟가 있으니, 一家之親은 이 셋(三親. 夫婦, 父子, 兄弟) 뿐이다.[89] 여기서부터 확대되어 九族[90]에 이르게 되는데, 구족 역시 이 三親(삼친)에 바탕을 두고 있으니, 人倫에서도 가장 중요하며 篤實(독실)하게 지켜나가지 않을 수 없다.

兄弟란 부모의 形體를 나누고 부모의 氣를 같이 이어받은 사람이다(分形連氣之人也). (형제가) 어렸을 때는 父母가 左右에서 이끌고 잡아주었으며,[91] (형제가) 부모 옷소매나 뒷자락을 잡고

---

89 三親은 夫婦, 父子, 兄弟. 三族은 父族, 母族, 妻族. 六親은 父母, 兄弟, 妻子.

90 九族 – 同宗九代說 – 高祖에서 玄孫에 이르는 상하 九代人과 그 형제를 지칭. 또는 父四(父의 五服 동족, 고모의 자녀, 자매의 자녀, 나의 형제 일족), 母三(모친의 父族, 모친의 母族, 모친의 형제족), 妻二(妻의 父族과 母族) 지칭.

91 원문 左提右挈 – 提는 잡아 끌 제. 挈은 손에 들 설. 들어주다.

따라다녔으며,[92] 같은 밥상에서(同案) 밥을 먹었고, 옷을 물려 입었으며(傳服),[93] 공부도 같이 따라 하였고,[94] 같은 곳에서 놀았으니,[95] 비록 인륜을 어기는 사람일지라도 형제간에 서로 사랑하지 않을 수 없다.

장년이 되어(及其壯也), 각자 아내를 맞이하고,[96] 각자 자식을 거느리는데 돈독하고 후덕한 사람일지라도 형제간의 우애가 쇠퇴하지 않을 수 없다.

며느리들을(娣姒) 兄弟처럼 생각하는데,[97] (형제에 비하면) 疎

---

92 원문 前襟後裾 – 襟은 소매 금. 옷소매. 裾는 옷자락 거. 형제가 부모의 옷자락을 함께 잡고 다녔다.

93 첫째는 새 옷을 입고(阿大穿新), 둘째는 헌 옷을(阿二穿舊), 셋째는 기운 옷을(阿三穿補), 넷째는 다 찢어진 옷을 입는다(阿四穿破).

94 원문 學則連業 – 業은 經典을 필사하는 큰 널판(大板). 서적을 의미. 형이 배운 서책으로 아우가 학업을 잇다.

95 원문 游則共方 – 游는 遊. 놀다. 놀러가다. 共方은 같은 곳. 方은 행선지. 또는 '일정한 곳'이라고 새길 수도 있다.《論語 里仁》子曰, "父母在, 不遠遊, 遊必有方." 옛날에 부모를 모시는 사람은 먼데 놀러가서는 안 되고, 놀더라도 일정한 곳이어야 한다고 가르쳤다. 더군다나 병환 중의 부모라도 계시다면 행선지를 갑자기 바꿔서도 안 되고 돌아올 시간을 넘겨도 안 된다고 했다.

96 원문 各妻其妻 – 앞의 妻는 妻를 맞이하다. 동사로 쓰이었다. 뒤의 처는 아내.

97 원문 娣姒 – 娣는 여동생 제. 손아래 동서. 둘째, 셋째 며느리. 姒는 동서 사. 손위 동서. 큰며느리.

遠(소원)하고 우애도 얇다. 지금 이렇게 소원한 사람(며느리들)이 (형제간의) 친밀한 은덕을 좌지우지하게 한다면,[98] 이는 네모진 그릇에 둥근 뚜껑을 덮으려는 것과 같아[99] 틀림없이 맞지 않을 것이다. 오로지 형제의 우애가 깊어 옆사람들(처자)에게 휘둘리지 않는 자만이 (소원해지는 형제 우애를) 면할 수 있다.

98 원문 節量親厚之恩 – 節量은 양을 조절하다. 형제의 우애를 좌지우지하다. 親厚之恩은 형제간의 은덕.

99 원문 猶方底而圓蓋 – 猶는 같을 유. 方은 사각형. 底는 밑 저. 圓은 둥글 원. 蓋는 덮을 개. 뚜껑.

011/ 서로 돌볼 형제

|原文| 二親旣歿, 兄弟相顧, 當如形之與影, 聲之與響. 愛先人之遺體, 惜己身之分氣, 非兄弟何念哉? 兄弟之際, 異於他人, 望深則易怨, 地親則易弭.

譬猶居室, 一穴則塞之, 一隙則塗之, 則無頹毀之慮. 如雀鼠之不卹, 風雨之不防, 壁陷楹淪, 無可救矣. 僕妾之爲雀鼠, 妻子之爲風雨, 甚哉!

|국역| 兩親(양친)이 돌아가신 뒤에,[100] 兄弟는 서로를 돌봐주어야 하니 마치 몸체(形)에 그림자(影), 소리(聲)에 메아리〔響(울림 향)〕와 같다. 돌아가신 부모의 遺體(유체, 형제)를 아껴야 하고,[101] 자신의 육신과 함께 나눈 精氣를 애석히 여겨야 하니,[102] 兄弟가 아니라면 누가 생각해 주겠는가? 형제 사이는 타인과 다르니 책망이 심하면 원망이 쉽게 생기고,[103] (형제의) 처지가 가깝다 보

---

100 원문 二親旣歿 – 二親은 父母. 兩親. 旣는 이미 기. 歿은 죽을 몰.

101 원문 愛先人之遺體 – 愛는 아껴주다. 愛護(애호)하다. 先人은 돌아가신 부모. 先考(선고)와 先妣(선비). 先은 죽을 선. 遺體는 선인이 남긴 형체, 곧 형제.

102 원문 惜己身之分氣 – 惜은 아낄 석. 分氣는 精氣(血氣)를 나누다. 곧 형제.

니 쉽게 단절될 수도 있다.[104]

비유하자면, 居室(거실)과 같아서, 하나의 구멍이라면〔一穴, 穴
(구멍 혈)〕구멍을 막고, 틈이 났으면 흙을 발라 메워야[105] 무너질
염려가 없다.[106] 만약 참새나 쥐를 막지 않고[107] 風雨(풍우)도 막
지 않는다면, 벽이 무너지고 기둥이 썩고 주저앉아[108] 어떻게 구
할 방도가 없다. 하인〔僕(머슴 복)〕이나 妾(첩)은 참새나 쥐와 같
고, 妻와 자식은 風雨와 같으니, (이들이 형제 우애를 해치는 것
이) 정말 심하다(甚哉)![109]

---

103 원문 望深則易怨 – 望은 責望. 深은 깊다. 심하다. 易는 쉬울 이.
　　　쉽게 원망하다.

104 원문 地親則易弭 – 地는 처지. 사는 곳. 地親을 가까이 살다 보니
　　　정이 친밀하다(地近情親)로 풀이할 수 있다. 易弭(이미)는 쉽게
　　　그치다, 쉽게 단절되다. 弭는 그칠 미. 중지하다. 활고자 미.

105 원문 一隙則塗之 – 隙은 사이 뜰 격. 틈이 벌어지다. 塗는 흙으로
　　　바를 도. 틈이 생기면 그 틈을 흙으로 발라 메워야 한다.

106 원문 則無頹毀之慮 – 頹는 무너질 퇴. 毀는 헐 훼. 허물어지다.
　　　慮는 念慮(염려).

107 원문 如雀鼠之不卹 – 如는 만약. 雀은 참새 작. 鼠는 쥐 서. 卹은
　　　걱정할 휼. 참새나 쥐가 구멍으로 드나드는 것을 막지 않는다면.

108 원문 壁陷楹淪 – 陷은 빠질 함. 무너지다. 楹은 기둥 영. 淪은 물
　　　에 잠길 윤(륜).

109 妾室이나 下人을 잘못 관리하면 참새나 쥐보다 폐해가 크다는
　　　사실을 인정할 수 있다. 그러나 처자식에 대한 애정 때문에 형제
　　　우애가 엷어진다 하여, 비바람보다 더 심하다는 비유는 좀 지나

친 것 같다.

'형제는 수족과 같고(兄弟如手足), 처자는 의복과 같다(妻子如衣服).'는 속담이 있다. 형제는 手足과 같아 분리될 수 없고, 처자는 의복과 같으니 옷과 신발을 벗어던지듯 헤어질 수 있다는 뜻이다. 그러나 그 반대의 경우, '형제가 불화하면 쇠보다도 더 단단하고(兄弟不和硬過鐵), 부부가 화목하면 목화보다 더 부드럽다(夫妻和順軟如棉).'는 속담도 생각해야 한다. 또 '형제가 불신하면 정이 없고(兄弟不信情不親), 朋友가 불신하면 왕래가 드물다(朋友不信交易疏).'고 하였으니, 형제, 부부, 붕우의 情이란 본인들의 마음 나름이 아니겠는가?

012/ 兄弟가 不和하면?

|原文| 兄弟不睦, 則子侄不愛, 子侄不愛, 則羣從疏薄, 羣從疏薄, 則僮僕爲讎敵矣. 如此, 則行路皆踏其面而蹋其心, 誰救之哉?

人或交天下之士, 皆有歡愛, 而失敬於兄者, 何其能多而不能少也!

人或將數萬之師, 得其死力, 而失恩於弟者, 何其能疏而不能親也!

|국역| 兄弟가 화목하지 않으면, 형제의 자식들도(子侄, 從兄弟) 사랑하지 않고, 子侄(자질)들이 서로 不愛하니 다른 여러 從兄弟(再從, 三從)도 소원하고 엷어지며, 사촌과도 소원하고 멀어지면 하인들도(僮僕, 종) 원수가 되어 적대하게 된다. 이렇게 되면 길 가는 사람도(他人) 그들을 짓밟고 무시하게 되는데,[110] 누가 이를 구원하겠는가?

사람이 온 천하의 사람과 두루 교제하며 모두를 좋아하고 사랑하나 형을 공경하지 않는데, 어찌 그 많은 남을 위하면서 많지 않

---

110 원문 則行路皆踏其面而蹋其心 – 行路는 行路之人. 길을 가는 사람. 外人. 他人. 踏은 밟을 적(藉也. 밟을 자). 蹋는 밟을 도(踩는 밟을 채).

은 형에게는 그러지 못하는가!

사람이 수만 명의 군사를 거느리며 死力(사력)을 다하도록 신임을 얻으면서 아우에게는 은혜를 베풀지 않으니, 어찌 그 먼 사졸에게 베풀면서 아우와는 친하지 못하는가!

013/ 同壻(동서) 사이는?

|原文| 娣姒者, 多爭之地也, 使骨肉居之, 亦不若各歸四
海, 感霜露而相思, 佇日月之相望也. 況以行路之人, 處多
爭之地, 能無閒者鮮矣.

所以然者, 以其當公務而執私情, 處重責而懷薄義也.
若能恕己而行, 換子而撫, 則此患不生矣.

|국역| 동서 사이는 다툴 素地(소지)가 많으니,[111] 骨肉의 여형
제들처럼 살게 하느니,[112] 차라리 각자 먼 곳으로(四海) 출가시켜
(歸), 서리와 이슬 내리면(霜露) 서로 그리운 생각이 나게 하여(感
而相思), 해와 달처럼 서로 바라보게 하는 것이 나을 것이다.[113]
하물며, 길 가는 사람 같은 타인이 다툼 많은 한 집에 살아야 하
니 틈이 벌어지지 않는 경우가 드물다.[114]

---

111 娣姒 – 娣는 여동생 제. 손아래 동서. 둘째, 셋째 며느리. 姒는 동
서 사. 손위 동서. 큰며느리. 多爭之地也는 다툴만한 素地가 많
다. 다툴 여지가 많다.

112 원문 使骨肉居之 – 骨肉은 동서를 여자 형제로 생각했다. 동서지
간이 아무리 가까워도 여자 형제처럼 가까워지지 않는다.

113 원문 佇日月之相望也 – 佇는 오래 서있을 저, 기다릴 저. 저자는
동서끼리 서로 다투고 미워하느니 차라리 분가 시키는 것이 좋
다는 뜻일 것이다.

그럴만한 까닭은(所以然者) 집안일을(公務) 같이 수행하면서[115]
私情에 집착하며, 무거운 책무를 맡으면서 작은 情誼(정의)를 생
각하기 때문이다. 만약 능히 자신을 용서하듯 다른 동서에 베풀
며,[116] 자식을 바꿔 키우는 마음이라면 이런 환난(동서 간의 갈
등)은 생기지 않을 것이다.

---

114 원문 能無間者鮮矣 - 無間은 틈새가 없다. 틈은 동서 간 감정의
   대립.

115 원문 以其當公務 - 公務는 대가족 내부의 공동 업무.

116 원문 若能恕己而行 - 자신의 잘못에는 다 그럴 수 있다고 생각하
   며 너그럽다. 자신을 용서하듯〔恕己, 恕(용서할 서)〕 너그러운 마
   음을 동서 간에 베풀 수(行) 있다면, ~.

014/ 兄을 父親처럼 모신다면?

|原文| 人之事兄, 不可同於事父, 何怨愛弟不及愛子乎?
是反照而不明也.

沛國劉璡, 嘗與兄瓛連棟隔壁, 瓛呼之數聲不應, 良久方
答. 瓛怪問之, 乃曰, "向來未着衣帽故也." 以此事兄, 可
以免矣.

|국역| 사람들은 형을 섬기더라도 부친 모시듯 할 수 없다면서[117]
(형에게) '아우에 대한 사랑이 어찌 자식 사랑과 같지 않느냐?'고
원망을 하는데, 이는 되짚어 생각해도 확실히 모르겠다.[118]

沛國(패국)의 劉璡(유진)은 그전에, 兄인 劉瓛(유환)[119]과 이어진

---

117 원문 不可同於事父 – 여기서 不可는 不肯(불긍)의 뜻.

118 원문 是反照而不明也 – 여기 反照의 反은 반대로. 返照(반조)의
뜻이 아니다.

119 劉瓛(유환, 瓛의 音은 桓, 字는 子圭) – 沛國 相縣人. 劉瓛은 祭酒主簿
역임. (南朝 宋, 孝武帝) 大明 4년(460) 秀才로 천거되었다. 부지
런히 힘써 好學하여 經學에 博通했다. 會稽(회계) 郡丞(군승, 副 군
수)을 역임했다. (남조, 齊 武帝) 永明(영명) 初年(483)에 竟陵王
子良의 부름을 받아 征北司徒記室을 역임했다. 劉瓛은 40여 세
에도 결혼하지 않았다. 유환의 동생이 劉璡(유진)이다. 《南齊書》
39권에 입전되었다.

건물에(連棟) 벽을 사이에 두고〔隔壁(격벽)〕 살았는데, 형 유환이 여러 번 불렀으나 대답이 없다가 한참 있다가 그제야 대답했다.[120] 유환이 이상하다 여겨 물어보니, 동생이 대답했다.

"조금 전에(向來) 의관을 다 갖추지 못했습니다.

이렇게 형을 섬긴다면, (형제간에) 불화는 아마 없을 것이다.

---

120 원문 良久方答 — 良久(양구)는 한참 만에. 方은 바야흐로. 그제야.

015/ 죽음도 같이 한 3형제

|原文| 江陵王玄紹, 弟孝英, 子敏, 兄弟三人, 特相友愛,
所得甘旨新異, 非共聚食, 必不先嘗, 孜孜色貌, 相見如不
足者.

及西臺陷沒, 玄紹以形體魁梧, 爲兵所圍, 二弟爭共抱
持, 各求代死, 終不得解, 遂並命爾.

|국역| 江陵(강릉) 사람 王玄紹(왕현소)[121]와 아우인 孝英(효영)과
子敏(자민) 형제 3인은 서로 우애가 매우 깊었으니, 맛있거나 색
다른 음식이 있어도 함께 모여 먹을 수 없다면 절대로 누구든 먼
저 맛보지 않았고, 조심하는 안색이나 태도로[122] 서로 부족한 듯
형제를 섬겼다.

(당시 梁朝의) 西臺(서대, 江陵)가 함락할 때, 왕현소는 몸집이
특별히 커서[123] 적병에게 포위되었는데, 두 형제가 서로 끌어안

---

121 江陵(강릉)은, 今 湖北省 중남부 江漢平原에 위치한 荊州市(형주
시) 관할 江陵市. 王玄紹(왕현소)는 인명. 행적 미상.
122 원문 孜孜色貌 – 孜는 부지런할 자. 孜孜는 부지런히 애쓰는 모
양.
123 원문 以形體魁梧 – 魁梧(괴오)는 크고 건장한 모양. 魁는 으뜸 괴.
梧는 오동나무 오. 크다. 魁偉(괴위), 魁壯(괴장)과 同.

고 각자 대신 죽겠다며 끝내 팔을 놓지 않아 결국 함께 죽었다.[124]

---

124 원문 遂並命爾 - 遂는 마칠 수. 끝내. 並命은 倂命. 함께 죽다. 爾는 너 이(2인칭). 종결어미로 而已와 同.

4. 後娶(후취)[125]

016/ 愼重(신중)해야 할 後娶(후취)

∥原文∥ 吉甫, 賢父也, 伯奇, 孝子也. 以賢父御孝子, 合得
終於天性, 而後妻間之, 伯奇遂放.

曾參婦死, 謂其子曰, "吾不及吉甫, 汝不及伯奇."

王駿喪妻, 亦謂人曰, "我不及曾參, 子不如華,元." 並終

---

125 後娶(후취) ─ 娶는 장가 들 취. 後妻 맞이하기. 남자의 再婚(재혼).
本妻 사후에 재혼을 續絃(속현)이라 하지만, 家事 담당 이상으로
많은 문제가 惹起(야기)된다. 이 편에서는 신중해야 할 재혼과 연
관한 여러 문제를 다루었다. '사십에도 아들이 없다면 첩을 맞이
해야 한다(四十無子娶妾).'는 속담이 있고, 또 '여자 18세가 넘
으면(女過十八) 후처로 들어가든지 아니면(不是續絃), 가난한 집
에 시집간다(就是窮家).'고 하였다. 본처 사후에 후취는 일반적
풍습이었다.

身不娶, 此等足以爲誡.

其後, 假繼慘虐孤遺, 離間骨肉, 傷心斷腸者, 何可勝數.
愼之哉! 愼之哉!

|국역| 吉甫(길보)[126]는 현명한 부친이었고, 아들 伯奇(백기)[127]
는 효자이었다. 賢父에게 孝子가 있었으니, 天性 그대로 終生(끝
을 마치다)할 수 있었지만, 後妻가 부자간을 이간하여 伯奇는 결

---

126 尹吉甫(윤길보, 前 852?-775) - 西周 尹國의 國君. 姞은 姓, 兮는
氏. 名은 甲, 字는 伯吉父, 周宣王을 도와 西周의 중흥을 이룩했
다. 역사상 유명한 政治家, 軍事家 겸 文學家. '中華의 詩祖'로
추앙받는 사람이다. 尹氏, 吉氏의 시조. 周 宣王(선왕, 靖, 재위 前
828-782)은 西周 11代 王, 周 厲王의 子, 在位 46년. 宣王 계위
뒤에 尹吉甫, 仲山甫, 程伯休父, 虢(괵) 文公, 申伯, 韓侯, 顯父, 仍
叔, 張仲 등 賢臣의 보좌를 받으면서, 주변 이민족을 제압하여 소
위 '宣王中興(선왕중흥)'을 이룩했다. 그러나 만년의 실정과 원정
실패 등으로 宣王 중흥은 물거품이 되었다.

127 伯奇(백기, 생졸년 미상) - 姞은 姓, 吉氏, 一作 尹氏, 보통 尹伯奇로
호칭. 西周 시대 人物, 고대의 유명한 孝子. 周 宣王의 重臣인 尹
吉甫의 長子이다. 母死하고 後母가 들어왔는데, 後母는 그 아들
伯封(백봉)을 후사로 세우려고 吉甫의 면전에서 伯奇를 모함했다.
尹吉甫는 크게 화를 내며 아들을 들판으로 방축했다. 백기는 연
잎을 이어 옷을 만들었으며 풀꽃을 먹고 살면서 琴曲 〈履霜操〉를
연주했다. 吉甫는 나중에 후회하고 백기를 맞이했고 후모를 활
로 쏴 죽이었다.

국 방출되었다.

曾參[128]의 아내가 죽자, 증삼이 그 아들들에게 말했다.

"나는 (西周의) 尹吉甫(윤길보)에 미치지 못하고 너는 伯奇(백기)만 못하다."

(그러면서 증삼은 후처를 맞이하지 않았다.)

王駿(왕준)[129]은 喪妻(상처)한 뒤에 이웃에게 말했다.

---

128 曾參(증삼, 前 505 - 435년. 曾子) - (魯의) 南武城 사람으로, 字는 子輿(자여)이다. 공자보다 46세 연하였다. 孔門十哲은 아니나 儒家의 宗聖으로 불린다. '吾日三省吾身' 하며 수양했고, 공자께서 "吾道一以貫之"라고 했을 때 曾子는 "夫子之道, 忠恕(충서)"뿐이라고 풀이했다. 병이 위독할 때 제자들에게 "啓予足! 啓予手!" 하라며 부모로부터 받은 신체를 훼손하지 않는 것이 효도의 시작이라고 말했다. 孔子는 증삼이 孝道를 다한다고 생각하며 증삼을 교육하였다.
증삼은 '二十四孝' 중 '齧指痛心(설지통심)'의 주인공이다. 증삼이 산에서 나무를 할 때 손님이 찾아왔다. 증삼의 모친은 기다렸지만 어떻게 알릴 방법이 없었다. 이에 모친은 손가락을 깨물어 피를 흘렸다. 산에서 나무하던 증삼은 갑자기 가슴이 아파 견딜 수 없었는데, 증삼은 모친에게 변고가 있다고 생각하여 급히 나뭇짐을 메고 돌아왔다. 모친은 '내 손끝을 깨물어 너에게 알리려 했다.'고 말했다. 이를 齧指痛心(설지통심, 齧은 깨물 설)이라 한다. 증삼은 《孝經》을 저술했고 魯에서 죽었다.

129 王駿(왕준) - 瑯琊王氏의 先祖이며 '東家有樹, 王陽婦去. 東家棗完, 去婦復還.'이라는 이야기의 주인공인 王吉(? - 前 48)의 아들이다. 漢(한) 成帝가 큰 인재로 등용하려고 왕준을 京兆尹(경조윤)으로 내보내 그 政事 능력을 시험하였다. 이전에 京兆에는 趙廣

"나는 曾參(증삼)만 못하고, 내 자식은 (증삼)의 아들 曾華(증화), 曾元(증원)[130]만 못합니다."

그러면서 終身토록 후처를 맞이하지 않았으니, 이런 일은 훈계로 삼을 만하다. 그런 이후로, 뒤를 이은 후처들이 전처의 남겨진 所生을 참혹하게 학대하고 골육을 이간하여 傷心(상심)하고 斷腸(단장)의 슬픔을 준 일들을 어찌 모두 셀 수 있겠는가.[131] 後娶(후취)에 신중할지어나. 신중해야 한다!

漢, 張敞(장창), 王尊, 王章에 이어 王駿까지 모두 유능하다는 명성이 있어 京師에서는 이들을 일컬어 '앞에 趙廣漢, 張敞이 있고 뒤에 3인의 왕씨가 있네.' 라고 했다. 《漢書 王貢兩龔鮑傳》에 입전.

130 曾參의 아들인 曾華와 曾元 – 모두 착한 아들이었다.

131 전처 소생 자식에 대한 후처의 학대는 오늘날 우리나라에서도 큰 사회문제가 되고 있다. 2020년 6월, 계모가 전처소생 9살 초등학생을 작은 여행용 가방에 가둬 죽음에 이르게 한 사건은 계모이기 전에 인간이기를 거부한 반인륜적 殘惡(잔악) 행위로 온 국민을 경악케 했다.

017/ 後娶에 따른 폐해

|原文| 江左不諱庶孽, 喪室之後, 多以妾勝終家事. 疥癬
蚊蟲, 或未能免, 限以大分, 故稀鬪鬩之恥.

河北鄙於側出, 不預人流, 是以必須重娶, 至於三四, 母
年有少於子者. 後母之弟, 與前婦之兄, 衣服飮食, 爰及婚
宦, 至於士庶貴賤之隔, 俗以爲常.

身沒之後, 辭訟盈公門, 謗辱彰道路, 子誣母爲妾, 弟黜
兄爲傭, 播揚先人之辭跡, 暴露祖考之長短, 以求直己者,
往往而有.

悲夫! 自古姦臣佞妾, 以一言陷人者衆矣! 況夫婦之義,
曉夕移之, 婢僕求容, 助相說引, 積年累月, 安有孝子乎?
此不可不畏.

|국역| 江左(강좌, 江東) 지역에서는 庶孽(서얼)을 꺼리지 않기
에,[132] 본처[嫡妻(적처)]를 잃은 뒤에 妾媵(첩잉: 첩실과 잉첩)으로[133]

---

132 원문 不諱庶孽 – 諱는 꺼릴 휘. 기피하다. 庶는 여러 서. 庶子. 서
자는 禮를 갖춰 맞이한 첩 소생의 자식. 孽은 첩의 자식 얼. 孽子
는 천한 여인 소생의 자식. 嫡子(적자)와 庶孽(서얼)은 확실하게
구분했다.

133 多以妾媵終家事 – 嫡妻(적처), 妾室, 그리고 媵妾(잉첩)의 구분이

가사를 책임지게 하는 경우가 많았다. 옴이나 가려움, 모기에 물리거나 등에에 쏘이는 등[134] 사소한 폐해가 혹 없을 수 없지만, 적자, 서자가 크게 다르기에 서로 디투거나 부끄러운 일은 드물었다.[135]

河北(하북) 지역에서는 庶出(서출)을 천대하여,[136] 사람 축에 넣지도 않았는데,[137] (남자가) 거듭 후취하여 서너 번 거듭하면 후처의 나이가 아들보다 어린 경우도 있었다. 後母가 낳은 아우(異腹弟)와 본처 소생의 兄은 의복이나 음식, 더 나아가 혼인과 벼슬에 이르기까지[138] 심지어 士人과 庶人(서인) 사이 貴賤(귀천)의 차이가 심하건만 세속에서는 正常(정상)이었다

있었다. 媵은 보낼 잉. 딸을 출가시킬 때 딸려 보내는 몸종. 그런 賤女를 가까이 하는 경우가 많았다.

134 원문 疥癬蚊虻 – 疥는 옴 개. 가벼운 피부병. 癬은 옴 선. 부스럼. 蚊은 모기 문. 虻는 등에 맹. 파리와 비슷하나 몸집이 더 크고 억세며 소가죽을 뚫고 피를 빨아먹는다. 이는 일상생활에서 겪는 사소한 문제를 뜻한다.

135 원문 故稀鬪鬩之恥 – 稀는 드물 희. 鬪는 싸움 투. 鬩은 다툴 혁. 恥는 부끄러워할 치.

136 원문 河北鄙於側出 – 河는 黃河를 지칭하는 고유명사이다. 鄙는 비. 천하게 여기다. 側出(측출)은 側室(첩) 출신. 庶子.

137 원문 不預人流 – 預는 미리 예. 예비하다. 끼어 넣다. 人流는 人類. 사람. (천첩 소생은)은 사람 측에 넣지 않다.

138 원문 爰及婚宦 – 爰은 이에 원. 及은 미칠 급. 婚은 結婚. 宦은 벼슬 환. 出仕.

(家長의) 죽음 이후에, 訟事(송사)의 문서가 관청에 넘쳐나고,[139] 비방과 욕설이 도로에 가득하며,[140] 자식이 후모를 첩년이라 헐뜯고, (후모 소생) 아우가 형을 머슴처럼 黜斥(출척:내쫓다)하며[141] 先人의 언사나 행적을 함부로 떠벌리거나 祖考(할아버지)의 長短을 폭로하면서 자신이 옳다고 주장하는 자들이 자주 있었다.

　슬픈 일이다! 自古로 姦臣(간신)이나 佞妾(영첩)들은 말 한마디로 많은 사람들을 함정에 빠트린다! 하물며 夫婦간의 情義〔情誼(정의)〕가 朝夕(조석)으로 바뀌고, 계집종이나 종놈이 주인에게 인정을 받으려고(求容), 이런 저런 말로 꾸미고 서로 도와달라 유인한다.[142] 해가 바뀌고 달이 차면(오래 지속되면) 효자가 어디에 있겠는가?[143] 이를 두려워하지 않을 수 없다.

---

139 원문 辭訟盈公門 – 辭訟(사송)은 訟事와 문서. 盈은 가득 찰 영.

140 원문 謗辱彰道路 – 謗은 헐뜯을 방. 비방. 辱은 욕설. 彰은 밝을 창. 넘쳐나다.

141 원문 弟黜兄爲傭 – 黜은 물리칠 출. 내쫓고 멀리하다. 黜斥(출척). 傭은 품팔이 용. 머슴처럼 부려먹다.

142 원문 助相說引 – 助相은 서로 도와달라고 하다. 說引(세인)은 유인하다, 유세하다.

143 원문 安有孝子乎? – 安은 어디. 어디에. 어찌. 의문사. 효자들이 천한 아랫것들의 모함에 해를 당한다는 뜻.

018/ 家門의 禍(화)

|原文| 凡庸之性, 後夫多寵前夫之孤, 後妻必虐前妻之
子. 非唯婦人懷嫉妬之情, 丈夫有沈惑之僻, 亦事勢使之
然也.

前夫之孤, 不敢與我子爭家, 提攜鞠養, 積習生愛, 故寵
之, 前妻之子, 每居己生之上, 宦學婚嫁, 莫不爲防焉, 故
虐之. 異姓寵則父母被怨, 繼親虐則兄弟爲讎, 家有此者,
皆門戶之禍也.

|국역| 보통 사람의 성품으로[144] 後夫는 前夫의 고아를 많이 총
애하지만, 後妻는 으레 前妻의 자식을 虐待(학대)한다. 오직 婦人
만이 갖고 있는 嫉妬(질투)의 감정 때문만은 아니며, 사내가 무엇
인가에 잘 빠지는 성격 때문이며,[145] 대개 형세가 그러하기 때문
이다.

前夫의 고아(데리고 온 자식)는 내 자식과 가산을 다툴 수가 없
다 하여 함께 양육하고 함께 살다보니 귀여워하나, (後妻는) 前妻

---

144 원문 凡庸之性 – 凡庸(범용)은 보통의. 平凡의. 凡人. 庸人(용인).
145 원문 丈夫有沈惑之僻 – 丈夫는 사내. 사나이. 沈惑(침혹)은 무엇
인가에 정신이 쏠리다. 현혹되다. 僻은 치우칠 벽. 습성.

의 자식은 늘 자신이 낳은 자식보다 위에 있고, 벼슬길이나 배움, 혼사나 출가 등 방해되지 않는 일이 없기 때문에[146] 학대하게 된다. 다른 성씨 자식이 총애를 받으면 부모는 (친자식으로부터) 원망을 듣고, 繼父(계부)나 繼母로부터 학대를 받으면 (異腹) 형제간이 서로 원수가 되니, 가문에 이런 경우가 있다는 자체가 집안의 禍(화)가 된다.[147]

---

146 원문 莫不爲防焉 – 莫不는 이중부정. 부정사 뒤에 부정사가 와서 강조, 또는 강한 긍정을 표현한다. 不可不, 不可以不, 不得不, 莫非(막비) 등은 모두 이중부정이다.

147 계모가 전처 자식을 학대하는 경우는 아주 많았다. 閔損〔민손, 前 536년~487년, 字는 子騫(자건)〕은 魯國人, 공자 제자로 孔門十哲 중 德行으로 유명한데, 閔子騫(민자건)은 큰 효자이었다. 어려서 모친을 여의고 계모 밑에서 생활하였다. 어느 해 겨울에 계모는 두 아들에게만 솜옷을 입히고, 민자건에게는 갈대 솜을(蘆花, 蘆絮) 넣은 홑옷(單衣)을 입게 했다. 민자건은 아버지를 태우고 수레를 몰았는데, 너무 추워 실수를 하여 수레가 구덩이에 처박혔다. 아버지가 크게 나무라며 매질을 하자, 홑옷이 터지면서 갈대 솜이 날렸다. 부친이 사실을 알고 계모를 내쫓으려 하자, 민자건이 울면서 말했다. "어머니가 계시면 저만 추위에 떨지만, 어머니가 안 계시면 자식 셋이 고생하게 됩니다." 부친은 계모를 용서했고, 계모는 잘못을 뉘우쳤다. 이를 〈二十四孝〉 중 '單衣順母(단의순모)' 라고 한다.

019/ 繼母(계모)와 生母

|原文| 思魯等從舅殷外臣, 博達之士也. 有子基,諶, 皆已成立, 而再娶王氏. 基每拜見後母, 感慕嗚咽, 不能自持, 家人莫忍仰視. 王亦悽愴, 不知所容, 旬月求退, 便以禮遣, 此亦悔事也.

|국역| 安思魯(안사로)의 外從叔 殷外臣(은외신, 人名)은[148] 박식하고 통달한 선비이었다. 은외신은 아들 殷基(은기)와 殷諶(은심) 모두가 이미 장성한 뒤에 王氏를 再娶(재취)했다. 은기가 後母에게 절하고 뵐 때마다 (죽은 모친이) 그리워 오열하면서[149] 제 몸

---

148 思魯等從舅殷外臣 – 思魯는 顔之推의 장남 顔思魯(안사로, 생졸년 미상. 字는 孔歸) – 문자와 음운에 정통, 隋朝의 東宮學士 역임. 入唐 이후 李世民에 발탁되어 秦王府 記室參軍을 역임했다. 그 아들 顔師古(안사고)는 유명한 訓詁學者(훈고학자)로 《漢書》를 주석했다. 顔思魯는 陳郡殷氏 殷英童(은영동)의 딸과 결혼하여 三子를 얻었으니, 顔師古, 顔相時, 顔勤禮이다. 後繼로 王氏를 맞아 顔育德을 얻었다.

從舅(종구)는 외숙의 사촌형제. 殷外臣(은외신)은 人名. 안지추의 부인은 陳郡 殷氏(진군 은씨)이었다. 은외신은 안지추 아내의 사촌이니 안지추의 사촌 처남이다.

149 원문 感慕嗚咽 – 感慕(감모)는 감격하며 그리워하다. 嗚는 탄식 소리 오. 咽은 목구멍 인. 목멜 열. 嗚咽(오열)은 목메어 울다.

을 못 가누니 집안사람들이 차마 바라볼 수가 없었다. 王氏 역시 처량하고 마음 아파하며 어쩔 줄을 몰랐는데, 한 달이 지나 돌아가겠다고 하자 禮를 갖춰 보내주었지만, 이 역시 후회스런 일이다.

020/ 孝子의 兄弟 友愛

|原文|《後漢書》曰,「安帝時, 汝南薛包孟嘗, 好學篤行, 喪母, 以至孝聞. 及父娶後妻而憎包, 分出之. 包日夜號泣, 不能去, 至被毆杖. 不得已, 廬於舍外, 旦入而灑埽. 父怒, 又逐之, 乃廬於里門, 昏晨不廢. 積歲餘, 父母慚而還之.

後行六年服, 喪過乎哀. 旣而弟子求分財異居, 包不能止, 乃中分其財. 奴婢引其老者, 曰, "與我共事久, 若不能使也." 田廬取其荒頓者, 曰, "吾少時所理, 意所戀也." 器物取其朽敗者, 曰, "我素所服食, 身口所安也." 弟子數破其産, 還復賑給.

建光中, 公車特徵, 至拜侍中. 包性恬虛, 稱疾不起, 以死自乞. 有詔賜告歸也.」

|국역|《後漢書(후한서)》[150]에 수록되었다.[151]

---

150 《後漢書》는 紀傳體 斷代史로 後漢 光武帝에서 獻帝(헌제) 말년 (서기 220)에 이르는 196년의 역사를 기록하였다. 이는 10권의 本紀와 80권의 列傳, 30권의 志로 구성되었는데, 본기와 열전 중 분량이 많은 권은 上, 下로 분권하였다. 《後漢書》本紀와 列傳의 作者는 南朝 劉宋(420 – 479년 존속, 건국자 劉裕)의 范曄(범엽, 398 – 445, 字는 蔚宗)이다. 국내 譯書는 본 역자의 완역본 全 10권

「安帝 재위 중에[152] 汝南郡(여남군)의 薛包〔설포, 字는 孟嘗(맹상)〕
는 학문을 좋아하고 행동은 독실하였는데 모친상을 당해 큰 효행
으로 이름이 알려졌다. 부친이 後妻를 맞이했고, 후처는 설포를
미워하며 분가하여 내보내려 했다. 설포는 밤낮으로 큰소리로 울
며 떠나려 하지 않았고, 지팡이로 얻어맞기도 했다(至被毆杖). 설
포는 할 수 없이〔不得已(부득이)〕, 집 밖에(舍外) 오두막을 짓고 살
면서〔廬(오두막집 여)〕, 아침마다 집에 들어가 청소를 하였다.[153]
부친이 노하면서 다시 설포를 내쫓자 마을 문 밖에(里門) 오두막
을 짓고 살며, 昏定晨省〔혼정신성, 昏晨(혼신)〕을 그치지 않았다. 일
년 남짓 계속되자, 부모는 부끄러워하며 설포를 돌아오게 했다.

 뒷날 부친의 6年 喪을 마쳤는데[154] 服喪(복상) 중에 크게 애통
했다. 복상을 마치자 동생의 아들(조카)이 재산을 나눠 별거하려
하자, 설포는 제지할 수 없어 바로 재산을 고르게 나눠주었다.

이 明文堂에서 출간되었다.

151 《後漢書》의 효자열전이라 할 수 있는 39권, 〈劉趙淳于江劉周趙
列傳〉의 서문으로 실려 있는 내용이다.

152 孝安皇帝 諱는 祜(복 호, 福也). 孝安皇帝는 공식 諡號(시호), 서기
94년 생, 在位 20년(서기 107 - 125). 연호, 永初(107 - 113) →
元初(114 - 119) → 永寧(120) → 建光(121) → 延光(122 - 124).

153 원문 旦入而灑埽 - 旦은 아침 단. 灑는 물 뿌릴 쇄. 埽는 쓸 소.
灑埽는 청소하다.

154 孝心에 三年喪으로 끝낼 수 없어 3년을 더 복상했다. 다음의 喪
過乎哀가 그 뜻이다.

설포는 늙은 노비를 남겨두고서(引) 조카에게 말했다.

"내가 오랫동안 일을 시켰기에 너는 부릴 수가 없을 것이다."

田地와 농막은 황폐한 곳을 골라 갖고서는[155] 말했다.

"내가 젊어 일군 땅이라서 마음에 정이 간다."

가구는 낡은 것을 골라갖고서 "내가 평소에 쓰던 물건이라 마음이 편하다."고 하였다. 조카가 여러 번 재산을 잃었지만 그때마다 나 복구해 주었다.

(安帝) 建光 연간에(121년), 公車令[156]이 특별히 불러서 侍中[157]을 제수하였다. 설포는 천성이 조용하고 깨끗했는데[158] 병을 핑계로 출사하지 않고 고향에서 죽게 해달라고 청원했다. 황제는

---

155 원문 田廬取其荒頓者 - 田廬는 田地와 廬舍(농막) 荒頓(황돈)은 荒廢(황폐).

156 公車令 - 公車司馬令. 漢代에 궁궐을 호위하는 衛尉(九卿 중 하나)의 속관, 질록 6百石. 公車는 궁궐의 公車司馬門(北門)의 출입자를 단속 관장한다. 황제에게 上書할 사람이나 황제의 부름에 응하는 사람이 대기하며 公車令의 지시를 받는다.

157 侍中(시중) - 侍中은 황제의 近侍官, 前漢에서 侍中은 정식 관직이 아니고 加官의 직명이었다. 後漢에서는 지위가 크게 상승하여 질록 比二千石의 實職으로 황제의 심복이었다. 顧問應對(고문과 응대)를 담당. 무 정원, 그 우두머리가 侍中祭酒(시중제주, 비상설직, 전한에서는 侍中僕射). 어가 출행 시 박식한 시중 1인이 황제 곁에 參乘하고, 나머지는 후미에 수행했다. 中常侍(千石, 宦者), 黃門侍郎(六百石), 小黃門(六百石, 宦者)을 거느렸다.

158 恬虛(염허) - 恬은 편안할 넘. 마음이 조용하고 맑다.

조서를 내려 특별 병가로 귀가케 했다.[159]

---

159 有詔賜告歸 - 漢代 관리는 3개월간 병가를 낼 수 있고, 이 기간에
낫지 않으면 사직해야 했다. 그러나 황제가 특별히 병가를 연장
하여 歸家養病하는 것을 賜告(사고)라 했다. 告歸(고귀)는 특별 병
가를 받아 귀향하다. 설포는 80세가 넘는 천수를 누렸다.

5. 治家(치가)[160]

021/ 上行下效

|原文| 夫風化者, 自上而行於下者也, 自先而施於後者
也. 是以父不慈則子不孝, 兄不友則弟不恭, 夫不義則婦
不順矣.

父慈而子逆, 兄友而弟傲, 夫義而婦陵, 則天之兇民, 乃

---

160 治家 – 家長은 한 가정을 이끌고 다스려야 한다. 나름대로 확실
한 원칙이 있어야 한다. 治家는 治國과 같으니 가정에서도 賞罰
(상벌)이 확실해야 하며, 勤儉節約(근검절약)해야 한다. 엄격한 만
큼 寬容(관용)도 베풀어야 한다. 治家에서 혼사는 역시 중요하다.
혼사는 淸白해야 한다. 재물의 증여가 수반되는 혼사는 정의롭
지 못하다. 가난한 사람은 혼인으로 부자가 되기 어렵고(貧難婚
富), 부자는 혼인으로 고귀해지지 않는다(富難婚貴). 혼인에 재
물을 따지는 것은 오랑캐의 습속(婚姻論財 夷虜之道)이라는 속
언도 있다. 혼사에서 남북의 차이도 언급하였다.

刑戮之所攝, 非訓導之所移也.

|국역| 대체로 風化(교화)란,[161] 위로부터 아래로 실행하는 것이고, 앞선 사람이 먼저 실천하여 뒷사람이 따라하는 것이다. 그래서 아버지가 자애하지 않으면 아들이 不孝하고,[162] 兄이 우애롭지 못하면 아우가 형을 공경하지 않으며, 남편이 아내에게 떳떳하지 못하면 아내가 순종하지 않는다.[163]

---

161 風化者 – 風化란 것. 敎化를 의미. 《後漢書 安帝記》에,「後漢 安帝 漢安(한안) 원년(142) 8월, 丁卯日, 侍中인 杜喬(두교), 光祿大夫인 周擧(주거), 임시 光祿大夫인 郭遵(곽준) 등 8인을 각 州와 郡에 나눠보내서 교화를 널리 펴고(班宣風化) (관리의) 선악을 사실대로 조사하게 하였다.」는 기록이 있다. 風敎는 교육이나 정치를 통해 백성의 심성을 순화시키는 작용이다.

162 효도하는 사람은 틀림없이 효도하는 자식을 낳고(孝順定生孝順子), 불효하는 사람은 불효하는 아들을 낳는다(忤逆還生忤逆兒). 솥이 뜨겁지 않으면 떡이 익지 않고(鍋不熱 餠不熟.), 부모가 자애롭지 않다면 자식이 효도하지 않는다. 부친이 인자하지 않으면(父不慈) 자식들은 화목하지 않다(子參商). 參과 商은 별 이름으로 參은 서쪽에, 商은 동쪽에 뜨는데 두 별이 동시에 나타나지 않는다. 이 말은 '형제간 불화', '혈육을 만나지 못한다.' 는 뜻으로 쓰인다.

163 원문 夫不義則婦不順矣 – 여기 義는 大義, 義氣, 正義 같은 뜻이 아니라 情誼(정의), 愛情 같은 뜻이다. 남편도 아내에게 변함없는 애정을 주며 신뢰해야 아내도 남편에게 공손하다. 남편이 바람이나 피면서 아내가 恭順(공순)하기를 바랄 수 없다.

父가 자애하나 자식이 거역한다든지, 兄이 우애하나 아우가 傲慢(오만)하거나, 夫가 情誼(정의)를 베풀어도 아내가 陵蔑(능멸)한다면,[164] 이는 天生의 흉악한 인간이니 엄한 형벌이나 殺戮(살육)으로 징벌해야 하며[165] 訓導(훈도)로 천성이 바뀔 사람은 아니다.

<hr>

164 원문 夫義而婦陵 - 婦陵의 陵(큰 언덕 릉)은 凌. 凌은 범할 능. 능멸하다. 깔보다.

165 원문 乃刑戮之所攝 - 乃는 이에 내. 곧. 刑戮(형륙)은 형벌이나 殺戮(살육). 所攝(소섭)은 두려워하게 만들다. 攝은 당길 섭. 바루다. 바로잡다. 두려워하다. 겁을 주다. 懾(두려워 할 섭)과 通.

022/ 治家는 治國과 같다

|原文| 笞怒廢於家, 則竪子之過立見. 刑罰不中, 則民無
所措手足. 治家之寬猛, 亦猶國焉.

|국역| 집안에서 매질(笞)이나 역성(怒, 분노)을 내지 않으면 어린 자식의 못된 짓이 금방 나타난다.[166] 刑罰(형벌)이 適中(적중)하지 않으면 백성이 손발을 둘 데가 없다(어찌할 수가 없다).[167]

---

166 원문 則竪子之過立見 – 竪는 더벅머리 수. 내시. 竪子(수자)는 어린아이. 過는 과오. 立은 곧바로. 見의 音은 現. 보이다. 가정교육에서 매를 전혀 들지 않거나, 꾸짖지 않으면 아이들 버릇은 금방 나빠진다. 적당히 엄격해야 한다는 뜻이다.

중국인에게 어린아이를 때려서라도 버릇을 가르친다는 가정교육은 보편적이었다. '매를 때려 가르친 자식이 효자가 되고(棒打出孝子), 응석받이로 키우면 불효자가 된다(嬌養忤逆兒).'고 하였다. 어린아이가 말을 안 들으면 손바닥으로 때려야 하고(小孩賤 巴掌練). '3일을 때리지 않으면(三天不打), 지붕에 올라가서 기와를 걷어낸다(上房揭瓦).'는 속담처럼 어린아이는 때려서라도 버릇을 고쳐주어야 한다고 생각했다.

167 원문 刑罰不中, 則民無所措手足 –《論語 子路》의 구절이다. 不中의 中은 적합하다. 적당하면서도 알맞다. 措는 둘 조. 손발을 둘데가 없다. 마음대로 활동할 수 없다. 나라의 法治가 무너지면, 질서유지를 위한 최하위 개념인 형벌마저 바로 서지 못할 것이니, 이런 상황에서 백성이 안정된 생활을 하며 자유를 누리겠는

집안 다스림에서 寬容(관용)과 威嚴(위엄, 엄격함)은 나라 다스림에서도 마찬가지이다.

___

가? 백성은 손발을 놀릴 수가 없을 것이다〔手足無措(수족무조)〕. 지금 '手足無措'는 불안한 시대, 공황상태에서 어찌해야 좋을지 모르는 상황을 뜻한다.

023/ 검소와 절약

|原文| 孔子曰, "奢則不孫, 儉則固, 與其不孫也, 寧固." 又云, "如有周公之才之美, 使驕且吝, 其餘不足觀也已." 然則可儉而不可吝已.

儉者, 省約爲禮之謂也, 吝者, 窮急不邮之謂也. 今有施則奢, 儉則吝, 如能施而不奢, 儉而不吝, 可矣.

|국역| 孔子가 말했다.

"사치하면(奢) 不孫(불손, 不遜 : 공손하지 않다)하고, 검약하다 보면 고루해지지만, 불손하기보다는 차라리 고루한 것이 낫다.[168]

---

168 《論語 述而》편의 구절이다. 공자는 林放(임방) 禮의 本質을 물었을 때 "禮를 행하면서 사치하기보다는 차라리 검소한 것이 낫다."고 말했다. 또 "禮를 갖추는 것이 꼭 玉을 잡고 비단(帛)이 있어야 하는가?"라고 물었다. 이는 사치를 배격한다는 뜻이다. 그러나 너무 검소한 것을 고집하다 보면 고루하기 쉽지만, 고루한 것이 사치한 것보다는 그래도 더 낫다는 뜻이다. 與其~, 寧~는 ~하느니 ~이 낫다는 뜻이다.
부자는 사치를 배우지 않아도 사치하고(富不學奢而奢), 빈자는 검소를 배우지 않아도 검소하다(貧不學儉而儉). 사치를 가르치기는 쉽고, 검소를 가르치기는 어렵다(教奢易 教儉難). 그리고 교만한 자는 틀림없이 어리석고(驕者必愚), 어리석은 자가 더 교만하다(愚者更驕).

또 말했다. "어떤 사람이 周公[169]과 같은 미덕과 재능을 가졌다 하더라도 그 사람이 교만하거나 인색하다면 그 사람의 다른 것은 더 볼 것이 없다."[170]

그러하다면 검소한 것은 괜찮으나[171] 인색해서는 안 된다.[172]

---

169 周公 – 周 武王을 도와 殷(은)을 정벌하고 周를 건국한 뒤, 국가제도와 문물을 이룩한 周公(姬旦)은 武王의 친동생으로 魯國의 시조이다. 공자는 주공을 무척이나 존경했다. 공자는 周公의 道統을 계승하려 공부했고 노력했다. 공자는 만년에 "내가 너무 늙어 쇠약했구나! 오랫동안 꿈에서도 주공을 뵙지 못했다."라고 탄식하였다.

周公은 성심으로 마음을 열고 인재를 맞이하며 대우하였다. 주공은 한 번 목욕하는 동안 손님이 왔다는 말을 듣고 세 번이나 두 발을 움켜쥐고 나와서 손님을 맞이했으며(一沐三握髮), 한 끼 식사를 하면서 세 번이나 입안에 든 밥을 뱉고(一飯三吐哺) 나와서 손님을 상대하였다.

주공은 이처럼 바빴고 이처럼 할 일이 많은 재상으로 나라의 내정과 외교를 지휘하였다. 이는 周公의 미덕이며 진심이었다.

170 굳센 의지와 훌륭한 미덕을 가진 어떤 사람이라도 그가 교만하다는 것은 다른 사람을 무시하는 것이고, 인색하다면 돈을 아낄 뿐만 아니라 다른 사람에 대한 도움을 베풀 줄도 모르며, 타인에 대한 칭찬에도 인색할 것이니, 나머지 재능과 근면 같은 것을 높이 평가해서 무엇 하겠는가? 교만하지 않다면 겸손이다. 동정과 포용, 그리고 화합은 인색한 마음에서 나올 수 없다.

171 검소한 생활은 가난을 치료할 수 있는 良藥이고(儉如良藥可醫貧), 儉約(검약)으로 덕을 쌓는다(養德)고 하였다.

172 남에게 줄 것을 내주면서도 인색한 것은 국량이 좁은 것이다.

儉素(검소)란 아끼고 절약하며(省約) 禮를 실천한다는 뜻이다. 인색한 것은〔吝者, 吝(인색할 인)〕은 (남이) 몹시 위급한데도〔窮急 (궁급)〕 (자기 재물이 아까워서) 도와주지 않는 것이다.[173]

지금 세상에 베풀 정도만 되면 사치하고, 검소하다면 곧 인색 하지만, 만약 베풀더라도 사치하지 않고, 검소하지만 인색하지 않아야 올바른 것이다.

사람이 인색하면 붕우도 멀어진다(人有吝嗇朋友遠). 지독하게 재물을 아끼면 틀림없이 집안을 망칠 자식을 낳는다.

사람이 늙으면 세 가지 병을 얻는데, 돈에 인색하고(愛財), 죽을 까 겁을 내며(怕死), 잠이 없어진다(沒瞌睡). 또 사람이 늙으면 고집부리는 아이와 같고(人老如頑童), 잔소리만 많아지니(人老 話多), 젊은 사람이 늙은이를 싫어한다.

특히 나이 먹었다고 늙은 대우를 바라는 노인은 마음이 먼저 늙 은 사람이니, 젊은 사람이 더 미워한다.

173 원문 不邮之謂也 – 邮은 구휼할 휼. 동정하며 도와주다.

024/ 生業의 기본

|原文| 生民之本, 要當稼穡而食, 桑麻以衣. 蔬果之畜,
園場之所産, 雞豚之善, 塒圈之所生. 爰及棟宇器械, 樵蘇
脂燭, 莫非種殖之物也.

至能守其業者, 閉門而爲生之具以足, 但家無鹽井耳.
今北土風俗, 率能躬儉節用, 以贍衣食, 江南奢侈, 多不逮
焉.

|국역| 백성이 살아가는 기본은 농사를 지어야만 먹을 수 있
고,[174] 양잠과 삼〔麻(마)〕으로 옷을 만들어 입는다.[175] 채소나 과
일의 비축은 밭에서 나오고, 닭이나 돼지는[176] 닭장이나 우리
〔圈(권)〕에서 키운다.[177] 그리고 집이나 여러 도구, 땔감과 등불

---

174 원문 要當稼穡而食 - 要當은 응당 ~해야 한다. 稼는 심을 가. 穡
은 거둘 색. 稼穡은 심고 가꿔 거두기, 곧 농사. 食은 동사. 먹다.
먹을 수 있다.

175 원문 桑麻以衣 - 桑은 뽕나무 상. 누에치기. 養蠶(양잠). 麻는 삼
마. 삼베. 衣는 옷을 입다.

176 雞豚之善 - 雞는 닭 계. 닭고기. 豚은 돼지 돈. 돼지고기. 善은 膳.
반찬 선.

177 원문 塒圈之所生 - 塒는 홰 시. 닭은 땅바닥에서 자지 않는다. 반
드시 나뭇가지 등에 올라가서 잔다. 닭장 안에 닭이 올라가 잘

등¹⁷⁸ 모두가 심고 키우지 않는 것이 없다.

생업을 잘 이어갈만한 사람은, 閉門(폐문 : 문을 닫다)하더라도 생활 도구가 넉넉하나 다만 집에 소금 샘〔鹽井(염정)〕이 없을 뿐이다.¹⁷⁹

지금 북쪽 지방의 풍속은 대체로 근검절약하여 의식이 넉넉하지만, 강남 지역은 사치가 많아 북쪽 지역에 미치지 못한다.

수 있는 나뭇가지를 홰(榾)라 한다. 圈은 우리 권. 돼지우리.

178 원문 棟宇器械, 樵蘇脂燭 – 棟宇(동우)는 용마루와 지붕, 곧 집. 器械(기계)는 살림 도구. 樵는 나무할 초. 蘇는 연료로 쓸 풀. 脂燭(지촉)은 기름. 등불 용.

179 원문 但家無鹽井耳 – 但은 다만 단. 鹽井(염정)은 소금물이 솟는 샘. 岩鹽(암염)이나 鹽井(염정)의 물을 다려 소금을 생산한다. 山東에서는 海鹽을 먹지만 山西에서는 岩鹽을 먹는다. 중국인에게 소금은 생필품 7가지의 하나. 일상생활에 꼭 필요, 일곱 가지는(開門七件事) 柴(땔감 시), 米(쌀), 油(식용유), 鹽(소금 염), 醬(간장), 醋(식초 초), 茶(차 다)이다. '소금은 적게, 식초는 많이(少鹽多醋), 적게 먹고 많이 씹기(少食多嚼).' 란 말도 있다. 음식이 매우 짜면 '소금장수를 때려잡았다(打死了賣鹽的).' 라고 말한다.

025/ 지나친 刻薄(각박)

|原文| 梁孝元世, 有中書舍人, 治家失度, 而過嚴刻, 妻妾
遂共貨刺客, 伺醉而殺之.

|국역| (南朝) 梁 孝元帝 재위 중에(552 – 555년), 어떤 中書舍
人(중서사인)[180]은 治家(집안 다스림)를 잘못하여 지나치게 엄격
하고 각박하였기에 그의 妻妾(처첩)이 함께 刺客(자객)을 사서[181]
술에 취한 틈을 타서 죽여버렸다.

---

180 中書舍人 – 황제를 보좌하는 고급 秘書官. 詔令(조령), 侍從(시종),
敕旨(칙지), 상주 문서 등을 담당. 舍人은 國君이나 태자와 가까
운 屬官을 의미. 지금의 秘書長 또는 幕僚長(막료장)에 해당. 南
朝에서 舍人 4명이 四省을 나눠 담당했는데 그 권력이 천하를 흔
들었다.

181 원문 遂共貨刺客 – 遂는 마칠 수. 마침내. 副詞로 쓰이었다. 共貨
(공화)는 공동 부담으로 刺客(자객)을 사다. 貨(돈 화, 재물)는 뇌물
을 준다는 뜻이 있다.

026/ 寬容(관용)의 폐단

|原文| 世間名士, 但務寬仁. 至於飮食饟饋, 僮僕減損, 施惠然諾, 妻子節量, 狎侮賓客, 侵耗鄕黨. 此亦爲家之巨蠹矣.

|국역| 世間(세간)의 名士들은 오로지 寬待(관대) 仁慈(인자)에만 힘쓴다. 심지어 음식이나 접대할 때,[182] 하인이나 머슴들이 (내어줄 분량을) 덜어내거나〔減損(감손)〕, 허락한 물건을[183] 그 아내(妻子)가 분량을 적게 내주거나 손님을 업신여기고,[184] 鄕黨 사람에 내줄 분량을 적게 내주기도 하는데, 이 역시 治家(치가)에서 거대한 좀 벌레와 같다.[185]

---

182 원문 至於飮食饟饋 – 至는 甚至於(심지어). 이런 말이 우리말 같지만 漢字語이다. 飮食(음식). 음식을 주다. 饟은 말린 양식 양. 饋는 먹일 궤. 饟饋는 식량.

183 원문 施惠然諾 – 施惠는 베풀다. 然諾(연락)을 그렇게 하기로 허락한.

184 원문 狎侮賓客 – 狎은 친압할 압. 侮는 업신여길 모. 狎侮(압모)는 업신여기다. 賓客은 門客.

185 巨蠹 – 巨는 클 거. 蠹는 좀 두. 벌레가 작아 잘 보이지도 않지만 그 폐해는 크다.

027/ 지나친 관용

|原文| 齊吏部侍郎房文烈, 未嘗嗔怒. 經霖雨絶糧, 遣婢
糴米, 因爾逃竄, 三四許日, 方復擒之. 房徐曰, "擧家無食,
汝何處來?" 竟無捶撻. 嘗寄人宅, 奴婢徹屋爲薪略盡, 聞
之顰蹙, 卒無一言.

|국역| 北齊의 吏部侍郎(이부시랑)[186]인 房文烈(방문열)은 진노
한 적이 없었다. 장마를 겪으면서 양식이 떨어져 계집종을 보내
양식을 사오게 시켰는데, (계집종이) 그대로 도망쳤다가[187] 3, 4
일 정도에 잡혔다. 그러자 방문열이 천천히 말했다.

"온 집안이 먹을 것이 없는데, 너는 어디 갔다 왔느냐?"

끝내 종아리도 때리지 않았다. 그전에 다른 사람에게 집을 봐
달라고 부탁했었는데, 노비들이 지붕을 뜯어내서 거의 다 불로
땠어도, 그런 말을 듣고 얼굴을 찡그렸을 뿐[188] 끝내 한마디도 없

---

186 吏部侍郎 - 文官의 任免, 考課, 승진, 포상, 이동 등을 전담하는
관리. 漢代 吏曹를 위진 이후 吏部로 개칭. 魏晉 이후 6部의 으
뜸. 侍郎(시랑)은 차관급 관리.

187 원문 遣婢糴米, 因爾逃竄 - 糴은 쌀 사들일 적. 因爾(인이)는 그대
로. 逃는 도망갈 도. 竄은 숨을 찬.

188 원문 聞之顰蹙 - 聞之는 그런 말을 전해 듣다. 顰은 찡그릴 빈.
蹙은 오그라들 축. 顰蹙(빈축)은 못마땅해서 얼굴을 찡그리다.

었다.[189]

189 도량의 넓고 좁음은 마음속에 있다(寬窄在心中). 자신을 엄격히 다스리고(嚴於律己), 다른 사람은 관용으로 대해야 한다(寬以待人).

그러나 房文烈의 경우는 너무 심하다. 이 정도라면 남의 무시를 스스로 자초하게 된다. 그것은 관용이 아니다.

028/ 자선과 인색

|原文| 裴子野有疎親故屬飢寒不能自濟者, 皆收養之. 家素清貧, 時逢水旱, 二石米爲薄粥, 僅得徧焉, 躬自同之, 常無厭色.

鄴下有一領軍, 貪積已甚, 家童八百, 誓滿一千. 朝夕每人餚膳, 以十五錢爲率, 遇有客旅, 更無以兼. 後坐事伏法, 籍其家産, 麻鞋一屋, 弊衣數庫, 其餘財寶, 不可勝言.

南陽有人, 爲生奧博, 性殊儉吝, 冬至後女壻謁之, 乃設一銅甌酒, 數臠醬肉, 壻恨其單率, 一擧盡之. 主人愕然, 俛仰命益, 如此者再, 退而責其女曰, "某郎好酒, 故汝常貧." 及其死後, 諸子爭財, 兄遂殺弟.

|국역| 裴子野(배자야)[190]는 먼 친척[疎親(소친)]이나 옛 동료(故

---

190 裴子野(배자야, 469 – 530년) – 裴松之(배송지, 裴松之)의 증손. 裴松之(372 – 451년, 字는 世期)는 河東 聞喜縣(今 山西省 남부 聞喜縣) 출신, 東晉과 劉宋 시기의 史學者. 陳壽(진수)의 《三國志》를 주석했다. 배송지의 아들 裴駰(배인, 생졸년 미상)은 《史記集解》80권을 저술하였으니 《史記》 三大家의 한 사람이다. 배인의 손자가 裴子野이다. 배자야는 남조 宋의 역사 《宋略》을 저술했다. 그래서 裴松之 – 裴駰 – 裴子野를 '史學三裴'라는 미칭으로 칭송한다.

屬)로 飢寒(기한 : 굶주림과 추위)을 벗어날 수 없는 사람들을 모두 거두어 부양하였다. (배자야의) 그 가정도 평소에 청빈했으니 가끔 수해나 旱害(한해, 가뭄)를 당하면 2석(두섬)의 쌀로 묽은 죽을 쑤어〔薄粥(박죽)〕두루 겨우 지냈지만, 자신도 빈궁을 같이 나누면서도 늘 싫어하는 기색이 없었다.

鄴下(업하)[191]에 어떤 領軍(영군, 무관 직명, 황제 호위관)이 있어 그 탐욕이 너무 지나쳤으니, 家童이 8백 명이나 되어도, 1천 명을 채워야 된다고 욕심을 내었다. 아침저녁 끼니에 사람마다 식비를[192] 15전으로 제한하여 지나는 손님이 들려도 더 대우를 하지 못했다. 뒷날 업무상 법에 걸려 죽었는데(伏法), 그 재산을 籍沒(적몰)했더니 삼베로 만든 짚신이 집 한 채에 가득했고, 헌 옷가지가 창고 몇 개를 채웠으며 여타의 재물도 이루 다 말할 수가 없었다.

南陽郡(남양군)의 어떤 사람은 살면서 은밀히 많은 재산을 모았지만,[193] 천성이 지나치게 검소 인색하였다. 冬至(동지)가 지나자 딸과 사위가 인사를 왔는데, 조그만 놋쇠 그릇에 술 한 잔과 노루

---

191 鄴下(업하) - 鄴縣. 今 河北省 남부 邯鄲市(한단시) 臨漳縣(임장현)에 해당. 후한 말 曹操(조조)의 세력 근거지. 이후 남북조 시대에 北朝의 後趙, 冉魏(염위), 前燕(전연)의 都城. 또 東魏와 北齊의 도성이었다. 下는 그 부근, 일대의 뜻.

192 餚膳 - 餚는 반찬 효. 안주. 膳은 반찬 선. 餚膳은 반찬. 副食의 총칭.

193 원문 爲生奧博 - 奧는 속 오. 방의 아랫목. 은밀하게. 감춰두다. 博은 넓을 박. 재물이 많다. 숨겨 감춰둔 재산이 많다.

육포 몇 점을 내주었더니,[194] 사위는 그 푸대접[單率(단솔)]에 한탄하면서 한 번에 다 먹어치웠다. 주인이(장인) 놀라 우물쭈물하면서[195] 더 가져오라고 두어 차례 거듭하였다. 사위가 물러나자 그 딸을 질책하며 말했다.

"저 사위가(某郎) 술을 좋아하니, 너는 늘 가난할 것이다."[196]

그가 죽은 뒤, 여러 아들은 재물을 두고 싸웠고, 결국 형이 동생을 죽였다.

---

194 원문 數臠麞肉 – 數는 몇, 열이(十) 안 되는 수. 臠은 저민 고기 연. 麞은 노루 장.

195 원문 主人愕然, 俛仰命益 – 愕은 놀랄 악. 俛은 힘쓸 면. 구부리다. 仰은 우러를 앙. 여기 俛仰은 周旋(주선)하다. 우물쭈물하다.

196 농사에는 절기를 놓칠까 걱정이고(莊稼怕誤節氣), 딸을 시집보낼 때는 사위를 잘못 고를까 걱정한다(嫁女怕誤女婿). 사실 사위 고르기가 며느리 데려오기보다 더 어렵다고 한다. 중국인들은 사위를 半子(반자)라 했고, 半子之勞(반자지로)란 사위가 처부모에게 효성을 다한다는 뜻이다. 그리고 사위는 아내를 보아 장모를 공경한다(看妻子 得敬丈母). 중국이나 우리나라나 장모는 사위를 끔찍하게 아껴주기에, '사위가 대문에 들어오면 닭들이 넋이 나간다(姑爺進門 小鷄沒魂).'고 하였다.
심한 경우 사위를 불러 챙겨주다가 아들은 잊어버린다(招來女婿 忘了兒). 장모는 사위가 보면 볼수록 마음에 들지만(丈母娘看女婿 越看越中意), 장인은 사위를 볼수록 화가 치민다(老丈人看女婿 越看越惹氣)고 하였다.

029/ 새벽에 암탉이 울 수 없다

|原文| 婦主中饋, 惟事酒食衣服之禮耳, 國不可使預政, 家不可使幹蠱. 如有聰明才智, 識達古今, 正當輔佐君子, 助其不足, 必無牝雞晨鳴, 以致禍也.

|국역| 主婦(주부)는 집안에서 살림을 주관하지만,[197] 오직 酒食(주식)과 의복에 관련한 禮를 담당하나니, 나라에서는 政事에 參預(참예)할 수 없으며 가정에서도 큰일에 관여할 수 없다.[198] 만약 주부가 聰明(총명)하고 才智(재지)가 있으며 古今을 잘 알고 통달하였더라도(識達古今) 의당 君子(夫君)를 輔佐(보좌)하고 그 부족한 부분을 도와야지, 암탉이 새벽에 울어 禍亂(화란)을 초래하는 일이 있어서는 절대로 안 된다.[199]

---

197 원문 婦主中饋 - 婦主는 主婦. 饋는 먹일 궤. 中饋는 음식을 장만하다. 《易》64괘 중 〈風火家人, ☲☴〉卦의 「六二, 无攸遂, 在中饋, 貞吉」에서 나온 말.

198 원문 家不可使幹蠱 - 幹은 줄기 간. 일을 처리하다. 蠱는 독 고. 惡氣. 일(事). 직분. 幹蠱(간고)는 일을 처리하다. 山風蠱(산풍고, ☶☴) 효사의 '幹父之蠱(간부지고)'에서 나온 말.

199 원문 必無牝雞晨鳴 - 必無는 절대로 없다. 牝雞(빈계, 牝은 암컷 빈)는 암탉. 晨鳴(신명)은 아침에 울다. 牝雞晨鳴은 《書 周書 牧書》에 「王曰, "古人有言曰, '牝雞無晨. 牝雞之晨하면 惟家之索이라.'"」

고 하였다. 이는 紂王(주왕)이 妲己(달기)의 꾐에 빠졌던 것을 비난한 말이다.

중국 속담의 「암탉은 새벽에 울지 않는다(鷄婆不叫晨).」는 말은, 아녀자는 어떤 일을 주관할 수 없다는 뜻이다. 그러면서 '울기 잘 하는 암탉은 알을 안 낳는다(愛叫的母鷄不下蛋).' 라 하였고, 또 '암탉이 울 수 있다면(鷄婆能打鳴), 수탉이 할 일은 무엇인가?(還要公鷄做什麽)' 라 하면서 여자의 능력을 평가 절하하였다.

030/ 女風의 南北 차이

| 原文 | 江東婦女, 略無交遊, 其婚姻之家, 或十數年間, 未相識者, 惟以信命贈遺, 致殷勤焉.

鄴下風俗, 專以婦持門戶, 爭訟曲直, 造請逢迎, 車乘塡街衢, 綺羅盈府寺, 代子求官, 爲夫訴屈. 此乃桓, 代之遺風乎?

南間貧素, 皆事外飾, 車乘衣服, 必貴整齊, 家人妻子, 不免飢寒. 河北人事, 多由內政, 綺羅金翠, 不可廢闕, 羸馬頓奴, 僅充而已. 倡和之禮, 或爾汝之.

河北婦人, 織紝組紃之事, 黼黻錦繡羅綺之工, 大優於江東也.

| 국역 | 江東[200]의 부녀자들은 외부인과 交遊(교유)가 거의 없으며, 그 婚姻(혼인)한 가문과도 거의 십여 년간 서로 알지 못하고 겨우 소식을 전하거나 선물을 보내[201] 殷勤(은근)한 뜻을 표시한

---

200 江東 - 江左. 옛날에는 南面하는 황제가 볼 때 동쪽은 좌측이었다. 長江은 西에서 동쪽으로 흐르지만 일반적으로 南京 동쪽의 하류 지역, 곧 손권이 차지했던 吳의 통치 지역을 江東이라 통칭했다.

201 원문 惟以信命贈遺 - 惟는 오직. 信은 使者. 命은 안부, 소식을

다.[202]

鄴下(업하, 河北. 北齊의 도읍) 일대의 풍속은 전적으로 여인들이 門戶(문호 : 집안 일)를 관리하고,[203] 爭訟(쟁송)과 曲直(곡직)을 따지며, (남을) 찾아가 뵙고〔造請(조청)〕 맞이하여 접대하며〔逢迎(봉영)〕, (부녀자들이 탄) 수레나 가마가 거리를 메우고[204] 비단옷을 입은 부녀자가 관아에도 출입하고,[205] 아들을 대신하여 관직을 얻으려 하고, 남편 대신 억울한 사정을 訴請(소청)한다. 이 모두가 북방 鮮卑族(선비족) 拓拔氏(탁발씨)의 유풍이 아니겠는가?[206]

문다. 贈遺(유증)은 물건을 증여하다.

202 원문 致殷勤焉 - 殷勤(은근)은 慇懃(은근). 慇은 친절할 은. 괴로워하다. 懃은 친절할 근. 부지런히 힘쓰다.

203 원문 專以婦持門戶 - 門戶는 명문의 가문. 持門戶는 집안의 일을 맡아 처리하다. 當家才知柴米貴(집안일을 맡아봐야 땔감과 쌀이 귀한 줄 안다)라는 속담도 있다.

204 원문 車乘塡街衢 - 車는 수레. 乘은 乘輿, 크고 작은 탈 것(駕, 車馬). 塡은 메울 전. 街는 거리 가. 衢는 네거리 구.

205 원문 綺羅盈府寺 - 綺羅(기라)는 비단. 綺는 비단 기. 羅는 벌릴 라. 늘어놓다. 盈은 찰 영. 차다. 채우다. 府寺(부시)는 관청 건물. 寺는 관청 시, 환관 시. 절 사.

206 원문 桓,代之遺風乎? - 桓은 桓州, 代는 代郡. 지금의 山西省이나 河北省 서부에 해당. 옛 鮮卑族(선비족) 拓拔氏(탁발씨)의 세력 범위라는 주석이 있다.
본래 鮮卑族(선비족)은 東胡族의 한 갈래이다. 북방 유목민족인 東胡族은 鮮卑(선비)와 烏桓(오환)으로 분리되었다. 선비족은 後

江南(강남)에서는 가난하여 가진 것이 없어도 모두가 겉을 꾸미는데, 수레나 乘馬(승마), 의복에 필히 말쑥하고 가지런한 것을 귀하게 여기다 보니, 家人이나 妻子들은 추위와 饑餓(기아)를 면하기 어렵다.

　　河北에서는 매사에 여인을 경유하는 일이 많아서 비단옷이나 비춰 등 장식을 빠트릴 수 없으며, 남자들은 비쩍 마른 말을 타고 초라한 노비를 거느리며[207] 겨우 끼니나 해결할 뿐이다. 부부간 호칭에서도,[208] (남편을) 너〔爾汝(이녀)〕라고 부르기도 한다.[209]

漢 시대에는 흉노의 지배하에 있었다. 鮮卑의 명칭은 鮮卑山에서 유래. 지금의 內蒙古자치주 북쪽 지역과 몽고에서 주로 거주했다. 북흉노가 서쪽으로 빠져나간 자리를 선비족이 차지한 셈이다. 선비족은 5호16국 시대부터 크게 융성하였는데, 慕容氏(모용씨)의 前燕, 後燕이 있고 拓拔氏(탁발씨)의 北魏가 모두 선비족이 세운 나라였다.

拓跋氏(탁발씨)는 複姓(복성). 三國에서 西晉 시대 鮮卑族의 부족 이름이며 성씨. 5호16국 시대에 중국으로 이동해 들어와 北魏(북위)를 건립하고, 화북지방을 통일, 지배하였다. 北魏의 孝文帝가 漢化政策을 추진하면서 拓跋을 元씨로 바꾸기도 했다.《後漢書》90권, 〈烏桓鮮卑列傳〉참고.

207 원문 羸馬頹奴 - 羸는 여월 이. 삐쩍 마르다. 頹는 파리할 췌.

208 원문 倡和之禮 - 倡和는 夫唱婦隨(부창부수). 唱和. 부르다. 맞장구를 치다.

209 원문 或爾汝之 - 或은 혹 혹. 혹간은. 爾는 너 이. 너 그대. 汝는 너 여. 爾汝(이여, ěrrǔ)는 너(남을 낮추어 부르는 호칭, 친밀한 관계의 호칭). 夫妻 상호 간에 가볍게 下待하며 부르는 호칭. 之는

河北의 부인들은 길쌈을 하고 끈을 꼬아 만드는 일이나[210] 黼
黻(보불)과 錦繡(금수) 羅綺(나기) 등의[211] 솜씨가 江東의 부녀자
보다 훨씬 우수하다.

남편.

210 원문 織紝組紃之事 — 織은 짤 직. 紝은 베를 짤 임. 織紝(직임)은
옷감을 짜다. 組는 끈 조. 紃은 끈 순. 組紃(조순)은 끈을 꼬아 만
들다.

211 원문 黼黻錦繡羅綺 — 黼는 수 보. 수를 놓다. 검은 실과 흰 실로
도끼 모
양을 수놓은 것. 黻은 수 불. 예복에 弓 字를 수놓은 것. 黼黻(보
불)은 예복에 수를 놓다. 錦繡(금수)는 비단에 수를 놓기. 羅綺(나
기)는 얇은 비단 짜기.

031/ 여아 혐오

|原文| 太公曰, "養女太多, 一費也."

陳蕃曰, "盜不過五女之門."

女之爲累, 亦以深矣. 然天生蒸民, 先人傳體, 其如之何? 世人多不擧女, 賊行骨肉, 豈當如此, 而望福於天乎? 吾有 疏親, 家饒妓媵, 誕育將及, 便遣閽豎守之. 體有不安, 窺 窗倚戶, 若生女者, 輒持將去, 母隨號泣, 使人不忍聞也.

|국역| 太公[212]이 말했다.

"딸을 키우려면 비용이 너무 많이 들어, 큰 부담이 된다."고 하였다.[213]

---

212 太公 - 周 文王과 武王의 軍師, 姜姓의 呂氏. 名은 尙, 字는 子牙, 史册에는 '姜尙', '姜望', '姜子牙', '呂尙', '呂望' 등으로 기록. 보통 '姜太公', '呂太公', '齊太公', '太公', '太公望'으로 불리며 '武成王'에 追封(추봉)되었다. 姜齊의 始祖, 그 戰功으로 후세에 武聖, 또는 '兵家之聖'으로 추앙받고 있다.

213 '출가한 딸은(嫁出去女兒) 뿌려 버린 물과 같다(潑出去的水).' 는 말은 出嫁外人, 곧 시집보낸 딸은 남이란 뜻이다. 그런데 '딸을 시집보내고 나면 소를 팔아야 한다(嫁了女兒賣了牛).' '팔아버린 땅(賣出的田), 시집보낸 딸(嫁出的女)'은 아무런 도움도 되지 않는다. 남자에게 아내가 없으면 재물이 모이지 않는다. 그러니 장가는 가야 하지만, 딸을 낳고 키우려 하지 않는다. 모순이다. 그

陳蕃(진번)[214]이 말했다.

"도적도 딸이 다섯인 집에는 들어가지 않는다."[215]

딸 키우는 어려움이 이처럼 심하다. 그러나 하늘이 내려준 백성이고,[216] 조상이 물려준 육신이니 (낳은 딸을) 그 어찌 하겠는가? 딸을 거둬 키우지 않거나 骨肉(골육, 낳은 딸)을 해코지 하는 世人이 많은데, 그렇게 하고서 어찌 하늘의 福을 바랄 수 있겠는가? 나의 민 친척은[217] 살림이 넉넉하고 기녀와 媵妾(잉첩)까지 거

러니 다 키워 놓은 딸은 시집가기 쉽다. 대신 가난한 남자는 결혼하기 어렵다. 결국 비싼 돈을 주고 가난한 집의 딸을 사와야 한다.

214 陳蕃(진번, ?-168년, 字는 仲擧) - 後漢 말 名臣. 桓帝(환제) 때 太尉, 靈帝 때 太傅 역임. 환관을 제거하려다가 실패, 피살. 桓帝와 靈帝 재위 연간에 陳蕃(진번)과 같은 사람들이 바른 기풍을 일으켜 세우며 혼탁한 세속을 비판하였다. 진번은 여러 번 폄직당하면서도 떠나지 아니하고 仁心의 실천을 자신의 임무로 여겼으니, 비록 길은 멀어지더라도 그 의지는 더욱 견고해졌다. 진번은 늠름하게 伊尹(이윤)과 太公望(呂尙)의 뜻을 실천하려 했다. 끝내 공을 이루지 못하였지만 그 信義는 민심을 이끌 수 있었다. 漢世가 혼란 속에서도 1백여 년을 지속하며 망하지 않은 것은 진번 같은 사람들의 힘이었다. 《後漢書》66권, 〈陳王列傳〉에 立傳.

215 원문 盜不過五女之門 - 盜는 도적 도. 過는 '~앞을 지나간다'는 뜻이 아니라 '집에 들린다'는 뜻이다. 딸 다섯을 키우거나 시집보내면 훔칠만한 재물도 없다는 뜻이다.

216 원문 然天生蒸民 - 蒸은 질 중. 蒸氣(증기). 많다. 무리(衆). 蒸民(증민)은 백성. 서민.

217 원문 吾有疏親 - 疏는 트일 소. 관계가 멀다. 疏親(소친)은 寸數가

느리면서, (그런 여인들이) 아이를 낳을 때가 되면 바로(便) 문지기〔闇豎(혼수)〕를 보내 지키게 한다. 산모 육신이 不安(출산할 때면) 하면 창문에서 엿보다가,[218] 만약 딸을 낳으면 바로 빼앗아가 버리도록 하였는데, 생모가 따라가며 울부짖으니 차마 그 소리를 들을 수가 없었다고 한다.

먼 친척.

218 원문 窺窗倚戶 - 窺는 엿볼 규. 窗은 창 창. 窓의 古字. 倚는 기댈의. 기대어 서다. 戶는 지게문 호. 窓戶(창호).

032/ 며느리 학대

|原文| 婦人之性, 率寵子壻而虐兒婦. 寵壻, 則兄弟之怨
生焉, 虐婦, 則姉妹之讒行焉. 然則女之行留, 皆得罪於其
家者, 母實爲之.

至有諺云, "落索阿姑餐." 此其相報也. 家之常弊, 可不
誡哉!

|국역| 婦人의 성질은 대개 아들과 사위를 총애하고 며느리를
(兒婦) 학대한다. 사위를 총애하다 보니 (아들) 형제 사이에 원망
이 생긴다. 며느리를 학대하니 딸 자매들은 고자질을 한다.[219] 그
러하니 딸은 출가 전이나 출가하더라도 모두 (친정과 시가에서)
미움을 받는데, 그것은 사실 어머니가 그렇게 만든 것이다.

그래서 俗諺(속언)에 "늙은 시어머니는 차가운 밥 신세"란 말
은,[220] (평소 학대에 대한) 상응한 보답일 것이다.[221] 이는 어느

---

219 원문 則姉妹之讒行焉 - 여기 姉妹는 며느리의 시누이들. 讒은 참
소할 참. 거짓말, 고자질.

220 원문 落索阿姑餐 - 落은 떨어질 락. 몰락하다. 索은 밧줄 삭. 삭
막하다. 홀로. 찾을 색. 落索(낙삭)은 쓸쓸하다. 阿姑(아고)는 시어
머니. 阿는 호칭 앞에 붙는 접두사. 餐은 먹을 찬.

221 딸과 어머니는 닮은꼴이다. 그래서 딸은 어머니의 그림자이다

집에서나 볼 수 있는 폐단이니 가히 경계할 일이다!

(姑娘是母親的影子). 자신도 그러했지만 딸도 시집가면 며느리로 구박받을 줄을 알면서, 시어머니는 며느리를 구박한다. 며느리를 구박하는 시어머니를 '물소 뿔을 가진 시어머니(水牛角婆婆)'라고 한다. 물소는 일(농사) 소보다 뿔이 훨씬 크다. 구박받는 며느리도 참고 견디면 시어머니가 된다(多年媳婦熬成婆). 구박받던 며느리가 늙은 시어머니를 어떻게 대접하겠는가?

033/ 婚事의 상대방

| 原文 | 婚姻素族, 靖侯成規. 近世嫁娶, 遂有賣女納財,
買婦輸絹, 比量父祖, 計較錙銖, 責多還少, 市井無異. 或
猥婿在門, 或傲婦擅室, 貪榮求利, 反招羞恥, 可不愼歟!

| 국역 | '素族(소족: 평범한 가문)과 婚姻(혼인)하기'는[222] 靖侯(정
후)[223]께서 정한 법규이다. 요즈음에(近世) 출가시키거나 며느리

---

222 원문 婚姻素族 - 昏(어둘 혼)에 결혼이란 뜻이 있는데, 이는 결혼
식을 밤에 했다는 뜻이다. 밝은 대낮에 결혼식을 올리면서 촛불
을 켜는 것도 같은 유래이다. 결혼으로 생긴 관계를 姻戚(인척)이
라 하니 親戚(친척)과는 다른 관계이다. 素族은 權門勢家가 아닌
평범한 가문이란 뜻이다. 가난한 사람은 혼인으로 부자가 되기
어렵고(貧難婚富), 부자는 혼인으로 고귀해지지 않는다(富難婚
貴).

223 靖侯(정후) - 顔之推(안지추)의 9世 祖인 顔含(안함)의 諡號(시호).
唐나라 房玄齡(방현령) 등이 편찬한 《晉書》88권, 〈孝友傳〉에 입
전된 바에 의하면, 顔含(안함)의 字는 弘都(홍도)이며 琅邪(낭야)
莘縣(신현) 사람이다. 父인 默(묵)은 汝陰 太守이었다. 안함은 少
有操行하고 효자로 이름이 알려졌다. … 桓溫(환온, 312 - 373년.
東晉 重要 將軍이며 權臣)이 안함의 가문에 청혼하였으나 안함은 환
온이 성대한 가문이라 생각하여(求婚於含, 含以其盛滿) 不許하
였다. … 안함은 致仕(치사) 20여 년인 나이 93세에 죽었다. 소박
한 관에 염을 하라고 유언하였다. 諡는 靖(정)이다. ….

를 들이면서 딸을 팔며 재물을 받거나 며느리를 사오면서 비단을 보내준다(買婦輸絹).[224] 父祖의 관직을 비교하거나 아주 조그만 것까지 계산하면서,[225] 많고 적다며 책망하는 것은 市井의 小人과 다름이 없다.[226]

그리하여 천박한 사위가 들어오거나,[227] 오만한 며느리가 집안을 휘두르게 된다. 영화와 이득을 얻으려 했던 것이 오히려 수치를 초래하니 신중하지 않을 수 없다!

---

224 '며느리가 마당에서 절할 때(媳婦堂前拜), 시어머니는 뒤로 빚낸 이자를 셈한다(公婆背利債).'는 말은, 매매혼의 실상을 말해준다.

225 원문 計較錙銖 – 計較(계교)는 따지고 비교하다. 錙는 저울 눈 치(아주 적은 量) 銖는 무게 단위 수. 漢代 24銖가 1兩. 漢代 화폐 五銖錢이 통용되었다. 1銖는 0.65g.

226 명문가는 명문가와, 보통 가정은 보통 가정과 짝을 한다(門當戶對)는 말처럼 혼인은 기울지 않아야 하니, 대개 비슷한 집안과 혼인한다는 뜻이다. 시집을 잘 보내는 집은 어울리는 집과 혼인하지만(會嫁嫁對頭), 잘못 보내는 사람은 부잣집으로 보낸다(不會嫁嫁門樓)는 말도 있으나, 일반적으로 딸은 명문가로 출가시키고(女嫁高門), 며느리는 낮은 집에서 데려온다(婦聘低戶)고 한다.

227 원문 猥壻在門 – 猥는 함부로 외. 더럽다. 추잡하다. 壻는 사위 서(婿와 通).

034/ 빌려온 책

|原文| 借人典籍, 皆須愛護, 先有缺壞, 就爲補治, 此亦士
大夫百行之一也.

濟陽江祿, 讀書未竟, 雖有急速, 必待卷束整齊, 然後得
起, 故無損敗, 人不厭其求假焉. 或有狼籍几案, 分散部帙,
多爲童幼婢妾之所點汙, 風雨蟲鼠之所毀傷, 實爲累德.

吾每讀聖人之書, 未嘗不肅敬對之. 其故紙有《五經》詞
義, 及賢達姓名, 不敢穢用也.

|국역| 남에게 빌린 책이라면 언제나 아껴 간수해야 하나니, 앞
서 훼손된 곳이 있다면[228] 바로 보수해야 하는데, 이 역시 사대부
의 여러 행실 중 하나이다.

濟陽(제양) 땅의 江祿(강록)은 독서를 마치기 전에[229] 급한 일이
있더라도 반드시 책을 묶거나 깨끗하게 정리한 다음에 자리에서
일어났기에, 책이 더럽혀지거나 훼손되는 일이 없어 사람들은 그
가 빌려 달라면 싫어하지 않았다.[230] 어떤 사람들은(或) 책상〔几

---

228 원문 先有缺壞 - 先은 빌리기 이전에. 缺은 이지러질 결. 壞는 무
너질 괴. 缺壞는 찢겨진 부분이나 떨어져 나간 곳.

229 원문 讀書未竟 - 竟은 마칠 경. 끝내다.

230 원문 人不厭其求假焉 - 人은 다른 사람. 不厭(불염)은 싫어하지

案(궤안)〕을 어질러 놓거나〔狼籍(낭자)〕책 질을 흩트려 놓아,²³¹ 어린아이들이나 계집종이 더럽히거나,²³² 비바람에 젖거나 벌레나 쥐가 훼손하니, 이는 실로 그 德行에 累(누)가 된다.

나는 매번 聖人의 글을 읽을 때마다 서적을 엄숙하게 대하지 않은 적이 없었다.²³³ 왜냐면 서책에는《五經》의 뜻이 들어 있고, 賢人과 통달한 분의 姓名이 적혀 있으니²³⁴ 감히 더럽게 쓸 수 없

않다. 求假는 빌려달라고 하다. 焉은 어조사 언. 종결 어미.

231 원문 分散部帙 – 分散은 갈라놓다. 어질러 놓다. 部帙(부질)은 책의 권수에 따른 차례. 帙은 책갑 질. 책을 포장하거나 묶어 훼손을 방지하는 케이스.

232 원문 多爲童幼婢妾之所點汙 – 所는 피동의 뜻. 더럽혀진다. 點은 玷. 이질 점. 汙는 더러울 오. 汚와 同.

233 원문 未嘗不肅敬對之 – 未嘗不(미상불)~은 일찍이 ~하지 않은 적이 없다. ~이 아니라고 말할 수 없다. 肅敬(숙경)은 敬肅. 엄숙히.

234 책을 모아두는 것이 금을 모아두는 것보다 낫고(藏書勝於藏金), 만권의 장서는 자손에게 유익하나니(萬卷藏書宜子孫), 자손이 비록 어리석어도(子孫雖愚), 경서를 읽히지 않을 수 없다(經書不可不讀). 곧 내 자식이 어리석다 하여도 가르칠 수 있다면 끝까지 가르쳐야 한다.
독서는 매우 유익하기에(開卷有益), 수재는 서책을 이야기하고(秀才談書), 백정은 돼지에 관한 이야기를 한다(屠夫說猪). 독서인은 종이를 아까워하고(讀書人惜紙), 농사꾼은 거름을 아낀다(種地人惜屎, 屎는 똥 시). 3代에 걸쳐 글을 읽지 않는다면 아마 소로 변할 것이다(三代不讀書會變牛).

었다.²³⁵

---

235 원문 不敢穢用也 - 不敢은 감히 ~할 수 없다. 穢는 더러울 예.

035/ 미신을 믿지 말라

|原文| 吾家巫覡禱請, 絶於言議, 符書章醮亦無祈焉, 並汝曹所見也. 勿爲妖妄之費.

|국역| 우리 집안에서는 무당을 통해 귀신에게 기도를 올린 적도 없으며,[236] (道士의) 符書(부서, 符籍:부적)나 (액운을 제거를 비는) 章醮(장초, 醮禮:굿)를 빌어본 적이 없는 것을 너희들도 보았다. 요망한 일에 돈을 쓰지 말도록 하라.[237]

---

236 원문 吾家巫覡禱請 – 巫는 여자 무당 무. 巫女. 覡은 박수 격. 남자 무당. 巫覡(무격)은 무당. 禱는 빌 도. 기도를 올리다. 請은 請福. 청구하다. 귀신에게 빌다.

237 원문 勿爲妖妄之費 – 勿爲~는 ~하지 말라. 妖妄(요망)은 妖邪(요사)하거나 虛妄(허망)된 일. 費는 돈을 쓸 비. 費用.
가난뱅이는 가난한 대로 걱정이 있고(窮有窮愁), 부자는 부자대로 걱정거리가 있으며(富有富愁), 가난한 사람은 운명을 점치고(窮算命), 부자는 더 큰 부자가 되기를 빌며 향을 피운다(富燒香). 하여튼 가난뱅이는 점쟁이 곁을 못 떠나고(窮不離卦), 부자는 의사 곁을 못 떠난다(富不離醫).

顔氏家訓
제2권

6. 風操(풍조)[238]

036/ 사대부의 예의범절

|原文| 吾觀《禮經》, 聖人之敎, 箕帚匕箸, 咳唾唯諾, 執

238 風操(풍조)는 士大夫가 응당 따라야 할 風度(풍채와 태도 / 예의)와 節操(절조, 志操 / 생활규범)를 뜻한다. 인간의 예의나 사회생활에 관한 선현의 가르침이 많지만, 그런 규범이 시속에 따라 또 생활 여건에 따라 변할 수밖에 없다. 이러한 습속의 변화는 상류 계층 에서도 따라야 할 기본이었다. 안지추는 전통 유가사상의 經學 (경학)과 禮學(예학)을 기점으로 삼아 당시 사회의 실상을 언급하 고, 효도에 관한 문제나 喪禮(상례), 호칭, 손님 접대 등 사회 실생 활에 필요한 지식과 태도를 설명하며 주의를 촉구하였다. 이런 여러 문제에서 안지추는 복고적인 태도가 아닌 실제에 바탕을 둔 개선과 혁신을 주창하였다. 안지추는 전혀 이질적인 남북의 문화 차이를 체감하였기에 사대부의 예절이 어떠해야 하는가를 비교 설명할 수 있었으니, 이는 당시 時俗의 오류를 바로잡으려 는 뜻이라고 볼 수 있다.

燭沃盥, 皆有節文, 亦爲至矣. 但旣殘缺, 非復全書, 其有
所不載, 及世事變改者, 學達君子, 自爲節度, 相承行之,
故世號士大夫風操. 而家門頗有不同, 所見互稱長短, 然
其阡陌, 亦自可知.

　昔在江南, 目能視而見之, 耳能聽而聞之. 蓬生麻中, 不
勞翰墨. 汝曹生於戎馬之間, 視聽之所不曉, 故聊記錄, 以
傳示子孫.

|국역| 내가 《禮經》을 읽어보면,[239] (가정에서) 청소나 식사,[240]
인기척이나 응답하기,[241] 불을 켜거나 세숫물을 드리는 일에 이
르기까지,[242] 聖人의 가르침이 모두 문장으로 기록되었고(皆有節

---

239 《禮經》은 禮에 관한 일반적 경전을 언급, 특정한 책 이름은 아니
다. 《禮記》의 〈曲禮 上〉, 〈內則〉, 〈少儀〉 등 굳이 그 출처를 밝히
지 않아도 괜찮을 것이다.

240 원문 箕帚匕箸 - 箕는 키 기, 청소할 때 사용하는 쓰레받이. 帚는
비 추. 빗자루. 箕帚(기소)는 청소활동. 匕는 숟가락 비. 箸는 젓
가락 저. 匕箸(비저)는 식사. 식사예절.

241 원문 咳唾唯諾 - 咳는 웃을 해, 기침 해. 唾는 침 타. 침 뱉다. 咳
唾(해타)는 일상생활에서 소소한 인기척. 예를 들면, 어른 앞에서
함부로 재채기나 하품이나 기지개를 함부로 할 수 없고, 불쾌한
듯 침을 뱉어서는 안 된다. 唯는 오직 유. 응답하다. 諾은 대답할
낙(락). 수락. 唯諾(유락)은 어른의 부름에 즉시 공손하게 응답하
고 나아가 뵙는 일.

文) 또한 아주 상세하다(亦爲至矣).

그렇지만 (그런 책이) 이미 없어졌거나 (내용이) 누락되었기에 (但旣殘缺) 완전한 책을 얻을 수도 없거니와(非復全書), 다 수록할 수도 없으며, 또 시대에 따라 바뀌기 때문에 그런 학문에 통달한 군자일지라도(學達君子), 스스로 정도에 맞춰 조절하거나(自爲節度) 이어 받아 실행해야 하는데(相承行之), 세상에서는 이를 士大夫의 風操(풍조)라고 일컬어 말한다. 그리고 가문마다 그 가르침이나 행실이 자못 같지 않고(頗有不同), 외형상으로도 서로 그 長短(장단)이 있어, (비교해 보면) 大體的인 그 요점을 알 수 있다.[243]

(나는) 예전에 江南(강남)에 살면서, 눈으로 직접 볼 수 있었고, 귀로 들을 수 있었다. 삼밭의 쑥은 절로 곧게 자라기에[244] 애써

---

242 원문 執燭沃盥 - 執燭(집촉)은 촛불을 켜다. 불을 밝히다. 沃은 물 댈 옥. 물을 주다. 盥은 세숫대야 관. 沃盥(옥관)은 어른께 세숫물을 떠다 바치다. 어린아이가 어른의 시중을 드는 대표적인 사례를 언급한 말이다. 이런 생활예절은 《小學》에 상세하게 언급되었고, 이를 꼭 가르치고 또 실천하였다.

243 원문 然其阡陌, 亦自可知. - 阡은 논두렁길 천. 남북으로 이어진 길. 陌은 두렁 맥. 동서로 난 길. 阡陌(천맥)은 논밭의 길. 길(道路). 일(事)의 大綱(대강). 큰 요점.

244 원문 蓬生麻中 - 蓬(쑥 봉)은 옆으로 퍼지면서 자라는 풀이나, 빽빽하게 심겨져 자라는 삼밭〔麻(삼 마), 大麻〕에서는 옆으로 퍼질 수 없어 저절로 곧게(直) 자랄 수밖에 없다. 이를 '蓬生麻中(봉생마중)이면 不扶而直(불부이직)이라.' 고 한다.(원문 출처,《荀子 勸

글로 쓰지 않아도 알 수 있다.[245] (그러나) 너희들은 북방에서 낳고 자랐기에[246] 보고 들어도 알지 못하기에, 이를 기록하여 자손에게 일러주지 않을 수 없다.

學》). 이는 더불어 살며 좋게 변화한다는 뜻으로 사용된다. 그러나 그 반대로 '白沙入泥(백사입니)면 與之皆黑(여지개흑)이라.(흰 모래가 진흙 속에 있으면 같이 다 검어진다.)'는 말도 있고, '常在河邊走, 難免踏濕鞋라.(물가를 자주 걷다 보면 신발이 젖지 않을 수 없다.)'라 하여 나쁜 환경의 영향을 받는 현실을 지적한 말도 있다.

245 원문 不勞翰墨(불로한묵) - 不勞는 고생하지 않는다. ~할 필요가 없다. 翰墨(한묵)은 붓과 먹. 글로 기록하다. 翰은 날개 한. 붓. 문서. 翰墨을 목수가 사용하는 먹줄〔繩墨(승묵)〕의 오류라는 주석도 있다.

246 원문 汝曹生於戎馬之閒 - 汝曹는 너희들. 아들이나 조카들. 曹는 관아 조, 무리 조. 戎馬(융마)는 무기와 말. 무예, 전쟁. 閒은 틈 간. 사이. 한가할 한, 틈 한. 戎馬之閒은 일반적으로 화북지방을 지칭.

037/ 지나친 避諱(피휘)[247]

| 原文 | 《禮》曰, 「見似目瞿, 聞名心瞿.」有所感觸, 惻愴心眼. 若在從容平常之地, 幸須申其情耳. 必不可避, 亦當忍之. 猶如伯叔兄弟, 酷類先人, 可得終身腸斷, 與之絶耶?

又, 「臨文不諱, 廟中不諱, 君所無私諱.」益知聞名, 須有消息, 不必期於顚沛而走也.

梁世謝擧, 甚有聲譽, 聞諱必哭, 爲世所譏. 又有臧逢世, 臧嚴之子也, 篤學修行, 不墜門風. 孝元經牧江州, 遣往建昌督事, 郡縣民庶, 競修箋書, 朝夕輻輳, 幾案盈積, 書有稱'嚴寒'者, 必對之流涕, 不省取記, 多廢公事, 物情怨駭, 竟以不辦而還. 此幷過事也.

---

247 避諱(피휘) – 부친이나 조부의 銜字(함자)를 말하지 않거나 그런 글자를 읽을 때 소리를 내지 않는다. 孔子를 존중하기에 책을 읽을 때 공자의 이름 丘를 默音(묵음)으로 지나가거나 '某(모)'라 발음하는 것도 諱(피할 휘)이다. 《漢書》를 지은 後漢의 班固(반고)는 재위 중인 후한 明帝의 이름자인 莊(장)을 피휘하여 莊氏를 모두 嚴氏라 표기하였다. 《後漢書》를 저술한 范曄(범엽)은 자신의 부친 이름자에 들어간 泰를 피휘하여 '泰山'을 모두 '太山'이라 기록하였다.

|국역| 《禮記》에 말하기를,[248] 「(服喪을 마친 다음, 길을 가다가 부모와) 비슷한 사람을 보면 눈이 놀라고, 부모의 이름자를 들으면 두려운 마음이 든다고 하였다.」[249] 이는 마음에 느껴지기에 서글퍼지는 것이다.[250] 만약 조용한 평상시라면[251] 그 실상을 자세히 살펴보면 된다. 그러나 틀림없이 불가피한 경우라도 역시 응당 조용히 넘겨야 한다. 만약 (先親의) 손위 아래 형제가 선친과 매우 닮았다 하여 (백부, 숙부를 볼 때마다) 죽을 정도로 슬퍼하거나 상면을 단절할 수 있겠는가?

또 「문장에서는 諱(휘)하지 아니하며,[252] 廟堂(묘당)에서도 不諱(불휘)하며, 主君 앞에서도 私的으로 휘하지 아니한다.」고 하였다.[253] 나아가 선친의 이름자를 보거나 들었을 때는 반드시 상황

---

248 《禮》曰 - 《禮記 雜記 下》의 기록.

249 원문 見似目瞿, 聞名心瞿. - 瞿는 두려울 구. 懼와 同. 이 구절의 《禮記 雜記 下》원문 - 「免喪之外, 行於道路, 見似目瞿, 聞名心瞿. 吊死而問疾, 顔色戚容必有以異於人也. 如此而後可以服三年之喪. 其餘則直道而行之, 是也.」

250 원문 有所感觸, 惻愴心眼 - 感觸(감촉)은 마음에 와닿다. 惻은 슬퍼할 측. 愴은 슬퍼할 창. 心眼은 마음.

251 원문 從容平常之地 - 從容(종용)은 조용. 우리말 '조용하다', '조용히'의 어원. 平常之地는 보통의 경우.

252 원문 臨文不諱 - 관리가 문서를 지으며 부친의 이름자의 문자를 비슷한 뜻의 글자로 바꿔 쓴다면 정확한 업무처리라 할 수 없을 것이다.

253 이는 《禮記 曲禮 上》의 기록이다.

을 짐작하여 처리해야지²⁵⁴ 허둥대며 자리를 피할 필요는 없을 것이다.²⁵⁵

(南朝의) 梁(양)나라에 謝擧(사거)란 사람은 상당히 알려졌는데, (자기 선친의) 이름자를 들으면 꼭 통곡을 하였기에 사람들이 그를 비난하였다.²⁵⁶ 또 臧逢世(장봉세)란 사람은 臧嚴(장엄)의 아들로 篤學(독학)하고 修行(수행)하여 가문의 명성을 떨어트리지 않았다. 그가 (梁의) 孝元帝 때(재위 552 – 554년) 江州의 지방관을 역임하면서, (江州의) 建昌縣(건창현)을 오가며 업무를 처리할 때, 郡縣의 많은 백성들이 여러 민원을 올려 조석으로 업무가 輻輳(복주, 폭주)하여 여러 개 書案(서안, 책상)에 쌓여있었는데, 문서에 아버지 이름이 들어 있는 '嚴寒(엄한)'이란 말이 들어있으면 그것을 보고 틀림없이 눈물을 흘리며, 어찌 처리할 줄을 몰라 公事를 많이 망쳤는데, 민원처리를 놓고 백성의 원망이 많아 결국 직무를 마치지 못하고 소환당했다. 이런 일들은 모두 지나친 사례이다.

---

254 원문 須有消息 – 須는 기다릴 수. 모름지기. 消息(소식)은 짐작하다의 뜻.

255 원문 不必期於顚沛而走也 – 期는 기어이, 기어코. 顚沛(전패)는 허둥대다가 넘어지다. 走는 달아나다. 현장에서 피하다.

256 원문 聞諱必哭, 爲世所譏. – 譏는 나무랄 기. 비난하다. 爲世所譏는 世人에게 비난을 당하다. 피동형 문장.

038/ 아첨하는 避諱(피휘)

┃原文┃ 近在揚都, 有一士人諱審, 而與沈氏交結周厚, 沈與其書, 名而不姓, 此非人情也.

┃국역┃ 근래에 揚州(양주, 揚都)에, 審字〔審(살필 심)〕를 휘하는 사람이 있어 같은 음인 沈氏(심씨)와 아주 깊이 교제했는데, (沈氏가) 서신을 보낼 때 이름은 쓰고 姓(沈)을 쓰지 않았는데,[257] 이는 바른 人情이라 할 수 없다.

---

257 원문 名而不姓 – 여기 名과 姓은 名을 쓰다, 姓을 쓰다. 곧 동사로 쓰이었다. 보내는 사람의 姓인 沈(shěn)과 상대방이 諱하는 審(shěn)의 음이 같다 하여 不書한 것이니, 이는 상대방에게 아부하는 뜻이다.

039/ 피휘 - 같은 뜻으로 대체

|原文| 凡避諱者, 皆須得其同訓以代換之. 桓公名白, 博
有五皓之稱, 厲王名長, 琴有修短之目. 不聞謂布帛爲布
皓, 呼腎腸爲腎修也.

梁武小名阿練, 子孫皆呼練爲絹, 乃謂銷煉物爲銷絹物,
恐乖其義. 或有諱雲者, 呼紛紜爲紛煙, 有諱桐者, 呼梧桐
樹爲白鐵樹, 便似戲笑耳.

|국역| 보통 避諱(피휘)란 대개 같은 뜻의(同訓) 글자로 대체한
다.(代換之: 바꾼다).**258** 그래서 (춘추 5패의 한 사람인) 齊 桓公
(환공, 재위 前 685 - 643)의 이름은 小白이라서, 장기판〔博, 賭博(도
박)〕에 五白을 五皓(오호, 皓는 흴 호, 희다. 하얗다)라 하였으며, 漢
(淮南王인) 厲王(여왕)의 이름은 劉長(유장, 前 198 - 174년)**259**이라
서, 琴(거문고)에 長短(장단)을 바꿔 修短(수단)이란 말이 생겼

---

258 원문 皆須得其同訓以代換之 - 漢 高祖는 성명은 劉邦(유방)인데,
邦(나라 방)을 피휘하여 國으로 대체하였다. 漢 文帝의 이름 恒
(항) 대신 常을 썼다. 漢 武帝는 이름이 徹(철)인데, 이 徹을 피위
하여 그때까지 통상적으로 사용하던 徹侯(철후)를 列侯(열후)라
표기하였다. 이런 경우는 이루 다 열거할 수가 없다.

259 劉長(유장 前 198 - 174년) - 漢 高祖의 막내아들, 文帝의 이복동생.
《淮南子》의 저자 劉安의 生父.

다.²⁶⁰ 그렇다 하여도 布帛(포백)이란 말 대신 布皓(포호)라 한다든지, 腎腸〔腎臟(신장), 콩팥〕을 腎修(신수)라고 하는 말은 들은 적이 없다.²⁶¹

(南朝) 梁 武帝〔蕭衍(소연), 464年 – 502年 개국 즉위, 549年 사망, 字는 叔達〕의 小名(어릴 때 이름)은 阿練(아련, 練兒)이라서 그 子孫은 모두 練(명주 련, 비단)을 絹(명주 견)이라 말하는데, (그렇다 하여도) 銷煉物(소련물, 쇠를 녹인 것, 쇠붙이. 煉은 鍊. 練과 同音)을 銷絹物(소견물, 명주를 녹인 물건)이라 한다면, 아마 그 본 뜻과 어긋날 것이다.

雲을 피휘한다는 어떤 사람이 紛紜(분운, 紛은 어지러울 분, 紜은 어지러운 운)을 紛煙(분연, 자욱한 연기)이라 표기한다든지, 桐(오동나무 동)을 피휘한다는 사람이 梧桐樹(오동수, 오동나무)를 白鐵樹(백철수)라고 표기한다면, 곧 장난이라면서 웃을 것이다.²⁶²

---

260 원문 修短之目 – 본래 長短인데, 長을 쓸 수 없어 修短(수단)이란 말로 교체했다. 修(脩)에는 길다(長)의 뜻이 있다.

261 帛과 白의 음이 같다 하여 布帛(포백) 대신 布皓(포호)라 한다든지, 腸과 長이 같은 음이라 하여 長을 修로 고쳐 써서 腎腸을 腎修(신수)라고 하는 말은 들은 적이 없다. 곧 지나친 피휘는 본뜻을 해쳐 혼란만 가져온다는 설명이다.

262 원문 便似戲笑耳 – 便은 곧 편. 바로. 似는 같을 사. 戲는 탄식할 희. 장난치다. 笑는 웃을 소. 耳는 종결어미(斷定의 뜻).

040/ 피해야 할 비천한 이름

|原文| 周公名子曰禽, 孔子名兒曰鯉, 止在其身, 自可無禁. 至若衛侯,魏公子,楚太子, 皆名蟣蝨, 長卿名犬子, 王修名狗子, 上有連及, 理未爲通, 古之所行, 今之所笑也.

北土多有名兒爲驢駒,豚子者, 使其自稱及兄弟所名, 亦何忍哉? 前漢有尹翁歸, 後漢有鄭翁歸, 梁家亦有孔翁歸, 又有顧翁寵, 晉代有許思妣, 孟少孤, 如此名字, 幸當避之.

|국역| 周公은 아들 이름을 禽(금, 새 금)이라 지었고,[263] 孔子의 아들 이름은 鯉(잉어 리)인데,[264] 그 당대에만 해당한다면 그런 이

---

263 원문 周公名子曰禽 − 周公은 周 武王을 도와 殷(은)을 정벌하고 周를 건국한 뒤, 국가제도와 문물을 이룩한 周公(姬旦)은 武王의 친동생으로 魯國의 시조이다. 名子는 아들의 이름을 짓다. 名은 동사로 쓰이었다. 禽은 伯禽(백금). 주공은 魯에 봉해졌지만 어린 成王을 보필하느라고 魯에 가서 통치할 수가 없었다. 주공의 큰 아들인 禽이 魯를 건국 통치하였다.

264 공자가 17세에 모친 顔徵在(안징재)가 별세하였다. 19세에 宋人 开官氏〔견관씨, 亓官氏(기관씨)〕와 결혼했고, 다음 해(前 532년)에 아들을 낳았다. 공자가 20세에 아들을 볼 때는 미천한 직위였는데, 魯 昭公(소공 재위 前 541 − 510년)은 이 잉어를 선물로 보냈다는 기록도 의심의 여지가 많다고 한다. 공자의 아들 孔鯉(공리, 前 532 − 483년)는 나이 50세에 공자보다 먼저 죽었다.

름 짓기를 금할 수가 없을 것이다.

衛侯(위후)나 魏公子(위공자), 楚(초)의 太子의 어렸을 적 이름은 모두 蟣蝨(기슬, 서캐)[265]이고, 長卿(장경, 사마상여)의 어렸을 적 이름은 강아지〔犬子(견자)〕, 王修(왕수)의 이름도 개새끼〔狗子(구자)〕였으니, 위로 조상까지 累(누)를 끼치고 이치에도 맞지 않으니, 옛날에야 그런 이름이 통했지만[266] 지금은 웃음거리가 된다.

북쪽 지방에서는(北土) 망아지〔驢駒, 驢(나귀 려), 駒(망아지 구)〕나, 돼지 새끼라〔豚子(돈자)〕 불리는 아이 이름이 많은데, 본인 자신이 또는 형제가 어찌 그렇게 부를 수 있겠는가?

前漢 때에 尹翁歸(윤옹귀),[267] 後漢에도 鄭翁歸(정옹귀)가 梁 왕

---

265 원문 皆名蟣蝨 - 옛날 사람 몸에 이〔虱(슬)〕가 많았다. 또 이의 알을 서캐〔蟣(서캐 기), nit〕라 했다.

266 원문 古之所行 - 옛날 영유아의 사망률이 높을 때, 귀한 집 자식일수록 귀신이 탐을 내어 일찍 데려간다고 믿으면서 일부러 천한 이름을 지어 불렀다.

267 尹翁歸는 施政에 비록 형벌을 이용하였지만 公卿으로 깨끗하고 분수를 지켰으며, 온량하고 겸손하며 남에게 교만한 짓을 하지 않았기에 조정에서도 명예로운 칭송을 들었다. 宣帝 元康 4년(전 62년)에 병사하였는데 집안에는 남은 재산이 없었다. 《漢書》 76권, 〈趙尹韓張兩王傳〉에 입전. 歸(옹귀)란 이름을 풀이하자면 '늙어 죽는다'는 뜻이다. 無病長壽를 바라는 뜻에서 이런 이름을 지었을 것이다. 杜延年(두연년)이나 田延年, 嚴延年, 韓延壽(한연수), 任千秋(임천추), 陳萬年(진만년), 劉彭祖(유팽조) 등은 長壽의 염원이 담긴 이름이다. 漢代의 酈食其(역이기, 前 268 - 204, 별명이

조에서도 孔翁歸(공옹귀) 또 顧翁寵(고옹총)도 있었으며, 晉代에는
許思妣(허사비)와 孟少孤(맹소고)도 있었는데,[268] 이런 이름은 응
당 피해야 할 것이다.

高陽酒徒, 漢王의 謀臣)와 辟陽侯 審食其(심이기)도 있었는데, 食其
(yì jī, 이기)는 '배불리 먹는다'는 뜻으로 평생 배곯지 않고 부자
로 살라는 뜻이다. 食는 사람 이름 이. 또 宣帝의 원명 '病已(병
이)'는 병이 나았다는 뜻. 申棄疾(신기질), 霍去病(곽거병)도 앓지
말고 건강하라는 뜻이 들어 있다.
268 許思妣(허사비)의 思妣는 돌아가신 모친을 그리워한다는 뜻이고,
少孤는 어린 나이에 고아가 된다는 뜻으로 풀이할 수 있다.

041/ 후손의 처지를 고려해야

|原文| 今人避諱, 更急於古. 凡名子者, 當爲孫地. 吾親
識中有諱襄,諱友,諱同,諱淸,諱和,諱禹, 交疏造次, 一座百
犯, 聞者辛苦, 無憀賴焉.

|국역| 지금 사람들의 避諱(피휘)는 옛날보다 더 철저하다. 무릇
자식의 이름을 지을 때, 후손의 처지를 생각해야 한다.[269]
　내가 가까이 아는 사람에 襄(양, 도울 양), 友(우), 同(동), 淸(청),
和(화), 禹(우) 등을 피휘하기에, 교제하며 짧은 시간에[270] 한 자리
에서도 여러 번 諱를 범하는데, 듣는 사람도 괴롭고 (후손으로서)
어찌할 방법이 없다.[271]

---

269 원문 當爲孫地 - 응당 손자를 위해 餘地를 남겨야 한다. 후손이
　　부친이나 조부의 이름자를 피휘할 때의 어려움을 생각해야 한
　　다. 흔하게 보통 쓰는 글자로 작명했다면 그 후손은 피휘 때문에
　　고생을 하게 된다.
270 원문 交疏造次 - 交疏(교소)는 疏交. 교제하다. 造次(조차)는 짧은
　　순간.
271 원문 無憀賴焉 - 憀는 의뢰할 료. 의지하다. 서글퍼하다. 賴는 힘
　　입을 뢰.

042/ 옛 名人을 본뜬 이름

|原文| 昔司馬長卿慕藺相如, 故名相如, 顧元嘆慕蔡邕, 故名雍, 而後漢有朱倀字孫卿, 許暹字顏回, 梁世有庾晏嬰,祖孫登, 連古人姓爲名字, 亦鄙事也.

|국역| 옛날 司馬長卿(사마장경)은 (趙의) 藺相如(인상여)를 흠모하여 相如로 이름 지었고,[272] (삼국시대) 顧元嘆(고원탄, 嘆은 歎과 同字)은 (후한의) 蔡邕(채옹)에 경탄하며 이름을 雍(옹)이라 하였으며, 또 後漢의 朱倀(주창)의 字는 孫卿(손경, 法家, 荀子)[273]이고,

---

272 司馬相如(사마상여, 前 179?-118년) - 漢賦의 代表作家, '賦聖'이라는 칭송도 있다. 卓文君(탁문군)과의 私奔(사분)은 널리 알려진 이야기이다. 《漢書 藝文志》에 사마상여의 賦 29편이 올랐는데 〈子虛賦〉, 〈上林賦〉, 〈大人賦〉, 〈哀秦二世賦〉 등이 잘 알려졌다. 《史記 司馬相如列傳》 참고. 《漢書》 57권, 〈司馬相如傳〉에 입전.
藺相如(인상여, 생졸년 미상)는 戰國 시대 趙國 大臣, 上卿 역임. 完璧歸趙(완벽귀조:완전한 구슬이 조나라로 돌아왔다)의 주인공. 廉頗(염파, 생졸년 미상, 頗는 조금 파. 자못, 약간)는 戰國 末期 趙國의 良將. 藺相如(인상여)에게 負荊請罪(부형청죄:잘못을 깨닫고 진정으로 사죄한다)하고 刎頸之交(문경지교:서로 죽음을 같이할 수 있는 의기가 상통하는 사이)를 맺은 사람. 《史記 廉頗藺相如列傳》 참고.

273 孫卿 - 荀卿(순경, 名은 況. 約 前 316-237년?. 宣帝 이름을 피하여 孫으로 표시). 趙人, 齊의 稷下 學宮의 祭酒 역임. 齊人이 참소하자 荀卿은 楚에 이주. 春申君(춘신군)이 蘭陵令에 임명했다. 春申君 死

許暹(허섬)의 字는 顔回(안회)²⁷⁴이며, (南朝) 梁代世에 庾晏嬰(유안영),²⁷⁵ 祖孫登(조손등)²⁷⁶이나 심지어 古人의 姓을 이름자(名字)

後에 관직 사임하고, 蘭陵에 거주했다. 李斯(이사)는 荀卿의 제자이었다. 漢代 儒學 사상과 政治에 큰 영향을 끼쳤고, 宋, 元, 明代에는 孔廟에 배향되었다. 순자는 性惡論으로 孟子 性善說과 대립각을 세웠기에 유학자의 비평을 받았고 孔門의 이단으로 인식되거나 심지어는 法家 人物로 분류된다.《史記 孟子荀卿列傳》에 立傳.

274 顔回(안회, 顔淵, 前 521 – 481년) – 字는 자연(子淵), 보통 顔淵으로 많이 나온다. 공자는 '回(회)야!' 라고 이름을 자주 불렀는데, 이는 안회에 대한 각별한 애정의 표시이었다. 공자의 어머니 쪽, 곧 공자 外家의 일족이라고 주장하는 사람도 있다. 안회는 공자보다 30세 연하. 孔門十哲의 덕행 분야에 뛰어났다. 공자의 수제자로 공자는 안회의 好學을 극구 칭찬했으며, 남에게 화를 내지도 않고 같은 잘못을 두 번 저지르지 않는다고 칭찬하였다. 復聖(복성)으로 추앙. 안회는 곤궁 속에서도 배움과 인을 실천하는 즐거움을 바꾸지 않았고, 안빈낙도의 경지에 이르렀으나 영양실조로 29세에 백발이 되었다가 41세에 죽었다. 안연이 죽자, 공자는 "하늘이 나를 버렸다." 통곡했다. 안회의 부친은 顔路(안로)이다.

275 庾晏嬰(유안영) – 晏嬰(안영)을 그대로 이름으로 사용했다.《論語 公冶長》에 "안평중〔晏嬰(안영), 晏子〕은 교제를 잘했으니, 오래 교제하면서도 늘 남을 공경하였다. 子曰, 晏平仲善與人交, 久而敬之."고 칭송하였다. 晏平仲은 齊나라의 大夫인데, 平은 그의 시호이고 仲은 그의 字이다. 공자는 鄭나라의 子産(자산)과 안영을 유능한 정치가로 공경하였다. 공자가 35세 전후에 齊에 머물면서 出仕하려 했지만 안영의 반대로 등용되지 못했다. 久而敬

로 하는 사람도 있었는데, 이 역시 비루한 일이다.

之는 장기간 교제하더라도 상대에 대한 공경심은 여전했다는 뜻
이다. 《史記》62권, 〈管晏列傳〉은 짧은 문장이지만 안영의 고결
한 인품이 잘 그려져 있다.
276 祖孫登(조손등) ─ 孫登(손등). 孫權(손권)의 아들에 孫登(손등)이 있
지만, 여기 손등은 魏의 숨어사는 사람이다.

043/ 천박한 名字

| 原文 | 昔劉文饒不忍罵奴爲畜産, 今世愚人遂以相戲, 或有指名爲豚犢者, 有識傍觀, 猶欲掩耳, 況當之者乎?

| 국역 | 옛날 劉文饒(유문요, 劉寬)[277]는 家奴에게도 차마 '짐승 같은 놈'이라는 욕을 하지 않았는데, 지금 어리석은 사람들은(愚人) 짐승 같다며 놀려대거나 돼지 새끼나 송아지로 이름을 부르니, 뜻있는 사람이 듣는다면 오히려 귀를 막으려 하는데,[278] 하물며 그렇게 불리는 당사자는 어떠하겠는가?

---

277 劉寬(유관, 120 – 185년, 字는 文饒) – 후한의 먼 종친. 高祖 둘째 형 劉喜(유희)의 후손. 後漢 桓帝(환제), 靈帝(영제) 때 고위 관직 역임. 《後漢書 卓魯魏劉列傳》에 立傳.

278 원문 猶欲掩耳 – 猶는 오히려 유. 掩은 가릴 엄. 掩耳(엄이)는 귀를 막다.

044/ 陶朱公의 長男

|原文| 近在議曹, 共平章百官秩祿, 有一顯貴, 當世名臣, 意嫌所議過厚. 齊朝有一兩士族文學之人, 謂此貴曰, "今日天下大同, 須爲百代典式, 豈得尙作關中舊意? 明公定是陶朱公大兒耳!" 彼此歡笑, 不以爲嫌.

|국역| 近者에 議曹(의조)에서, 여러 사람이 함께 百官의 秩祿(질록 : 관직의 위계와 봉록)을 논의하였는데,[279] 當世(당세)의 名臣으로 어떤 고관이(顯貴) 논의되는 봉록이 너무 많다고 생각하였다. 그때 北齊 조정의 士族으로 文學 관련 직분에 있었던 한두 사람이 이 고관에게 말했다.

"今日에 온 천하는 하나가 되었고(大同),[280] (이 일이) 비록 百代의 典式(전식 : 표준)이 될 것이나, 어찌 아직도 여전히 (西魏와 北齊의 도읍) 關中(관중) 옛 시절을 생각하십니까? 明公께서는 틀림없이 陶朱公(도주공)의 큰 아들과〔大兒(대아)〕같습니다!"[281]

---

279 원문 共平章百官秩祿 - 共은 함께. 平章은 논의하여 결정하다. 秩祿은 관직의 위계와 俸祿(봉록).

280 大同 - 隋 開皇 9년(589), 隋 文帝 楊堅(양견)은 南朝 陳(진)을 병합하여 魏晉南北朝시대 360여 년의 분열을 마감하였다.

281 원문 陶朱公大兒 - 陶朱公은 范蠡(범려, 前 536 - 448년, 字는 少伯).

이에 모두가 즐겁게 웃었고 혐오하지는 않았다.[282]

范은 풀 이름 범. 蠡는 나무 좀먹을 려. 越王 勾踐(구천)을 도와 吳를 멸망시킨 뒤에, 미녀 西施(서시)와 함께 五湖를 떠돌았다. 經商致富하였고, 중국 상인의 財神으로 숭배된다. 司馬遷은 '范蠡三遷에 皆有榮名(영화로운 이름이 곳곳에 다 한다)'이라 칭찬했다. 世人들은 '忠以爲國하고 智以保身하며, 商以致富하여 成名天下라.' 하였다. '千金之子(돈을 많이 가진 사람의 아들)는 不死於市(시장 바닥에서 사형을 당하지 않는다)'라는 속언이 있었다. 兵法書로 《范蠡(범려)》가 있었으나 지금은 不傳한다. 범려의 군사 관련 기본 사상은 '强하면 교만과 방종을 경계하며 안전한 곳에서 대비하고, 弱하면 은밀히 圖强(도강)하며 待機(대기)하였다가 움직이고, 用兵에는 상대의 허점을 노려 기습으로 승리하여 제압한다.' 로 요약할 수 있다. 《史記 貨殖列傳》에 입전. 陶朱公의 아들 하나가 죄를 지어 楚의 죄수가 되었다. 도주공은 救命하려 막내아들을 보내려 했는데, 굳이 큰아들이 가겠다고 나섰다. 큰아들은 부친의 어려운 시절도 목격했기에 돈 씀씀이가 인색했고 결국 구명에 성공하지 못했다.

282 고귀한 大臣을 남의 큰아들이라 비유하였으니, 속 좁은 사람이었다면 혐오했을 것이다.

045/ 家內 호칭

|原文| 昔侯霸之子孫, 稱其祖父曰家公. 陳思王稱其父爲家父, 母爲家母, 潘尼稱其祖曰家祖. 古人之所行, 今人之所笑也.

今南北風俗, 言其祖及二親, 無云家者. 田裏猥人, 方有此言耳. 凡與人言, 言己世父, 以次第稱之, 不云家者, 以尊於父, 不敢家也. 凡言姑姉妹女子子, 已嫁, 則以夫氏稱之. 在室, 則以次第稱之. 言禮成他族, 不得云家也. 子孫不得稱家者, 輕略之也. 蔡邕書集, 呼其姑姉爲家姑家姉, 班固書集, 亦云家孫. 今并不行也.

|국역| 옛날 (後漢) 侯霸(후패)의 子孫은 그 祖父를 家公이라고 불렀다.[283] (曹魏의) 陳思王(진사왕, 曹植)[284]은 부친을 家父, 모친

---

283 원문 昔侯霸之子孫 – 昔은 옛날 석. 侯霸(후패, ?-서기 37년)는 후한 광무제 建武 4년(서기 28). 光武帝는 侯霸(후패)를 불러 尙書슈을 제수하였다. 그때 조정에는 옛 문서도 없었고 또 舊臣이 많지 않았는데, 후패는 옛 관례를 많이 알아서 흩어진 문서들을 수습했고, 前世에 善政을 베풀기 위한 法度나 당대에 유익한 여러 가지 조치를 조목별로 상주하여 모두 시행케 하였다. 후패는 伏湛(복침)의 후임으로 大司徒가 되었고 關內侯에 봉해졌다. 후패는 대사도로 재직하며 합리적이고 정도를 지켰으며 공정한 처사

을 家母라 호칭하였으며, (西晉의) 潘尼(반니)[285]는 할아버지를 家祖라 호칭했다. 古人이야 그렇게 했지만, 今人이 그렇게 호칭한다면 비웃음을 당할 것이다.

지금 江南과 華北의 風俗에 할아버지나 양친을 호칭하면서 家라는 말을 쓰지 않는다. 농촌의 卑俗(비속)한 사람들만이 이런 말을 쓴다.

다른 사람과 말할 때는 자신의 큰아버지를 世父(세부)라며 次第(순서)에 따라 호칭하고 家라 말하지 않는 것은 아버지보다 윗사람으로 존중하는 뜻이다. 그리고 고모나 여자 형제의 딸을(女子子) 호칭할 때, 이미 출가했다면 남편의 (성을 따라) 호칭하고,[286] 출가하지 않았다면(在室) 형제의 서열로 호칭한다. 다른

를 굽히지 않았다. (건무) 13년에 후패가 죽었는데, 광무제는 매우 애석해하며 친히 조문하였다. 《後漢書》 26권, 〈伏侯宋蔡馮趙牟韋列傳〉에 立傳.

284 陳 思王(진 사왕, 曹植, 192 - 232, 字는 子建)은 曹操 第四子, 卞氏(변씨) 嫡出의 第三子, 曹魏의 著名詩人. '才高八斗〔재주가 높아 한 섬 열 말 중 여덟 말이라는 말이며, 시문의 재주가 매우 뛰어나다는 뜻이다.(八斗之才)〕', '七步成詩(일곱 걸음에 시를 짓는다는 말이며, 뛰어난 글재주를 일컫는다.)'의 주인공. 文學에 뛰어났으니 유명한 〈洛神賦(낙신부)〉가 있다. 조식은 조조의 총애를 받았지만 曹丕(조비)와의 爭位에 失敗하여 陳王으로 책립되었다. 《三國志 魏書》 19권, 〈任城陳蕭王傳〉에 입전.

285 潘尼(반니, ? 250 전후 - 310年?, 字는 正叔) - 西晉 文學家, 潘岳(반악)의 侄子(질자, 조카).《晉書》列傳 第二十五卷에 附傳.

집안과 혼례한 뒤에는 家의 호칭을 쓸 수 없다. 자손에게 '家'를 붙여 호칭하지 않는 것은 서열이 낮기에 하대하는 뜻이다(輕略之也).

蔡邕(채옹)[287]의 書集(문집)에 고모의 형제를 家姑(가고), 家姉(가자)라 호칭했고, 班固(반고)의 글에는 역시 家孫(가손)이란 말이 있다. 그러나 지금은 모두 사용하지 않는다.

---

286 원문 則以夫氏稱之 - 남편의 성씨를 붙인다. 우리나라에서는 楊氏 가문에 출가했다면 楊室人이라 호칭한다.

287 蔡邕(채옹, 133 - 192년) - 邕은 화할 옹. 음률에 정통, 박학했음. 名筆로 飛白書의 창시자. 後漢의 유명한 才女 蔡琰(채염, 文姬, 177? - 249?, 음악가이며 여류 시인)의 父. 王允이 董卓(동탁)을 제거한 뒤에 채옹도 죽이었다.

채옹은 《後漢書》 60. 馬融蔡邕列傳 (下)에 입전. 蔡琰(채염)은 《後漢書》 84권, 〈列女傳〉에 입전.

046/ 남의 친족에 대한 호칭[288]

|原文| 凡與人言, 稱彼祖父母,世父母,父母及長姑, 皆加
尊字, 自叔父母已下, 則加賢字, 尊卑之差也. 王羲之書,
稱彼之母與自稱己母同, 不云尊字, 今所非也.

|국역| 다른 사람과 이야기 할 때, 상대방의 祖父母, 伯父母(世
父母), 父母 및 長姑母(장고모)[289]에 대해서는 모두 尊(존) 字를 붙
이고, 叔父母 이하에는 賢(현) 字를 붙이는데, 이는 尊卑(존비)에
따른 차이이다.

  王羲之(왕희지)[290]의 글에는 상대방의 모친과 자신의 모친에 대

---

288 呼稱(호칭)이란 어떤 사람을 직접 부르는 말이고, 指稱(지칭)이란
어떤 사람을 다른 사람에게 말할 때 가리키는 말인데, 합해서 말
할 때는 칭호(稱號)라 한다. 우리나라는 다른 나라와 달라 같은
대상이라도 경우에 따라 여러 가지로 부르거나 말하게 된다. 또
순수한 우리말 칭호와 한자말이 섞여서 쓰이고 있다. 때문에 호
칭이나 지칭을 잘못 쓰면 무례한 사람이 된다.

289 長姑 - 父親의 여자 형제. 큰고모란 뜻이 아님.

290 王羲之〔왕희지, 303 - 361년, 字는 逸少(일소)〕會稽郡(회계군) 山陰(今
浙江省 紹興市)에서 생활했다. 東晉의 書法家, '書聖'의 호칭.
관직 右軍將軍을 제수 받았기에 王右軍이라 부른다. 왕희지는
그 서법을 衛夫人(위부인)과 鍾繇(종요)로부터 전수받았다. 왕희
지의 대표적인 작품인 〈蘭亭集序(난정집서)〉, 〈黃庭經(황정경)〉,

해서는 尊字를 붙이지 않았는데, 지금은 그것을 잘못이라고 한다.

〈樂毅論(악의론)〉 등이 있다. 왕희지 아들 王獻之(왕헌지)도 서예로 명성을 이었는데, '書聖'에 비해 '小聖'이라 불렸다. 왕희지의 면학과 노력은 '墨池(묵지)' 이야기를 통해 알 수 있다. 왕희지가 道士에게 〈황정경〉을 필사해주고 거위를 선물로 받았다는 이야기에 李白은 〈王右軍〉이라는 詩로 이 정경을 읊었다.

右軍本清眞 瀟灑出風塵.
山陰過羽客 愛此好鵝賓.
掃素寫道經 筆精妙入神.
書罷籠鵝去 何曾別主人. － 李白 〈王右軍〉

'右軍은 천성이 清眞하고, 소탈하여 속세를 벗어났다.
山陰의 도사를 만났는데, 거위를 좋아한 손님을 반겼다.
백지를 펴고 道經을 쓰니, 精妙한 필치는 入神의 경지다.
마치고 거위 안고 가는데, 작별을 고해 무얼 하리오!

047/ 問喪(문상)과 接客(접객)의 남북 차이

┃原文┃ 南人冬至歲首, 不詣喪家, 若不修書, 則過節束帶 以申慰. 北人至歲之日, 重行弔禮. 禮無明文, 則吾不取.

南人賓至不迎, 相見捧手而不揖, 送客下席而已. 北人 迎送幷至門, 相見則揖, 皆古之道也, 吾善其迎揖.

┃국역┃ 江南(강남) 사람들은 冬至(동지)나 歲首(세수:正月)에 喪 家(상가)에 가지 않는데,[291] 만약 서신으로 조문하지 못했다면 명 절이 지난 다음에 정장을 갖춰 (찾아가) 문상한다. 北方人(북방인) 은 歲首에도 조문의 예를 꼭 실행한다. 禮(예)에 明文(명문)은 없 지만 나는 (북방의 禮)를 따르지 않을 것이다.

南方人(남방인)은 손님이 찾아와도 문밖에 나와 영접하지 않고, 相見(상견)에 손을 들어 인사하고 揖(읍)을 하지 않으며,[292] 손님 을 전송할 때도 자리에서 약간 물러날〔下席(하석)〕뿐이다. 北方

---

291 원문 不詣喪家 – 詣는 이를 예. 도착하다.

292 捧手(봉수, 받들 봉)는 두 손을 마주 잡고 가슴까지 올려 표하는 禮. 揖禮(읍례)는 양손으로 표시하는 인사 예절. 作揖(작읍) 또는 拱手(공수)도 같은 말이다. 두 손을 마주 잡고 가슴까지 수평으로 올리며 동시에 허리를 약간 굽힌다. 허리를 90도 정도 꺾으면 長 揖(장읍)이라 한다. 남성의 경우 左手가 右手를 감싸고, 여성은 그 반대이다.

人은 영접과 送客(송객)에 대문까지 나가고 相見(상견 : 서로 만나
다)하면 揖(읍)을 하는데 모두 예부터 내려온 예절이지만, 나는 영
접하고 揖을 나누는 것이 옳다고 생각한다.

048/ 自稱(자칭)의 禮

|原文| 昔者, 王侯自稱孤,寡,不穀, 自茲以降, 雖孔子聖師, 與門人言皆稱名也. 後雖有臣僕之稱, 行者蓋亦寡焉.

江南輕重, 各有謂號, 具諸書儀. 北人多稱名者, 乃古之遺風, 吾善其稱名焉.

|국역| 옛날에 王侯(왕후)는 孤(고), 寡〔과, 寡人(과인)〕 또는 不穀(불곡)[293]이라 자칭하였는데, 그 이후로 孔子(공자) 같은 聖師(성사)일지라도[294] 門人(문인)과 이야기를 할 때 자신의 이름을 말했다.[295]

---

293 不穀(불곡) – 不善의 의미, 古代의 君主나 諸侯의 自謙(자겸)의 칭호. '孤', '寡人'도 같은 의미. 《老子 道德經》39章이 그 출처이다. 「貴는 以賤爲本하고, 高는 以下爲基하나니 是以로 侯王은 自謂 孤, 寡, 不穀이라.」

294 공자는 살아 있을 때에도 '하늘이 낸 성인〔天縱之聖(천종지성)〕'이며, '天之木鐸(천지목탁)'이라는 별칭을 들었으며, 제자들로부터 절대적인 신뢰와 존경을 받았다. 그리고 공자가 죽은 뒤에도 '至聖先師(최고의 성인이며 옛 스승)', '萬世師表(영원한 스승의 표상)'로 존경받고 있다.

295 例 : 《論語 公冶長》子曰, "巧言令色足恭, 左丘明恥之, 丘亦恥之. ~."
《論語 公冶長》子曰, "十室之邑, 必有忠信如丘者焉, 不如丘之好學也."

훗날 비록 臣(신)이나 僕(복, 나 복)같은 칭호가 있지만 따르는 사람이 적었다.

江南 지역에서는 (지위의) 輕重(경중)에 따라 호칭을 달리했는데, 이는 여러 書儀(서의)에 기록되었다.

北人들은 자신의 이름으로 일컫는 경우가 많았는데, 남북 모두가 옛 遺風(유풍)이지만, 나는 이름으로 일컫는 것이 옳다고 생각한다.

049/ 古人에 대한 호칭

|原文| 言及先人, 理當感慕, 古者之所易, 今人之所難.

江南人事不獲已, 須言閥閱, 必以文翰, 罕有面論者. 北人無何便爾話說, 及相訪問. 如此之事, 不可加於人也. 人加諸己, 則當避之. 名位未高, 如爲勳貴所逼, 隱忍方便, 速報取了, 勿使煩重, 感辱祖父. 若沒, 言須及者, 則斂容肅坐, 稱大門中, 世父,叔父則稱從兄弟門中, 兄弟則稱亡者子某門中, 各以其尊卑輕重爲容色之節, 皆變於常. 若與君言, 雖變於色, 猶云亡祖亡伯亡叔也.

吾見名士, 亦有呼其亡兄弟爲兄子弟子門中者, 亦未爲安貼也. 北土風俗, 都不行此.

太山羊侃, 梁初入南, 吾近至鄴, 其兄子肅訪侃委曲, 吾答之云, "卿從門中在梁, 如此如此."

肅曰, "是我親第七亡叔, 非從也."

祖孝徵在坐, 先知江南風俗, 乃謂之云, "賢從弟門中, 何故不解?"

|국역| 작고한 先人(선인:선친)에 대해 말할 때, 으레 그리움을 느끼기에,[296] 옛사람에게는 어렵지 않은 일이지만 지금 사람들은

어렵게 여긴다.

江南 사람들은 부득이[297] 집안일을 이야기해야 한다면[298] 반드시 글로〔文翰(문한)〕 써서 말하고 대면하여 말하는 경우가 드물다.[299]

북쪽 사람들은 아무렇지도 않게 이야기하며[300] 서로 찾아가 묻기도 한다. 남이 나에게 (집안일을) 묻는다면 응당 말을 피해야 한다. (나의) 명성이나 지위가 높지 않은데, 지위가 높은 사람이〔勳貴(훈귀)〕 (언급을) 요구한다면, 隱忍(은인)하며 적당히 둘러대어 빨리 대답하고 끝내어서,[301] 조상을 욕되게 해서는 안될 것이다.

---

296 원문 理當感慕 – 이치상으로는 당연히 사모의 정을 느껴야 한다. – 사실 돌아가신 분에 대한 흠모는 感情이다. 이치상 당연하다는 서술은 의무처럼(?) 느껴진다.

297 원문 不獲已 – 不得已(부득이)와 같다.

298 원문 須言閥閱 – 須는 모름지기 수. 꼭. 閥閱(벌열)은 본래 문의 양쪽 기둥을 지칭. 공적이 있는 가문. 귀족. 여기서는 家世.

299 원문 罕有面論者 – 罕은 드물 한. 罕有는 드물다. 많지 않다. 面論은 對談하다.

300 원문 無何便爾話說 – 無何는 無故. 까닭 없이. 無端히, 어렵지 않게. 便은 우리말로 그냥. 爾은 여기서는 남의 집안일. 話說은 說話. 이야기하다.

301 원문 隱忍方便 – 隱忍(은인)은 감정을 눌러 참다. 方便은 상황에 따라 처리하다. 벌열과 지체가 높은 사람이 내 조부나 부친에 대하여 물어올 때, 낮은 지위의 내가 가문을 자랑한다 하여 무엇을 얻을 수 있겠나? 자신이 배운 것이 없다면(自己無學問), 조상 자랑을 하지 말라(莫把祖宗誇)고 하였다. 또 집이 가난하다면 조상

만약 돌아가신 분에 대해 이야기해야 한다면, 엄숙한 낯빛에 단정한 자세로 (先祖나 先親이라면) '大門中' 이라 말하고, 世父(伯父)나 叔父(숙부)라면 '從兄弟門中' 이라 하고, 兄弟일 경우에는 '亡者子某門中' 이라 말하는데,[302] 각각 그 尊卑(존비)나 輕重(경중)에 따라 자세나 표정을 조절하며 말하되 日常事를 말하는 때와 달라야 한다. 만약 主君(임금)에게 말씀드려야 한다면, 안색을 엄숙히 하면서 亡祖(돌아가신 조부), 亡伯(돌아가신 백부), 亡叔(돌아가신 숙부)이라고 호칭한다.

내가 볼 때, 名士들도 죽은 형제를 언급하면서 '兄子門中, 弟子門中' 이라고 하는데, 이 또한 바른 말은 아니며,[303] 北土의 風俗(풍속)에는 그렇게 하지 않는다.

太山(泰山)郡 사람 羊侃(양간)[304]은 〔南朝(남조)〕 梁(양)의 초기에 남쪽으로 이주하였는데, 내가 최근에 鄴縣(업현)에 갔을 때, 그의 형의 아들(兄子) 羊肅(양숙)이 찾아와 양간에 관하여 자세히 물어보아, 내가 대답하며 말했다.

"卿(경)의 從門中(종문중)께서는 梁에 계실 때, 如此(여차)여차

이 잘 살았다고 자랑하지 말라(家貧別誇祖宗闊)고 하였다.

302 원문 亡者子某門中 - '돌아가신 분의 아들인 某(조카의 이름)의 문중' 이란 뜻.

303 원문 亦未爲安貼也. - 安貼(안첩)은 적절하다. 貼은 붙을 첩. 붙이다. 편안하다. 봉지로 싼 물건을 세는 단위. 약 한 첩.

304 羊侃(양간) - 人名. 羊이 성씨. 侃은 강직할 간. 偘(강직할 간)과 同.

했습니다."

그러자 양숙이 말했다.

"그분은 제 부친의 돌아가신 일곱째 아우이시지 사촌이 아닙니다(非從也)."

그러자 같이 있던 祖孝徵(조효징, 祖珽, 孝徵은 字)은 江南의 風俗을 알고 있었기에 양숙에게 말했다.

"賢從弟門中을 지칭하는데 당신은 왜 모르십니까?"[305]

---

305 賢從弟門中 – 賢은 상대 문중에 대한 존칭. 從弟門中은 돌아가신 백부나 숙부를 지칭하는데, 양숙은 그런 말뜻을 모르기에 從을 종형제로 알아들었다.

050/ 백숙부와 조카에 대한 호칭

┃原文┃ 古人皆呼伯父叔父, 而今世多單呼伯叔.

從父兄弟姊妹已孤, 而對其前, 呼其母爲伯叔母, 此不可避者也.

兄弟之子已孤, 與他人言, 對孤者前, 呼爲兄子弟子, 頗爲不忍, 北土人多呼爲姪.

案, 《爾雅》, 〈喪服經〉, 《左傳》, 姪雖名通男女, 幷是對姑之稱. 晉世已來, 始呼叔姪, 今呼爲姪, 於理爲勝也.

┃국역┃ 古人은 모두 伯父, 叔父라 호칭했지만, 今世에는 많은 사람이 간단하게 伯(백), 叔(숙)이라 호칭한다.[306]

從父의 兄弟와 姊妹(자매)가 이미 부친을 여윈 뒤라면, 면전에서 그 모친을 伯母, 叔母라 호칭하는 것은 불가피하다.

兄弟의 자식들이 부친을 여위었는데, (내가) 다른 사람과 이야기하면서 조카들을 면전에 두고 兄子 또는 弟子라고 부르기도 난처한 일이다.[307] (이런 경우) 北土人들은 대부분 조카(姪)라고 부

---

306 伯, 仲, 叔, 季(막내)는 형제의 서열을 표시하는 말이니, 부친의 형제를 지칭할 때는 반드시 父字를 붙여야 한다는 뜻이다.

307 지금 우리나라에서 내 형제의 자식을 나는 조카라 부르고, 조카들은 나를 백부, 숙부라 부르는 것이 당연하다. 그러나 顔之推

른다.

《爾雅(이아)》³⁰⁸나 〈喪服經(상복경)〉,³⁰⁹ 그리고 《左傳(좌전)》³¹⁰
에 의하면, 姪(질)이 비록 남녀에게 모두 통하지만, 이는 모두가

당시만 해도 조카(姪)라는 용어가 지금 우리나라에서처럼 광범
위하게 사용되지 않았다는 것을 알 수 있다.

308 《爾雅(이아)》 - 중국 최초의 訓詁書(훈고서). 단어 풀이한 사전.
《爾雅》는 순수한 詞典이니 儒家와 관계가 없지만 儒家 13經의
하나이다. 이는 경전의 해석에 중요한 자료이기에 그랬을 것이
다. 爾는 '邇'이니 가깝다(近)는 뜻이고, 雅는 '正'이니 官方의
語言, 곧 雅言(아언)이다.

309 〈喪服經〉은 《儀禮》의 篇名. 《儀禮》는 유가 13경의 하나. 《周禮》
와 《儀禮》, 《禮記》를 '三禮'라 통칭한다.

310 《左氏傳》 - 저자는 魯의 太史인 左丘明으로 인정된다. 左丘明(생
졸년 미상)은 《左傳》과 《國語》의 作者로 《左傳》은 記事에, 《國
語》는 記言에 중점을 두었다. 좌구명은 《論語 公冶長》에도 그 이
름이 나온다. 孔子曰, "巧言, 令色, 足恭을 左丘明이 恥之러니 丘
亦恥之라. 匿怨而友其人을 左丘明이 恥之러니 丘亦恥之라."라
하였다.
이를 본다면, 공자보다 약간 연상이거나, 또 박식하고 고상한 인
품의 인물임을 알 수 있다. 또 左丘明이 공자한테 배웠다는 주장
도 있다.
左丘明의 姓名에 대하여 복성인 左丘에 名은 明, 또는 單姓 左에
名은 丘明이라는 주장이 있다. 그 직책이 左史라 하여 左는 존칭
이고 姓 丘, 名은 明이라는 주장도 있다.
또 盲人(맹인)이라는 주장도 있는데, 老年에 失明했는지는 알 수
없으나 失明한 상태로 관직을 수행할 수는 없었을 것이다.

姑母의 입장에서 친정 형제의 자식에 대한 상대적인 지칭이
다.[311]

　晉代 이후로 叔姪(숙질)이라는 호칭이 사용되었는데, 지금 세
상에 조카라는 호칭이 (兄子, 弟子라는 호칭보다) 더 합리적이
다.[312]

---

311 원문 幷是對姑之稱 – 고모 입장에서 친정 형제의 자식에 대한 호
　　칭이란 뜻.

312 원문 於理爲勝也 – 이치상 더 옳다.

051/ 남, 북의 이별

|原文| 別易會難, 古人所重. 江南餞送, 下泣言離.

有王子侯, 梁武帝弟, 出爲東郡, 與武帝別, 帝曰, "我年
已老, 與汝分張, 甚以惻愴." 數行淚下. 侯遂密雲, 赧然而
出. 坐此被責, 飄颻舟渚, 一百許日, 卒不得去.

北間風俗, 不屑此事, 歧路言離, 歡笑分首. 然人性自有
少涕淚者, 腸雖欲絶, 目猶爛然. 如此之人, 不可强責.

|국역| 이별은 쉽고 만나기는 어렵기에 古人은 이를 所重히 여
겼다.³¹³ 江南 지방에서는 餞送(전송)할 때, 눈물을 흘리며 이별의
말을 한다.

王子로 제후가 된 어떤 사람은, 梁 武帝의 동생인데, 東郡의 지
방관으로 나가면서 武帝와 작별할 때, 무제가 말했다.

"내 나이가 이미 늙었는데, 너와 헤어지자니 심히 마음이 아프
다."³¹⁴

---

313 늘 변하는 인간사, 덧없는 일은 슬픔과 기쁨, 그리고 이별과 재회
(悲歡離合)이다. 꽃이 피니 비바람이 많듯(花發多風雨), 인생에
는 쓰디쓴 이별이 있다(人生苦別離). 인생에서 가장 견디기 어려
운 슬픔은 무엇인가?(人生何事最堪悲) 생이별과 사별보다 더 큰
슬픔은 없다(不過生離共死別).

314 원문 與汝分張, 甚以惻愴. – 分張은 分別. 헤어지다. 甚은 심할

그러면서 (武帝는) 여러 줄 눈물을 흘렸다. 그러나 떠나는 제후는 슬펐지만 끝내 눈물이 안 나와[315] 부끄러운 안색으로 물러나왔다.[316] 그러나 이에 연관하여 질책을 받았고, 강가에 배를 대어놓고[317] 기다리기 1백여 일에 결국 임지로 떠나질 못했다.

북쪽의 풍속에서 이런 일은 사소한 일로[318] 歧路(기로)에서 작별하며 웃으면서 헤어진다.[319] 그렇지만 人性은 제각각이라서 눈물을 잘 흘리지 않는 사람도 있고, 간장이 끊어질 듯한 슬픔에도 눈빛은 여전히 빛날 경우도 있다.[320] 그런 사람에게 눈물을 강요할 수는 없을 것이다.

심. 惻은 슬퍼할 측. 愴은 슬플 창.

315 원문 侯遂密雲 - 侯는 제후, 東郡으로 가야 할 사람. 遂는 이룰 수. 마침. 끝내. 密雲(밀운)은 빽빽한 구름. 비를 머금은 검은 구름. 密雲不雨에서 不雨가 생략된 말. 매우 슬프나 눈물을 흘리지 못한다는 뜻. 본래 《易 小畜》, 곧 風天小畜卦(≡≡)의 卦辭(괘사)에 나오는 말. 小畜은 集合의 뜻.

316 원문 赧然而出 - 赧은 얼굴 붉힐 난. 부끄러운 기색.

317 원문 飄颻舟渚 - 飄는 회오리바람 표. 颻는 빠른 바람 요. 飄颻(표요:날아오르거나 나부낌이 가볍다)는 배가 바람에 흔들리다. 渚는 물가 저.

318 원문 不屑此事 - 不屑(부설)은 하찮게 여기다. ~할 가치도 없다. 경시하다. 屑은 부스러기 설. 가루. 사소한 일.

319 원문 歡笑分首 - 歡笑(환소)는 좋아하며 웃다. 分首는 分手. 首는 手.

320 원문 目猶爛然 - 爛然(난연)은 빛이 나다. 눈이 초롱초롱하다.

052/ 친족 호칭은 분명하게

|原文| 凡親屬名稱, 皆須粉墨, 不可濫也. 無風敎者, 其
父已孤, 呼外祖父母與祖父母同, 使人爲其不喜聞也.

雖質於面, 皆當加外以別之. 父母之世叔父, 皆當加其
次第以別之. 父母之世叔母, 皆當加其姓以別之, 父母之
群從世叔父母及從祖父母, 皆當加其爵位若姓以別之.

河北士人, 皆呼外祖父母爲家公家母, 江南田裡間亦言
之. 以家代外, 非吾所識.

|국역| 모든 親屬(친속)의 名稱은 모름지기 확실해야 하며[321] 함
부로 쓸 수 없다.[322] 배우지를 못한 사람은 부친이 돌아가신 뒤에
外祖父母를 조부모와 같이 호칭하여 다른 사람이 듣기 거북하게
한다.

얼굴을 맞대어 물어본다면, 응당 모두 外(외) 字를 보태어 구별
해야 한다. 부모의 世父(伯父)와 叔父(숙부)는 응당 모두 그 순차
(항렬)에 따라 구별하여야 하고, 부모의 여러(群) 사촌〔從(종)〕世
父母와 從叔父母 및 從祖父母도 모두 그 작위나 姓(성)을 보태어

---

321 원문 皆須粉墨 – 粉墨(분묵)은 文詞를 수식하다. 무대 화장.
322 원문 不可濫也 – 濫은 퍼질 남(람). 넘치다. 함부로 하다.

구별하여야 한다.

河北(하북) 지방의 士人들은 모두 外祖父母를 家公, 家母라 호칭하고, 江南(강남)의 농촌에서도 그렇게 말하지만, 家 字로 外 字를 대신하는 것은 내가 아는 바가 아니다.[323]

---

323 親族이란 혈연으로 맺어진 관계와 그 배우자를 말한다. 현행 우리나라 民法에는 법률적으로 효력이 있는 친족으로서 첫째 남자의 8촌 이내의 父系 혈족과, 둘째 남자의 4촌 이내의 母系 혈족(外家)과, 셋째 아내의 부모를 지칭한다. 그러나 전통적인 의미에서의 친족은 高祖父母를 같은 직계 조상으로 하는 혈족(8촌 형제까지 포함)과 그 배우자를 말한다.

外戚(외척)은 어머니 친가에서의 관계를 나의 입장에서 본 것이다. 어머니에게는 親庭이고 나에게는 外家이다. 때문에 외가 사람들에게는 外라는 말이 붙어야 한다. 또 우리가 親姻戚(친인척)이라고 할 때의 姻戚(인척)은 혼인으로 생긴 관계를 말한다.

내가 아내와 결혼했기에 아내의 부모를 장인·장모라 하는 것이다. 나의 인척인 장인·장모는 내 아들에게는 외척으로 외조부모가 되는 것이다. 장인·장모에 대하여 '장인어른' '장모님' 이라고 불러야지, 다 자란 아들이 보는데서 장모를 '어머니! 어머니!' 하고 호칭하는 것은 옳지 못하다.

친족, 인척, 외척을 분명하게 구분하는 것 – 그리고 그 관계를 명확히 하는 것도 아들에게 父子有親을 가르치는 한 방법이다.

053/ 宗親 내의 호칭

|原文| 凡宗親世數, 有從父, 有從祖, 有族祖. 江南風俗, 自茲已往, 高秩者, 通呼爲尊, 同昭穆者, 雖百世猶稱兄弟, 若對他人稱之, 皆云族人.

河北士人, 雖三二十世, 猶呼爲從伯從叔. 梁武帝嘗問一中土人曰, "卿北人, 何故不知有族?" 答云, "骨肉易疏, 不忍言族耳." 當時雖爲敏對, 於禮未通.

|국역| 무릇(凡) 宗親의 世數(世系)에는 從父(종부)가 있고, 從祖(종조)가 있으며 族祖(족조)가 있다.[324] 江南의 풍속에 族祖부터는 (관직의) 位階가 높으면(高秩者) 尊字를 붙여 통칭하고, 一族 내에서 昭穆(소목)을 같이하는 자는[325] 비록 百世라도 여전히 兄

---

324 從父(종부)는 부친의 형제이니, 아들에게는(子) 伯父와 叔父가 된다. 從祖(종조)는 祖父의 형제이니, 父의 伯父와 叔父이다. 族祖(족조)는 祖父의 백부, 숙부이다.

325 원문 同昭穆者 – 昭穆(소목) 制度는 周代의 宗法制度에서 출발하였는데, 宗廟나 祠堂에 선조를 배열하는 제도이다. 보통 左昭右穆(좌소우목)이라 통칭한다. 본래 종묘는 天子는 七廟, 諸侯는 五廟, 大夫는 三廟, 士는 一廟를 세울 수 있고 서민은 묘당을 설치할 수 없다. 그 사묘에 조상의 신주를 배열하는 원칙이 昭穆이라고 이해하면 된다. 始祖의 진위를 가운데 모시고(始祖居中) 始祖

弟라 호칭하며, 他人에게 일컬을 경우에는 모두 族人(족인)이라 한다.

河北의 士人들은 비록 2, 30世가 지나도 여전히 從伯(종백) 從叔(종숙)이라 부른다. 梁 武帝가 한 번은 어떤 中原 출신(中土) 사인에게 물었다.

"卿은 北人이면서 어찌하여 族人이란 말을 모르는가?"

그러자 그 北人이 말했다.

"骨肉이지만 쉽게 소원해지기에 차마 族人이라 말하기 어렵습니다."

당시에 모두 機敏(기민)한 대답이라 생각했지만, 실은 예법을 모른 것이다.

座에서 볼 때 一世, 三世, 五世는 시조 신위의좌측에 모시고, 이를 昭(소)라 한다. 그리고 二世, 四世, 六世는 시조 신위의 右方이고 穆(목)이라 칭한다. 공자를 모시는 孔廟의 4聖 神位 배열도 이를 준용하여 先左次右, 先北次南의 원칙으로 배치한다.

至聖先師 孔子	
曾參 宗聖	顔回 復聖
孟子 亞聖	孔伋(子思) 述聖

054/ 姑母(고모)와 姨母(이모)의 호칭

|原文| 吾嘗問周弘讓曰, "父母中外姊妹, 何以稱之?" 周曰, "亦呼爲丈人."

自古未見丈人之稱施於婦人也. 吾親表所行, 若父屬者, 爲某姓姑, 母屬者, 爲某姓姨. 中外丈人之婦, 猥俗呼爲丈母, 士大夫謂之王母, 謝母云. 而陸機集有〈與長沙顧母書〉, 乃其從叔母也, 今所不行.

|국역| 그전에, 내가 周弘讓(주홍양)[326]에게 물었다.

"父母 내외(中外)의 姊妹(자매)를 어떻게 호칭해야 합니까?"

이에 주홍양이 말했다.

"마찬가지로 丈人(장인)이라고 호칭합니다."

(나는) 自古로 丈人(장인)이라는 칭호를 婦人에게도 적용한 경우를 본 적이 없다. 내 양친의 사촌 항렬에서[327] 부친에 속한다면 某姓의 고모이고, 모친의 친속이라면 某姓의 姨母(이모)이다.

---

326 周弘讓(주홍양) - 南朝 陳나라 사람. 周弘正(496-574년, 字는 思行)의 동생으로 博學하고 여러 일에 능통한 사람이었다는 주석이 있다.

327 원문 吾親表所行 - 우리나라에서는 表兄, 表弟라는 말을 거의 사용하지 않지만 중국어에서는 内사촌, 外사촌 형제를 일컫는데, 곧 아버지나 어머니의 형제자매의 아들딸과 나의 관계이다.

中外(內外) 丈人(장인, 어른)의 婦人에 대하여 보통 속인들이 丈母(장모)라고 호칭하지만, 士大夫의 경우 (王氏이면) 王母, (謝氏)이면 謝母(사모)라 한다. 陸機(육기)[328]의 文集에 〈與長沙顧母書(여장사고모서)〉가 있는데, 이는 그의 從叔母에 드리는 서신이나, 지금은 이렇게 성을 붙이는 호칭〔顧母(고모), 顧氏〕을 쓰지 않는다.[329]

---

328 陸機(육기, 261 - 303년)는 西晉의 名은 文章家이다. 삼국 孫吳(東吳) 陸遜(육손)의 손자이며, 陸抗(육항)의 아들이다. 육기가 20살 때 孫吳는 멸망한다(280년). 육기와 동생 육운은, 곧 고향 마을로 들어가 10년간 폐문하고 독서를 하였다. 晋 武帝 太康 10년(서기289년)에 육기와 육운이 낙양에 들어가 남방의 사투리를 사용하자, 사람들이 모두 흉내를 내며 조롱했다고 한다. 육기는 '太康之英(태강 연간의 英才)'라는 칭송을 들으며 시와 문장으로 이름을 날렸는데, 지금도 그의 시와 賦(부) 104편이 전해온다. 그의 대표작으로 〈猛虎行〉, 〈君子行〉 등이 있고, 산문으로는 〈弔魏武帝文〉이 유명하며 그의 대표적 저술로는 《文賦》가 있는데, 이는 문학 이론을 논한 책이며 여기에서 그는 '시는 작가 의지의 표출'이라고 말하였다.

329 가족과 친인척 관계 또는 직장이나 사회생활에서 언어는 그 시작이며 끝이라고 말할 수 있다. 존댓말과 함께 정말 어려운 일은 타인에 대한 호칭이다. 상황에 따라 적절한 호칭을 골라 쓰는 것은 이웃 간의 예절에도 매우 중요하다. 웃어른, 같은 또래, 아랫사람에게 대한 말씨와 호칭은 시대에 따라 계속 변해왔다. 어느 한 시대나 한 세대에서 통용되던 예법이 다음 세대에도 통할 것이라고 생각할 수 없다. 호칭 문제는 참 어렵고 힘든 일이다.

055/ 호칭에 따른 조롱

|原文| 齊朝士子, 皆呼祖僕射爲祖公, 全不嫌有所涉也, 乃有對面以相戱者.

|국역| (北朝) 北齊 조정의 士人들은 모두 祖僕射(조복야)를 祖公(조공)이라 호칭하였는데,[330] (그런 호칭의) 혼동을 꺼리지 않았으며,[331] 오히려(乃) 대면하고 놀리기도 했다.

---

330 원문 皆呼祖僕射爲祖公 - 皆는 모두. 呼는 호칭하다. 祖僕射(조복야)의 祖는 성씨. 北齊의 祖珽(조정). 僕射(복야)는 관직명. 祖公은 祖氏에 公을 붙인 호칭이지만 祖公은 할아버지란 뜻.

331 원문 全不嫌有所涉也 - 全은 전혀. 不嫌(불혐)은 혐오하지 않다. 꺼리지 않다. 有所涉也의 涉은 관계하다. 관련되다. 서로 혼동하다.

056/ 名, 字, 諱

|原文| 古者, 名以正體, 字以表德, 名終則諱之, 字乃可以
爲孫氏.

孔子弟子記事者, 皆稱仲尼. 呂后微時, 嘗字高祖爲季.
至漢爰種, 字其叔父曰絲. 王丹與侯霸子語, 字霸爲君房,
江南至今不諱字也.

河北士人全不辨之, 名亦呼爲字, 字固呼爲字. 尚書王
元景兄弟, 皆號名人, 其父名雲, 字羅漢, 一皆諱之, 其餘
不足怪也.

|국역| 옛날에, 이름(名)으로 자신을 表明(正體)하고, 字로 德을
표출하는데, 죽으면 이름을 사용하지 않고(名終) 피하며(諱), 자
손들은 字로 姓氏(성씨)를 삼을 수 있다고 하였다.

孔子의 弟子들로 記事(기록하다)하는 자는 모두 공자를 仲尼
(중니)[332]라 불렀다. (한 高祖의) 呂后(여후)는 미천할 때, 늘 劉邦

---

332 仲尼(중니) – 仲은 형제 서열이 둘째〔仲(가운데 중)〕라는 뜻이다.
공자의 이복형은 孟皮(맹피, 孟은 맏 맹)이었다. 尼는 聖母인 顏氏
(안씨)가 魯의 尼丘山(이구산)에 기도를 드렸고, 그 다음 해(양공
21년)에 공자가 출생하였는데, 출생할 때 그 우묵한 정수리가 이
구산과 비슷하여서 字를 仲尼(중니), 이름을 丘라 하였다.

(유방: 高祖)을 字를 써서 季(계)라고 불렀다.[333] 漢의 爰種(원종)[334]
은 그 숙부의 자를 써서 爰絲(원사)라 불렀다. 王丹(왕단)은 侯霸
(후패)의 아들과 이야기하며 후패의 字를 써서 君房(군방)이라 했
는데, 江南 지역에서는 지금도 字를 휘하지 않는다.

　河北의 士人들은 이를 전혀 따지지 않으니 名 대신 字로 호칭
하고, 字는 그대로 字로 호칭하였다. 尙書(상서)인 王元景(왕원
경)[335] 형제를 세상 사람 모두가 名人(이름이 널리 알려진 사람)
이라 하였는데, 그 부친의 이름인 雲(운)과 字인 羅漢(나한)을 모
두 휘하였으니 다른 사람들이 그러는 것이 조금도 이상하지 않았
다.

---

333 高皇后呂氏 - 名은 雉(치), 字는 娥姁(아후). 諱는 夫를 따라가므
로 高皇后라 했다. 秦始皇帝는 그전에 "동남방에 天子 기운이 있
다."면서 동쪽을 유람하여 그 氣를 눌러 막으려 하였다. 고조가
芒縣(망현)이나 碭縣(탕현)에 숨어 있으면 呂后는 다른 사람과 함
께 늘 찾아내었다. 여후는 "당신이 있는 곳에 늘 雲氣가 있어 따
라가면 찾을 수 있다.(季所居上常有雲氣, 故從往常得季.)"고 말
했다.

334 爰種(원종) - 人名. 爰盎(원앙)의 조카. 爰盎(원앙)의 字는 絲, 文帝
에게 直諫을 잘했다. 원앙은 鼂錯(조조)와 사이가 안 좋아 吳楚七
國의 난이 일어나자(前 154) 景帝에게 조조의 처형을 건의했다.
《漢書》49권, 〈爰盎鼂錯傳〉에 입전.

335 王元景(왕원경) - 北齊의 王昕(왕흔), 字는 元景.

057/ 喪禮의 哭

|原文|《禮 閒傳》云,「斬縗之哭, 若往而不反, 齊縗之哭, 若往而反, 大功之哭, 三曲而偯, 小功緦麻, 哀容可也, 此哀之發於聲音也.」

《孝經》云,「哭不偯.」皆論哭有輕重質文之聲也. 禮以哭有言者爲號, 然則哭亦有辭也. 江南喪哭, 時有哀訴之言耳. 山東重喪, 則唯呼蒼天, 期功以下, 則唯呼痛深, 便是號而不哭.

|국역|《禮記 閒傳(예기 간전)》에 기록하였다.[336]

「斬縗(참최)의 哭(곡)은 숨이 끊겨〔往而(왕이)〕이어지지 않는 듯하고(不反), 齊縗(자최)의 곡소리는 숨이 끊겼다가 이어지는 듯하고, 大功(대공)의 곡은 3번 꺾이는 듯 여음이 있고〔偯(울 의), 울다〕, 小功(소공)과 緦麻(시마)는 슬픈 표정이면 되는데〔哀容可也(애용가야)〕, 이는 애통한 마음이 聲音(성음)에 나타난 것이다.」[337]

---

336 《禮記 間傳》- 閒傳으로도 표기. 閒은 사이 간.《禮記》第三十七卷. 五服의 복상 기간에 親疎(친소) 輕重에 따라 哀悼(애도)의 차등을 기록하였다.

337 斬縗(참최, 斬衰) - 五服 服制 하나. '服制'는 복상 기간과 상복의 粗細(조세)에 따른 구분. 斬衰(참최, 아들의 부친상, 父亡 손자가 조부

《孝經》에서는 「哭하되 홀쩍거리지 않는다.」고 하였다.[338] 이런 말은 喪事에 輕重(경중) 및 바탕과 禮(質文)에 따른 哭聲(곡성)을 설명한 것이다. 禮에, 哭(곡)에 말소리가 있으면 號哭(호곡)이라 하니 哭을 하며 말을 할 수 있다.

江南에서는 喪哭에 가끔 哀訴(애소)하는 말이 있을 뿐이다. 山東 지역에서는[339] 親喪〔重喪, 斬衰(참최 : 오복(五服)의 하나. 거친 삼베로 짓고, 아랫단을 꿰매지 않은 상복)〕에 하늘을 소리쳐 부르고, 期功(기공, 1년 복상이나 大, 小功) 이하에서는 애통의 탄성을 외치는데, 이것이 바로 슬픔에 부르짖지만 울지 않는 것(號而不哭)이다.

상, 3년), 齊衰(자최, 아들의 모친상, 3년 또는 1년 / 옷자락 재, 본음 자), 大功(대공, 9개월), 小功(소공, 5개월)과 緦麻(시마, 3개월)로 大分한다. 期服親은 父系 親屬, 大功服親은 祖父系 親屬, 小功服親은 曾祖父系 親屬이고 緦麻服親은 高祖父系 親屬이다. 이 복상 기간과 상복은 망자와 복상할 자의 관계에 따라 다른데, 여기서 모두 설명할 수가 없다.

338 원문 哭不偯 — 偯는 울음의 끝소리 의. 홀쩍거리다. 울음과 울음 사이에 숨을 들이쉴 때 내는 소리. 《孝景 喪親章》第十八 : 子曰, "孝子之喪親也, 哭不偯, 禮無容, 言不文, 服美不安, 聞樂不樂, 食旨不甘. 此哀戚之情也."

339 山東 — 崤山(효산)과 函谷關(함곡관)은 中原에서 關中에 들어가는 관문이며 요새지이다. 효산의 동쪽을 山東, 함곡관의 동쪽을 關東이라 지칭한다. 관중은 옛 西周와 秦의 땅이고, 山東은 전국시대 六國의 땅이었다. 函谷關은, 今 河南省 서부 三門峽市 관할의 靈寶市 동북방에 있었다.

058/ 問喪(문상)

|原文| 江南凡遭重喪, 若相知者, 同在城邑, 三日不弔則絶之, 除喪, 雖相遇則避之, 怨其不己憫也. 有故及道遙者, 致書可也, 無書亦如之. 北俗則不爾.

　江南凡弔者, 主人之外, 不識者不執手, 識輕服而不識主人, 則不於會所而弔, 他日修名詣其家.

|국역| 江南 지역에서는 큰 상을 당했을 때〔重喪(중상), 親喪(친상)〕서로 알고 지내는 사이로 같은 성읍에 살면서 3일 안에 조문하지 않는다면 절교하고, 복상을 마친 뒤에라도 서로 만났을 때, 회피하는데, 이는 친상을 당한 자신을 憐憫(연민)하지 않은 것에 대한 원망이다.[340]

　어떤 변고가 있거나 먼 곳에 사는 경우에는[341] 서신을 보내도 되지만, 서신도 없을 경우 절교하였다. 그러나 북쪽 지역의 습속은 그러하지 않다.[342]

---

340 원문 怨其不己憫也 – 怨은 원망할 원. 원한. 憫은 불쌍히 여길 민. 憐憫(연민).

341 원문 有故及道遙者 – 有故는 變故(변고). 道遙는 길이 멀다. 遙는 멀 요.

342 원문 北俗則不爾 – 不爾(불이)는 不如此. 이와 같지 않다.

江南에서는 모든 조문객은 主人 이외 모르는 사람과 손을 잡지 않으며, 망자의 먼 친척으로 상주가 모르는 사람은[343] 빈소로 조문하지 않고, 다른 날 명함을 가지고 상가를 방문한다.[344]

---

343 원문 識輕服而不識主人 - 輕服은 오복 중, 大功이나 小功 또는 緦麻(시마) 服에 해당하는 사람.

344 원문 他日修名詣其家 - 修名은 名銜(명함)을 준비하다. 詣는 이를 예. 도착하다.

059/ 辰日 不哭

|原文| 陰陽說云, ‘辰爲水墓, 又爲土墓, 故不得哭.’

王充《論衡》云, 「辰日不哭, 哭則重喪.」

今無敎者, 辰日有喪, 不問輕重, 擧家淸謐, 不敢發聲,

以辭弔客. 道書又曰, ‘晦歌朔哭, 皆當有罪, 天奪其算.’

喪家朔望, 哀感彌深, 寧當惜壽, 又不哭也? 亦不諭.

|국역| 陰陽說에서는 ‘辰日(진일)은 水墓(수묘)이고, 또 土墓(토
묘)이기에 (辰日의) 초상에는 哭을 할 수 없다.’ 고 한다.[345]

王充(왕충)[346]이 그의 저서《論衡(논형)》[347]에서 말했다.

---

345 陰陽五行說에 관한 어떤 저술이고, 辰日이 왜 水墓이고 土墓인
지 설명이 없다.

346 王充(왕충, 27-97년, 字는 仲任) - 會稽郡 上虞縣 사람. 왕충은 어
려서 부친을 여의었는데 향리에서는 효자로 알려졌다. 뒷날 낙
양에 올라와 太學에서 수업하면서 右扶風의 班彪(반표)에게 師事
하였다. 집이 가난하여 서책을 살 수 없어 늘 낙양의 저자에 나
가 팔려는 책을 읽었는데, 한 번 보면 바로 외웠기에 당시 유행하
는 百家의 학설에 두루 통하였다. 뒤에 향리로 돌아와 은거하며
문도를 교육하였다. 왕충은 論說을 좋아하였는데, 처음 시작할
때는 詭辯(궤변)과 같으나 논쟁을 마칠 때에는 늘 합리적 근거를
제시하였다. 왕충은 俗儒가 문장 자구에만 집착하여(守文) 많은
진실을 놓치게 된다고 생각하여 閉門하고 깊이 사색하고 慶弔(경

「辰日에 不哭하나니, 哭을 하면 거듭 상을 당한다.」

지금 교육을 받지 못한 자들은 辰日(진일)에 초상이 나면 輕重을 불문하고, 온 집안을 조용히 하여〔淸謐(청밀)〕소리도 내지 않고, 조문객도 사양한다. 어떤 道家書(도가서)에서는 '그믐 날 노래를 하거나 초하루에 곡을 하면 죄를 짓는 것이라서 하늘이 그 수명을 앗아간다.'고 기록하였다.[348] 喪家(상가)에서는 초하루와 보름이면〔朔望(삭망)〕애도의 감정이 더욱 깊어지나니,[349] 수명이 짧아질지언정 곡을 아니하겠는가?[350] 이는 事理(사리)를 못 깨우친 말이다.

조)의 禮도 행하지 않았으며, 창문이나 벽에 刀筆을 준비해 놓고, 《論衡》85편 20여만 자를 저술하여 사물의 同異를 해석하고 時俗에 관한 여러 의문사항을 바로잡았다. 王充, 王符(왕부), 仲長統(중장통) - 이 3인을 '後漢三賢'이라고 통칭한다. 《後漢書 王充王符仲長統列傳》에 입전.

347 《論衡(논형)》- 王充은 유학자로서 《譏俗節義》, 《政務》, 《養性》, 《論衡》등 많은 저술이 있었으나 다만 《論衡》만 전한다. 衡은 저울, 곧 天平이니 《論衡》의 저술 목적은 '미혹을 깨달아 虛實을 확실하게 알기를 바라는 뜻'이라고 말할 수 있다. 《論衡》이 저술된 뒤에 《論衡》의 가치를 처음 인정한 사람은 뒷날 회계태수였던 王朗(왕랑)인데, 왕랑은 《論衡》을 許縣으로 갖고 가 널리 알렸다.

348 원문 晦歌朔哭, 皆當有罪, 天奪其算 - 晦는 그믐 날. 朔은 초하루 삭. 算(셈할 산). 셀 수 있는 것. 수명.

349 원문 哀感彌深 - 哀感(애감)은 슬픔. 彌는 두루 미. 더욱.

350 원문 寧當惜壽, 又不哭也 - 寧은 ~할 지언정. 惜壽(석수)는 수명이 아깝게 되다. 수명이 짧아지다. 又는 또 우. 그렇다 하여.

060/ 亡者의 혼령이 殺人을?

|原文| 偏傍之書, 死有歸殺. 子孫逃竄, 莫肯在家. 畫瓦書符, 作諸厭勝, 喪出之日, 門前然火, 戶外列灰, 祓送家鬼, 章斷注連. 凡如此比, 不近有情, 乃儒雅之罪人, 彈議所當加也.

|국역| 민간 俗書(속서)에는 돌아온 혼령이 살인한다고 한다.[351] 그래서 子孫이 도망가 숨어야 한다며〔逃竄(도찬)〕집에 있으려 하지 않는다. 기와에 그림을 그려놓거나 주문을 쓴 부적으로 여러 악귀를 눌러 이기려 하고,[352] 출상(상여가 나가다)하는 날에 대문

---

351 원문 偏傍之書, 死有歸殺. – 偏傍(편방)은 옆. 곁. 偏傍之書는 經書가 아닌 左道(邪敎)의 서적. 道家나 陰陽家의 책. 歸殺(귀살)은 돌아온 혼령에 의한 피살. 여기 殺은 煞(죽일 살). 예상치 못한 액운에 의한 죽음. 例; 急煞(급살), 驛馬煞(역마살)이나 桃花煞(도화살). 죽은 일진에 따라 망자의 혼령이 돌아오는 날이 있으며, 따라서 그런 날은 피신해야 한다는 미신이다. '팔자에 있다면 있는 것이고(命裏有卽是有), 팔자에 없다면 없는 것이다(命裏無卽是無).' 또 '팔자는 바꾸기 어려워도(命難改), 운수는 옮길 수 있다(運可移).'는 점쟁이 꾐에 넘어가는 무지한 사람들이 歸殺을 아니 믿겠는가? 그러나 '좋은 일을 하면 복을 받고(行善獲福), 악한 짓을 하면 재앙을 받는다(行惡得殃).'

352 원문 作諸厭勝 – 厭勝(엽승)은 부적이나 술법으로 잡귀나 악귀를

앞에 불을 피우며, 사립문 앞에 재를(灰) 뿌려놓으며, 집안 잡귀
를 푸닥거리로 쫓아버리거나,[353] 神明께 글을 지어 바치며 또 금
줄을 띄우기도 한다.[354] 이러저러한 모든 일들이 人情에 어긋나
고, (그런 일이) 정통 유학을 공부한 士人에게는 죄를 짓는 행위
이니 지탄을 받아야 할 일이다.[355]

눌러 재앙을 피할 수 있다는 생각. 巫術(무술)의 일종. 厭은 싫을
염. 누를 엽.

353 원문 祓送家鬼 – 祓은 푸닥거리할 불. 除厄(제액). 不淨을 씻어내
는 행위.

354 원문 章斷注連 – 章斷(장단)은 神明께 上章하여 액운의 단절을 기
원하다. 注連(주련)은 액운의 傳染(전염)을 막다. 출산한 집에 잡
인의 출입을 금하는 금줄을 걸어놓는 것도 注連이다.

355 우리 속담에 호랑이도 제 말 하면 온다 하였으니, 귀신 이야기를
하면 귀신이 나오지만(說鬼鬼來), 사람은 어려움에 처하면 귀신
을 믿게 된다(人到難中信鬼神). 귀신을 의심하면 귀신이 나오는
법이고(疑鬼就有鬼), 귀신을 두려워할수록 더 귀신이 나온다(越
怕越有鬼). 시운이 쇠하니 귀신이 사람을 놀린다(時衰鬼弄人) 하
지만, 또 몸이 쇠약하면 귀신이 사람을 데리고 논다(身衰鬼弄人)
고 하였다. 聖人의 말씀을 읽었고 배운 사람이라면 그런 미신에
빠져들거나 꾐에 넘어가서는 안 된다. 그런 점에서 《顔氏家訓》
의 저자 顔之推(안지추)는 선각자이다.

061/ 부모 한 분을 여읜 뒤에

|原文| 己孤, 而履歲及長至之節, 無父, 拜母,祖父母,世叔
父母,姑,兄,姊, 則皆泣. 無母, 拜父,外祖父母,舅,姨,兄,姊,
亦如之. 此人情也.

|국역| 부모 중 한 분을 여읜 뒤(己孤), 설날이나 동지 같은 날
에[356] 아버지가 안 계신 경우 어머니와 조부모, 큰아버지나 큰어
머니, 작은아버지나 작은어머니, 고모나 형과 누나에게 소리 없
이 눈물을 흘리며(泣) 절을 올린다.

　어머니가 안 계시면 아버지나 외조부모, 외삼촌(舅)과 이모
(姨), 형과 누나에게 마찬가지로 울면서 절을 올린다. 이는 모두
人情이다.

---

356 원문 履歲及長至之節 ─ 履歲(이세)는 설날. 元旦. 長至는 冬至. 동
　짓날에 며느리는 시부모에게 버선을 지어 올렸다.

062/ 탈상 후의 모습

|原文| 江左朝臣, 子孫初釋服, 朝見二宮, 皆當泣涕, 二宮
爲之改容. 頗有膚色充澤, 無哀感者, 梁武薄其爲人, 多被
抑退.

裴政出服, 問訊武帝, 貶瘦枯槁, 涕泗滂沱, 武帝目送之
曰, "裴之禮不死也."

|국역| 江東(강좌)의 朝臣들은 죽고 나서 子孫으로 상복을 막
벗으면(初釋服, 脫喪), 입조하여 황제와 태자를(二宮) 알현하였
는데, 모두가 눈물을 흘리며 울음을 삼켰고(泣涕), 황제와 태자도
신하에게 낯빛을 엄숙히 했다. (그런 신하들 중에) 피부가 탱탱하
고 윤기가 흐르면[357] 애통한 마음이 없는 사람이라 생각하여, 梁
武帝는 그런 사람을 각박하게 대했으며 억제하거나 내친(퇴출)
사람이 많았다.

裴政(배정)이 탈상하고 무제를 뵙고 문안했는데(問訊), 초췌하
고 수척했으며[358] 눈물과 콧물을 줄줄 흘렸는데,[359] 무제가 그를

---

357 원문 頗有膚色充澤 – 頗는 자못 파. 膚色(부색)은 피부색. 充澤(충
택)은 통통하고 윤기가 나다.

358 원문 貶瘦枯槁 – 貶瘦(폄수)는 몸이 수척하다. 枯槁(고고)는 몸이
비쩍 마르다.

눈길로 보내며(目送) 말했다.[360]

"그대의 부친 裴之禮(배지례)는 돌아가시지 않았도다."

---

359 원문 涕泗滂沱 – 涕는 눈물 체. 泗는 강물 이름 사. 曲阜(곡부) 근
처. 콧물. 滂은 비 퍼부을 방. 沱는 물 이름 타. 滂沱는 눈물이 쉬
지 않고 흐르다.

360 梁 武帝 蕭衍(소연 464 – 549년, 86세)은 漢朝 相國 蕭何(소하)의 25
세손으로 在位(502 – 549년) 기간이 48년이었고, 중국 역사상 가
장 好佛했던 군주이다. 4차례나 出家하여 僧이 되었다. 말년에,
侯景(후경)의 난(548 – 552)이 일어났고 후경에게 포로로 잡혀 굶
어 죽었다. 소연은 그 재위 기간 중에 황실을 중심으로 활발한
문학 활동을 하였다.
무제의 아들 昭明太子(蕭統, 501 – 531년)는 中國 최초의 詩文 總
集이라 할 수 있는 《文選》(昭明文選)을 편찬하였는데, 여기에는
130명의 514편의 시문이 수록되었다. 이 책을 통하여 梁代 이전
의 많은 文學 作品이 保存되었다. 이는 曹操와 아들 曹丕(조비),
曹植(조식) 三父子가 시인으로 유명한 것과 비교가 된다. 무제는
경학과 사학에도 조예가 깊었고 많은 저술을 했다. 그리고 재위
초기에는 절약과 검소한 생활을 하고 정치를 잘해 나라는 평안하
였으나 후반부에 가서는 불교를 지나치게 맹신하였고, 侯景의 난
을 초래하여 그 와중에 죽었고, 양나라는 곧 멸망에 이른다.

063/ 양친을 추모하는 마음

|原文| 二親旣沒, 所居齋寢, 子與婦弗忍入焉.

北朝頓丘李構, 母劉氏, 夫人亡後, 所住之堂, 終身鎖閉, 弗忍開入也. 夫人, 宋廣州刺史纂之孫女, 故構猶染江南風教.

其父獎, 爲揚州刺史, 鎭壽春, 遇害. 構嘗與王松年, 祖孝徵數人同集談燕. 孝徵善畫, 遇有紙筆, 圖寫爲人. 頃之, 因割鹿尾, 戲截畫人以示構, 而無他意. 構愴然動色, 便起就馬而去. 擧坐驚駭, 莫測其情. 祖君尋悟, 方深反側, 當時罕有能感此者.

吳郡陸襄, 父閑被刑, 襄終身布衣蔬飯, 雖薑菜有切割, 皆不忍食. 居家惟以掐摘供廚.

江寧姚子篤, 母以燒死, 終身不忍噉炙. 豫章熊康父以醉而爲奴所殺, 終身不復嘗酒. 然禮緣人情, 恩由義斷, 親以噎死, 亦當不可絶食也.

|국역| 양친이 돌아가신 뒤, 거처하시던 處所〔처소: 齋寢(재침): 재실과 침실〕에는, 아들이나 며느리가 차마 들어갈 수가 없다.[361]

---

361 원문 子與婦弗忍入焉 - 弗忍(불인, 不忍)은 차마 하지 못하다. 焉

北朝 頓丘縣(돈구현, 今 安徽省 북부 宿州市境) 사람 李構(이구)의
母親은 劉氏(유씨)이었는데, 모친이 돌아가신 뒤 거처하던 건물을
(李構가) 죽을 때까지 잠가놓고 차마 열고 들어가질 못했다. (李構
의) 모친은 (南朝) 宋나라의 廣州刺史(광주자사)인 劉纂(유찬)의 孫
女이었기에, 李構(이구)는 江南 지역 風敎(풍교)의 영향을 받았다.

그의 부친 李獎(이장)은 揚州刺史(양주자사)로 壽春(수춘, 今 安徽
省 중부 淮南市 壽縣)에 주둔하다가 遇害(우해 : 해를 입어 죽다)를 당
했다. 李構는 그 전에〔嘗(상)〕王松年(왕송년), 祖孝徵(조효징) 등
여러 사람과 함께 이야기하며 술을 마셨다〔談燕(담연)〕. 조효징은
그림을 잘 그렸는데, 우연히 紙筆(지필)을 보고서는 사람 형상을
그렸다. 잠시 후 사슴 꼬리를 자르자,[362] (조효징이) 장난삼아 사
람 그림을 잘라 이구에게 보여주었는데, 다른 뜻은 없었다. 그러
자 이구는 참담한 안색으로 바로 일어나 말을 타고 떠나갔다. 좌
석에 있던 사람 모두가 놀랐지만 그 사정을 헤아리지 못했다.[363]
조효징이 그 사유를 짐작하고서 깊이 당혹했지만, 그때 이를 알아

(언)은 종결어미.

362 원문 因割鹿尾 - 사슴 꼬리는 一味라고 알려졌다. 전후 상세한
상황을 알 수 없지만, 요리사가 사슴 꼬리를 잘라 즉석에서 요리
를 올렸던 것으로 추정할 수 있다.

363 원문 擧坐驚駭, 莫測其情 - 擧坐(거좌)는 좌석을 통틀어. 모든 참
석자. 驚駭(경해)는 놀라다. 莫은 ~하는 사람이 없다. 測은 헤아
릴 측.

차린 사람이 거의 없었다.

吳郡 사람 陸襄(육양)은 부친 陸閑(육한)이 형벌을 받아 죽었기에 육양은 終身토록 布衣에 蔬飯(소반 : 거친 밥)을 들었는데, 비록 생강(薑)과 나물 썬 것(절단한 것)을 차마 먹을 수가 없어 온 식구가 채소를 따다가 부엌에서 끓여 요리했다.[364]

江寧(강령, 江寧縣, 今 南京市) 사람 姚子篤(요자독)은 그의 모친이 불에 타 죽었기에 종신토록 구운 고기를 먹을 수 없었다.[365]

豫章郡(예장군, 今 江西省 북부 南昌市)의 熊康(웅강)은 그 부친이 술에 취해 노비에게 피살되었는데, 웅강은 종신토록 다시는 술을 마시지 않았다.

그러나 禮는 人情에 바탕을 두고 있으며, 恩德은 大義에 의거 판단해야 하니, 만약 부모가 음식이 목에 막혀 죽었다 하여[366] 음식을 끊고 살 수는 없을 것이다.

---

364 원문 掐摘供廚 – 掐은 딸 겹. 손으로 자르다. 摘은 딸 적. 손으로 비틀어 따다. 供은 줄 공. 공급하다. 廚는 부엌 주.

365 원문 不忍噉炙 – 噉은 씹을 담. 炙은 구운 고기 적. 고기 구울 자.

366 원문 親以噎死 – 噎은 목이 막힐 일(열, 애).

064/ 부모 유품

|原文| 《禮經》父之遺書, 母之杯圈, 感其手口之澤, 不忍讀用. 政爲常所講習, 讎校繕寫, 及偏加服用, 有跡可思者耳. 若尋常墳典, 爲生什物, 安可悉廢之乎? 旣不讀用, 無容散逸, 惟當緘保, 以留後世耳.

|국역| 《禮記 玉藻(옥조)》에[367] 부친이 남겨주신 서책과 모친이 쓰시던 물그릇 같은 것은,[368] 부모님의 手澤(수택)이나 일상의 체취가 남아 차마 읽거나 사용할 수가 없다고 하였다. 이는 바로 늘 읽으시고[369] 교정하시며 고쳐 필사하시거나[370] 가까이 두고 사용

---

367 《禮記 玉藻(옥조)》는 천자 이하 大夫나 士까지, 冕服(면복)이나 笏(홀)의 착용과 예를 행하는 용모나 節度에 관한 내용을 수록했다. 또 《禮記 坊記》에는 '부모님이 계시다면 그 몸을 마음대로 할 수 없고, 재물을 사사로이 처분할 수 없다.(…父母在, 不敢有其身, 不敢私其財, 示民有上下也…')고 하였다.

368 원문 母之杯圈 - 杯는 잔 배. 물그릇. 杯圈(배권)은 나무를 휘여서 만든 잔. 飮器. 소소한 생활 도구.

369 원문 政爲常所講習 - 政爲는 正爲. 政은 正. 只. 바로 ~ 때문이다. 常은 늘. 所講習은 읽다. 所는 피동문을 만든다. 그 서책은 선친에 의해 읽혀졌다. 곧 선친께서 읽으셨던 책이기 때문이다.

370 원문 讎校繕寫 - 讎는 짝 수. 두 사람이 마주 보다. 한 사람은 읽고, 한 사람은 읽은 글자를 대조하며 교정을 본다. 校는 바로잡

하셔서 그 흔적을 느낄 수 있기 때문이다. 만약 보통의 서적이나[371] 생활 도구라 할지라도[372] 어찌 가히 버릴 수 있겠는가? 기왕 읽거나 사용하지 않는다면 흩어 버리지 말고 잘 싸서 보관하였다가[373] 후세에 남겨주면 될 것이다.[374]

다. 校訂(교정). 繕은 기울 선. 고치다. 수선하다. 繕寫(선사)는 문장을 고쳐 쓰다.

371 원문 若尋常墳典 - 若은 같을 약. 만약. 尋常(심상)은 보통의. 일상생활의. 墳典(분전)은 三墳五典의 준말. 三墳은 伏羲, 神農, 黃帝의 大道를 설명한 서적. 五典은 少昊(소호), 顓頊(전욱), 高辛(고신), 唐(堯), 虞(舜)의 常道를 논한 글. 서적. 古籍.

372 원문 爲生什物 - 什物(집물)은 什器. 什은 세간 집. 열 사람 십.

373 원문 惟當緘保 - 緘은 봉합할 함. 꿰매어 봉합하다(封). 꿰매 두다. 묶어두다.

374 은덕을 널리 베풀어라(恩義廣施). 살다 보면 어디서든 서로 만나지 않겠는가?(人生何處不相逢). 은혜를 입었으면 은혜로 보답하고(有恩報恩), 덕을 입었으면 덕으로 갚아야 한다(有德報德). - 다른 사람한테도 이같이 해야 하는데, 하물며 나를 낳고 길러주신 부모님 은덕을 모른 척 할 수 있는가? 자식을 키워봐야 부모의 은혜를 안다(養兒方知父母恩)고 하는데, 자식을 낳기 전에는 왜 모르는가? 부모님이 돌아가셨다 하여 부모님이 쓰시던 물건을 낡았다 하여 버릴 수 있는가? 부모님의 그 생활방식을 잊거나 버릴 수 있는가?

065/ 斷腸(단장)의 슬픔

|原文| 思魯等第四舅母, 親吳郡張建女也, 有第五妹, 三歲喪母. 靈牀上屛風, 平生舊物, 屋漏沾濕, 出曝曬之, 女子一見, 伏牀流涕.

家人怪其不起, 乃往抱持, 薦席淹漬, 精神傷怛, 不能飮食. 將以問醫, 醫診脈云, "腸斷矣!" 因爾便吐血, 數日而亡. 中外憐之, 莫不悲嘆.

|국역| 思魯(사로) 등의 넷째 외숙모〔舅母(구모)〕는[375] 돌아가신 (親) 吳郡 張建(장건)의 딸인데, (그녀의) 다섯째 여동생은 3살에 모친이 돌아가셨다.

그 혼령을 모시는 제사상에〔靈牀(영상)〕 세운 병풍은 (돌아가신 분이) 평상시에 사용하던 물건이었는데(舊物), 지붕이 새어 병풍이 젖어버리자, 꺼내다가 햇볕에 말리고 있을 때,[376] (3살) 여자아이가 보더니 제사상에 엎드려 눈물을 흘렸다.

---

375 舅母 - 외숙모. 舅는 우리가 이해하기 어려운 글자이다. 며느리한테는 시아버지 구이다. 외삼촌 구. 외당숙(母의 從형제). 처남. 장인 구(妻之 父. 外舅).

376 원문 屋漏沾濕 出曝曬之 - 屋은 지붕 옥. 漏는 샐 루. 沾은 적실 첨, 더할 첨. 濕은 젖을 습. 曝은 쬘 폭. 曬는 쬘 쇄.

家人들은 (어린아이가) 일어나지 않자 이상히 여겨 가서 안았더니, 깔 자리가 흠뻑 젖었고,³⁷⁷ 精神을 잃었으며³⁷⁸ 먹지를 못했다. 醫員(의원)에게 데려가 물었더니, 의원이 診脈(진맥)한 다음에 말했다.

"腸(창자)이 끊어졌습니다!"

그리고는 아이는 곧 피를 토하고(吐血) 며칠 뒤에 죽었다. 주변 사람들이 가엾게 여기며 슬피 탄식하지 않는 사람이 없었다.³⁷⁹

---

377 원문 薦席淹漬 − 薦席(천석)은 깔 자리. 薦은 드릴 천. 거적. 席은 자리 석. 깔개. 淹漬(엄지)는 물에 담그다. 흠뻑 젖다.

378 원문 精神傷怛 − 傷은 다칠 상. 怛은 슬플 달.

379 원문 莫不悲嘆 − 莫不∼은 ∼아니하는 사람이 없다. 悲嘆(비탄)은 슬퍼 탄식하다.

066/ 忌日不樂(기일불락)

|原文|《禮》云,「忌日不樂.」正以感慕罔極, 惻愴無聊, 故不接外賓, 不理衆務耳. 必能悲慘自居, 何限於深藏也?

　世人或端坐奧室, 不妨言笑, 盛營甘美, 厚供齋食, 迫有急卒, 密戚至交, 盡無相見之理. 蓋不知禮意乎!

|국역|《禮記 祭義》에「忌日에는 즐기지 않는다.」고 하였다.[380] 이는 (선친에 대한) 사모의 정이 끝이 없고[381] 처참한 슬픔에 의지할 곳이 없기에[382] 손님을 접대하지도 않고 평소의 여러 일을 처리하지 않는 것이다. 꼭 비통한 마음으로 하루를 지내면서 집안에 깊이 박혀 있어야 한다는 뜻이겠는가?[383]

　世人들은 안방에〔奧室(오실)〕단정히 앉아 있으며, 아무 거리

---

380 《禮記 祭義》는 제사의 의의를 설명한 편명. 〈祭義〉篇의 大義가 忌日에는 평소의 樂을 즐기지 않는다는 뜻이다.

381 원문 正以感慕罔極 – 感慕는 추모의 정. 罔極(망극)은 다함이 없다. 끝이 없다.

382 원문 惻愴無聊 – 惻은 슬퍼할 측. 愴은 슬퍼할 창. 無聊(무료)는 근심 때문에 아무런 즐거움이 없다. 의지할 곳이 없다.

383 원문 何限於深藏也? – 忌日不樂이라 하여 그 뜻이 집안에 깊이 묻혀 있으라는 뜻이겠는가? 집안에서 아무 행위도 없이 가만히 있으라는 뜻은 아니다.

낌 없이 담소하고, 맛있는 음식과 제사 음식을 넉넉히 만들어 즐기면서 급박한 일도 상관하지 않고,[384] 가까운 친척이나 친우 아무도 만나려 하지 않는다. 이 모두는 禮의 참뜻을 모르는 것이다.

---

384 원문 迫有急卒 – 迫은 닥칠 박. 긴박한 일. 急卒은 急猝(급졸). 갑작스런 일.

067/ 節日에도 근신하기

|原文| 魏世王修母以社日亡. 來歲社日, 修感念哀甚, 鄰里聞之, 爲之罷社.

今二親喪亡, 偶值伏臘分至之節, 及月小晦後, 忌之外, 所經此日, 猶應感慕, 異於餘辰, 不預飮燕, 聞聲樂及行遊也.

|국역| 曹魏(조위) 시대에 王修(왕수)의 모친은 社日(사일)에 돌아가셨다. 다음 해(來歲) 社日에 왕수는 모친 상념(그리워하다)에 심하게 애통해하자, 마을 사람들이 알고서는 社日의 행사를 하지 않았다.[385]

今世에 二親〔兩親(양친)〕 돌아가신 뒤에, 伏日(복일)이나 臘日

---

385 王脩(왕수, 王修)의 字는 叔治(숙치)로 北海郡 營陵縣(영릉현) 사람이다. 나이 7살에 모친을 잃었다. 모친이 社日에 죽었는데 다음 해 마을 제삿날(社日)에 왕수는 모친을 생각하여 매우 서글프게 울었다. 마을 사람들이 듣고서는 왕수를 생각하여 土地社의 제사를 그만두었다. 왕수는 20세에 南陽郡에 유학하러 가다가 張奉(장봉)이란 사람의 집에 머물렀다. 그러나 장봉의 일가족이 전염병에 걸려 돌봐줄 사람이 없자, 왕수는 친히 구휼하여 병이 다 나은 뒤에 떠나갔다. 陳壽《삼국지 魏書》11권, 〈袁張涼國田王邴管傳〉에 입전.

(납일) 春令(춘령), 秋分日(추분일)이나 冬至(동지), 夏至日(하지일) 같은 節日(절일) 및 작은 달의 그믐 다음 날[386] 등 忌日(기일) 이외에 이런 날이 되면 사모의 정에 따라 평소와 다르게 지내며, 잔치에 나가지 않거나[387] 풍악을 듣거나 行遊(행유 : 놀이에 나서다)하지 않는다.

---

386 예를 들어 큰 달 그믐에 돌아가셨다면, 이후 해에 따라 작은 달 그믐에 기제사를 모시지만, 그 다음 날도 제삿날인 것처럼 근신한다는 뜻이다.

387 원문 不預飮燕 – 不預는 參預(참여)하지 않다. 飮燕(음연)은 먹고 마시는 잔치. 燕은 酒宴. 燕은 讌(잔치 연). 宴과 同.

068/ 글자로 피휘하기

|原文| 劉縚,緩,綏, 兄弟幷爲名器, 其父名昭, 一生不爲照字, 惟依《爾雅》火旁作召耳. 然凡文與正諱相犯, 當自可避, 其有同音異字, 不可悉然.

劉字之下, 卽有昭音. 呂尙之兒, 如不爲上, 趙壹之子, 儻不作一, 便是下筆卽妨, 是書皆觸也.

|국역| 〔南朝 梁(남조 양)의〕 劉縚(유도), 劉緩(유완), 劉綏(유수)의 兄弟들은 모두 유명한 인재인데, 그 부친 이름은 劉昭(유소)이다. 그래서 이 형제들은 일생동안 照(비출 조)[388]字를 쓰지 않고, 다만 《爾雅(이아)》에 의거 火 곁에(旁) 召〔炤(밝을 소)〕字를 썼다. 그러나 모든 文書에 정식으로 그 아버지의 諱(휘)를 범하는 것이라면 웅당 피해야 하지만[389] 同音異字(동음이자)라면 모두 다 그러할 수는 없다.

劉字(유자)의 아래에〔곧 卯의 下에 釗(소)〕 昭(소) 음이 있다.[390]

---

388 照(비출 조)는 불(灬, 火) 위에 昭이니, 아버지(이름 昭)를 불에 태운다는 의미로 새길 수도 있다.

389 譯者는 재래식 書堂에서 《論語》를 배울 때. 공자 이름자인 丘(구)는 읽을 때 某(모)라 읽었고, 筆寫할 때는 丘의 맨 아래 '一'劃을 긋지 않는 것으로 피휘했다.

390 곧 卯 아래의 釗(소)와 昭(소)가 當時 音으로 同音. 그러면 그들의

呂尚(여상, 姜太公)의 아들은 그와 같이 한다면 上 字를 쓸 수가 없고(尚과 上이 同音), (後漢) 趙壹(조일)[391]의 아들이 가령 (壹과 同音인) 一 字를 쓰지 못하다면, 곧 붓만 잡았다면 諱에 문제가 되어 모든 글자가 저촉될 것이다.[392]

姓인 劉를 필사할 수가 없다.

391 趙壹(조일) - 《後漢書》 80권, 〈文苑傳〉에 입전. 趙壹(조일)의 〈窮鳥賦〉가 있고, 〈刺世疾邪賦〉는 세상을 풍자하고 邪惡을 질시한다는 뜻을 실었다.

392 부친 이름을 諱하는 일은 唐 시대에도 마찬가지이었다. 中唐의 시인 李賀(이하, 790 - 816. 字는 長吉)는 河南 福昌(今 河南 宜陽) 사람으로, 福昌의 昌谷이란 곳에 살았기에 '李昌谷'으로 불리기도 한다. 요절한 천재 시인으로 보통 '詩鬼'라 불린다. 이하는 李白과 비슷한 천재이기에 '태백을 仙才라 한다면 長吉은 鬼才'라는 의미로 해석할 수 있다. 正史에 기록된 李賀의 자료는 많지 않다. 李賀는 唐 宗室의 후예라 하지만 그때에는 이미 몰락한 지경이었다.
이하는 당시 문단의 대가인 韓愈(한유)의 인정을 받았는데, 이하가 810년 진사과에 응시하려 하자, 그 부친의 이름이 '晉肅'으로 音이 進과 비슷하니 諱(휘)해야 하기에 '進士'가 되어서는 안 된다는 해괴한 주장이 나왔다. 이에 이하의 文才를 이미 알고 있던 韓愈가 〈諱辯(휘변)〉을 지어 '父의 名이 晉肅(진숙, jìn sù)이라 아들이 進士(jìn sù)가 될 수 없다면, 父名에 仁(rén)字가 있으면 그 아들은 사람(人 rén)이 되어서도 안 되는가? 라고 변호하였다. 그러나 이하는 응시하지 않았다.

069/ 말실수

|原文| 嘗有甲設燕席, 請乙爲賓, 而旦於公庭見乙之子, 問之曰, "尊侯早晚顧宅?" 乙子稱其父已往. 時以爲笑. 如此比例, 觸類愼之, 不可陷於輕脫.

|국역| 그전에(嘗) 어떤 甲이란 사람이 술자리를 마련하고 乙을 손님으로 청하였다.[393] 아침에 조정에서 乙의 아들을 만나자, 물었다.

"자네 부친께서는 언제쯤 우리 집에 오실 것 같은가?"[394]

그러자 乙의 아들은 '아버님께서 벌써 돌아가셨습니다.' 라고[395] 대답하여 당시에 웃음거리가 되었다. 이런 비슷한 경우에 신중을

---

393 원문 甲設燕席, 請乙爲賓 – 甲, 乙은 특정하지 않은 두 사람을 지칭하는 말. 張三李四와 같은 용법이다. 某甲某乙(모갑모을), 張甲李乙, 張甲王乙李丙趙丁도 마찬가지이다.

394 원문 尊侯早晚顧宅? – 尊侯는 상대방의 부친을 호칭하는 말. 早晚(조만)은 글자로는 '아침이나 저녁'이지만 時日의 遠近(원근)을 묻는 '언제?'라는 뜻의 의문사로 쓰이었다. '多早晚'도 같은 뜻. 顧宅(고택)은 '집을 둘러보다' 방문하다의 뜻.

395 원문 乙子稱其父已往 – 여기 往은 왔다가 되돌아간다는 뜻이 아닌 '돌아가시다(죽다)'의 뜻. 말귀를 못 알아들었고, 따라서 엉뚱한 말대답이 웃음을 샀다는 뜻.

기해야지³⁹⁶ 경솔하게 대응해서는 안 될 것이다.³⁹⁷

---

396 원문 如此比例, 觸類愼之 - 如此는 이와 같은. 比例(비례)는 비슷한
例. 觸類(촉류)는 비슷하게 닥치다. 愼之(신지)는 조심해야 한다.

397 원문 不可陷於輕脫 - 不可陷은 빠져서는 안 된다. 陷은 빠질 함.
陷穽(함정). 輕脫(경탈)은 경솔하다. 경박하고 방정맞다.

070/ 돌날의 돌잡이

|原文| 江南風俗, 兒生一期, 爲製新衣, 盥浴裝飾, 男則用
弓矢紙筆, 女則刀尺針縷, 幷加飮食之物, 及珍寶服玩, 置
之兒前, 觀其發意所取, 以驗貪廉愚智, 名之爲試兒. 親表
聚集, 致燕享焉.

自玆已後, 二親若在, 每至此日, 嘗有酒食之事耳. 無敎
之徒, 雖已孤露, 其日皆爲供頓, 酣暢聲樂, 不知有所感傷.

梁孝元年少之時, 每八月六日載誕之辰, 常設齋講, 自阮
修容薨歿之後, 此事亦絶.

|국역| 江南(강남)의 風俗(풍속)에 아이가 출생에 1년〔一期(일기):
돌〕이 되면, 아기의 새 옷을 지어 입히고, 목욕을 시킨 뒤 여러 치장
을 하고,[398] 남자 아이는 弓矢(궁시)와 紙筆(지필)을, 여아에게는 가
위와 자〔刀尺(도척)〕바늘과 실패〔針縷(침루)〕[399] 등을 늘어놓고, 먹
을 것이나 패물 등을 아이 앞에 같이 벌려 놓고, 아이가 갖고자 하
는 것을 보아 아이의 욕망과 장래 賢愚(현우)를 짐작해보는 것을[400]

---

398 원문 盥浴裝飾 - 盥은 세숫대야 관. 浴은 목욕할 욕. 裝飾(장식)은
꾸미다.

399 원문 刀尺針縷 - 刀는 剪刀(전도, 가위). 尺은 바느질용 자(尺). 針
은 바늘. 바늘꽂이. 縷는 실 루. 실패.

돌잡이라고〔試兒(시아)〕⁴⁰¹ 부른다. 이날엔 친가와 外家가 함께 모여 잔치를 한다.⁴⁰²

그런 이후로〔自玆已後(자자이후)〕, 兩親(二親)이 살아 계시면 매년 생일날이 되면 술과 음식을 즐기었다. 배우지 못한 사람들은〔無敎之徒(무교지도)〕비록 아이의 부친이 안 계셔도⁴⁰³ 그날에 (生日) 음식을 차려놓고⁴⁰⁴ 마음껏 마시거나 풍악을 즐기는데 그리워하거나 슬퍼할 것을 모르는 행위이다.⁴⁰⁵

梁 孝元帝(양 효원제, 재위 552 – 555년)는 젊은 시절 매년 8월 6일

---

400 원문 以驗貪廉愚智 – 驗은 증험 험. 겪어보다. 貪廉(탐렴)은 탐욕과 염치. 愚智(우지)는 우매와 지혜. 겨우 돌이 된 아이가 집어 드는 것을 보고 탐욕이나 청렴이라 말한다면 지나친 표현이라고 생각된다.

401 試兒 – 試週. 試周. 晬盤(수반). 晬는 돌 수.

402 원문 親表聚集, 致燕享焉 – 親表는 친가와 외가. 表는 나의 내사촌과 외사촌. 聚集(취집)은 모이다. 집결하다. 燕享(연향)은 잔치.

403 원문 孤露(고로) – 아버지가 돌아가셔서(孤) 자신을 감싸줄 분이 없어 노출되다(露).

404 원문 供頓(공돈) – 잔치를 벌려 손님을 접대하다.

405 사실 아이의 출생은 기쁨이고, 가문의 계승이란 점에서 축하할 일이다. 더군다나 할아버지, 할머니에게는 손자손녀의 출생 자체가 뜻이 있는 경사이다. 그래서 돌잔치를 하고 돌잡이를 통하여 어린아이의 장래에 기대를 걸어본다. 그러나 철이 든 다음에 생각해 본다면, 나의 생일은 모친이 고생한 날이기에 오히려 모친을 위로해드리는 날이 되어야 한다. 그렇다면 모친이 안 계신 경우에 자기 생일에 먹고 마시는 일이 무슨 의미가 있는가?

출생한 날에⁴⁰⁶ 늘 음식으로 승려를 대접하고 불경을 외우게 했지
만⁴⁰⁷ (모친인) 阮修容(완수용)이 돌아가신〔薨歿(홍몰)〕 뒤로는 이
마저도 그만두었다.

---

406 원문 載誕之辰 - 載는 처음. 출생하다. 年. 載誕之辰은 출생한
   날. 생일.
407 원문 齋講(재강) - 齋는 素饌(소찬). 佛僧을 위한 음식. 식사 대접.
   講은 강설. 불경을 외우다.

071/ 괴로울 때의 탄식

|原文| 人有憂疾, 則呼天地父母, 自古而然. 今世諱避,
觸途急切. 而江東士庶, 痛則稱禰. 禰是父之廟號, 父在無
容稱廟, 父歿何容輒呼?

《蒼頡篇》有侑字, 訓詁云,「痛而謔也, 音羽罪反.」今北
人痛則呼之. 聲類音'於未反.' 今南人痛或呼之. 此二音隨
其鄉俗, 并可行也.

|국역| 사람이 근심과 질병이 있으면 天地와 父母를 부르는 것
은 예로부터 그러했다. (그러나) 오늘날에는 기피하며〔諱避(휘
피)〕, 곳곳에서 엄격하게 단속한다.[408] 江東의 士人이나 서민은
마음이 切痛(절통)하면 아버지를 부르짖는다.[409] 禰(예)는 부친의
廟號(묘호)이니, 아버지가 살아계시면 묘당에 모실 수 없고, 아버
지가 돌아가셨다면 울부짖듯 부르짖을 수 있겠는가?[410]

---

408 원문 觸途急切 - 觸途(촉도)는 각 방면. 곳곳에서(處處). 急切(급
절)은 매우 급박하게 닥치다. 부모나 하늘을 부르며 통곡할 때는
원망의 뜻이 없을 수 없다.

409 원문 痛則稱禰 - 痛은 切痛하다. 寃痛(원통)하다. 禰는 아비사당
네(예). 돌아가신 아버지.

410 원문 父在無容稱廟, 父歿何容輒呼? - 극심한 고통에 대개 어머니
를 부른다. 이는 중국이나 우리나라 사람이나 똑같을 것이다. 주

《蒼頡篇(창힐편)》[411]에 '侚(찌를 효. 아파서 부르짖는 소리 효)字'가 있는데, 그 訓詁(훈고, 뜻풀이)에, 「아파서 부르짖다. 음은 羽罪(우죄)의 半切〔半截(반절)〕 외이라.」하였다.[412] 지금 북쪽 사람들이 아플 때 부르짖는 소리이다. 《聲類(성류)》에는 음이 '於(어)와 耒(뢰)의 反切(반절)'이다. 지금 남쪽 사람들도 아프면 혹 이렇게 부르짖는다. 이 두 소리는 지방의 풍속에 따른 것이니 함께 써도 될 것이다.

석에 의하면, 孃(젖 내. 母, 어머니, 엄마)를 안지추가 동음인 禰(아비 사당 녜)로 써서 풀이하다 보니 그렇다는 설명이 있다. 이는 우리의 언어와 다르기에 이해하기가 쉽지 않다.

411 《蒼頡篇(창힐편)》 – 書名. 倉頡(창힐, 생졸년 미상) 神話 속 人物, 黃帝의 史官, 漢字의 創造者, 속칭 倉頡先師(창힐선사. 頡은 곧은 목힐), 制字先聖, 倉頡至聖으로 불린다. 눈동자가 2개(雙瞳)에 4目으로 그려진다. 중국 거의 모든 학교에 '文字聖人倉頡先師'의 神位가 모셔져 있다. 《蒼頡》의 七章은 秦 丞相 李斯(이사)가 지었고, 《爰歷(원력)》 6章은 車府令 趙高(조고)가 《博學(박학)》 7章은 太史令인 胡母敬(호모경)이 지었다. 《蒼頡》, 《爰歷》, 《博學》을 三蒼이라 했다.

412 원문 痛而謼也, 音羽罪反 – 痛은 아플 통. 痛心. 謼는 부르짖을 호. 羽(우)罪(죄)의 반절. 외.

072/ 탄핵, 재판중일 때

|原文| 梁世被繫劾者, 子孫弟姪, 皆詣闕三日, 露跣陳謝, 子孫有官, 自陳解職. 子則草屩麤衣, 蓬頭垢面, 周章道路, 要候執事, 叩頭流血, 申訴冤枉.

若配徒隷, 諸子幷立草庵於所署門, 不敢寧宅, 動經旬日, 官司驅遣, 然後始退.

江南諸憲司彈人事, 事雖不重, 而以教義見辱者, 或被輕繫而身死獄戶者, 皆爲怨讎, 子孫三世不交通矣.

到洽爲御史中丞, 初欲彈劉孝綽, 其兄溉先與劉善, 苦諫不得, 乃詣劉涕泣告別而去.

|국역| (南朝) 梁代에 죄에 얽혀 심문을 받게 된 자는 그 子孫, 형제, 조카 등이 모두 대궐에 가서 3일간 맨발로 사죄해야 하고,[413] 관직에 있는 그 자손은 스스로 解職을 청원해야 한다. 아들은 관을 쓰지 않고 짚신에 거친 천의 옷을 입은 채로, 머리를 산발하고 때묻은 얼굴로[414] 길에서 허둥대며 담당관을 기다렸다

---

413 원문 露跣陳謝 - 露는 露出. 드러내다. 관을 벗어 두발을 노출하다. 跣은 맨발 선.

414 원문 草屩麤衣, 蓬頭垢面 - 草屩는 짚신. 屩는 신발 교. 짚신. 麤는 거칠 추. 蓬은 쑥 봉. 蓬頭(봉두)는 다듬지 않은 머리. 흐트러

가[415] 머리를 땅에 찧어 피를 흘리며 억울한 사정을 호소해야 한다.

만약 징역형에 처해지면,[416] 여러 아들들은 관아의 문 앞에 초막을 짓고[417] 집에서 편히 지낼 수 없으며, 한 번 지으면 열흘 이상 계속하여 官司에서 몰아낸〔驅遣(구견)〕뒤에야 집에 돌아간다.

江南 지역의 여러 관서에서 관리의 죄를 탄핵하면, 사안이 무겁지 않더라도 대우하는 禮에 치욕을 당했거나, 혹은 가벼운 형벌이지만 옥중에서 죽은 집에서는 서로 怨讎(원수)가 되어 그 자손은 3대에 이로도록 서로 왕래하지 않는다.

(梁朝의) 到洽(도흡, 人名)이 御史中丞(어사중승)이 되었을 때, 劉孝綽(유효작)을 탄핵하였는데, 그의 형인 到漑(도개)가 유효작과 친했기에 (동생에게) 간절히 충언하였으나 듣지 않자, (도개는) 유효작을 만나 눈물을 흘리며 이별을 알리고 떠나갔다.

진 머리. 垢는 때 구. 垢面은 씻지 않은 얼굴.

415 원문 周章道路, 要候執事 – 周章은 허둥대며 돌아다니다. 要候는 기다리다. 執事는 심문관. 理官. 法官.

416 원문 若配徒隸 – 若은 만약. 徒는 무리 도. 징역형. 隸는 붙을 예. 노예. 종. 죄수.

417 원문 幷立草庵於所署門 – 草庵은 초막. 임시로 만든 오두막. 庵은 암자 암.

073/ 家長의 出征, 臥病(와병)의 경우

|原文| 兵凶戰危, 非安全之道. 古者, 天子喪服以臨師, 將軍鑿凶門而出. 父祖伯叔, 若在軍陣, 貶損自居, 不宜奏樂燕會及婚冠吉慶事也. 若居圍城之中, 憔悴容色, 除去飾玩, 常爲臨深履薄之狀焉.

父母疾篤, 醫雖賤雖少, 則涕泣而拜之, 以求哀也. 梁孝元在江州, 嘗有不豫. 世子方等親拜中兵參軍李猷焉.

|국역| 兵器는 凶器이며, 전쟁은 危機이며, 安全한 正道가 아니다. 옛날에 天子는 (白色의) 喪服(상복)으로 출정 군사 앞에 나섰으며, 장군은 凶門(흉문, 北門: 장례가 지나는 문)으로 나가 출정하였다.[418]

父祖(아버지 할아버지)나 伯叔父(백부숙부)가 만약 軍陣에 있다면 모든 물자를 내핍하여 생활하고,[419] 奏樂(주악)이나 燕會(연회) 및 혼례나 冠禮, 吉한 慶事를 행하지 않는다. 만약 포위된 성

---

418 원문 將軍鑿凶門而出 — 鑿은 뚫을 착. 凶門은 北門. 城의 북쪽 문. 屍身(시신)이 나가는 문. 將軍의 出征은 죽음을 각오한 출정이다.

419 원문 貶損自居 — 貶은 떨어트릴 폄. 損은 덜 손. 덜어내다. 貶損은 줄이다. 耐乏(내핍)하다.

안에 있다면, 남은 가족은 憔悴(초췌)한 형용과 안색으로, 몸에 장식이나 치장을 하지 않고 늘 깊은 물가에 있듯, 얇은 얼음을 밟듯 조심조심해야 한다.[420]

父母의 병환이 위독하다면, 醫員이 비록 미천하고 젊더라도 울면서 절을 하며 애원해야 한다.

梁 孝元帝가 (즉위 이전에) 江州에 주둔할 때, 병에 걸렸다.[421] 世子(長子)인 蕭方等(소방등)은 친히 中兵參軍 李猷(이유)에게 절을 올렸다.

---

420 원문 常爲臨深履薄之狀焉 – 常은 늘. 언제나. 臨은 臨行. 深은 深淵. 履는 밟다. 薄은 엷을 박. 薄氷(박빙).

421 원문 嘗有不豫 – 嘗은 일찍이 상. 그전에. 不豫(불예)는 천자의 와병. 정사에 관여하지 못한다는 뜻.

074/ 義兄弟 맺기

|原文| 四海之人, 結爲兄弟, 亦何容易? 必有志均義敵, 令終如始者, 方可議之. 一爾之後, 命子拜伏, 呼爲丈人, 申父友之敬, 身事彼親, 亦宜加禮.

比見北人, 甚輕此節, 行路相逢, 便定昆季, 望年觀貌, 不擇是非, 至有結父爲兄, 託子爲弟者.

|국역| 四海[422] 안의 모든 사람이 서로 형제가 되기는[423] 이 어

---

422 四海 – 中國 중심의 세계관에서 중국 사방에 있는 바다. 구체적으로 언급하자면, 西海는 靑海湖(청해호), 東海는 東中國海, 北海는 貝加爾湖(바이칼 호), 南海는 南中國海이다. 이 중, 서해와 북해는 다만 상징적 바다이었다가 漢代에 흉노와의 싸움을 통해 그 존재를 확인하였다. 중국 문학과 시가에서 四海의 안은 중국이고, 그 밖은 이민족(야만인)의 땅이라 생각했다.

423 원문 結爲兄弟 – 劉邦과 項羽와 곧 漢과 楚가 항쟁할 때, 항우는 廣武에 주둔하고 대치하면서 높은 도마를 만들어 그 위에 (생포한) 太公(漢王의 父)을 올려놓고 漢王에게 말했다. "지금 바로 항복하지 않는다면 나는 太公을 삶아 죽이겠다." 그러자 한왕이 말했다. "나와 너는 함께 북면하여 懷王(회왕)의 명을 받으면서 형제가 되기로 약속하였으니(約爲兄弟), 내 아버지는 곧 네 아버지이다. 기어이 네 아버지를 삶겠다면 나에게도 국물 한 그릇을 주기 바란다." 항우가 화가 나서 태공을 죽이려 하였다. 《漢書》 31권, 〈陳勝項籍傳〉.

찌 쉬운 일이겠는가? 반드시 義와 志가 비슷하면서도 처음부터 끝까지 한결 같아야만[424] 의형제를 논의할 수 있을 것이다. 일단 그렇게 맺은 뒤에는,[425] 아들을 불러 절을 올리게 하고,[426] 丈人(장인)[427]이라 부르게 하며, 아버지의 친우로서의 공경을 더 확대하여 부친처럼 섬겨야 하며, 그러한 禮를 갖춰야 한다.

근자에 북쪽 사람들을 보면 이러한 의형제의 지조를 매우 가볍게 여기니, 길을 가다가 서로 만나서는 바로 형제를 맺으니,[428]

---

424 원문 必有志均義敵, 令終如始者 - 均과 敵은 균등하다 거의 맞설 정도로 비슷하다는 뜻. 令終如始는 끝이 처음과 같다. 한결같은 마음이어야 한다는 뜻.

425 원문 一爾之後 - 一爾(일이)는 일단 그러하다. 여기서는 의형제를 맺다. 桃園結義 - 劉備, 關羽, 張飛 3人의 桃園結義(도원결의)는 소설《三國演義》의 본격적인 시작이다. 소설 속의 도원결의는 중국인에게 義理의 표본이 되었다. 陳壽의 正史《三國志》에는 도원결의 내용이 없다. 다만 正史《三國志 蜀書》6권, 〈關張馬黃趙傳〉에 「先主爲平原相, 以羽, 飛爲別部司馬, 分統部曲. 先主與二人寢則同床, 恩若兄弟. 而稠人廣坐, 侍立終日, 隨先主周旋, 不避艱險.」「유비가 平原 相이 되었을 때, 관우와 장비를 別部司馬에 임명하여 군사를 나눠 지휘케 하였다. 유비는 관우, 장비와 같은 침상에서 기거하며 그 恩義가 형제와 같았다. 많은 사람들이 모인 장소에서는 유비를 모시고 종일 侍立(시립)하였으며, 유비를 따라 정벌에 나서는 등 곤경과 위험을 피하지 않았다.」라는 기록만 있다.

426 원문 命子拜伏 - 아들에게 명하여 엎드려 절하게 하다.

427 丈人(장인) - 여기서는 '친척의 어른'이란 뜻.

나이와 외모를 볼 뿐, 志操의 柴扉(시비)를 가리지도 않으며, 부친 나이 사람을 형이라 하고 자식뻘을 아우로 삼기도 한다.

---

428 원문 便定昆季 - 便은 곧. 바로. 定은 정하다. 맺다. 昆季(곤계)는 형제. 長爲昆(昆은 형 곤). 幼爲季(季는 끝 계. 막내).

075/ 손님맞이하기

|原文| 昔者, 周公一沐三握髮, 一飯三吐餐, 以接白屋之士, 一日所見者七十餘人. 晉文公以沐辭竪頭須, 致有圖反之誚. 門不停賓, 古所貴也.

失敎之家, 閽寺無禮, 或以主君寢食嗔怒, 拒客未通, 江南深以爲恥.

黃門侍郎裴之禮, 號善爲士大夫, 有如此輩, 對賓杖之. 其門生僮僕, 接於他人, 折旋俯仰, 辭色應對, 莫不肅敬, 與主無別也.

|국역| 옛날에, (西周의) 周公은 머리를 감다가도 (손님을 맞으려) 3번이나 머리카락을 움켜쥐고 나왔으며, 식사 중에 3번씩이나 입에 든 음식을 뱉으면서[429] 가난한 선비를 맞이했으며,[430] 하

---

429 원문 一沐三握髮, 一飯三吐餐 - 沐은 머리 감을 목. 握은 손에 쥘 악. 髮은 머리카락 발. 飯은 밥 반. 吐는 토할 토. 입안에 든 것을 뱉어내다. 餐은 먹을 찬. 음식물. 이는 周公이 誠心으로 손님을 접대했다는 뜻.

吐哺握髮(토포악발)은 前漢 대장군 霍光(곽광)이 정권을 잡고 있을 때, 곽광을 알현할 吏民은 옷을 벗겨 무기 등을 검색한 뒤에 두 관리가 양쪽을 끼고 들어갔다. 소망지는 그에 따르지 않고 스스로 밖으로 나가면서 "나는 알현하지 않겠다."고 말했다. 관리들

루에 70여 손님을 만났다. 晉 文公은 목욕한다면서 내시 頭須(두
수)의 면회를 사절했다가[431] (머리 감는다고) 생각하는 것조차 거
꾸로 뒤집혔다는 비난을 들어야 했다.[432] 손님이 대문에서 기다
리지 않게 하는 것은 예부터 중요시했다.[433]

失教(실교 : 가르침을 놓치다)한 가문에서는 문지기가 무례하여[434]
주인이 주무신다, 식사중이다, 또는 지금 진노하신다는 등 핑계

이 소망지를 거칠게 붙잡았다. 곽광이 이를 듣고서 붙잡지 말라
고 하였다. 소망지는 앞으로 나아가 곽광에게 말했다. "장군께서
는 功德이 있어 어린 황제를 보필하면서 크게 교화를 이루어 태
평한 시대를 이룩하려 하시기에 천하의 선비들이 간절하게 바라
며 나라에 충성을 바쳐 고명하신 분을 보필하고자 합니다. 지금
문사를 알현하면서 옷을 벗기고 양팔을 붙잡고 들어가는데, 이
는 周公이 成王을 보필하면서 목욕을 중지하고 식사를 중단하며
인재를 맞이했고 미천한 자의 집을 찾아 갔던 뜻은 아닐 것입니
다."《漢書》78권, 〈蕭望之傳〉.

430 원문 以接白屋之士 - 白屋之士는 가난한 집의 선비.

431 원문 以沐辭豎頭須 - 辭는 사절하다. 豎는 더벅머리 수. 내시. 환
관. 頭須(두수)는 인명. 晉 文公(重耳)이 외유 중 두수는 국내에
남아서 重耳를 도왔다.

432 원문 致有圖反之誚 - 致는 불러들이다. 초래하다. 圖는 생각. 의
도. 反은 반대로, 거꾸로, 뒤집히다. 誚는 꾸짖을 초. 이는 《左傳》
僖公 24년 條 참고.

433 원문 門不停賓, 古所貴也. - 停은 머무를 정. 기다리게 하다.

434 원문 閽寺無禮 - 閽은 문지기 혼. 宮門. 寺는 관청 시. 閽寺(혼시)
는 문지기.

를 대며 손님을 거절하며 통보하지 않는데, 江南 지역에서는 이를 수치로 여겼다.

黃門侍郎(황문시랑)인 裴之禮(배지례)는 선량한 士大夫라 알려졌는데, (집안에) 그런 하인이 있으면 손님 보는 앞에서 매질을 하였다. 그래서 그 집의 門生이나 僮僕(동복, 下人)은 손님을 접대하는 모든 행동거지나 말투나 안색 응대에 엄숙 공경하지 않은 자가 없어 주인을 모실 때와 다르지 않았다.[435]

---

[435] 그 아버지에 꼭 그 아들(有其父必有其子)이란 말은 나쁜 의미로 쓰인다. 그 어머니에 꼭 그 딸이며(有其母必有其女), 그 스승에 그 제자이고(有其師必有其弟), 그 주인에 그 노비(有其主必有其奴)이다. 그 아들을 알 수 없거든 그 아버지를 보고(不認其子看其父), 그 주인을 모르거든 그 노비를 보라(不知其主觀其奴)고 했다.

7. 慕賢(모현)⁴³⁶

076/ 聖賢(성현)은 만나기 어렵나니!

|原文| 古人云,‘千載一聖, 猶旦暮也, 五百年一賢, 猶比

---

436 慕賢(모현) - 賢人을 흠모하기 / 현인을 따라가기 -《顔氏家訓》의
저자 안지추의 人才哲學이 담긴, 짧지만 명쾌한 명문장이다.
우선 聖人이나 賢人은 만나기 어렵다. 그러나 ‘사방에 군자가 있
고(方方有君子), 어디든 현인이 있다(處處有賢人).’고 하였으니,
인재가 없어서가 아니라 인재를 몰라보기 때문이다. 안지추는
후손에게 인재를 흠모하고, 그러한 사람들을 따르기를 충고하고
있다.
안지추의 가르침이 아니더라도 물은 낮은 곳으로 흐르고(水往低
處流), 새는 높은 가지로 날아가며(鳥往高枝飛), 사람은 높은 곳
으로 나아가야 한다(人往高處走). 사람이 어질고 착한 사람과 사
귀면 지혜가 더욱 현명해진다(人伴賢良智轉高). 난새나 봉황을
따라서 날면 멀리 날고(鳥隨鸞鳳飛騰遠), 사람이 어진 사람과 사
귀면 품격이 좋아진다(人伴賢良品格高).

髀也.'

言聖賢之難得, 疏闊如此. 儻遭不世明達君子, 安可不
攀附景仰之乎? 吾生於亂世, 長於戎馬, 流離播越, 聞見已
多, 所值名賢, 未嘗不心醉魂迷嚮慕之也.

人在年少, 神情未定, 所與款狎, 熏漬陶染, 言笑舉動,
無心於學, 潛移暗化, 自然似之, 何況操履藝能, 較明易習
者也? 是以與善人居, 如入芝蘭之室, 久而自芳也, 與惡人
居, 如入鮑魚之肆, 久而自臭也.

墨子悲於染絲, 是之謂矣. 君子必愼交遊焉. 孔子曰,
“無友不如己者.” 顔, 閔之徒, 何可世得! 但優於我, 便足貴
之.

| 국역 | 옛사람이 말했다.

'천년에 聖人(성인)이 한 분 나온다지만 아침에서 저녁만큼 짧
은 시간이고, 5백 년에 賢人(현인)이 한 번 나오지만 어깨를 맞댄
듯 이어진다.' [437]

인재는 그 지위가 낮더라도 一言一行이 남에게 도움을 준다. 그
러하기에 안지추는 후손들이 모두의 존경을 받는 인재가 되기를
염원했다.

437 원문 千載一聖, 猶旦暮也, 五百年一賢, 猶比髀也.' – 千載는 천
년. 猶는 같을 유. 旦暮(단모)는 아침과 저녁. 比髀(비박)은 어깨를

이는 성인과 현인을 만나기가 어렵고, 오랜 세월이 지나야 출현한다는 뜻이다. 만약〔儻(만일 당)〕不世出의 현명 통달한(明達) 君子를 만난다면, 어찌 그런 분을 따르고 우러러보지 않을 수 있겠는가?[438] 나는 亂世에 태어났고 전쟁을 겪으면서 성장하였으며,[439] 여기저길 떠돌면서[440] 이런저런 많은 것을 보고 들었는데, 만나는 名人이나 賢人에게 心醉(심취)하고 넋을 잃은 듯 흠모하지 않은 적이 없었다.[441]

사람이 젊었을 때는 정신과 감정이 안정되지 않아 가까이하는 사람에 따라[442] 영향을 받고 물이 들기에[443] 언어나 담소, 그리고

(轟) 나란히 하다. 현인이 많다. 이는 어느 시대이건 성인과 현인이 존재한다는 뜻이다. 즉 성현이 없지 않고 다만 사람들이 모를 뿐이다. 속담에도 '운이 좋으니 인재가 나오고(運動出人才), 운이 다하면 군자도 옹졸해진다(運窮君子拙).'고 하였다.

438 원문 安可不攀附景仰之乎? - 安은 어찌. 의문사. 攀附(반부)는 매달리고 따르다. 攀은 잡을 반. 잡고 오르다. 附는 붙을 부. 따라가다. 景仰(경앙)은 흠모하다. 우러러보다.

439 원문 長於戎馬 - 戎馬(융마)는 兵器와 戰馬. 전쟁.

440 원문 流離播越 - 流離(유리)는 흩어져 떠돌다(離散). 播越(파월)은 정처 없이 떠돌아다니다(流亡).

441 원문 未嘗不心醉魂迷嚮慕之也 - 未嘗不(미상불)은 ~하지 않은 적이 없었다. 心醉(심취), 魂迷(혼미)는 정신이 혼미하다. 넋을 잃다. 嚮慕(향모)는 欽慕(흠모).

442 원문 所與款狎 - 款狎(관압)은 다정하게 터놓고 사귀다. 款은 정성 관. 狎은 아주 가까이할 압.

행동거지에 무심히 배우게 되어 자신도 모르게 영향을 받아 자연 스럽게 닮아가는데,[444] 하물며 操行(조행, 品行)이나 藝能(예능)처 럼 비교적 분명하고 쉽게 배울 수 있는 것이라면 더 말할 것이 있 겠는가?[445]

이러하기에 선한 사람과 함께 하면 마치 芝蘭(지란:지초와 난초) 이 있는 방에 들어간 듯 오래 지나도록 저절로 향기로우나,[446] 惡 人과 함께 한다면 마치 어물전에 들어간 듯 오래 있으면 저절로 악취가 난다.[447]

---

443 원문 熏漬陶染 – 熏은 연기 낄 훈. 스미다. 漬는 담글 지. 물들다. 陶染(도염)은 감화되다. 陶는 변화하다. 교화하다. 기뻐하다. 화 락하게 즐기다. 染은 물들일 염.

444 원문 潛移暗化 自然似之 – 潛은 물에 잠길 잠. 移는 옮겨갈 이. 暗化는 나도 모르게 변화하다. 似는 닮을 사. 닮아가다.

445 용은 용끼리 봉황은 봉황끼리 교제하며(龍交龍 鳳交鳳), 쥐의 무 리는 모두 구멍을 팔 줄 안다(老鼠的朋友會打洞). 용왕을 따라다 니면 기우제 음식을 먹고(跟着龍王吃賀雨), 늑대를 따라다니면 고기를 먹으며(跟着狼吃肉), 개를 따라다니면 똥을 먹는다(跟着 狗吃屎). 족제비를 따라다니면 닭 훔치는 법을 배우고(跟着黃鼠 狼學偸鷄), 좋은 사람을 따라다니면 바른길을 걷고(跟上好人走 正路), 똑똑한 사람을 따라다니면 모든 일이 잘 풀린다(跟上智者 百事通). 跟은 발꿈치 근. 따르다, 수행하다.

446 원문 如入芝蘭之室, 久而自芳也 – 芝蘭(지란)은 芝草와 蘭草. 모 두 香草. 久는 오랠 구. 芳은 향기 방. 芳香.

447 원문 如入鮑魚之肆, 久而自臭也. – 鮑는 절인 어물 포. 魚는 생

墨子(묵자)가 실(絲)이 물들여지는 것을 보고 슬퍼한 것도 이 때문이다.[448]

君子는 必히 交遊(교유)에 신중해야 한다. 그래서 공자는 "나와 같지 않은 자와는 벗하지 말라"고 하였다.[449] (孔子의 수제자) 顔

선. 肆는 점포 사, 방자할 사. 臭는 냄새 취. 惡臭. 착한 사람이라고 향내 없고(好人不香), 나쁜 사람이라도 악취 없다(壞人不臭). 그러나 소인과 교제하면(小人交友) 향기는 삼일이고, 썩은 냄새는 만년 간다(香三天臭萬年).

448 墨悲絲染(묵비사염) – 墨子(묵자, ?前 468 – 376년) – 子姓, 墨氏, 名은 翟(적). 春秋 시대 말기, 戰國 시대 초기의 인물. 宋國人(今 河南省 동쪽 끝 商丘市). 一說 魯國人.《史記 孟子荀卿列傳》에 '蓋墨翟, 宋之大夫. 善守 御爲節用. 或曰並孔子時, 或曰在其後'라 하였기에, 宋人이라 했다. 묵자의 성명, 국적에 대해서는 여러 異論이 많다. 묵자는 형벌을 받아 손발이 굳었고 얼굴도 墨刺(묵자)의 형벌로 검었다는 주장이 있다.

묵자는 非儒, 兼愛(겸애), 非攻, 尙賢, 尙同, 明鬼, 非命, 天志(天道人格과 같은 의지의 소유 주체). 非樂(비악), 節葬(절장), 節用(절용), 交相利 등 儒家와 상반되는 주장을 내세웠고, 당시 영향력이 매우 커서 '儒墨(유묵)'이란 말이 통했다.《千字文》의「墨悲絲染(묵비사염)」은《墨子 所染》에서 나왔다. 원문「子墨子言見染絲者而嘆曰, 染於蒼則蒼, 染於黃則黃, 所入者變, 其色亦變. 五入必而已, 則爲五色矣. 故染不可不愼也.」

449 원문 "無友不如己者." –《論語 學而》子曰, "君子不重, 則不威, 學則不固. 主忠信. 無友不如己者. 過則勿憚改." 하루 이틀의 교제가 아닌 십 년 이상 오래 사귀다 보면 우인의 장단점은 어차피 다 드러나게 되어 있다. 친우 사이에 計量(계량)과 계산이 있다면

淵(안연, 顔回)이나 閔子騫(민자건) 같은 친우를 어느 세월에 만날 수 있겠는가! 다만 나보다 우수하다면 그냥 존중해야 할 것이다.[450]

어찌 서로 교제할 수 있겠는가? 여기서 '不如'는 '나보다 못한'의 뜻이 아닌 '나와 같지 않다'(不相似)는 뜻이다. 이는 '道不同不相爲謀'와 같은 뜻이다.

450 공자의 제자 중 德行이 훌륭하기로는 顔淵(안연)과 閔子騫(민자건), 冉伯牛(염백우, 冉耕), 仲弓(중궁) 등이다(孔門十哲 중 덕행). 閔損(민손, 前 536년~487년). 字는 子騫(자건)은 魯國人으로 공자보다 15세 적었다. 공자께서 말했다. "閔子騫(민자건)은 효자이다! 남들이 민자건의 부모나 형제에 대해 험담을 할 수가 없도다." 閔子騫은 큰 효자였으니 〈二十四孝〉 중 '單衣順母'는 민자건의 효행을 말한다.

077/ 옆집 노인 孔氏

|原文| 世人多蔽, 貴耳賤目, 重遙輕近. 少長周旋, 如有
賢哲, 每相狎侮, 不加禮敬. 他鄕異縣, 微借風聲, 延頸企
踵, 甚於飢渴. 校其長短, 核其精麤, 或彼不能如此矣.

所以魯人謂孔子爲東家丘, 昔虞國宮之奇, 少長於君, 君
狎之, 不納其諫, 以至亡國, 不可不留心也.

|국역| 世人(세인)들의 일반적인 병폐는, 들은 바는〔耳(이)〕귀
하게 여기고, 보기를〔目(목)〕천하게 생각하며, 먼 것을 소중히 여
기나 가까운 것은 경시하는 것이다. 어려서부터 어른이 될 때까
지 서로 교제하면서⁴⁵¹ (자신보다) 현명한 사람이라도 늘 가깝다
하여 함부로 대하고 禮(예)를 갖춰 공경하지 않는다.

타향이나 다른 고을 사람이라면⁴⁵² 명성의 소문만 듣고서⁴⁵³

---

451 원문 少長周旋 – 少長은 어려서부터 長大할 때까지. 周旋(주선)
  은 교제하다.

452 '3할은 타고난 인물이고(三分長相), 7할은 차림새이다(七分打
  扮).'라는 말은 '옷이 날개'라는 뜻이다. 외지에서 온 사람은 그
  차림새를 보고, 내지인은 그 돈을 보고 인물을 평가한다. '준수
  한 외모는 모든 결점을 가려준다(一俊遮百醜).'라는 말도 있지
  만, 세상에는 '군자다운 외모이나 소인의 마음을 가진 사람(君子
  貌而小人心)'이 많이 있다.

목을 빼고 까치발로 서서 굶주리고 목마른 사람보다 더 심하게 기다린다.[454] 그 長短(장단)을 헤아려보거나 정밀한가? 거칠은가? 따져보면 저쪽이 이쪽만 못한 경우가 있다.

그래서 魯人(노인)들은 공자를 이웃집의 孔丘(공구)라 하였고,[455] 옛날 虞國(우국)의 宮之奇(궁지기)[456]는 어려서부터 주군과 함께 자라났기에, 주군이 궁지기를 친압하면서 그의 충간을 받아들이지 않았기에 亡國(망국)에 이르렀으니, 유념하지 않을 수 없다.

---

453 원문 微借風聲 - 微는 작을 미. 借는 빌릴 차. 風聲은 소문.

454 원문 延頸企踵, 甚於飢渴 - 延頸(연경)은 목을 빼다. 간절하게 기다리는 모양. 企踵(기종)은 뒤꿈치를 들고 서서 기리다. 飢는 굶주릴 기. 渴은 목마를 갈.

455 원문 孔子爲東家丘 - 聖人 공자를 알아주지 못하고 그저 이웃 노인으로만 알고 있다는 뜻. 바다를 본 사람은 작은 물을 가지고 큰 바다를 설명하기가 쉽지 않을 것이다. 물을 제대로 보려면 큰 바다와 그 바다를 때리는 파도를 보아야 할 것이다. 사람을 만나는 것도, 사람을 알아보는 것도 다 그러할 것이다. 사람에게도 그 사람됨 규모가 있다.

456 宮之奇(궁지기, 생졸년 미상) - 姬姓, 宮氏, 虞國(우국) 辛宮里(今 山西省 서남부 運城市 관할 平陸縣) 출신. 春秋 시기 虞國의 大夫. 百里奚(백리해)를 천거하여 朝政에 참여케 했고, 虞(우)와 虢國(괵국)의 연맹을 강조했다. 公元 前 655년(晉 獻公 22년) 晉國이 虞國에게 지나갈 길을 빌려주면(假道) 虢國을 정벌하겠다고 제안했다. 虞君은 晉國의 뇌물을 받고 길을 빌려주었다. 宮之奇는 '脣亡齒寒(순망치한)'의 전고를 들어 虞 주군에게 충간했지만 虞君이 不聽하자, 궁지기는 妻子와 族人을 거느리고 曹國(조국)으로 망명했다.

078/ 他人을 인정하기

|原文| 用其言, 棄其身, 古人所恥. 凡有一言一行, 取於人者, 皆顯稱之, 不可竊人之美, 以爲己力, 雖輕雖賤者, 必歸功焉.

竊人之財, 刑辟之所處, 竊人之美, 鬼神之所責.

|국역| 그 말만 받아들이고 사람을 버리는 것을 옛사람은 부끄러워했다.[457] 무릇 一言一行일지라도 남에게서 借用(차용)했다면 크게 칭송해야 하나니, 남의 장점을 도용하여 자신의 힘이라 할 수 없으며, 경미하고 보잘 것 없더라도 그의 功이라고 인정해야 한다.

남의 재물을 훔쳤다면 형벌을 받아야 하고,[458] 남의 장점을 도용했다면 귀신의 책망을 받아야 한다.[459]

---

457 원문 用其言, 棄其身, 古人所恥 - 이 구절은 《左傳》定公 9년 條 참고.

458 원문 竊人之財, 刑辟之所處 - 竊은 훔칠 절. 刑辟은 법에 의한 형벌. 辟은 법 벽.

459 단 한 번의 도둑질이라도(一次爲盜) 평생의 수치이며(終生羞恥), 죽을 때까지 도둑이다(終身是賊).

079/ 출신은 미천하지만

|原文| 梁孝元前在荊州, 有丁覘者, 洪亭民耳, 頗善屬文, 殊工草隷, 孝元書記, 一皆使之. 軍府輕賤, 多未之重, 恥令子弟以爲楷法. 時云, '丁君十紙, 不敵王褒數字.' 吾雅愛其手跡, 常所寶持.

孝元嘗遣典簽惠編送文章示蕭祭酒, 祭酒問云, "君王比賜書翰, 及寫詩筆, 殊爲佳手, 姓名爲誰? 那得都無聲問?"

編以實答. 子雲嘆曰, "此人後生無比, 遂不爲世所稱, 亦是奇事."

於是聞者稍復刮目. 稍仕至尙書儀曹郞, 末爲晉安王侍讀, 隨王東下. 及西臺陷歿, 簡牘湮散, 丁亦尋卒於揚州. 前所輕者, 後思一紙, 不可得矣.

|국역| (南朝) 梁 孝元帝가 (즉위에) 앞서 荊州(형주, 치소인 江陵)에 있을 때, 丁覘(정점, 覘은 볼 점)[460]이란 사람은 洪亭(홍정)의 평민이지

---

460 丁覘(정점, 覘은 볼 점) - 정점의 서체를 丁眞永體(정진영체)라고 불렀다. 정점은 유명한 승려 智永(지영)과 동시대 사람이라 알려졌다. 智永(생졸년 미상, 本姓 王, 名은 法極, 승려로 法名은 智永) - 東晉의 명필 王羲之의 七世孫. 역시 명필로《眞草千字文》8百여 본을 남겼다고 한다. 그의 글씨를 받으러 오는 사람이 많아

만, 제법 문장도 잘 짓고 草書(초서)와 隷書(예서)에도 남달리 뛰어났기에, 孝元帝(효원제)는 짓고 쓰는 일을 그에게 맡겼다. (그러나) 軍府(군부)에서는 신분이 낮다 하여 그를 경시하고 낮게 보아 중시하지 않았으며, 그들 자제가 그의 글씨 본받는 것을 부끄럽게 여겼다.[461]

그때 사람들은 '丁君의 글씨 열 장이 王褒(왕포)[462]의 글자 몇 자만 못하다.' 고 하였지만, 나는 평소에 그의 手跡(수적, 筆跡)을 좋아하여 늘 소중히 보관하였다.

孝元帝는 일찍이 典籤(전첨, 관직명)인 惠編(혜편, 인명)을 시켜 文章을 蕭祭酒〔소제주, 蕭子雲(소자운)〕[463]에게 보냈는데, 祭酒(제주)

─────

대문 문지방이 닳자 철판으로 덮어 '鐵門檻(철문함)'이라 했다. 唐 虞世南(우세남)이 그의 서법을 전수받았다고 한다.

461 원문 恥令子弟以爲楷法 - 恥는 부끄러워할 치. 楷法(해법)은 글씨를 익힐 때 本으로 삼는 書體.

462 王褒(왕포, 513년 - 576년?, 字는 子淵) - 琅邪郡 臨沂縣(今 山東省 臨沂市) 출신. 學問이 淵博(연박)하고 志懷(지회)가 沉靜(침정)한 사람으로 풍채도 좋고 談笑를 잘했으며, 騈文(병문)으로 이름이 났다. 梁 元帝 때 吏部尙書와 左僕射(좌복야)를 역임했다. 西魏가 江陵을 차지하고 王褒 등을 잡아 入關했다. 陳朝와 北周가 通好한 뒤에 많은 인사가 환향했지만 시인 庾信(유신)과 王褒(왕포)는 돌아오지 못하고 建德 연간(572 - 578년)에 죽은 것으로 알려졌다.

463 祭酒(제주) - 당시 蕭子雲은 國子祭酒이고, 王褒의 고모부이고 명필로 알려진 사람이었다. 祭酒(제주)는 祭神하는 長者라는 뜻. 존칭. 음주하기 전에 天神이나 地神 또는 조상신에게 제사해야 한다. 長者가 먼저 술을 땅에 붓기에 長者를 祭酒라 하였다. 祭酒(좨주)는 고려 國子監과 조선시대 成均館 관직명에 대한 우리나

가 물었다.

"君王(군왕)께서 이번에 보내주신 書翰(서한, 서신)과 詩文의 글씨가 특별하게 뛰어난 솜씨이니,[464] (글씨를 쓴 사람의) 그 성명은 무엇입니까? 어떻게 전혀 알려지지 않았습니까?"

惠編(혜편)이 사실대로 대답했다. 그러자 소자운이 탄식하며 말했다.

"이 사람 이후로 이 같은 사람이 없을 것이나, 끝내 세상 사람의 칭송을 못 들었으니 이 또한 기이한 일일 것이다."

이후 이 말을 들어 아는 사람들은 점차 정점을 괄목하여 상대하였다.[465]

(정점은) 점차 승진하여 尙書(상서) 儀曹郎(의조랑)이 되었고 나중에 晉安王(진안왕)의 侍讀(시독)이 되었으며,[466] 王을 수행하여 (長江의) 東쪽으로 내려갔다.

西臺(서대, 江陵(강릉))가 함락될 때, 그의 서간과 문서들도 없어졌고,[467] 정점 역시 揚州(양주)에서 죽었다. 앞서 정점을 경시하던

라식 讀音이다. 중국 관직명을 '좨주'로 읽어야 할 이유가 없다.

464 원문 及寫詩筆 殊爲佳手 - 寫는 필사. 글씨. 詩는 韻을 맞춘 문장. 筆은 韻이 없는 글. 殊는 죽일 수, 다를 수. 특별히. 佳手(가수)는 上手.

465 원문 於是聞者稍復刮目 - 刮은 깎을 괄. 비비다. 刮目은 몰라보게 달라져 눈을 비비고 다시 보다.

466 晉安王은 簡文帝 蕭綱(소강). 侍讀(시독)은 황제에게 경전을 강독하는 직책.

자들은 뒷날 그의 서찰 하나라도 얻을까 생각했지만 얻을 수가
없었다.⁴⁶⁸

---

467 원문 簡牘湮散 – 簡牘(간독)은 서신. 湮은 물에 잠길 인. 湮散(인산)
은 없어지다.

468 군자가 道에 뜻을 두었다면 德을 계속 쌓아가야 한다. 하늘의 해
와 달은 어디든 그 빛을 비춘다. 설령 조그만 구멍만 있어도 빛
은 그 안을 비춘다. 이를 容光必照(용광필조)라고 한다. 곧 훌륭한
덕행이라면 그 혜택이 누구에게나 미치는 것이다.
반대로 내가 빛을 받아들이고 싶다면 가려있는 문을 열어야 빛
이 들어올 것이다. 열 길을 파야 물이 나올 것인데, 아홉 길을 파
고서 그만두는 경우가 너무 많다. 물론 거기에서 물이 나올 줄을
모르니까 그만두는 것이겠지만, 하여튼 학문의 시작도 신중해야
하지만 그 끝 역시 더욱 신중해야 한다.

080/ 능력의 차이

|原文| 侯景初入建業, 臺門雖閉, 公私草擾, 各不自全.
太子左衛率羊侃坐東掖門, 部分經略, 一宿皆辦, 遂得百餘
日抗拒兇逆. 於時, 城內四萬許人, 王公朝士, 不下一百,
便是恃侃一人安之, 其相去如此.

　古人云, '巢父, 許由, 讓於天下, 市道小人, 爭一錢之
利.' 亦已懸矣.

|국역| 侯景(후경)[469]이 반역한 뒤, 처음 (梁의 도성인) 建業(건

---

469 侯景(후경, ?-552년, 字는 萬景)은 선비족에 동화된 羯(갈)족이었다.
　　侯景은 태어날 때부터 오른쪽 다리가 짧아 무예에 뛰어나지는 않
　　았지만 謀略(모략)이 많았고, 또 병사들에게 아주 가혹할 정도로
　　모진 성격의 소유자이었다고 한다. 이리저리 정세를 따라 투항과
　　배반을 거듭하던 후경은 梁 武帝 太淸 원년(서기 547년) 자신의
　　병력을 갖고 양나라에 투항한다. 梁 武帝는 후경의 역량을 빌려
　　北伐에 성공하겠다는 욕심으로 그의 투항을 받아들이며 최고의
　　대우를 해준다. 그러나 이는 후경이란 인물을 제대로 파악하지
　　못한 무지의 소치였고, 그 결과는 전대미문의 참혹을 초래한 후
　　경의 난(서기 548-552년)으로 이어진다.
　　후경은 宗室 蕭正德(소정덕)을 황제로 내세우기도 했으며, 549년
　　에 남경을 함락시킨 뒤 梁 武帝 蕭衍(소연)을 굶어 죽게 만들었다.
　　도성에 굶어 죽은 시체가 널려 있었고 도성 내의 문무 관리들을
　　3,000여 명이나 죽이었다. 후경의 부하들은 수도 근처 지방을 노

업)에 진격할 때, 臺城(대성)의 성문〔臺門(대문)〕**470**은 닫혔지만,
官民〔관민 : 公私(공사)〕 모두가 소요〔草擾(초요)〕 속에 각자 자신을
보전하기도 어려웠다. (이때) 太子左衛率(태자좌위솔)벼슬인 羊侃
(양간)**471**은 (궁궐의) 東掖門(동액문)을 방어했는데, 군사를 배치
지휘하면서 하룻밤 사이에 모든 준비를 끝내었기에 (이후) 1백여
일간 흉악한 반란군과 대결할 수 있었다. 그때 성안 백성이 4만
여 명에, 王公(왕공)이나 官人(관인)이 1백여 명이나 되었지만, 모
두가 양간 한 사람에 의지하여 항전하였으니 그 능력의 차이가
이와 같았다.

古人(고인)이 말하길, '巢父(소부)와 許由(허유)**472**는 천하를 두

략질하였으며, 551년에서 황제 자리에 올라 국호를 漢(한)이라
칭했다. 서기 552년에, 후경은 陳霸先(진패선, 남조 陳 개국자)과 王
僧辯(왕승변)에게 패하면서 도망하려다가 부하에게 피살되는 것
으로 후경의 난은 끝났다. 후경의 난 기간에 양자강 하류 지역은
철저히 파괴되었다. 천리 길을 가도록 민가에서 밥을 짓는 연기
를 볼 수 없고 인적이 끊겼으며, 백골을 모으면 어디든 산더미가
만들어졌다는 역사 기록을 보면 그 폐해를 짐작할 수 있다.

470 원문 臺門(대문) – 臺城의 城門. 출입이 통제되는 지역을 臺라 한
다.

471 羊侃〔양간, 496 – 549년, 羊이 성씨. 侃은 강직할 간. 字는 祖忻(조흔)〕–
南朝 梁 泰山郡人. 후경의 반란에 建鄴의 軍民을 지휘, 항전 중
病死했고 건업은 곧 함락되었다.

472 巢父(소부, 소보) – 唐堯(당요) 시기의 隱士. 나무 위에 새 둥지 같
은 집을 짓고 살았다. 堯가 제위를 소부에게 양위하려 하자, 소부
는 許由(허유)를 천거했다. 許由(허유, 許繇) – 堯 시기의 高士, 堯

고 사양하였으나, 市場(시장)의 小人(소인)은 一錢(일전)의 이득을
다툰다.' 고 하였으니, 이 역시 현격한 큰 차이이다.[473]

가 그에게 禪讓(선양)하려 하자, 箕山(기산)으로 옮겨와 농사를 지
으며 살았다. 堯가 허유에게 九州長官을 맡아달라고 부탁하자,
허유는 潁水(영수)에 가서 귀를 씻었다(洗耳). 이는 명예나 녹봉
에 관한 말은 그의 귀를 더럽힌다는 뜻일 것이다.

473 원문 亦已懸矣 – 懸은 매달 현. 懸隔(현격)하다. 차이가 크다.

081/ 생사에 따른 存亡

|原文| 齊文宣帝卽位數年, 便沈湎縱恣, 略無綱紀. 尙能
委政尙書令楊遵彦, 內外淸謐, 朝野晏如, 各得其所, 物無
異議, 終天保之朝. 遵彦後爲孝昭所戮, 刑政於是衰矣.

斛律明月齊朝折衝之臣, 無罪被誅, 將士解體, 周人始有
吞齊之志, 關中至今譽之. 此人用兵, 豈止萬夫之望而已
哉! 國之存亡, 繫其生死.

|국역| (北朝) 齊 文宣帝(문선제)[474]가 즉위 이후 몇 년이 지나
바로 주색에 빠져 방자하자,[475] 나라에 아무런 기강이 없었다. 그
렇지만 나라의 정사를 尙書令(상서령)인 楊遵彦(양준언)에게 맡겼
기에, 內外(내외)가 조용하고 朝野(조야)가 평온하였으며,[476] 각자
자리를 잡았고, 만사에 끝까지 異議(이의)없이 天保(천보)[477] 연간

---

474 齊 文宣帝(高洋, 526 - 550, 즉위 - 559年 死. 字는 子進, 鮮卑名
  侯尼干) - 南北朝 時期 北齊의 開國 皇帝, 在位 10년. 東魏 權臣
  高歡(고환)의 次子, 鮮卑化한 漢人.
475 원문 便沈湎縱恣 - 便은 곧. 바로. 沈은 가라앉을 침. 湎은 빠질
  면. 沈湎은 주색에 빠지다. 縱恣(종자)는 放縱(방종)과 恣行(자행).
476 원문 內外淸謐, 朝野晏如 - 淸謐(청밀)은 淸靜(청정)하고 靜謐(정
  밀)하다. 謐은 고요할 밀. 晏如(안여)는 평온하다.
477 天保 - 文宣帝의 연호. 550 - 559年.

의 시대를 마칠 수 있었다. 楊遵彦(양준언)은 나중에 孝昭帝(효소
제)[478]에게 살해되었고 나라 형벌의 기강과 政事는 이때부터 쇠
퇴하였다.

斛律明月(곡률명월)은 北齊(북제) 조정과 나라를 지킨 무신으
로,[479] 죄도 없이 처형되자 장수와 사졸이 흩어졌는데, (북조의)
周나라 사람들은 이로써 齊를 병탄하려는 생각을 하게 되었고,
關中(관중) 지역에서는 지금도 斛律明月(곡률명월)을 칭송한다. 이
사람의 用兵이 어찌 모든 장졸의 소망만을 채워주었겠는가! 허나
그의 生死에 나라의 存亡이 달려있었다.

---

478 孝昭帝 高演(고연) ‒ 在位 560 ‒ 561년.
479 斛律明月齊朝折衝之臣 ‒ 斛律光(곡률광, 515 ‒ 572)의 字는 明月,
　　북제의 명장. 折衝(절충)은 적의 공격을 막아내다.

082/ 나라의 기둥

|原文| 張延雋之爲晉州行臺左丞, 匡維主將, 鎭撫疆場,
儲積器用, 愛活黎民, 隱若敵國矣. 群小不得行志, 同力遷
之.

既代之後, 公私擾亂, 周師一擧, 此鎭先平. 齊亡之跡,
啓於是矣.

|국역| 張延雋(장연준)⁴⁸⁰은 晉州行臺(진주행대)의 左丞(좌승)⁴⁸¹
으로, 主將(주장)을 보좌하면서,⁴⁸² 疆域(강역)을 지키고 백성을 按
撫(안무)하였으며, 여러 器機(기기)와 물자를 비축하고 백성을 愛
護(애호)하고 살리니 그 隱德(은덕)이 國相과 비슷하였다.⁴⁸³ 여러

---

480 張延雋(장연준) - 雋은 영특할 준, 새매 준. 政事에는 기록이 없
다.

481 晉州行臺의 左丞 - 晉州는 지금 河北省 石家莊市 관할 晉州市에
해당. 行臺는 조정에서 大官을 파견하여 지방의 군사를 감독하
는 기구.

482 원문 匡維主將 - 匡은 바로잡을 광. 維는 밧줄 유. 굵은 밧줄. 紀
綱. 匡維는 匡輔. 부족한 것을 도와 보충하다.

483 원문 隱若敵國矣 - 隱은 숨을 은, 보이지 않을 은. 백성에 베푸는
隱德. 은택. 若은 같다. 비슷하다. 敵國은 國相에 필적하다. 國相
과 같았다.

小人輩(소인배)들이 뜻을 펼 수가 없자, 힘을 합쳐 장연준을 다른 부서로 옮기게 하였다.

장연준이 바뀐 뒤에 관리와 백성〔公私(공사)〕 모두 혼란에 빠졌고,[484] 北周(북주) 군사의 1차 공격에 晉州(진주) 군영이 먼저 함락되었다. 北齊(북제) 멸망의 자취는 여기서부터 시작되었다.[485]

---

484 원문 公私擾亂 - 公私는 관리와 백성. 擾는 어지러울 요. 擾亂(요란)은 시끄럽고 떠들썩하다.

485 결국 유능한 인재를 제대로 활용하지 못했기에 나라의 멸망으로 이어졌다는 뜻이다. 온 천하의 재주 있는 사람을 등용하고(才用八方), 智謀는 온 하천 물을 받아들이듯(智納百川) 널리 구해야 한다.」

顔氏家訓
제3권

8. 勉學(면학)⁴⁸⁶

083/ 不學無識(불학무식)

|原文| 自古明王聖帝, 猶須勤學, 況凡庶乎!

---

486 勉學(면학) - 이 8장은 士人의 기본인 學問 - 곧 지식의 습득과 탐
구, 학문의 본질과 실용을 다루고 있다. 사실, 지식이야말로 士人
에게는 생존의 전제가 된다. 안지추가 목격한 亂世와 국가의 顚
覆(전복) - 이런 渦中(와중)에서 자신의 생명과 가문을 유지 존속
할 수 있는 유일한 방도는 실용적 지식임을 경험하였다. 때문에
안지추는 先王의 학문을 익히고 家學의 계승, 致用(치용)과 수양
의 중요성을 말했다. 그리하여 학문은 모름지기 실용적 지식을
博覽(박람)하되 勤學(근학)과 不恥下問(불치하문:아랫사람에게 묻는
것을 부끄러워하지 않는다)을 강조하였다. 학문에서 專心探究를 강
조했지만 그렇다 하여 閉門讀書(폐문독서)는 師心自是(사심자시)
의 獨斷(독단)에 빠질 수 있음을 경고하였다. 《禮記 學記》에서는
「배운 뒤에야 부족함을 안다(學然後知不足).」고 하였다. 학문에
는 恒心(항심)이 있어야 하고, 修道에는 진실을 깨우치는 悟眞(오

此事遍於經史, 吾亦不能鄭重, 聊擧近世切要, 以啓寤汝耳. 士大夫子弟, 數歲已上, 莫不被敎, 多者或至《禮》, 《傳》, 少者不失《詩》, 《論》.

及至冠婚, 體性稍定, 因此天機, 倍須訓誘. 有志尙者, 遂能磨礪, 以就素業, 無履立者, 自茲墮慢, 便爲凡人.

人生在世, 會當有業, 農民則計量耕稼, 商賈則討論貨賄, 工巧則致精器用, 伎藝則沈思法術, 武夫則慣習弓馬, 文士則講議經書. 多見士大夫恥涉農商, 羞務工伎, 射則不能穿札, 筆則纔記姓名, 飽食醉酒, 忽忽無事, 以此銷日, 以此終年.

或因家世餘緒, 得一階半級, 便自爲足, 全忘修學, 及有吉凶大事, 議論得失, 蒙然張口, 如坐雲霧, 公私宴集, 談古賦詩, 塞默低頭, 欠伸而已. 有識旁觀, 代其入地. 何惜數年勤學, 長受一生愧辱哉!

|국역| 예로부터 明王(명왕)이나 聖帝(성제)라도 여전히 勤學(근

진)을 귀하게 여긴다. 물이 깊고 강이 넓으니 큰 배가 다닐 수 있고(水深河寬行大船), 학식이 많고 지혜가 뛰어나면 대업을 이룰 수 있다(學多智廣成大業). – 학문에 관하여 우리가 명심해야 할 警句(경구)는 수없이 많다.

학 : 부지런히 공부하다)하였으니, 하물며 보통 사람이라면 더 말할
나위가 있겠는가!

이런 사례는 經과 史의 여러 전적에 실려 있어, 내가 다시 언급
하지 않아도 되기에,[487] 다만 近世의 절실한 사례를 들어 너희들
을 깨우치고자 한다. 士大夫의 자제라면, 어려서부터 교육을 받
지 않을 수 없으니,[488] 많이 배울 경우《禮記(예기)》,《左傳(좌전)》
까지 배우고, 적게 배운다 하더라도《詩經(시경)》이나《論語(논
어)》를 아니 배울 수가 없다.[489]

---

487 원문 吾亦不能鄭重 − 鄭重(정중)은 은근하고 정중함. 鄭에는 겹
치다의 뜻이 있다. 여기서는 자주. 빈번히. 거듭 열거하지 않겠
다는 뜻.

488 원문 數歲已上 − 數歲는 나이를 세다. 자신의 나이를 알다. 어른
아이 때부터 나이를 자주 물어 아이가 나이를 알고 열까지 세고
백 단위 수를 알 정도면 할아버지가 손자의 손에 붓을 쥐어주었
다.

489 조선시대에 농촌마다 書堂이 존재했다. 서당은 私立이며 문자
습득의 초등단계에서 儒學의 기초에 이르기까지 다양한 교육과
정이 있었다. 1960년대까지 농촌에 서당이 많이 존재했었다. 역
자의 경험과 견문으로, 그 교육의 과정은 대략 아래와 같았다.
곧《千字文》,《啓蒙篇(계몽편)》,《明心寶鑑》,《通鑑》,《小學》,《孝
經》을 배운 다음에,《論語》와《大學》,《孟子》그리고《中庸(중
용)》까지 배우면《四書》를 마친다.《三經》또는《五經》은 그 분량
이 방대하여 농촌지역에서는 서적 구입 자체가 어려웠다. 그래
도 訓長의 능력에 따라《詩經》,《書經》,《易經》까지 가르치고 배
웠다.《禮記》,《春秋》를 서당에서 배웠다는 말은 못 들었다.

관례와 혼례를 치르게 되어 신체와 性情(성정)이 점차 안정되면,[490] 그 품성에 따라 두 배로 가르치고 이끌어주어야 한다.[491] 뜻을 품었고 힘써 노력할 수 있다면[492] 고결한 본업을 가질 수 있으나,[493] 지조를 지키지 못한 자는 이후 게을러지고 태만하여[494] 바로 凡人(범인)이 될 것이다.

인생이 한 세상 살면서 응당 본업을 지켜나가야 하나니, 농민이라면 耕作(경작)과 稼穡(가색, 농사)을 계획하고, 장사꾼〔商賈(상고)〕은 物貨(물화)를 잘 골라야 하며,[495] 工人(공인)이라면 기물을

---

490 원문 體性稍定 – 體는 신체, 肉身. 性은 性情. 稍는 벼 줄기의 끝 초. 점점. 차차. 定은 안정되다.

491 원문 因此天機, 倍須訓誘 – 天機는 타고난 자질, 天性, 天稟(천품)의 능력. 倍는 곱절, 두 배. 訓誘(훈유)는 訓導(훈도)와 誘導(유도). 冠禮(관례)를 치룰 나이가 되면 배움의 능력이 드러나고, 더 배워야할지, 그만 가르쳐야할지 판가름 날 것이다.

492 원문 有志尙者, 遂能磨礪 – 志尙은 尙志. 이상. 큰 뜻. 磨礪(마려)는 鍊磨(연마). 磨는 갈 마. 숫돌에 갈다. 硏磨(연마). 礪는 거친 숫돌 려. 갈다.

493 원문의 素業 – 淸廉素白(청렴소백)의 본업. 士大夫가 가질 수 있는 고상한 직업.

494 원문 無履立者, 自兹墮慢 – 履는 밟을 이. 신발. 지켜야할 지조. 自兹(자자)는 이로부터. 墮慢(타만)은 게을러지다. 墮는 떨어질 타. 慢은 게으를 만.

495 원문 商賈則討論貨賄 – 商賈(상고)는 상인. 行商과 坐賈(좌고). 貨賄(화회)는 物貨. 상품. 貨는 金玉 같은 고가품. 賄는 뇌물 회. 비

정교하게 만들고, 才藝를 가진 자는 고도의 기술을 배우고 익혀
야 하며,⁴⁹⁶ 武夫는 弓術과 馬術을 숙련해야 하며, 文士는 經書를
외우고 토론할 수 있어야 한다.

내가 많이 보아왔지만, 士大夫는 농사나 장사에 종사하는 것을
부끄러워하고 기술이나 기예에도 힘쓰지 아니하며, 활을 쏘면 과
녁을 꿰뚫지도 못하고⁴⁹⁷ 붓을 들어도 겨우 이름자나 쓸 줄 알면서,
배불리 먹고 취한 다음에, 멍청하니 아무 일도 하지 않으면서⁴⁹⁸ 나
날을 보내다가 일생을 마감한다.

혹 가문의 蔭德(음덕)을 입어⁴⁹⁹ 낮은 말단 관직이라도 얻으면⁵⁰⁰
곧 스스로 만족하면서 修學(학문을 연구하다)을 아예 망각해 버
리는데, 가내에 길흉 대사라도 있을 경우 의론이나 득실을 말할
때 멍청하니 입만 벌린 채 마치 구름 속에 앉아 있거나, 공사간의

단. 布帛(포백).

496 원문 伎藝則沈思法術 - 伎藝(기예)는 여러 가지 재주. 伎는 재주
기. 손으로 익힌 기술. 藝는 몸으로 체득한 기술.

497 원문 射則不能穿札 - 射는 射弓(사궁). 穿은 뚫을 천. 札은 패 찰.
甲札. 활을 쏘는 힘이 강해 여러 겹의 甲札을 뚫다.

498 원문 忽忽無事 - 忽忽(홀홀)은 실망한 모양. 낙담한 모양. 헤매는
모양.

499 원문 因家世餘緖 - 家世는 家門. 餘緖(여서)는 蔭德(음덕). 조상의
덕. 고관의 경우 그 자제에게 관직을 수여하는 蔭敍(음서) 제도가
중국에서는 보편적이었다.

500 원문 得一階半級 - 一階半級은 낮은 계급의 微官末職(미관말직).

모임이나 宴席(연석)에서 故事를 담론하거나 詩를 읊을 때, 말문이 막힌 듯 고개를 숙이고 하품이나 기지개를 켤 뿐이다.[501] 有識(유식)한 사람이 곁에서 보고 있으면, 그 대신 땅속에 들어가고 싶을 뿐이다. 몇 년간의 勤學(근학)을 왜 아니하여 일생 동안의 치욕을 겪어야 하겠는가?[502]

---

501 원문 欠伸而已 - 欠은 하품 흠. 伸은 펼 신. 기지개. 而已(이이)는 ~뿐이다.

502 원문 長受一生愧辱哉! - 愧는 부끄러워할 괴. 辱은 욕되게 하다. 치욕. 치욕을 겪다. 역자의 생각이지만, 안지추처럼 정녕 학문을 좋아하고 또 그만큼 노력하지 않았다면 이런 〈勉學〉篇을 지을 수 없을 것이다. 안지추는 아버지로서 아들에게 또 후손의 진정한 면학을 권장하는 일념으로 이 편을 지었다고 생각한다.
흐르는 물은 웅덩이를 다 채우기 전에는 더 나아가지 않는다. 어려움을 극복한다는 뜻으로도 해석할 수 있겠지만, 아마 학문과 배움의 단계가 이러하지 않겠는가? 비단을 짤 때 아름다운 무늬는 한 올 한 올이 모여서 이루어지는 것이지, 한꺼번에 만들어지는 것이 아니다. 학문을 하는 것도, 자신의 수양도 그러할 것이다. 배움에 시간과 장소가 따로 있는가? 책을 읽지 못할 곳이 어디 있으며(何處不可讀), 배우지 못할 때는 언제인가(何時不可學)? 공부는 언제든지 또 어디서든 할 수 있다. 배움이란 흐르는 물을 거슬러 올라가는 것과 같다. 곧 나아가지 않는다면 밀리는 것이다(不進卽退).

084/ 자손을 위한 萬卷書

|原文| 梁朝全盛之時, 貴遊子弟, 多無學術, 至於諺云, '上車不落則著作, 體中何如則秘書.'

無不熏衣剃面, 傅粉施朱, 駕長檐車, 跟高齒屐, 坐棋子方褥, 憑斑絲隱囊, 列器玩於左右, 從容出入, 望若神仙. 明經求第, 則顧人答策, 三九公燕, 則假手賦詩, 當爾之時, 亦快士也.

及離亂之後, 朝市遷革, 銓衡選擧, 非復曩者之親, 當路秉權, 不見昔時之黨. 求諸身而無所得, 施之世而無所用. 被褐而喪珠, 失皮而露質, 兀若枯木, 泊若窮流, 鹿獨戎馬之間, 轉死溝壑之際. 當爾之時, 誠駑材也.

有學藝者, 觸地而安. 自荒亂已來, 諸見俘虜, 雖百世小人, 知讀《論語》《孝經》者, 尚爲人師, 雖千載冠冕, 不曉書記者, 莫不耕田養馬. 以此觀之, 安可不自勉耶? 若能常保數百卷書, 千載終不爲小人也.

|국역| 梁朝(양조)의 전성 시기에, 귀족 자제들은 대부분 학문이 없었으니,[503] 속언에서도 '수레에 타고 떨어지지만 않으면 著作

---

503 원문 貴遊子弟, 多無學術 – 貴遊子弟는 귀족 자제. 遊(놀 유)는 관

郎(저작랑)이고, (편지에) 貴體 如何(귀체 여하 : 귀한 몸에 별일 없습니까?)라고 쓸 수 있으면 秘書郎(비서랑)'이라고 했다.

(귀족 자제들은) 향내가 밴 옷을 입고 면도를 하며, 얼굴에 粉(분)을 바르고 입술을 붉게 칠하며,[504] 차양을 길게 친 수레를 타고, 굽 높은 나막신을 신었으며,[505] 사각 무늬가 있는 방석을 깔고, 색실로 치장한 팔걸이에[506] 좌우에 여러 노리개〔器玩(기완)〕를 늘어놓았으며, 조용히 출입하니 멀리서 바라보면 꼭 神仙(신선)과도 같았다. 明經科(명경과)에 급제하려면 사람을 고용하여 대책을 지어 올리고,[507]

직이 없다는 뜻. 學術은 학문. 학문을 하지 않다.

504 원문 無不熏衣剃面, 傅粉施朱 – 無不~는 ~을 안한 사람이 없다. 熏은 연기 낄 훈. 향내가 옷에 배다. 剃는 머리 깎을 체. 剃面은 면도하다. 傅는 스승 부, 펼 부. 바르다. 펴다. 施朱(시주)는 입술을 붉게(朱) 칠하다.

505 원문 駕長檐車, 跟高齒屐 – 駕는 멍에 가. 수레를 몰다. 운전하다. 長檐車는 차양을 길게 한 수레. 앞 차양이 길면 끌채가 질기기에 흔들림이 적다고 한다. 檐은 처마. 차양 첨. 跟은 발꿈치 근. 따르다. 시중들다. 屐은 나막신 극. 高齒屐은 굽이 높은 나막신.

506 원문 坐棋子方褥, 憑斑絲隱囊 – 棋子는 바둑알. 여기서는 방석의 무늬가 바둑판과 같다는 뜻. 方褥(방욕)은 사각형 깔개(방석. 두툼한 요). 憑은 기댈 빙. 斑絲(반사)는 알록달록한 실. 수놓은. 隱囊(은낭)은 앉아 기댈 수 있는 허리받이. 쿠션. 囊은 주머니 낭.

507 원문 明經求第, 則顧人答策 – 明經科는 經義를 시험하는 科擧. 求第는 급제하다. 顧人은 사람을 고용하다. 答策(답책)은 책문을 지어 올리다.

三公九卿의 연회에서는 남이 지은 詩賦를 읊었는데, 이 또한 당시의 행세하는 士人의 모습이었다.[508]

난리를 겪은 이후에,[509] 朝廷(조정)이 뒤바뀌고, 인재 전형과 추천관이 예전의 친척도 아니고, 要路(요로)의 권력자 중에 옛날 黨人이 보이지 않았다. 자신이 직접 얻으려 해도 얻을 수 없었고, 남에게 베풀려 해도 베풀 것도 없었다. 이제 삼베옷을 걸치고 치장할 패물도 없었으며, 겉치장을 못하자 바탕이 드러났으니,[510] 枯木(고목)마냥 삐쭉하고[兀(우뚝할 올)] 물 없는 맨바닥이 드러났으며,[511] 전쟁터를 이리저리 굴러다니다가 골짜기에 처박혀 죽으니,[512] 이런 자들은 정말 그 당시의 鈍才(둔재)였다.[513]

---

508 원문 當爾之時, 亦快士也 - 當爾之時(당이지시)는 그 당시에, 그 무렵의. 快士(쾌사)는 才學快士. 재주와 학문도 있고 處身이 당당한 士人. 快(쾌할 쾌)는 秀의 뜻.

509 원문 及離亂之後 - 離는 떠날 이. 떨어지다. 당하다. 亂은 侯景의 난(548 - 552).

510 원문 失皮而露質 - 皮는 가죽 피. 겉치장. 露는 이슬 로. 드러나다. 質은 바탕 질.

511 원문 泊若窮流 - 泊은 배를 댈 박. 若은 같을 약. 窮流는 흐르지 않다. 물이 없다. 泊은 洦(얕은 물 백)이어야 한다는 주석이 있다.

512 원문 鹿獨戎馬之間 轉死溝壑之際 - 鹿獨(녹독)은 이리저리 밀려 다니다. 정처 없이 떠도는 모습. 戎馬(융마)는 전쟁. 轉死는 굴러 떨어져 죽다. 溝壑(구학)은 골짜기. 壑은 골짜기 학.

513 원문 誠駑材也 - 誠은 진실로. 정말. 駑는 둔할 노. 駑馬. 느리고 둔한 말. 《荀子 勸學篇》에 '(천리마가 하루에 갈 수 있는 길을)

學藝(학예)를 갖춘 자는 어디를 가든 편안히 살 수 있다.⁵¹⁴ 어지러운 난리를 겪으면서 포로로 잡혀가기도 했지만, 비록 百世에 걸쳐 벼슬을 못한 사람일지라도 《論語》⁵¹⁵나 《孝經》⁵¹⁶을 읽은

둔한 말이 열흘에라도 갈 수 있는 것은〔駑馬十駕(노마십가)〕 쉬지 않기 때문이다〔功在不舍(공재불사)〕.' 라는 말이 있다. 이는 바탕이 좀 부족해도 부단한 노력이면 목표를 달성할 수 있다는 뜻이지만, 여기 안지추가 말한 駑材(노재)는 그런 의지나 노력도 없는 鈍才(둔재)이다.

514 원문 觸地而安 – 觸은 닿을 촉. 부딪치다. 觸地는 어디에 있든.

515 《論語》– 현행 《論語》는 20편에 총 12,700여 자로 구성되어 있는데, 그 20편이 어떤 체계에 의하여 분류된 것도 아니며, 그 순서에 특별한 의미가 있는 것도 아니다. 또한 20편 각각에 서로 다른 주제가 있는 것도 아니다. 물론 각 편의 길이나 분량 또한 통일된 것이라고는 하나도 없다. 20편의 이름은 처음 구절에서 시작하는 말 2~3자로 제목을 삼았는데, 그런 단어가 그 편의 내용을 대표하거나 요약한 뜻도 아니다. 다시 말해, 20편의 어느 장에 '仁' 이나 '禮' 를 주제로 특별히 많이 다룬 어느 한 장이 따로 있지도 않으며, 그 제자들과의 대화나 공자의 말씀만을 따로 모은 편도 없거니와, 또 그런 대화가 언제 어디서 있었다는 기록도 없다. 따라서 '두서가 없다' 는 표현이 가장 적합하지만, 두서나 체계가 없다 하여 공자의 신념이나 철학이 비논리적이거나 단순한 공자 언행의 나열만은 결코 아니다. 동시에 공자의 사상이 난해하다든지 복잡한 것도 절대로 아니다.

516 《孝經》–《孝經》은 儒家에 가장 강조하는 孝道의 書, 전체 18장. 1,870여 字로, 儒家 十三經 중 가장 적은 분량. 孔子가 親撰(친찬)하고 曾子에게 孝道의 요점을 강조했다. 또는 曾子가 공자의 말씀을 받아 적은 책이라 하지만, 지금은 漢代 유생이 지은 것으로

자는 그래도 남의 스승이 되었으나, 비록 천년 동안 벼슬을 했던
집안이라도 책을 읽지 않은 자는 농사를 짓거나 아니면 말을 키
우지 않는 자가 없었다. 이를 본다면, 어찌 스스로 (학문에) 힘쓰
지 아니 하겠는가? 만약 능히 늘 수백 권의 책을 가질 수 있다면
천년을 이어가더라도 결코 小人이 되지 않을 것이다.[517]

<hr />

알려졌다. 淸代 紀昀(기윤)의 《四庫全書總目》에서는 ‘孔子 七十
弟子들이 지은 것’ 이라 하였다.

517 원문 千載終不爲小人也. – 千載는 천년. 小人은 平民. 관직이 없
는 사람.
젊어 노력하지 않으면(小壯不努力), 늙어 다만 마음 아프고 슬플
뿐이다(老大徒傷悲). 3대에 걸쳐 글을 읽지 않는다면 아마 소로
변할 것이다(三代不讀書會變牛). 자신이 배운 것이 없다면(自己
無學問) 조상 자랑을 하지 말라!(莫把祖宗誇)는 말이 있다.

085/ 가장 고귀한 일은?

|原文| 夫明六經之指, 涉百家之書, 縱不能增益德行, 敦
厲風俗, 猶爲一藝, 得以自資. 父兄不可常依, 鄉國不可常
保, 一旦流離, 無人庇蔭, 當自求諸身耳.

諺曰, '積財千萬, 不如薄伎在身.' 伎之易習而可貴者,
無過讀書也. 世人不問愚智, 皆欲識人之多, 見事之廣, 而
不肯讀書, 是猶求飽而懶營饌, 欲暖而惰裁衣也.

夫讀書之人, 自羲, 農已來, 宇宙之下, 凡識幾人, 凡見幾
事, 生民之成敗好惡, 固不足論, 天地所不能藏, 鬼神所不
能隱也.

|국역| 대체로, 六經[518]의 要旨(요지)를 밝히고 百家의 책을 두
루 涉獵(섭렵)한다면, 설령(縱) 德行을 增益(증익)하거나 風俗을
바로잡지는 못할지라도, 하나의 技藝(기예)처럼 자신의 밑천이 될
수 있다.[519]

---

518 六經 – 六藝, 儒家 경전의 총칭. 《漢書 藝文志》에는 유가 경전을
《易》, 《詩》, 《書》, 《禮》, 《樂》, 《春秋》의 六經에 《論語》, 《孝經》, 小
學類를 보태어 九家로 분류했다.

519 원문 猶爲一藝, 得以自資 – 지식은 기술이며, 기술은 살아갈 수
있는 밑천이다.

평생을 父兄에 의지할 수 없고, 家鄉이나 故國도 늘 지켜주지
못하니 일단 떠돌면 나를 감싸줄 사람이 없으니[520] 응당 나를 지
킬 방도를 스스로 찾아야 한다.

그래서 속담에도 '비축한 千萬錢은 몸에 지닌 하찮은 기술만
못하다.'고 하였다.[521] 그런 기술 중에서 쉽게 배울 수 있고 고귀
하기로는 독서보다 더 나은 것이 없다.[522] 어리석거나 똑똑한 사
람을 불문하고 여러 사람을 알고 많은 일을 배우려 하면서 독서
하지 않는다면, 이는 마치 밥을 짓지 않고 배부르기를 바라고, 따
뜻하게 지내고 싶으나 옷 만들기를 게을리하는 것과 같다.[523]

---

520 원문 無人庇蔭 - 庇蔭(비음)은 덮어주다. 지켜주다. 庇는 덮을 비.
蔭은 그늘 음. 가려주다.

521 이는 '사람이 한 가지 재주를 갖고 있으면(人有一藝), 평생 먹고
살 수 있다(終身可靠).'는 뜻이다. 비슷한 뜻으로 '몸에 한 가지
기술이 있다면(一技旁身), 허리춤에 찬 만 관의 돈보다 낫다(勝
過腰纏萬貫).' '사람이 한 가지 기능이라도 뛰어나다면(人有一
技之長) 집에 양식이 없다는 걱정은 안한다(不愁家裏無米糧).'
고 하였다. '사람이 변변찮은 기술이라도 갖고 있으면 무시당하
지 않는다(人有薄技不受欺).' 하였으니, 곧 한 가지 기술이나 직
업이 있어야 사람대접받는다는 말이다.

522 원문 伎之易習而可貴者 - 伎는 재주 기. 技術. 광대. 易習은 쉽게
배우다. 본래 '하늘은 공부하는 사람을 버리지 않는다(皇天不負
讀書人).'고 하였다. 모든 직업이 다 하품이고(萬般皆下品), 오직
독서만이 고귀하다(唯有讀書高). 또 '讀書種子(독서종자)'라 하여
'대대로 내려오는 독서를 좋아하는 혈통'이라는 말도 있다.

523 중국인이 생각하는 가장 이상적인 식사는 '아침밥은 적당히(朝

대체로 讀書人은 伏羲氏(복희씨)나 神農氏[524] 이래로 또 宇宙(우주)[525] 아래에 얼마나 많은 사람과 일이 있었는가를 알고, 또 인간의 성패와 好惡(호오)에 대하여 이루 다 論할 수 없음을 알고 있기에, 천지도 감출 수 없으며 귀신이라 하여 숨길 수가 없다.[526]

飯要好), 점심은 배부르게(午飯要飽), 저녁식사는 약간 적게(晚飯要少)' 하는 식사이다. 그러면서 '배부르고 등 따시면 음욕이 생기고(飽暖生淫慾), 배고프고 추우면 도둑질할 마음이 생긴다(飢寒生盜心).'고 하였다. 칼을 아니 갈면 날카롭지 않고(刀不磨不利), 사람이 게으르면 멍청이가 된다(人懶惰變笨).

524 伏羲氏(복희씨, 宓羲氏)는 八卦(팔괘)를 처음 만들었고, 神農氏는 쟁기와 보습을 만들었으며, 黃帝氏는 衣裳(의상, 옷)을 만들었다. 《易經 繫辭傳 下》

525 宇宙 – '四方上下曰宇, 往古來今曰宙.' 라 하여 宇宙(우주)란 말을 처음 만들어낸 사람은 尸佼(시교)란 사람으로 알려졌다. 尸佼(시교, 前 390 – 330년, 尸子)는 戰國 시대의 晉國人으로, 儒家 또는 雜家로 분류되는 사람인데, 商鞅(상앙)의 門客으로 상앙의 변법에도 참여했다. 상앙이 피살되자 蜀으로 망명했고 거기서 죽었다.

526 그러하기에 '하늘도 독서인은 버리지 않는다(皇天不負讀書人).' 는 말이 있다.

086/ 왜 학문을 해야 하는가?

|原文| 有客難主人曰, "吾見强弩長戟, 誅罪安民, 以取公侯者有矣. 文義習吏, 匡時富國, 以取卿相者有矣. 學備古今, 才兼文武, 身無祿位, 妻子饑寒者, 不可勝數, 安足貴學乎?"

主人對曰, "夫命之窮達, 猶金玉木石也, 修以學藝, 猶磨瑩雕刻也. 金玉之磨瑩, 自美其礦璞, 木石之段塊, 自醜其雕刻, 安可言木石之雕刻, 乃勝金玉之礦璞哉? 不得以有學之貧賤, 比於無學之富貴也. 且負甲爲兵, 咋筆爲吏, 身死名滅者如牛毛, 角立傑出者如芝草. 握素披黃, 吟道詠德, 苦辛無益者如日蝕, 逸樂名利者如秋荼, 豈得同年而語矣. 且又聞之, 生而知之者上, 學而知之者次. 所以學者, 欲其多知明達耳. 必有天才, 拔群出類, 爲將則闇與孫武, 吳起同術, 執政則懸得管仲,子産之教, 雖未讀書, 吾亦謂之學矣. 今子即不能然, 不師古之蹤跡, 猶蒙被而臥耳."

|국역| 어떤 객인이 주인을 비난하며 말했다.[527]

---

527 원문 有客難主人曰 – 이는 손님(가상 인물)의 질문(비난)에 주인
(저자 顔之推 자신)이 답변(반박)하는 형식의 문장이다. 이런 문

"내가 볼 때, 강력한 쇠뇌(強弩 : 강한 활)와 긴 자루 창(長戟)으로, 죄 지은 자를 죽이고 백성을 안정시켜 公侯에 봉해진 자가 있습니다. 대의를 논하고(文義) 관리 업무를 익혀(習吏) 시폐(시대의 폐해)를 바로잡고 富國케 하여 卿相(경상)의 지위에 오른 자도 있습니다. 그러나 古今의 학문에 통달하고 文武의 재능을 겸비하였지만 祿位(녹위)를 받지 못하여 그 처자가 飢寒(기한)에 고생하는 자 또한 이루 다 셀 수도 없는데, 어찌하여 학문만이 고귀하다고 말합니까?"

이에 주인이 대답하였다.

"대체로 運命의 窮塞(궁색)과 통달은 金玉이나 木石과 같으니, (사람이) 學藝를 익히는 것은 金玉을 琢磨(탁마)하고 木石을 雕刻(조각)하는 것과 같습니다. 金玉은 갈고(磨) 광택을 내어야〔瑩(옥빛 영)〕 그 광석〔礦(쇳돌 광)〕과 원석〔璞(옥돌 박)〕이 아름다워지며, 木石의 토막이나 덩어리〔段塊(단괴)〕의 본래 형태를 보기 좋게 조각하는 것이니,[528] 木石의 조각이나 金玉의 조탁이 본래 모습보다 어찌 아름답지 않겠습니까?

장은 漢代에 흔히 볼 수 있다. 《漢書》에 수록된 東方朔(동방삭)의 〈答客難〉, 揚雄(양웅)의 〈解嘲〉, 〈解難〉, 班固(반고)의 〈答賓戲〉 등은 이런 형식의 명문으로 작자의 주장을 싣고 있다.

528 원문 自醜其雕刻 - 醜는 추할 추. 조각한 모습보다 아름답지 않다는 뜻이지, 나무토막이나 돌덩이 본 모습을 醜(추)라고 표현할 수는 없을 것이다.

학문이 있어도 빈천한 사람은 부득이한 일이지만 그렇다고 無
學하나 富貴한 사람에 견주겠습니까! 또 갑옷을 입은 병졸이나[529]
붓을 만지작거리는 서리로[530] 몸이 죽어 이름도 사라지는 자가
소의 털만큼 많지만 우뚝한 뿔처럼 걸출한 자는 芝草(지초)처럼
귀한 것입니다.[531] 손에 서책을 들고 도덕을 논하는 사람들의[532]
고생은 무익한 日蝕(일식)처럼 보기 드물지만, 逸樂(일락)과 名利
(명리)를 추구하는 자는 가을철 찻잎처럼〔秋荼(추도)〕[533] 많은데,
어찌 같이 두고 말할 수 있겠습니까?

---

529 원문 且負甲爲兵 - 且는 또 차. 負甲(부갑)은 갑옷을 입다. 兵은
병졸.

530 원문 咋筆爲吏 - 咋은 깨물 색. 吏는 下吏. 胥吏(서리).

531 원문 角立傑出者如芝草 - 角立(각립)은 뿔처럼 우뚝 솟다. 傑出(걸
출)은 뛰어나다. 이를 '학문을 하는 사람은 소털만큼 많지만(學者
如牛毛), 성취하는 사람은 기린의 뿔과 같다(成者如麟角).' 라고
말한다. 뿔과 관련하여 '나중에 생긴 소의 뿔은(後生的犄角), 먼
저 자란 귀보다 길다(比先長的耳朵長).' 고 말한다. 곧 後生可畏
(후생가외)와 같은 뜻인데, '나중에 난 수염이 눈썹보다 길다(後生
鬍子比眉長).' 라고 재미있는 표현도 있다.

532 원문 握素披黃, 吟道詠德 - 握은 손에 잡다. 素는 흰 비단. 披는
나눌 피. 넘기다. 黃은 黃券 좀을 방지하기 위해 누렇게 염색한
종이. 素와 黃은 모두 서적을 뜻한다. 吟道詠德은 도덕을 읊다.
吟은 읊을 음. 詠 읊을 영.

533 秋荼 - 가을이면 씀바귀가(荼나무?) 꽃이 피고 잎이 무성하다는
(많다) 주석이 있다.

그리고 또 내가 알기로는, 태어나면서 아는 자는 上智(상지)이고, 學하여 아는 자는 그 다음이라고(賢人) 하였습니다.[534] 그러므로 배운다는 것(學者)은 많이 알고 통달하려는 뜻입니다. 그래서 반드시 天才가 있어 그 무리에서 특별히 뛰어나니(拔群), (그런 사람이) 장군이 된다면 암암리에 孫武(손무)[535]나 吳起(오

---

534 원문 生而知之者上, 學而知之者次. – 공자는 인간의 본성은 서로 비슷하여 큰 차이가 없지만(本性이 서로 같다고는 말하지 않았다), 살아가는 환경이나 습관에 따라 그 차이가 벌어진다고 보았다.(《論語 陽貨》子曰, "性相近也, 習相遠也.")

그리고 공자는 학문을 할 수 있는 능력을 구분하여 生而知之, 學而知之, 困而學之, 困而不學(곤이불학)의 4등급으로 구분할 수 있다고 보았다.(《論語 季氏》) 이는 본성의 문제가 아니라 재능의 문제라고 인식한 것이다. 태어나면서부터 사리를 깨우칠 능력을 가진 生而知之者는 上知(聖人)인데, 이들은 배우지 않는다 하여 그 천재성이 사라지지 않고 또 바뀌지도 않는다. 그리고 아는 것이 없어 몹시 힘들게 살아가면서도 배우려 하지 않는 사람, 가르침을 거부하는 사람, 또 선행을 거부하는 완강한 無知者가 있다면 이들은 모두 下愚(하우)인데, 이들은 깨우치려 해도 깨우칠 수 없는 사람이다. 곧 전혀 가능성을 기대할 수 없는 불변이라고 보았다.

535 춘추시대 吳나라의 孫武(손무, 前 545 – 470년. 字는 長卿)는 본래 齊國人. 孫武는 姑蘇城(今 江蘇 蘇州市) 밖 穹窿山(궁륭산)에 은거하며 《孫子兵法》을 완성했다. 나중에 闔廬(합려)의 신하가 되어 楚를 격파하고 吳를 강국으로 만들었다. 손무의 3子 중 장남은 전사했고, 차남 孫明(손명)이 富春侯에 봉해졌는데, 富春 孫氏의 시조이다. 뒷날 孫臏(손빈)은 孫武의 5世孫이었다. 後漢 말 孫堅

기)⁵³⁶와 같은 전술을 펴고, 국정을 담당한다면 (齊의) 管仲(관중)⁵³⁷이나 (鄭나라) 子産⁵³⁸의 政教보다 뛰어날 것이니, 비록 그런 사람이 독서를 하지 않았더라도 나는 학문을 한 사람으로 인정할 것입니다.⁵³⁹ 지금 당신은 그러하지 않으니, 고인의 蹤跡(종적)을 본받지 아니하고 이불을 덮어쓰고 누워있는 것 같습니

(손견)은 富春 孫氏의 후예이었다.

536 吳起(오기, 前 440 – 381년) – 戰國初期의 兵法家. 兵家의 대표 인물. 衛國 左氏縣(今 山東省 定陶縣) 출신. 吳起는 魯, 魏, 楚 3국에 出仕(출사). 각국에서 능력을 인정받았다. 前 381년, 楚 悼王(도왕)이 죽은 뒤, 楚에서 兵變이 일어나며 피살되었다.《吳子兵法》6편만 존재. 곧〈圖國〉,〈料敵〉,〈治兵〉,〈論將〉,〈應變〉,〈勵士〉등이다.《孫子兵法》과 함께《孫吳兵法》으로 통칭.

537 管仲(관중, 前 725 – 645년) – 姬姓에 管氏. 名은 夷吾(이오), 字는 仲, 諡 敬, 齊 桓公의 相. 春秋 시대 法家의 대표 인물. 中國 역사상 宰相의 典範. 내정을 改革하면서 商業도 중시. 九合 諸侯하며 兵車에 의지하지 않았다.《史記 管晏列傳》에 입전.《論語》에는 공자의 管仲에 대한 언급이 많다. 곧《論語 八佾》子曰, "管仲之器小哉!"~등. 管鮑之交(관포지교)의 주인공. 北宋 蘇洵(소순)의〈管仲論〉이 유명하다.

538 鄭子産(? – 前 522年) – 姬姓, 名은 僑, 字는 子産. 春秋 말기 鄭國의 재상. 鄭國 백성의 존경을 받았다. 孔子도 子産을 흠모했다. 中國 宰相의 典範으로 추앙받는 인물.

539 원문 雖未讀書, 吾亦謂之學矣 – 이 부분은《論語 學而》의 구절을 인용하였다. 子夏曰, "賢賢易色, 事父母, 能竭其力, 事君, 能致其身, 與朋友交, 言而有信. 雖曰未學, 吾必謂之學矣."

다.⁵⁴⁰

다.[540]

---

540 원문 猶蒙被而臥耳 – 蒙은 입을 몽. (머리에) 덮어 쓰다. 被는 이불 피. 입다. 臥는 누울 와. 누워있다. 결국 아무것도 못 볼 것이란 뜻. 이 문답은 書册을 통한 간접 지식의 효용성을 강조하였으니, 客人은 이를 깨닫지 못한 것이다. '수재는 문밖을 나가지 않더라도(秀才不出門), 천하의 일을 알 수 있다(能知天下事).'

087/ 누구에게 배웠는가?

|原文| 人見鄰里親戚有佳快者, 使子弟慕而學之, 不知使學古人, 何其蔽也哉?

世人但見跨馬被甲, 長槊强弓, 便云我能爲將, 不知明乎天道, 辯乎地利, 比量逆順, 鑒達興亡之妙也.

但知承上接下, 積財聚穀, 便云我能爲相, 不知敬鬼事神, 移風易俗, 調節陰陽, 薦擧賢聖之至也.

但知私財不入, 公事夙辦, 便云我能治民, 不知誠己刑物, 執轡如組, 反風滅火, 化鴟爲鳳之術也.

但知抱令守律, 早刑晚舍, 便云我能平獄, 不知同轅觀罪, 分劍追財, 假言而奸露, 不問而情得之察也.

爰及農商工賈, 廝役奴隷, 釣魚屠肉, 飯牛牧羊, 皆有先達, 可爲師表, 博學求之, 無不利於事也.

|국역| 사람들은 이웃 마을이나 친척에 잘 나가는 사람이 있으면, 子弟(자제)로 하여금 흠모하며 배우게 하지만 古人(고인)을 따라 배우게 할 줄을 모르니 이 어찌 잘못이 아니겠는가?[541]

---

541 원문 見鄰里親戚有佳快者 - 鄰里는 이웃 마을. 鄰은 隣. 佳快는 佳人이나 快士(쾌사). 잘 나가다. 佳勝. 優秀者. 凡庸(범용)하지

世人(세인)들은 말 타고 갑옷에 긴 창과 强弓(강궁)을 잡은 사람을 보면, 곧 나도 장수가 될 수 있다고 말하지만, 그 사람이 天道(천도)에 밝고, 地利(지리)도 잘 알며,[542] 逆理(역리)와 順理(순리)를 헤아리고, 흥망의 미묘한 차이를 판별하는데 통달한 줄은[543] 알지 못한다.

겨우 윗분의 뜻을 아래에 전달하고 재물이나 곡식을 모을 줄 안다면, 곧 나도 나라의 재상 노릇을 할 수 있다고 말하지만, 재상이 귀신도 섬기면서 移風易俗(이풍역속 : 풍속을 고쳐 바로잡다)하고 음양을 조절하며[544] 현인을 천거하여 조정에 유치하는 줄은 모른다.

않은 사람.

542 원문 明乎天道, 辯乎地利 – 여기 天道는 음양과 寒暑(한서)의 時制. 地利는 地理的 遠近, 險要(험요), 廣狹, 生, 死地의 판별.

543 원문 鑒達興亡之妙也 – 鑒達은 꿰뚫어보다. 鑒은 鑑과 同字로 거울 감. 洞鑑(통감)하다. 達은 洞達(통달). 興亡之妙는 흥망의 미묘함. 미묘한 차이.

544 원문 調節陰陽 – 陳平(진평, ?–前 178)은 奇計로 여러 번 漢 高祖 劉邦을 도왔다. '反間計', '離間計'가 그의 특기이다. 文帝가 조회 중에 우승상 주발에게 죄인의 수와 전곡출납의 숫자를 묻자, 주발은 모른다고 대답했다. 문제가 다시 좌승상 진평에게 묻자, 진평은 "각각 담당 관리에게 물어야 한다."고 대답했다. 문제가 승상의 담당 업무를 묻자, 진평은 막힘없이 "재상이란 위로는 天子를 보좌하여 음양을 고르게 하고 四時를 순환케 하며, 아래로는 만물이 때맞춰 성장케 하고, 밖으로는 四夷와 제후들을 어루만지며 안으로는 백성들을 가까이 살펴주면서 경과 대부들로 하여금 직분을 충실히 수행토록 해야 합니다."라고 대답했다. 문제는

겨우〔國庫(국고)를〕私財(사재)로 不入(불입 : 받지 않는다)하고 公事(공사)를 빨리 처리할 수 있으면,[545] 나도 능히 백성을 다스릴 수 있다고 말하지만, 자신에 성실하여 萬事(만사)에 모범을 보이며[546] (백성을 다룰 때) 말고삐 잡기를 실끈을 잡은 듯하고,[547] 바람의 방향을 돌려 불을 끄며,[548] 솔개 같은 악인을 봉황 같은 사람으

옳은 말이라고 칭찬하였다. 《漢書》40권, 〈張陳王周傳〉에 입전.

545 원문 公事夙辦 – 夙은 일찍 숙. 辦은 힘쓸 판. 처리하다.

546 원문 誠己刑物 – 誠己는 자신에 성실하다. 자신을 속이지 않다. 刑物은 型物, 만사에 모범을 보이다.

547 원문 執轡如組 – 이는 본래 《詩經 鄭風 大叔于田》에 나오는 구절이다. 곧 '執轡如組하니(잡은 말고삐를 마치 수놓는 실을 잡은 듯하니) 兩驂如舞로다(양쪽 곁 말이 춤을 추는 것 같도다). 이는 지방관이 백성을 조심조심 동원하고 위무하니 백성이 기뻐한다는 뜻이다.

548 원문 反風滅火 – 이는 유능한 지방관이 성심으로 백성을 다스리는 善政의 표본이다. (後漢 初) 劉昆(유곤)의 字는 桓公(환공)인데, 陳留郡 東昏縣 사람으로 (前漢) 梁 孝王의 후손이다. 建武 5년, 孝廉으로 천거되었지만, 고향을 떠나 (南郡) 江陵(강릉)에서 문도를 교육하였다. 光武帝가 알고서는 즉시 江陵 縣令을 제수하였다.
그때 縣에서는 해마다 화재가 발생하였는데, 유곤이 그때마다 불길을 향해 머리를 조아리면 비가 내리고 바람도 멈추었다. 조정에 들어와 光祿勳이 되었다. 광무제가 조서를 내리며 유곤에게 물었다. "전에 江陵(강릉)에서는 산불에 바람이 반대로 불어 저절로 진화되었고, 또 弘農 태수일 때는 호랑이들이 북으로 河

로 교화하는 방책이[549] 있는 줄을 알지 못한다.

　다만 律令(율령 : 법률과 명령)을 따를 줄 알고 형벌은 빨리 집행하며 사면은 늦게 처리하는 줄만 알고서[550] 나도 능히 옥사를 평

水를 건너갔다는데, 무슨 德政을 폈기에 이런 일이 있었는가?'
이에 유곤이 대답하였다. "모두 우연입니다." 그러자 측근에서
그의 우둔한 답변에 모두 웃었다. 그러나 광무제는 감탄하며 말
했다. "이것이 바로 長者의 말이로다." 광무제는 이를 서책에 기
록하라고 명했다. 《後漢書 儒林列傳 上》에 立傳.

549 원문 化鴟爲鳳 – 鴟는 솔개 치. 仇覽(구람)의 字는 季智(계지)인데
一名 香(향)이고, 陳留郡 考城縣 사람이다. 젊어 순박하고 말수가
적은 書生이라서 향리에서 그를 알아주는 사람이 없었다. 나이
40에 縣에서 불러 縣吏에 보임했는데 나중에 蒲(포)의 亭長이 되
었다. 그때 考城 현령 王渙(왕환)은 그 정사가 매우 엄격 철저하
였는데, 구람이 은덕으로 교화한다는 말을 듣고 불러서 主簿(주
부)로 임명했다. 왕환이 구람에게 물었다. "주부가 陳元의 잘못
을 알고도 벌을 주지 않고 가르쳤는데, 매나 송골매처럼 한번 떨
쳐보고 싶은 마음이 있는가?' 그러자 구람이 대답했다. "새매는
鸞鳳(난봉)처럼 훌륭하지 않다고 생각합니다." 왕환은 구람에게
사례하며 말했다. "가시덤불은 난봉이 살만한 곳이 아니며, 현령
이 어찌 大賢이 나아갈 목표이겠는가? 오늘날 太學에서 긴 소매
옷을 입고 이름을 날리는 사람도 모두 당신보다 아래일 것입니
다. 나의 한 달 치 봉급을 학자금으로 드리오니 힘써 큰 뜻을 이
루시오." 《後漢書 循吏列傳》에 立傳.

550 원문 抱令守律, 무刑晩舍 – 율령은 형법과 행정명령. 형벌은 빨리
집행하고 사면을 늦춰 집행하는 것은 酷吏(혹리)의 업무 스타일이
다. 어느 시대이건 백성 위에 군림하는 간악한 혹리가 있었다. 그
래서 《史記》와 《漢書》, 그리고 《後漢書》에 모두 〈酷吏列傳〉이 있

결할 수 있다고 말하지만, (죄인을 호송하는) 수레 끌채에 죄인을 함께 묶어 죄인을 감찰하며, (유산 싸움에) 칼을 물려준 뜻을 알아 재산을 되찾아주거나[551] 일부러 거짓말을 들려주어 간악한 짓을 폭로케 하며[552] 심문하지도 않고 죄인을 찾아내는 통찰력이 있는 줄을[553] 알지 못한다.

더 나아가 농민 商賈(상고)나 工人, 하인〔廝役(시역)〕이나 奴隷(노예), 고기 잡는 어부나 백정〔屠肉(도육)〕, 소를 먹이고〔飯牛(반우)〕양 치는 목동일지라도(牧羊), 제각각 먼저 통달하여 가히 師表가 될 만한 사람이 있으니, 널리 배우고 (그런 지혜를) 얻으려

다. 班固가 말했다. 「위에서 타락하면 아랫사람이 참월하며, 그 나쁜 짓은 헤아릴 수도 없다. 폭정이 횡행하면 형벌도 많아진다. 포악하게 부리고 무자비한 수취를 유능하다 생각하지만, 포악한 자에게는 큰 형벌이 내려지고 재앙도 비참하게 끝난다. 이에 〈酷吏傳〉 第六十을 서술하였다.」

551 이는 전한 말, 前 8년에 御史大夫(大司空)를 역임했고 나중에 왕망의 모함으로 자살한 何武(하무, ?─서기 3년)의 고사이다.《한서》 86권, 〈何武王嘉師丹傳〉에 입전.

552 원문 假言而奸露 ─ 한 아이를 놓고 두 사람이 서로 자기의 아들이라고 다투자, 李崇(이숭)이란 지방관이 두 사람을 가둬둔 다음에, 아이가 죽었다는 거짓말을 일부로 들려주어 두 사람의 슬퍼하는 모습을 보고 간악한 거짓을 폭로케 했다는 이야기가 있다.

553 원문 不問而情得之察也 ─ 西晉의 현령 陸雲(육운)은 피살자의 아내를 불러 조사도 안 하고 며칠 가둬둔 뒤에 풀어주었다. 그 여인을 마중 나온 奸夫(간부)를 잡아 범행 일체를 자백 받았다.

한다면(博學求之), 세상사에 이롭지 않은 것이 없을 것이다.[554]

---

554 배움에는 노소가 없으니(學無老小), 유능한 사람이 스승이며(能者爲師), 지난 일을 잊지 않는 것이 뒷일의 스승이다(前事不忘後事之師). 그러하기에 '가는 곳마다 마음을 쓰면 모두가 배울 것이고(處處留心皆學問), 세 사람이 길을 간다면 꼭 나의 스승이 있다(三人同行有我師).'

088/ 배운 것은 실천해야

|原文| 夫所以讀書學問, 本欲開心明目, 利於行耳.

未知養親者, 欲其觀古人之先意承顔, 怡聲下氣, 不憚劬
勞, 以致甘腝, 惕然慚懼, 起而行之也.

未知事君者, 欲其觀古人之守職無侵, 見危授命, 不忘誠
諫, 以利社稷, 惻然自念, 思欲效之也.

素驕奢者, 欲其觀古人之恭儉節用, 卑以自牧, 禮爲敎
本, 敬者身基, 瞿然自失, 斂容抑志也.

素鄙吝者, 欲其觀古人之貴義輕財, 少私寡慾, 忌盈惡
滿, 賙窮恤匱, 赧然悔恥, 積而能散也.

素暴悍者, 欲其觀古人之小心黜己, 齒弊舌存, 含垢藏
疾, 尊賢容衆, 苶然沮喪, 若不勝衣也.

素怯懦者, 欲其觀古人之達生委命, 强毅正直, 立言必
信, 求福不回, 勃然奮厲, 不可恐懾也.

歷玆以往, 百行皆然. 縱不能淳, 去泰去甚, 學之所知,
施無不達.

世人讀書者, 但能言之, 不能行之, 忠孝無聞, 仁義不足.
加以斷一條訟, 不必得其理, 宰千戶縣, 不必理其民. 問其
造屋, 不必知楣橫而梲豎也, 問其爲田, 不必知稷早而黍遲
也. 吟嘯談謔, 諷詠辭賦, 事旣優閒, 材增迂誕, 軍國經綸,

略無施用, 故爲武人俗吏所共嗤詆, 良由是乎!

|국역| 대체로, 우리의 讀書(독서)와 學問(학문)은 우리의 마음을 열고〔開心(개심)〕안목을 틔워(明目) 우리 행실에 도움을 얻으려는 뜻이다.[555]

양친을 봉양할 줄 모르는 사람이라도 옛사람(古人)이 양친의 뜻을 먼저 따르고 안색을 살펴〔先意承顔(선의승안)〕온화하면서도 낮은 목소리로 말씀드리고 힘든 일을 꺼리지 않으며,[556] 달고 부드러운 음식을 올린다는 사실을 알면[557] 두렵고도 부끄러워[558] 起身(기신:몸을 일으키다)하여 실행하려 할 것이다.

事君(사군:임금을 섬기다)을 모르는 자라도, 古人이 守職(수직:직무를 지키다)하며 越權(월권:남의 일을 침범하다)하지 않고, 위기에 처하여 授命(수명:목숨을 내놓다)하며[559] 충언으로 간쟁하는 본

---

555 원문 利於行耳 – 孔子曰, "良藥苦於口而利於病하고, 忠言逆於耳而利於行이라." 본래 《孔子家語 六本》에 있는 말이다.

556 원문 怡聲下氣 不憚劬勞 – 怡는 기쁠 이. 怡聲은 부드러운 목소리. 下氣는 숨을 죽이다. 목소리를 낮추다. 憚은 꺼릴 탄. 劬는 수고로울 구. 劬勞는 몹시 애써 일함. 자식을 낳아 기른 어버이 은덕을 劬勞之恩(구로지은)이라 한다.

557 원문 以致甘嫩 – 致는 이를 치. 올리다. 甘은 달 감. 嫩은 어릴 눈. 부드럽다.

558 원문 惕然慚懼 – 惕은 두려워할 척. 慚은 부끄러울 참. 懼는 두려울 구.

분을 잊지 않고,[560] 社稷(사직)을 이롭게 하는 행적을 보면 마음 아프게 반성하며[561] 본받으려 할 것이다.

평소에 교만 사치한 자일지라도 古人의 공손, 검약하고 節用하며 자신을 낮춰 스스로 지키고[562] 禮를 교화의 근본으로 敬(공경)을 행실의 기본으로 삼는 모습을 보면 잃을 듯 두려워하고,[563] 표정을 엄숙히 하여 방자한 마음을 억제할 것이다.

평소에 비루하고 인색한 자라도, 古人이 貴義하고 輕財하며, 私心의 욕망을 억제하고 가득 차는 것과 넘치는 것을 꺼리고 미워하며 궁핍한 사람을 돌보고 긍휼히 여기는 것을 보면,[564] 부끄

---

559 원문 見危授命 —《論語 憲問》子路問成人. 曰, "今之成人者何必然? 見利思義, 見危授命, 久要不忘平生之言, ∼"

560 원문 不忘誠諫 — 誠諫은 忠諫. 隋 文帝(楊堅)의 부친 이름 楊忠을 피휘하였다.

561 원문 惻然自念 — 惻은 슬퍼할 측. 自念은 스스로 생각하다. 반성하다.

562 원문 卑以自牧 —《周易》地山謙(지산겸, ☰☰ ☰☰) 괘 初六 爻(효)의 象曰「謙謙君子, 卑以自牧也.」라 하였다. 自牧(자목)은 自守의 뜻.

563 원문 瞿然自失 — 瞿는 볼 구. 懼와 通. 瞿然은 놀라 기색이 바뀌는 모양.

564 원문 忌盈惡滿, 賙窮恤匱 — 忌는 꺼릴 기. 盈은 가득 찰 영. 賙는 진휼할 주. 어려운 사람을 도와주다. 恤은 구휼할 휼. 匱는 함 궤. 결핍. 다하다. 다하여 없어짐.
孔子가 魯 桓公(환공)의 廟堂(묘당)에 있는 欹器(기기)를 보고 말했다. "내가 알기로 텅 비었으면 기울어지고, 중간쯤 차면 바로 서

러운 후회에 얼굴이 붉어지며[565] 모아둔 재물을 흩어 나눠주려 할 것이다.

평소에 포악하고 사나운 자가 古人이 小心으로 자신을 낮추고, 또 강한 치아는 깨지나 부드러운 혀(舌)는 남으며,[566] 다른 사람의 단점을 감싸주고[567] 현인을 존중하면서 대중을 영합하는 것을 보면,[568] 낙담하고 기운을 잃어[569] 옷의 무게도 감당 못할 듯 순해질 것이다.

평소에 겁이 많고 나약한 자가[570] 古人이 生을 달관한 듯, 목숨

고, 가득 차면 엎어지기에 군자는 이를 보고 아주 조심한다.” 그리고는 제자를 시켜 물을 부어 시험하니 과연 그대로이었다. 그러자 공자는 “세상에 가득 차고서도 전복되지 않는 사물이 어디에 있겠는가!”라고 탄식하였다.

565 원문 赧然悔恥 – 赧은 얼굴 붉힐 난. 悔는 뉘우칠 회. 恥는 부끄러울 치.

566 원문 齒弊舌存 – 단단한 치아는 부러지고 깨져도 연약한 혀는 다치지 않는다.

567 원문 含垢藏疾 – 含은 머금을 함. 垢는 때 구. 결점. 藏은 감출 장. 疾은 병 질. 垢와 疾은 타인의 단점. 이는 君子의 寬仁大度를 설명한 말이다.

568 원문 尊賢容衆 –《論語 子張》子夏之門人問交於子張. ~ 子張曰, “異乎吾所聞, 君子尊賢而容衆, 嘉善而矜不能. ~”

569 원문 荼然沮喪 – 荼은 나른할 날. 고달픈 모양. 沮는 막을 저. 沮喪(저상)은 기운을 잃다. 사기가 떨어지다.

570 원문 素怯懦者 – 怯은 겁낼 겁. 두려워 떨다. 懦는 나약할 나.

을 버리듯 剛毅(강의, 굳셈)하고 정직하며, 약속을 꼭 지키면서,[571] 복록을 구하되 선조의 뜻에 어긋나지 않는 것을 보면[572] 발연히 떨치고 일어나 공포에 떨지 않게 될 것이다.[573]

이상의 설명 이외에도 온갖 행실이(百行) 다 그러하다. 설령 이 모두를 따르지 못하더라도[574] 크거나 심한 폐단을 버리고[575] 학문을 통해 알게 된 지식을 실천한다면 성취하지 못할 것이 없을 것이다.

世人으로 讀書하는 자는 능히 말은 하지만 실천하지 않기에 (讀書人의) 忠孝가 알려지지 않고(無聞), 仁義도 不足한 것이다. 거기에 訟事(송사) 한 건을 처리하더라도 그 法理를 완전 깨치지도 못하고, 1천 호의 작은 현을 다스린다 하여도 그 백성을 잘 다스리지도 못한다.

---

571 원문 立言必信 —《論語 子路》子貢과 공자의 士問에 대한 대담에서 공자가 말한다. 曰, "言必信, 行必果, 硜硜然小人哉! 抑亦可以爲次矣."

572 원문 求福不回 —《詩經 大雅 旱麓(한록)》의 구절. 「豈弟君子 求福不回」. 不回는 선조의 정도에 어긋나지 않다.

573 원문 勃然奮厲, 不可恐懾也. — 勃然(발연)은 벌떡 일어서는 모양. 奮厲(분려)는 마음을 단단히 먹고 힘쓰다. 恐懾(공섭)은 두려워하다. 懾은 두려워할 섭.

574 원문 縱不能淳 — 縱은 늘어질 종. 가령, 설령. 淳은 순박할 순.

575 원문 去泰去甚 — 잘못된 폐단의 큰 것(泰)이나 심한 것(甚)을 버리다.

(독서인에게) 집짓기를 물어보아도 문미는 가로로 놓고〔楣橫
(미횡)〕 동자 기둥을 세운다는 것을〔梲豎(절수)〕 꼭 아는 것도 아
니며,[576] 농사를 물어보면 기장〔稷(직)〕은 이삭이 일찍 패고(早),
수수〔黍(기장 서)〕는 이삭이 늦게 나오는 것도 모른다.

노래를 읊조리거나 농담을 즐기고,[577] 辭賦(사부)를 읊는 일은
잘 한다지만, 일하는 재주는 더욱 황당하고, 軍國 大事나 세상의
經綸(경륜)에도 거의 쓸모가 없다보니 武人이나 俗吏들이 독서인
을 비웃는데, 이는 정말로 실천이 없기 때문일 것이다![578]

---

576 원문 不必知楣橫而梲豎也 – 楣(문미 미)는 출입문 위의 가로막대.
梲은 동자 기둥 절, 쪼구미 절. 豎는 더벅머리 수. 짧다. 세우다.
세로.

577 원문 吟嘯談謔 – 吟은 읊을 음. 읊조리다. 嘯는 휘파람 불 소. 談
謔(담학)은 농담을 하다. 우스갯소리를 하다.

578 원문 所共嗤詆, 良由是乎! – 所는 피동의 뜻. 웃음거리가 되다.
嗤는 웃을 치. 비웃다. 詆는 꾸짖을 저. 헐뜯다. 良은 진실로. 사
실. 由是乎는 이것(是) 때문이다. 이것은 실행, 실천. 독서는 하
지만 실천이 없기에 비웃음과 조롱을 당한다.

089/ 학문했다고 미움 받아서야!

|原文| 夫學者所以求益耳. 見人讀數十卷書, 便自高大, 凌忽長者, 輕慢同列, 人疾之如讐敵, 惡之如鴟梟. 如此以學自損, 不如無學也.

|국역| 대개, 보다 나은 것을 얻고자 학문을 한다. 어떤 사람은 수십 권의 책을 읽었다고 갑자기 높고 위대한 줄 생각하면서, 어른을 능멸하거나 동료를 깔보아 무시하는 것을 볼 수 있는데, 그 때문에 다른 사람이 마치 원수처럼 질시하고, 솔개나 올빼미처럼 미워한다.[579] 이처럼 학문 때문에 自損(자손)을 自招(자초)한다면 차라리 無學(무학 : 배우지 아니함)만도 못할 것이다.

---

579 원문 人疾之如讐敵, 惡之如鴟梟 - 疾은 병 질. 질시하다. 讐敵(수적)은 원수. 惡는 증오하다. 鴟는 솔개(소리개) 치. 梟는 올빼미 효. 모두 惡鳥이다.

090/ 학문은 나무 심기

|原文| 古之學者爲己, 以補不足也, 今之學者爲人, 但能
說之也. 古之學者爲人, 行道以利世也, 今之學者爲己, 修
身以求進也.

　夫學者猶種樹也, 春玩其華, 秋登其實. 講論文章, 春華
也, 修身利行, 秋實也.

|국역| 옛날의 學者(학자)는 자신을 위해 학문을 했기에 부족한
것을 보충하였고, 지금의 학자는 남에게 보여주려는 학문이니 말
로 하는데 능하다.[580] 옛날의 學者는 남을 위한 학문이었으니〔利

---

580 古之學者爲己 今之學者爲人 —《論語 憲問》에 실린 공자의 말이
다. 무엇 때문에 학문을 하는가? 누구를 위한 학문인가? 이런 질
문이라면 그 답으로 인류 문화 발전을 위한 학문이라고 말할 수
있다. 爲己는 자신을 위한 이기적인 학문이라고 생각할 수 있고,
爲人은 다른 사람을 위한, 곧 利他的인 학문으로 생각할 수 있
다. 그러나 여기의 文理로 볼 때 爲는 '위하여'의 뜻보다는 '때
문에'라는 뜻으로 해석해야 한다. 즉 자기 자신 때문에, 곧 자신
의 필요성, 자신을 위한 학문이다.
이는 배워서 자신의 마음에 새겨두는 공부이다. 爲人은 남에게
보여줘야 하기 때문에, 곧 남에게 자신의 지식을 보여주려는(欲
見知於人) 공부이다. 귀로 가르침을 들어, 곧 입으로 나오는 공
부라고 말할 수 있다.

他(이타)〕道를 실천하여 세상을 이롭게 하나, 지금 학자는 자신만을 위한〔爲己(위기)〕학문이니 修身(수신)하여 등용되기만을 바란다.[581]

학문이란 나무를 심는 것이니, 봄에는 그 꽃을 구경하고 가을에는 열매를 맺는다. 강론과 문장은 봄날의 꽃이고, 修身과 利行(이행 : 행동에 이롭게하다)은 가을철 열매와 같다.[582]

---

581 남을 위한 공부는 마치 작은 시내에 물소리만 크고(小河流水響聲大), 학문이 얕은 사람은 저 잘났다고 하는 것(學問淺的好自大)과 같다.

582 학문은 자신을 위한 일이다. 博學(박학)하고 篤志(독지)하며, 切問(절문)하고 近思(근사)하면 仁이 그 안에 있을 것이며(《論語 子張》子夏曰, "博學而篤志, 切問而近思, 仁在其中矣."), 君子는 학문으로 大道를 구현해야 하며(《論語 子張》子夏曰, "百工居肆以成其事, 君子學以致其道."), 出仕하며 餘力(여력)에 학문을 해야 하고, 학문이 우수하면 출사해야 한다.(《論語 子張》子夏曰, "仕而優則學, 學而優則仕").

091/ 晚學(만학) – 밤을 밝히는 촛불

|原文| 人生小幼, 精神專利, 長成已後, 思慮散逸, 固須早教, 勿失機也.

吾七歲時, 誦靈光殿賦, 至於今日, 十年一理, 猶不遺忘. 二十之外, 所誦經書, 一月廢置, 便至荒蕪矣. 然人有坎壈, 失於盛年, 猶當晚學, 不可自棄.

孔子云: "五十以學《易》, 可以無大過矣." 魏武, 袁遺, 老而彌篤, 此皆少學而至老不倦也. 曾子七十乃學, 名聞天下. 荀卿五十, 始來遊學, 猶爲碩儒. 公孫弘四十餘, 方讀《春秋》, 以此遂登丞相. 朱雲亦四十, 始學《易》《論語》. 皇甫謐二十, 始受《孝經》,《論語》, 皆終成大儒, 此並早迷而晚寤也.

世人婚冠未學, 便稱遲暮, 因循面牆, 亦爲愚耳. 幼而學者, 如日出之光, 老而學者, 如秉燭夜行, 猶賢乎瞑目而無見者也.

|국역| 사람이 태어나 어릴 때는 정신이 한군데로 쏠리고 영리하나, 長成(장성)한 이후는 생각이 여러 곳에 분산되기에, 정말로 早期(조기) 교육으로[583] 기회를 놓치지 말아야 한다.

나는〔顔之推(안지추)〕7살 때, 〈靈光殿賦(영광전무)〉를 외웠는
데,[584] 今日(금일)에 이르기기까지 10년에 한 번 꼴로 외워보아도
아직도 잊지 않고 있다. 그러나 20세 이후에 외운 經書(경서)는 한
달만 외우지 않고 버려두면 곧 완전히 잊어버리게 된다.[585] 그렇

---

583 원문 固須早敎 - 固는 오로지, 확고히, 단단히, 본래, 이에, 참으
로, 항상. 須는 모름지기 수. 필요하다. 早敎(조교)는 조기 교육.
젊어 독서에 마음을 기울이지 않으면(小時讀書不用心), 책 속에
황금이 있다는 이치를 모른다(不知書中有黃金). 젊어서 부지런
히 배워야 한다는 것을 일찍 알지 못했다면(黑髮不知勤學早), 흰
머리가 되어서 공부가 늦었다는 것을 비로소 후회하게 된다(白
首才悔讀書遲).

584 원문 誦〈靈光殿賦〉 - 誦은 외울 송. 〈魯靈光殿賦〉는 後漢 王逸
(왕일)의 아들 王延壽(왕연수)가 지었다.《後漢書 文苑列傳 上》에
의하면, 王逸(왕일, 後漢 安帝, 順帝 때)의 字는 叔師(숙사)로, 南郡
宜城縣 사람이다. (安帝) 元初 연간에 上計吏로 천거 받아 校書
郎이 되었다. 順帝 때, 侍中이 되었고,《楚辭章句》를 저술하였는
데 세상에 알려졌다. 그의 賦, 誄, 書, 論 및 雜文 등 총 21편이 있
다. 또《漢詩》123편이 있다.
아들 王延壽(왕연수, 생졸년 미상)의 字는 文考(문고)로 俊才이었다.
젊어 魯國을 유람하고 〈魯靈光殿賦〉를 지었다. 뒷날 蔡邕(채옹)
도 이 賦를 지으려 했지만 未完이었는데 왕연수의 글을 읽어보
고서는 매우 기특하게 여기면서 짓기를 그만두었다. 왕연수는
이상한 꿈을 꾸고 매우 마음이 편치 않아 〈夢賦〉를 지어 자신을
격려했다. 뒷날 익사했는데, 나이 20여 세이었다.《魯靈光殿賦》
는《文心雕龍 詮賦》에 수록되어 전한다.

585 원문 便至荒蕪矣 - 荒蕪(황무)는 거칠어지다. 황무지가 되다. 완

지만 사람은 곤궁할 때가 있어[586] 盛年(성년)에 지위를 잃더라도 응당 晩學(만학)을 하면서라도 스스로 포기해서는 안 된다.[587]

孔子(공자)가 말했다. "나이 50이라도 《易(역)》을 배운다면, 아마 大過(큰 과오)가 없을 것이다."[588]

魏(위) 武帝〔무제 : 曹操(조조)〕와 袁遺(원유)는 노년에도 더욱 뜻이 돈독한데, 이들은 모두 어려서부터 학문을 했으며 늙은 뒤에도 게을리하지 않았다.[589]

전히 없어지다.

586 원문 然人有坎壈 - 坎은 구덩이 감. 壈은 불우할 남(람). 坎壈(감람)은 역경. 득지하지 못하다.

587 배움은 중도에 그쳐서는 안 되나니(學不可以已), 둔한 말이 열흘에라도 목적지에 가는 것은 쉬지 않기 때문이다(駑馬十駕 功在不舍). 본래 배운 뒤에야 부족함을 안다(學然後知不足)고 하였으며, 바닷물은 퍼낸다고 마르지 않으며 학문에는 끝이 없다(學問無止境)고 하였다. 남에게 보이려는 학문이라면 어찌 깊이 들어갈 수 있겠는가?

588 《論語 述而》子曰, "加我數年 五十以學易 可以無大過矣." 〈孔子世家〉에는 '假我數年'으로 기록. 加와 假는 相通. 50세에 學易(학역)한다는 말을 天命을 안다는 뜻으로 해석하는 경우가 있고, 《易》을 깊이 연구한다는 뜻의 謙辭로 볼 수도 있다. 또 五十을 卒로 보아 '晩年'의 의미로 풀이할 수도 있다.

589 魏武,袁遺 - 魏 武帝(위 무제, 曹操, 155-220년)의 字는 孟德, 沛國譙縣〔今 安徽省 서북부 亳州市(박주시)〕 출신. 조조는 《三國演義》에서 사실상의 主人公이다. 劉備나 諸葛亮, 孫權의 행적은 거의 曹操와 관련이 있다고 볼 수 있다. 小說에서 뿐만 아니라 歷史에

曾子⁵⁹⁰는 70세에도 여전히 학문을 계속하여 천하에 이름이
났었다.

荀卿(순경)⁵⁹¹은 50세에 처음 遊學(유학)하였는데도 碩儒(석유)

서도 曹操는 劉備나 孫權보다 훨씬 큰 비중을 차지한다. 政治, 軍
事的으로 중요한 인물일 뿐만 아니라 뛰어난 詩人이었기에 中國
文學史에도 등장한다. 曹操 직위는 漢 丞相, 작위는 魏王, 사후에
시호 武王. 曹丕가 稱帝 후 武皇帝, 廟號 (魏)太祖로 추존. 조조
는 身長 七尺에 細眼長髥인데, 《삼국연의》에 처음 등장할 때는
騎都尉이었다. 당시 橋玄(교현)은 靈帝 때 三公과 太尉를 역임한
사람(51권, 〈李陳龐陳橋列傳〉에 立傳)인데 曹操에게 "天下가 크
게 어지러울 텐데, 命世之才가 아니면 不能濟인데 천하를 안정
시킬 사람은 바로 당신이요."라고 말했다. 汝南郡(여남군)의 許劭
(허소)란 사람은 관상을 잘 보기로 유명했는데, 조조를 처음 보고
서는 아무 말도 하지 않았다. 이에 조조가 채근하자, 허소는 "당
신은 治世에는 能臣이나 亂世에는 奸雄(간웅)이다."라고 말했다.
그 말에 조조는 크게 기뻐했다고 한다.
袁遺(원유, ?-192, 字는 伯業)는 袁紹(원소)의 從兄으로 山陽 태수였
는데, 후한 헌제 初平 원년(190년) 反 董卓(동탁) 軍으로 봉기했
다. 曹操는 원유에 대하여 "長大而能勤學者는 惟吾與袁伯業矣
라."고 하였다.

590 曾子(증자) - 본명은 증삼(曾參, 기원전 505-435), 字는 子興(자여),
공자보다 46세 연하. 아버지 曾晳(증석)과 함께 부자가 모두 공자
의 제자였다. 공자의 학통을 이은 제자라서 종성(宗聖)으로 추앙
받고 있다. '하루에 자신을 세 번 살피는(日三省吾身)' 수양을
했다. 《大學》과 《孝經》을 저술했으며 효자로 널리 알려졌다. 또
曾參殺人(증삼살인)과 曾子殺豬(증자살저, 豬는 돼지 저) 등 여러 故
事의 주인공이다.

가 되었다.

公孫弘(공손홍)⁵⁹²은 40여 세에 처음《春秋》를 공부했는데 이로

---

591 荀卿(순경, 名은 況. 約 前 316－237년?). 趙人, 齊의 稷下 學宮의 祭
酒 역임. 齊人이 참소하자 荀卿은 楚에 이주. 春申君(춘신군)이
蘭陵令(난릉령)에 임명. 春申君 死後에 관직 사임, 蘭陵에 거주.
李斯(이사)는 荀卿(순경)의 제자였다. 漢代 儒學 사상과 政治에
큰 영향을 끼쳤고, 宋, 元, 明代三에는 孔廟에 배향. 순자는 性惡
論으로 孟子 性善說과 대립각을 세웠기에 유학자의 비평을 받
았고 孔門의 이단으로 인식되거나 심지어는 法家 人物로 분류
된다.《史記 孟子荀卿列傳 十四》에 立傳. 劉向은 순자의 저술
32편을 묶어《孫卿書》라 합칭했다. 지금 알려진《荀子》는 대략
91,000字 정도이다. 稷下學宮(稷下之學)은 왕립 학문 연구소와
같다. 稷下(직하)는 齊國 國都 臨淄〔임치. 今 山東省 淄博市(치박시)〕
의 稷門 부근에 있었다. 田齊의 桓公(환공, 재위 前 374－357년)이
처음 설치. 齊 宣王(재위 前 319－301년)이 크게 확장하며 천하
의 명사를 초치하니 儒家, 道家, 法家, 名家, 兵家, 農家, 陰陽家
등 百家之學의 學人이 모여들어 自由講學하고 著書하며 論辯하
였다.

592 公孫弘(공손홍, 前 200－121) － 字는 季. 菑川國(치천국) 薛縣(설현)
사람이다. 젊어 옥리로 근무하다가 죄를 지어 면직되었다. 집이
가난하여 바닷가에서 돼지를 키웠다. 나이 40여 세에《春秋》와
雜說을 배웠다. 武帝가 처음 즉위하고서 賢良文學의 인재를 구
할 때 공손홍의 나이는 60이었고 賢良으로 뽑혀 博士가 되었다.
흉노에 사신으로 갔다 돌아와 보고했는데, 무제의 마음에 들지
않아 무제가 화를 내며 무능하다고 생각하자 공손홍은 병을 핑
계로 사임하고 돌아왔다. 元光 5년에, 다시 賢良文學의 인재를 구
했는데, 치천국에서는 다시 공손홍을 추천하였다. 武帝 때 御史

써 나중에 승상에 등용되었다. 朱雲(주운)[593] 역시 40세에 비로소
《周易》과 《論語》를 배웠다. 皇甫謐(황보밀)[594]은 20세에 처음으로
《孝經》과 《論語》를 배웠지만 결국 大儒가 되었으니, 이들 모두는
어려서는 학문을 몰랐지만 늦게 깨우친 사람들이다.[595]

大夫를 거쳐 丞相이 되었고 平津侯에 봉해졌다. 《漢書》58권, 〈公
孫弘卜式兒寬傳〉에 입전. 《史記 平津侯主父列傳》이 있다.

593 朱雲(주운, 생졸년 미상. 漢元帝 때 어사대부) – 朱雲(주운)의 字는 游
(유)이고, 魯國 사람으로 平陵縣으로 이주하였다. 少時에 목숨도
가벼이 여기는 협객과 사귀었는데 신장이 8척이 넘고 용모가 아
주 장대하며 勇力으로 소문이 났었다. 나이 40에 지조를 바꿔 博
士 白子友를 모시고 《易》을 전수받았고, 또 前將軍 蕭望之(소망
지)를 스승으로 《論語》를 배워 그 학업을 모두 이어갔다. 대범하
고 큰 지조를 숭상하였기에 당시 사람들의 존경을 받았다. 《漢
書》67권, 〈楊胡朱梅云傳〉에 立傳.

594 皇甫謐(황보밀, 皇甫는 복성. 謐은 고요할 밀. 215 – 282년, 字는 士安) –
自號 玄晏先生(현안선생), 安定郡 朝那縣(今 寧夏回族自治區 固原
市 彭陽縣) 출신, 西晉의 學者, 醫學者. 曾祖父 皇甫嵩(황보숭)은
後漢 太尉. 젊어 家貧하여 농사를 지으며 독서하였고 學習에 廢
寢忘食(폐침망식)하며 儒家 經典과 百家書를 두루 섭렵하니 사람
들이 '書淫(서음)'이라 불렀다. 名利에 흔들리지 않고 終身토록
不仕하며 저술에 매진하다가, 晉 太康 3년(282년)에 68세를 일
기로 죽었다. 황보밀은 《黃帝三部鍼灸甲乙經 / 全 10권》을 저술
하였는데, 이는 中國 針灸學(침구학)의 名著이다.

595 학문을 中道而廢(중도이폐, 半途而廢, 半途之廢)해서는 안 된다. 책
의 산에 길이 있으니 근면이 가장 빠른 길이고(書山有路勤爲徑),
학문의 바다는 가없으니 고생만이 건널 수 있는 배(學海無崖苦

世人들은 婚禮나 冠禮 때까지 배우지 못하면 곧 늦었다고 말하는데, 이는 담장을 마주보고 서있는 것과 같으며[596] 이 역시 愚人(우인)일 뿐이다.

어려서 배우면 마치 떠오르는 햇빛과 같으나, 늙어 배우더라도 밤길에 촛불을 든 것과 같으니(如秉燭夜行), 그렇더라도 눈을 감고 아무것도 못 보는 사람보다 현명할 것이다. [597]

是舟)이다. 자기 자신을 위한 결심이 없다면 어찌 학문의 바다를 건널 수 있겠는가?

596 원문 因循面牆 —《論語 陽貨》~. 謂伯魚曰, "女爲周南召南矣乎? 人而不爲周南召南, 其猶正牆面而立也與?" 공자는《詩》를 연구하고 정리하였으며〔刪詩(산시)〕《詩》의 실용성과《詩》에 의한 교화를 중시하였기에 제자들에게《詩》를 공부하게 시켰다. 아울러 아들 孔鯉(공리, 伯魚)에게도《詩》의 중요성을 여러 번 강조하였다.

공자가 아들에게 말했다. "너(女, 汝와 同)는〈周南〉과〈召南〉을 공부하였는가? 사람이〈周南〉과〈召南〉을 모르면 마치 담(牆, 담장)에 얼굴을 바짝 맞대고 서있는 것과 같다."

원문의 面은 '얼굴을 마주 대하다'로 동사로 쓰이었다. 담에 바짝 얼굴을 대고 서있으니 무엇을 볼 수 있겠는가? 아무것도 볼 수 없고, 아무데도 갈 수가 없다.

597 如秉燭夜行 — 주석으로서는 좀 길지만 이를 소개하지 않을 수 없다. 춘추시대 晉의 맹인 악사인 師曠(사광, 字는 子野)은 태어날 때부터 눈이 없는 사람이라 盲臣(맹신)이라 자칭했다. 사광은 音律(음율)에 정통했고 琴(금) 연주를 잘했다. 晉 平公(前 557 – 532년) 때 大鐘을 주조했는데 樂工이 모두 음률에 맞는다고 했지만 師曠(사광)은 맞지 않는다고 말했다. 뒷날 齊國(제국)의 樂師 師涓

(사연)이 음률과 맞음을 실증하였다. 쯥 平公이 師曠에게 말했다. "내 나이 70이라 학문을 하기에는 너무 늦은 것 같다." 이에 師曠이 말했다. "왜 촛불을 켜 들지 않으십니까?" "신하가 어찌 그 주군에게 농담을 하는가?" "盲臣(맹신)인 제가 어찌 주군을 희롱하겠습니까? 제가 알기로, 젊은 날의 好學은 떠오르는 햇빛과 같고(如日出之光), 壯年(장년)의 호학은 한낮의 햇빛과 같으며(如日中之光), 늙어 호학하면 촛불을 가진 것과 같다(如秉燭之明)고 하였습니다. 밝은 촛불이 있는데(有炳燭之明), 누가 어두운 길을 걷겠습니까?(孰與昧行乎?)"

平公이 말했다. "옳은 말씀이요!"

092/ 실용성 있는 학문을 해야!

|原文| 學之興廢, 隨世輕重.

漢時賢俊, 皆以一經弘聖人之道, 上明天時, 下該人事, 用此致卿相者多矣. 末俗已來不復爾, 空守章句, 但誦師言, 施之世務, 殆無一可. 故士大夫子弟, 皆以博涉爲貴, 不肯專儒.

梁朝皇孫以下, 總丱之年, 必先入學, 觀其志尙, 出身已後, 便從文史, 略無卒業者. 冠冕爲此者, 則有何胤,劉瓛, 明山賓,周舍,朱異,周弘正,賀琛,賀革,蕭子政,劉縚等, 兼通文史, 不徒講說也.

洛陽亦聞崔浩,張偉,劉芳, 鄴下又見邢子才, 此四儒者, 雖好經術, 亦以才博擅名. 如此諸賢, 故爲上品, 以外率多田野閒人, 音辭鄙陋, 風操蚩拙, 相與專固, 無所堪能, 問一言輒酬數百, 責其指歸, 或無要會.

鄴下諺云, '博士買驢, 書券三紙, 未有驢字.' 使汝以此爲師, 令人氣塞.

孔子曰, "學也祿在其中矣." 今勤無益之事, 恐非業也. 夫聖人之書, 所以設敎, 但明練經文, 粗通注義, 常使言行有得, 亦足爲人. 何必「仲尼居」卽須兩紙疏義, 燕寢講堂,亦復何在? 以此得勝, 寧有益乎?

光陰可惜, 譬諸逝水. 當博覽機要, 以濟功業, 必能兼美,
吾無間焉.

|국역| 學問(학문)의 흥성과 쇠퇴는 세태에 따라 輕重(경중)이 달
라진다.

漢代(한대)의 뛰어난 학자들은 모두 一經(하나의 경전)을 전문
하여 聖人之道(성인지도)를 널리 폈는데, 위로는 天時(천시)를 밝히
고 아래로는 인간 세계의 일을 두루 갖췄으며,[598] 이로써 卿相(경
상)에 오른 사람이 많았다.

末世(말세)의 習俗(습속)이 퍼진 이후로는 그러하지 않았으
니,[599] 공연히 章句(장구)의 뜻이나 따지고 사부의 말을 그냥 외웠
기에 세속 실무에는 거의 도움이 되지 않았다.[600] 그래서 士大夫
(사대부)의 子弟(자제)들은 널리 두루 섭렵하는 것을 귀하게 여겼
고, 한 가지만 전문하는 유생이 되려 하지 않았다.[601]

---

598 원문 下該人事 – 該는 갖출 해. 두루 갖추다. 그. 賅(족할 해)와 通.

599 원문 末俗已來不復爾 – 末俗(말속)은 말세의 습속. 已來(이래)는
以來. 不復爾(불부이)는 다시는 그러하지(爾) 아니하다.

600 원문 殆無一可 – 殆는 위태로운 태. 거의. 無一可는 쓸만한 것이
없었다.

601 원문 不肯專儒 – 不肯(불긍)은 ~하려고 않다. 專儒는 한 가지에
치중하여 경전의 大義를 강론할 수 있는 전문적인 유생.

梁朝(양조)에서는 皇孫(황손) 이하 모두가 어린 나이에[602] 필히 太學(태학)에 입학하여, 그 志向(지향)을 살펴보았으나 出仕(출사) 한 이후에는 곧장 文史(文吏, 文官)에 임용되었기에 학문을 마치 는[卒業(졸업)] 자가 거의 없었다.

(梁朝) 관원 중에서 학문을 대략 마쳤다고 할 사람으로는 何胤 (하윤),[603] 劉瓛(유환),[604] 明山賓(명산빈),[605] 周舍(주사), 朱異(주 이)[606], 周弘正(주홍정),[607] 賀琛(하침),[608] 賀革(하혁), 蕭子政(소자 정), 劉縚(유조) 등이 文史(문사)에 겸통하였으며 그저 講說(강설)만

---

602 원문 總卝之年 – 總은 거느릴 총. 모아서 묶다. 卝은 쌍 상투 관. 뿔 모양으로 머리를 묶다. 總角. 總卝之年(총관지년)은 어린 나이.

603 何胤(하윤, 446 – 531年, 字는 子季) – 南朝 齊, 南朝 梁의 經學家. 何 胤은 好學하여 沛國 劉瓛(유환)의 학문을 배워《易經》,《禮記》, 《毛詩》에 정통하였고 불전 및 內外 典籍(전적)에 두루 박통하였 으며, 여러 관직을 역임하였다.

604 劉瓛(유환, 字는 子圭. 瓛音 桓) – 沛國 相縣人. 勤奮(근분) 好學하고 博通 經術하였다.《南齊書》39권에 입전.

605 明山賓(명산빈, 443 – 527년, 字는 孝若) – 南齊와 南梁의 官員.

606 朱異(주이, 483 – 549년, 字는 彦和) – 吳郡 錢唐縣 출신. 梁 武帝가 老年에 크게 신임한 대신. 탐욕, 부패, 간악한 사람이라서 梁朝 衰落의 한 원인이라는 평가도 있다.

607 周弘正(주홍정, 496 – 574, 字는 思行) – 南朝 梁과 陳의 官員. 10세 에《老子》와《周易》에 통달. 나중에 國子博士 역임.

608 賀琛(하침, 481 – 549, 字는 國寶) – 會稽 山陰人.《三禮》에 박통.《梁 書》38권에 입전.

을 일삼지 않았다.[609]

洛陽(낙양)에서도 또한 崔浩(최호),[610] 張偉(장위), 劉芳(유방)[611] 등이 유명하고, 鄴縣(업현)에서는 邢子才(형자재, 邢邵)가[612] 널리 알려졌는데, 이 4명의 유학자는 유학을 좋아하면서도 다 방면에 재학이 뛰어나다고 알려졌다. 이상의 여러 賢人(현인)은 학문으로 上品(상품)의 인물이 되었다.

이들 이외에도 많은 사람이 田野(전야)에 묻힌 閒人(한인)으로, 그들의 音辭(음사)는 鄙陋(비루)하고, 風操(풍조)도 蚩拙(치졸)하며,[613] 같이 상대해보면 자기만 내세우며 고루하고[專固(전고)], 할 수

---

609 원문 不徒講說也 – 談論보다는 實務에 공적이 있었다는 뜻.

610 崔浩(최호, 381 – 450년, 字는 伯淵) – 北魏 政治家. 《魏書 · 崔浩列傳》에서는 '少好文學하고 博覽 經史하였으며, 陰陽과 百家之言을 두루 硏學하였다. 그 모습이 부인처럼 유순하게 생겨 張良(장량)과 같다고 하였다. 北魏의(鮮卑族, 拓拔氏) 道武帝(386 – 409), 明元帝(409 – 423), 太武帝(재위 423 – 452)를 섬겼으며, 관직은 司徒에 이르렀으며 太武帝가 가장 신임한 謀臣으로 北魏의 華北 통일에 크게 기여했다.
최호는 도교를 장려하고 불교를 탄압한 장본인이었으며, 北魏의 국사편찬 사건으로 九族이 몰살되었다.

611 劉芳(유방, 453 – 513년, 字는 伯文) – 魏 宣武帝 時 中書令.

612 邢子才〔邢邵(형소), 496 – ?, 字는 子才〕– 北魏, 東魏, 北齊의 賦賦家, 散文家.

613 원문 風操蚩拙 – 風操는 지조와 행실, 操行(조행). 蚩는 어리석을 치. 拙은 서투를 졸. 蚩拙(치졸)은 稚拙(치졸).

있는 일도 없으면서 하나의 질문에 수백 글자로 대답하는데, 그 要旨(요지)를 따져 물으면,[614] 가끔은 요지조차 없다.

鄴縣(업현) 일대의 俗諺(속언)에, '博士(박사)가 나귀를 사는데 문서 3장에 나귀 驢(려)字가 없다.'고 하였으니, 너희들이 이런 일을 본떠 따른다면 다른 사람들은 기가 막힐 것이다.

孔子(공자)는 "학문을 하면 俸祿(봉록)이 거기에 있다."고 하였다.[615]

---

614 원문 責其指歸 - 責은 따지다. 따져 묻다. 指歸는 취지, 의향. 要旨.

615 《論語 衛靈公》 子曰, "君子謀道不謀食. 耕也, 餒在其中矣, 學也, 祿在其中矣. 君子憂道不憂貧." 군자는 학문에 전념하고 衣食을 도모하지 않는다. 농사를 지어도 굶주리나 학문에는 국록이 들어있다. 군자는 道의 실천을 근심할 뿐 자신의 가난을 걱정하지 않는다.
옛날 중국이나 우리나라에서 지식인(선비, 사대부)의 직업은 관리가 되는 길 뿐이었다. 아마 동서양의 같은 世紀에 공부하는 사람이 많기로는 중국을 따라갈 나라가 없었을 것이다.
옛날의 학문은 과거시험 준비였고, 그래서 관직에 진출하면 먹고 살 길은 거기에 다 있었다. 뿐만 아니라 존경과 권위가 더 좋았을 것이다. 뼈가 부러지게 농사일을 하고도 굶주리는 사람은 언제나 농부이었다.
가난한 사람이 부자가 되기로는 농사는 工匠(공장, 匠人)만 못하고, 공장은 장사만 못하다(以貧求富 農不如工 工不如商)고 하였다. 실제로 농사꾼은 10년 내에 부자 되기 어렵지만(十年難發農家漢), 상인은 하루에도 큰돈을 벌 수 있다(一朝致富經商人). 그러한 富商도 관리에게는 힘을 못 썼다. 그러니 가난뱅이는 부자와 싸우지 말고(窮不與富鬪), 부자는 관리와 다투지 말라(富不與官鬪)는 속담이 생겼다. 이는 지금 시대에도 통하는 不文律(불문

지금 무익한 일에 힘을 쓴다면 아마 바른 공부가 아닐 것이다〔恐
非業也(공비업야)〕. 대체로 聖人(성인)의 경서는 가르침을 베푸는
것이니, 다만 경전의 문구를 익히 알고〔明練經文(명련경문)〕, 그
대의에 대략 통달하며〔粗通注義(조통주의)〕, 평상시 언행에서 실
천할 수 있다면 충분할 것이다. 꼭〔何必(하필)〕〔《孝經 開宗明義
章(효경 개종명의장)》첫 句(구)인〕「仲尼居(중니거) 曾子侍(증자시)」
에 2장이나 되는 주석을 달아 居(거)자를 사적인 침실인지〔燕寢
(연침)〕, 講堂(강당)인지, 아니면 또 다른 곳이겠는가?〔亦復何在(역
복하재)?〕 이렇게 하여 爭論(쟁론)에서 승리한다 하여 무슨 이득이
있겠는가?〔寧有益乎(영유익호)?〕

光陰(광음, 시간)을 아껴야 하며[616] 이를 흘러가는 물에 비유할
수 있다〔譬諸逝水(비제서수)〕.[617] (학문은) 넓게 보고〔博覽(박람)〕
그 要諦(요체)를 파악해야 하니,[618] 이 두 가지를 겸유할 수 있다

률)이다.

616 一寸의 光陰은 一寸의 黃金(一寸光陰一寸金)이고, 寸金으로도
一寸 光陰을 살 수 없으며(寸金難買寸光陰), 백년 세월도 떠가는
구름과 같다(百歲光陰如浮雲).

617 孔子는 강가에서 흘러가는 강물을 바라보며 "세월 가기가 이와
같나니 밤낮으로 쉬지 않는다."라고 탄식하였다.《論語 子罕》子
在川上曰, "逝者如斯夫! 不舍晝夜."
그리고 李白은 詩〈將進酒〉에서 '君不見 黃河之水는 天上來하
여 奔流到海(분류도해)하여 不復回라.'라고 읊었다.

618 원문 當博覽機要 - 當은 응당. 꼭. 博覽(박람)은 널리 보다. 機要

면 나는 더 할 말이 없을 것이다.[619]

093/ 학문이 깊지 못하니!

|原文| 俗間儒士, 不涉群書, 經緯之外, 義疏而已.

吾初入鄴, 與博陵崔文彦交遊, 嘗說王粲集中難鄭玄尙書事. 崔轉爲諸儒道之, 始將發口, 懸見排蹙, 云, "文集只有詩賦銘誄, 豈當論經書事乎? 且先儒之中, 未聞有王粲也." 崔笑而退, 竟不以粲集示之.

魏收之在議曹, 與諸博士議宗廟事, 引據《漢書》, 博士笑曰, "未聞《漢書》得證經術." 收便忿怒, 都不復言, 取〈韋玄成傳〉, 擲之而起. 博士一夜共披尋之, 達明, 乃來謝曰, "不謂玄成如此學也."

|국역| 세속의 儒生들은 많을 책을 읽지도 않고, 經書와 緯書(위서) 이외에 經文 주석만을 읽는다.[620]

---

620 원문 經緯之外, 義疏而已 − 經緯는 經書와 緯書(위서). 경서는 우리가 알고 공부하는 儒家의 經典, 곧 正經의 書. 緯書는《詩經》, 《書經》,《易經》,《禮記》,《樂經》,《春秋》,《孝經》의 내용을 여러 가지 讖緯說(참위설)을 이용하여 改作하였고, 이를 七緯라 하였다. 緯書는 經書에 대하여 상대적인 개념이다.《後漢書》82권,〈方術列傳〉(上) 樊英列傳(번영열전) 참고. 義疏(의소)는 經義에 대한 해설.

내가 처음에 (北齊의 도읍) 鄴縣(업현)에 가서는 博陵郡(박릉
군)[621]의 崔文彦(최문언)[623]과 交遊(교유)하였는데, 언젠가 王粲(왕
찬)의 文集에서 鄭玄(정현)[623]의 《尚書注》를 비난한 일에 대한 이
야기를 했다. 최문언이 이를 여러 유생들에게 두루 말했는데, 최
문언이 입을 열자마자 (다른 유생이) 비난하는 뜻을 얼굴에 나타
내며 말했다.[624]

"文集에는 다만 詩나 賦, 銘文이나 誄辭(뇌사)가 있을 뿐인
데,[625] 어찌 경서에 관한 의논이 들어있겠습니까? 그리고(且) 先

---

621 博陵郡(박릉군) - 後漢의 郡名. 이후 여러 번 치소를 옮겼지만 北
齊에서는 安平縣으로, 今 河北省 中南部, 衡水市 관할 安平縣이
었다.

622 博陵(박릉) 崔氏 - 博陵郡의 郡望의 崔姓家族. 후한 시절부터 유
명한 명문가. 北魏 시대에는 清河 崔氏(대표적 인물, 崔浩)보다
낮았지만 北齊와 北周 시기에는 첫째가는 名門巨族이었다.

623 鄭玄(정현, 127 - 200년, 字는 康成) - 北海郡 高密縣(今 山東省 高密
市) 출신. 후한의 訓詁學者. 예언가. 전, 후한의 經學을 집대성한
사람. 보통 '經神'으로 통칭.

624 원문 懸見排蹙 - 懸은 매달 현. 懸見은 또렷하게 내보이다. 排蹙
(배축)은 배척하고 비난하다. 排擠(배제)하다. 밀쳐내다. 蹙은 대
지를 축. 찡그리다. 비난하다.

625 원문 詩賦,銘誄 - 詩는 기본적으로 韻文이다. 운이 없거나 맞추
지 않는다면 詩가 아니다. 賦(부) 역시 운문으로 體物寫志한 문장
이다. 銘(명)은 故人의 공적이나 인품을 찬미한 운문이며, 誄(뇌,
誄辭)는 고인의 生時 행적을 나열한 운문이다. 文集에는 이 4가

儒 중에 王粲(왕찬)[626]이란 사람이 있다는 말을 들어본 적도 없습니다."

최문언은 웃으며 자리를 떴지만, 끝내 왕찬의 문집을 그 사람에게 보여주지 않았다.

魏收(위수)[627]란 사람이 議曹(의조)에서 근무할 때, 여러 博士와 함께 宗廟(종묘)의 업무를 논의하면서 《漢書》를 인용하여 말하자,

---

지 형태의 글만 수록한다고 생각한 문인의 고루함은 결국 많은 책을 읽지 않았다는 반증이다.

626 王粲(왕찬 177 - 217, 字는 仲宣) – 후한 말의 시인 겸 문장가로 유명. 建安七子 중 제일. 陳壽의 《三國志 魏書 王衛二劉傳傳》에 입전.

王粲(왕찬)이 다른 사람과 길을 가면서 길가의 碑文(비문)을 읽었는데, 그 사람이 "비문을 암송할 수 있습니까?"라고 물었다. 왕찬은 비문을 등지고 외웠는데 한 자도 틀리지 않았다. 사람들이 바둑구경을 할 때, 바둑판이 흩어지자 왕찬이 그대로 다시 복기해 주었다. 바둑을 둔 사람이 믿지 못하고 판을 두건으로 가린 뒤 다른 판에 다시 놓게 한 뒤에 서로 비교해 보니 하나도 틀리지 않았다. 왕찬의 뛰어난 기억력이 이 정도이었다.

왕찬은 계산을 잘했고 산술에서 그 이치를 거의 다 알고 있었다. 왕찬은 글도 잘 지었으니 붓을 들면 바로 문장을 완성하는데, 다시 정정하지도 않아 그때 사람들은 왕찬은 뱃속에 글이 들어있다고 말했다. 그러나 다시 깊이 생각해서 고친다 하여도 더 좋지는 않았다. 詩와 賦, 議論 등 60여 편을 저술하였다.

627 魏收(위수, 507 - 572년, 字는 伯起) – 鉅鹿郡(거록군) 下曲陽縣(今 河北省 남부 邢台市 平鄉縣) 사람. 北齊의 史學家, 文學家. 二十四史 중 《魏書》를 저술한 사람.

博士들이 비웃으며 말했다.

"《漢書》에 경학을 논증했다는 말을 들은 적이 없습니다."

그러자 위수는 크게 화를 내며 아무 말도 없이 《漢書 韋玄成傳(한서위현성전)》을 던져주고 일어났다. 博士들이 하룻밤 내내 찾아 읽고서는 날이 밝자 찾아와 사죄하며 말했다.

"韋玄成(위현성)⁶²⁸의 학문이 이렇게 깊은 줄을 몰랐습니다."

---

628 韋玄成(위현성, ?-前 36)-《漢書》73권, 〈韋賢傳〉에 立傳. 韋賢(위현, 前 147-66)은 宣帝 本始 3년(前 71)에 승상, 封 扶陽侯, 地節 3년(前 67) 사임. 귀향했다.

韋賢의 네 아들 중 장자 韋方山은 高寢令이었는데 일찍 죽었고 次子인 韋弘은 東海太守를 지냈으며, 셋째인 韋舜은 魯에 살면서 분묘를 지켰고 막내아들 韋玄成(위현성)은 明經으로 거듭 천거되어 승상에 이르렀다.

그래서 魯郡 鄒縣(추현)의 속언에 '자식에게 많은 황금을 물려주는 것이 경전 한 권을 가르치는 것만 못하다.(遺子黃金滿籯, 不如一經).'라고 했다. 黃金滿籯(황금만영)은 광주리에 가득한 황금. 籯(대광주리 영)대신 盈(가득 찰 영)을 쓰기도 한다.

094/ 老莊의 후예들

|原文| 夫老,莊之書, 蓋全眞養性, 不肯以物累己也.

故藏名柱史, 終蹈流沙, 匿跡漆園, 卒辭楚相, 此任縱之
徒耳. 何晏,王弼, 祖述玄宗, 遞相夸尙, 景附草靡, 皆以農,
黃之化, 在乎己身, 周,孔之業, 棄之度外. 而平叔以黨曹爽
見誅, 觸死權之網也. 輔嗣以多笑人被疾, 陷好勝之阱也.
山巨源以蓄積取譏, 背多藏厚亡之文也. 夏侯玄以才望被
戮, 無支離擁腫之鑑也. 苟奉倩喪妻, 神傷而卒, 非鼓缶之
情也. 王夷甫悼子, 悲不自勝, 異東門之達也. 嵇叔夜排俗
取禍, 豈和光同塵之流也. 郭子玄以傾動專勢, 寧後身外
己之風也. 阮嗣宗沈酒荒迷, 乖畏途相誡之譬也. 謝幼輿
贓賄黜削, 違棄其餘魚之旨也. 彼諸人者, 並其領袖, 玄宗
所歸. 其餘桎梏塵滓之中, 顚仆名利之下者, 豈可備言乎!
直取其淸談雅論, 剖玄析微, 賓主往復, 娛心悅耳, 非濟世
成俗之要也.

洎於梁世, 茲風復闡,《莊》,《老》,《周易》, 總謂三玄. 武
皇,簡文, 躬自講論. 周弘正奉贊大猷, 化行都邑, 學徒千
餘, 實爲盛美.

元帝在江,莉間, 復所愛習, 召置學生, 親爲敎授, 廢寢忘

食, 以夜繼朝, 至乃倦劇愁憤, 輒以講自釋. 吾時頗預末筵,
親承音旨, 性旣頑魯, 亦所不好云.

┃국역┃ 대체로 老子⁶²⁹와 莊子의 책들은,⁶³⁰ 대개 본성을 보전

---

629 老子 - 姓은 李, 名은 耳(이). 老는 인격이 높고 나이가 많은 사람
을 지칭하고, 子 역시 존중하여 부르는 칭호이기에 '老子'라는
단어에는 姓名이 들어있지 않다. 老子가 책을 지칭할 때는《老子
道德經》을 말한다.《史記 老子韓非列傳》에 의하면, 노자는 楚나
라 苦縣(고현, 今 河南省 동부 周口市 관할 鹿邑縣) 사람으로 周 왕실의
守藏室史(수장실사, 도서관장 格)를 역임했다. 일찍이 공자가 노자
를 찾아가 禮에 대해 물었다고 했으니, 노자는 공자보다 나이가
많았던 것 같다.

공자는 노자를 매우 존경하였고, 노자를 만나본 뒤 마치 龍과 같
다고 찬탄했다. 그 뒤 周 왕실이 쇠퇴하자 그는 관직을 떠나 은둔
생활을 하려고 했다.

그가 河南 함곡관을 지날 때, 關所를 지키던 尹喜(윤희)는 노자를
맞이하여 글을 남겨 달라고 요청했다. 이에 노자는 후인들을 위
하여 한 권의 글을 남겼는데, 바로《老子道德經 / 五千言》이며 그
뒤 행적은 알려진 바 없다고 한다. 노자는 160세 또는 200세를
살았다고 하나 믿을 수 없고 楚나라의 老萊子(노래자)가 老子라고
하는 사람도 있으며, 太師 儋(담)이 노자라 말하는 사람도 있어
일정하지 않다.

《老子道德經》- 王弼(왕필) 역주. 노자가《道德經》을 저술하고 강
론했다는 곳은, 今 陝西省 西安市 周至縣(주지현) 終南山 기슭의
樓觀臺(누관대)이다. 누관대의 說經臺는 노자가 윤희에게《道德
經》을 준 곳이라 하여 특히 신성시하고 있다. 누관대에는 老子祠

하고 배양하며 자신에 대한 外物의 침해를 싫어한다.⁶³¹

노자는 이름을 감추고 (周 왕실의) 柱下史(주하사)이었다가,⁶³² 나중에 西域으로 옮겨갔으며,⁶³³ (장자는) 漆園(칠원)에서 종적을

가 있고, 노자와 관련 있는 여러 유물과 70여 개 비석이 있어 문물 자료와 함께 (唐) 歐陽詢(구양순)이나 (元) 조맹부 등 역대 명필의 글씨를 감상할 수 있다고 한다.

630 莊子는 莊周(장주, ?前 369‒286년) ‒ 莊氏. 名은 周, 一說 字는 子休. 孟子(맹자)와 거의 동시대에 살았다. 戰國 시대 宋國 蒙縣(몽현, 今 河南省 동쪽 끝 商丘市) 사람. 漆園吏(칠원리)를 역임. 老子 사상의 계승자, 뒷날 老子와 함께 '老莊'으로 병칭. 唐 玄宗 天寶 연간에 莊周를 南華眞人에 봉하고 그 《莊子》를 《南華經》이라 했다. 《莊子》 52편 ‒ 今存 33편. 四庫全書에서는 子部 道家類로 분류. '莊周夢蝶〔장주몽접 : 장자가 꿈에 나비가 되었다가 깬 후 장자가 나비가 되었는지, 나비가 장자가 되었는지 판단이 어려웠다는 고사. 나와 외물(外物)은 본래 하나로서 현실은 그 분화(分化)임을 빗댄 말이다.〕' '莊周試妻 / 扇墳(선분)'의 故事가 유명하다. 《史記 老子韓非列傳》에 立傳.

631 원문 蓋全眞養性, 不肯以物累己也. ‒ 蓋는 덮을 개, 대개 개. 대체적으로. 全眞은 본성을 保持(보지)하다. 養性은 본성의 氣를 배양하다. 不肯은 ~하려 하지 않다. 以物의 物은 外物. 累己는 자신에 累(누)를 끼치다. 不以物害己와 同.

632 故藏名柱史 ‒ 藏名은 이름을 감추다. 柱史는 柱下史, 도서와 文籍을 관리하는 직책.

633 원문 終蹈流沙 ‒ 終은 나중에. 끝내. 蹈는 밟을 도. 流沙는 사막으로 흘러들어가다. 西域으로 몸을 숨겼다. 노자가 서역을 거쳐 인도에 들어가 釋迦牟尼(석가모니)의 스승이 되었다는 이야기가 있다.

감추었으며 나중에서 楚國 相을 사양하였으니, 이들은 천성에 따라 방종하는 사람들이었다.[634]

何晏(하안)[635]과 王弼(왕필)[636]이 道家의 宗旨(종지)를 祖述하자[637]

---

634 원문 此任縱之徒耳 - 此는 노자와 莊子. 任은 任性. 縱은 放縱(방종). 徒는 무리 도.

635 何晏(하안, 195?‒249년, 字는 平叔) - 南陽郡 宛縣(今 河南省 南陽市) 출신. 후한 말 大將軍 何進(하진)의 손자. 淸談 玄學家, 魏晉玄學의 대표자. 王弼(왕필)과 함께 '王何'로 병칭. 高平陵之變에서 曹爽(조상) 등과 함께 사마의에게 피살되었다. 하안의 모친 尹氏가 曹操의 첩이었기에 조조의 저택에서 성장하였다.
何晏은 살결이 몹시 흰 미남이었다. 魏 文帝가 분을 발라 그런 줄 알고 일부러 더운 여름에 뜨거운 떡국을 먹게 하여 땀을 흘리게 한 뒤 수건으로 닦게 했더니 더욱 얼굴색이 희었다는 이야기가 《世說新語 容止》에 실려 있다.

636 王弼(왕필, 226‒249년, 字는 輔嗣) - 山陽郡(今 山東省 境內) 출신, 曹魏의 저명한 학자, 經學, 易學의 大家로 魏晉 玄學의 대표자. 24세에 죽었다. 중국의 기라성 같은 天才 중 한 사람임에는 틀림없다.
《道德經》과 《易經》의 주석을 남겨 후세에 큰 영향을 끼쳤다. 漢代와 삼국시대의 《道德經》 주석은 모두 失傳되었고 王弼의 《道德經注》가 가장 오래된 주석으로 남아있다. 正始 연간에 何晏(하안)도 왕필에 대하여 "仲尼가 말한 後生可畏(후생가외)는 바로 왕필 같은 인물을 두고 할 말이니, 함께 天人之際를 논할 수 있다." 고 하였다.

637 원문 祖述玄宗 - 祖述은 조상이나 스승의 道를 이어받아 저술하다. 玄宗은 道家의 宗旨.

그 뒤를 이어 (많은 사람들이) 크게 떠받들었고 그림자가 따라붙
듯 풀이 바람에 쏠리듯 하였는데,⁶³⁸ 모두가 神農氏와 黃帝의 교
화로 자신의 주장을 꾸미었지만 周公이나 孔子의 교화는 置之度
外(치지도외:법도 밖에 둔다는 뜻이며, 염두에 두지 않는다는 뜻이다)하
였다. 平叔(평숙, 何晏)은 曹爽(조상)⁶³⁹의 黨人이라서 주살되었는
데, 이는 권력의 그물망을 건드렸기에 죽은 것이다. 輔嗣(보사, 王
弼 왕필)는 남을 자주 비웃어 미움을 받았으니, 이는 이기기를 좋
아하는(好勝) 함정에 빠진 것과 같았다. 山巨源(산거원, 山濤 산
도)⁶⁴⁰은 재물을 축적하여 남의 비난을 받았는데, 이는 '많이 감

---

638 원문 景附草靡 - 景은 볕 경. 그림자 영(影). 附는 附體. 草靡(초
비)는 바람에 풀이 쏠리다.

639 曹爽(조상, ?-249, 字는 昭伯)은 曹眞의 아들, 曹操의 侄孫(질손).
明帝의 유조를 받아 사마의와 함께 曹芳을 輔政하였지만 난폭하
게 권력을 휘두르다가 司馬懿의 高平陵之變(서기 249년)으로
권력을 잃고 멸족되었다. 《三國志 魏書》 9권, 〈諸夏侯曹傳〉에
立傳.

640 山濤(산도, 205-283년) - 竹林七賢 중 한 사람. 山濤는 그 이전
魏와 晉 교체기에 嵇康(혜강), 阮籍(완적), 완적 형의 아들 阮咸(완
함), 向秀(상수), 王戎(왕융), 劉伶(유영)과 벗을 했는데, 이들을
'竹林七賢'이라 불렀다. 이들은 모두 노자와 장자의 虛無의 학
문을 숭상하고 禮法을 경멸했다. 제멋대로 술에 취하고 세상일
을 내팽개쳤는데 사대부들 중 많은 사람이 이를 본받으며 그런
행동을 '放達(방달)'이라고 했다. 오직 산도만은 여전히 세상사
에 유의하였다. 그때 인재 전형과 선발에 있어 각각 제목을 붙

춰두면 잃는 것도 많다' 는[641] 교훈을 어긴 것이었다.[642] 夏侯玄
(하후현)은 才望(재주와 명망) 때문에 살육을 당했는데,[643] 이는
몸이 뒤틀린 사람이나 혹이 나서 쓸모없는 나무가(擁腫) 오래 산
다는 교훈을 잊은 것이었다.[644] 荀奉倩〔순봉천, 荀粲(순찬)〕은 喪妻

여 상주하니, 당시 사람들이 이를 칭송하여 '山公의 啓事' 라고
하였다. 竹林七賢의 대표라 할 수 있는 산도의 인품에 대하여
왕융은 '마치 다듬지 않은 玉과 같고, 야금하지 않은 金과 같아
사람들은 흠모하지만 무어라 이름을 붙여야 할지 모른다.' 라고
평했다.

641 《老子道德經》44장 – 名與身孰親? 身與貨孰多? 得與亡孰病? 甚
愛必大費, 多藏必厚亡. 故知足不辱, 知止不殆, 可以長久.

642 원문 背多藏厚亡之文也. – 背는 違背(위배). 《晉書》에는 山濤(산
도)가 재물을 많이 모았기에 비난을 받았다는 내용이 없고, 王戎
(왕융)이 이런 폐단이 있었다. 안지추의 착오일 것이라는 주석이
있다.

643 夏侯玄(하후현, 209–254, 字는 泰初, 一作 太初) – 夏侯尙의 아들, 하
후현의 아내 李惠姑(이혜고)는 道敎에서 女眞仙으로 숭배된다.
모친 德陽鄕主는 曹眞의 여동생이니 曹爽과 夏侯玄은 내외종 형
제이었다. 하후현은 玄學(현학)의 대가로 알려졌다. 司馬師에게
멸족당했다.

644 원문 無支離擁腫之鑑也. – 支離는 支離疏(지리소), 《莊子 人間世》
에 등장하는 인물인데, 몸이 뒤틀렸지만 바느질과 점치기로 먹
고 살 수 있고 징발당하지도 않았다. 덕이 뒤틀린 사람보다 장수
했다는 우언이다. 擁腫(옹종)은 나무의 옹이, 곧 나무에 혹처럼
불거진 것인데 옹이가 많은 나무는 쓸모가 없다. 《莊子 逍遙游》
에 보인다.

하자 마음에 충격을 받아 죽었는데(神傷而卒), 이는 (아내가 죽자) 흙 장군을(缶) 치며 노래한 그런 情과는 달랐다.[645] 王夷甫〔왕이보, 王衍(왕연) / 王戎의 堂弟〕가 자식을 잃고 그 슬픔을 이기지 못하였는데, 이는 죽음에 통달한 東門吳(동문오)의 슬픔과 달랐다.[646]

　稽叔夜(혜숙야, 稽康)[647]는 속세를 비난하다가 화를 당했으니,

---

645 원문 非鼓缶之情也 - 《莊子 至樂論》에 의하면, 莊子의 아내가 죽자 惠子(혜자)가 조문했는데, 장자는 다리를 벌리고 앉아 동이〔盆(분)〕를 치며 노래를 부르고 있었다. 혜자가 너무 심한 것 아니냐고 묻자, 장자는 아내의 죽음은 태어나기 이전 본래의 상태와 모습으로 돌아간 것이기에 자신이 슬퍼할 이유가 없다는 뜻으로 대답하였다. 원문의 缶(부)는 우리말로 '장군' 똥오줌 같은 액체를 담아 나를 수 있는 농기구.

646 원문 異東門之達也. -《列子 力命》魏나라에 東門吳(동문오)란 사람이 있었는데, 그의 자식이 죽자 전혀 슬퍼하지 않았다. 그 執事가 까닭을 물었다. 그러자 동문오가 말했다. "나는 이전에 자식이 없을 때 아무런 근심도 없었다. 이제 자식이 죽어 없으니 이전에 자식이 없을 때와 같아졌다. 내가 어째서 걱정하며 슬퍼하겠는가?"(魏人有東門吳者, 其子死而不憂. 其相室曰. "公之愛子, 天下無有. 今子死不憂, 何也?" 東門吳曰, "吾常無子, 無子之時不憂. 今子死, 乃與嚮無子同. 臣奚憂焉?")

647 원문 稽叔夜〔혜숙야, 稽康(혜강), 223 - 263年〕 - 稽는 산 이름 혜. 曹魏의 中散大夫 역임. 文學家, 思想家. 竹林七賢의 한 사람. 인위적 禮敎를 배격했다.
　竹林七賢은 魏末晉初의 名士 7명을 지칭한다. 阮籍(완적, 〈大人先生傳〉 지음), 稽康(혜강, 琴을 잘 연주했음. 《琴賦》 지음), 山濤(산도), 劉

이 어찌 老子(노자)의 和光同塵(화광동진 : 빛을 순하게 하고 먼지와 함께한다는 말이며, 지혜와 같은 것을 자랑하지 않고 속세 사람들 속에 묻혀버린다는 뜻)의 취지와 같겠는가?[648] 郭子玄(곽자현, 郭象)[649]은

伶(유영, 대표적 술꾼, 〈酒德頌〉을 지음) 阮咸(완함, 音律에 정통했음. 자신의 이름을 붙인 악기를 발명했음), 向秀(상수, 向은 성씨로 쓸 때는 상이다.), 王戎(왕융)인데, 주로 당시의 山陽縣〔今 河南省 輝縣(휘현)〕西北 일대에서 활동하였다. 이들 중 가장 어린 사람은 왕융으로 완적과는 24살 차이가 났었다고 한다. 그리고 그 일생과 사상, 취미나 문학적 성취가 달랐고 人品에서도 차이가 많았다. 竹林七賢은 玄學의 代表人物이긴 하지만 그들의 사상은 서로 달랐다. 혜강, 완적, 유영, 완함 등은 老莊 철학에 바탕을 두고 禮敎의 속박에서 벗어나 자연에 귀의한다는 기본을 갖고 있었다. 산도와 왕융은 노장을 좋아하긴 했지만 儒家의 학문을 존숭했으며 상수는 名敎와 自然의 合一을 주장하였다. 그들은 종래의 예법에 구애받지 않고 淸靜無爲를 주장하면서 竹林에 모여 술을 마시며 멋대로 노래를 불렀다.

그들은 기본적으로 최상류 신분이면서 문인이고 지식인이며 정치인들이었다. 혜강, 완적, 유영 등은 魏를 섬기면서 당시 집권세력인 司馬氏에게 비판적이었다. 완함은 晉을 섬기며 散騎侍郎이라는 관직에 머물렀고, 山濤는 은신하다가 40세 이후에 벼슬을 하여 司馬師(사마사) 편이 되어 侍中, 司徒 등을 역임하며 司馬氏政權의 高官을 역임했다. 왕융은 아주 인색한 사람이지만 벼슬욕심이 강해 오랫동안 侍中, 吏部尙書, 司徒 등을 역임하며 西晉 무제와 惠帝를 섬겼다. 그런가 하면 완적은 미친척하며 司馬氏에 비협조적이었고, 혜강은 피살당했기에 竹林七賢은 보통 사람들의 친목계가 깨지듯 와해되었다.

648 원문 豈和光同塵之流也 – 光을 和하고 塵과 같게 하다. 자신의

온 힘을 다하여 권세를 마음대로 하였으니, 어찌 자신을 낮추고 생사를 도외시하는 기풍이 있었겠는가?[650] 阮嗣宗(완사종, 阮籍)[651]은 술에 취해(沈酒) 정신이 혼미하였으니(荒迷),[652] 위험한 길에

智德과 才氣를 감추고 세속과 같이 나아가다. 與世浮沈(여세부침), 隨波逐流(수파축류)의 뜻. 원 출처는《老子道德經》4章. -「道沖, 而用之或不盈. 淵兮, 似萬物之宗. 挫其銳, 解其紛, 和其光, 同其塵.」

649 郭象(곽상, 252?-312년, 字는 子玄) - 西晉의 哲學者, 玄學者. 太尉 王衍(왕연)과 교유.《莊子》를 주석. 玄學과 淸談의 大師이면서 熱心 權勢를 추구하였다. 錢穆(전목)은 郭象에 대해 '曲說媚勢'라고 비판하였다.

650 원문 後身外己 -《老子道德經》7章 -「天長地久. 天地所以能長且久者, 以其不自生, 故能長生. 是以聖人後其身而身先, 外其身而身存. 非以其無私邪? 故能成其私.」

651 阮瑀(완우, ?-212년, 字는 元瑜) - 陳留郡 尉氏縣(今 河南省 開封市 부근) 출신. 建安七子의 한 사람. 완우의 아들이 阮籍(완적). 阮籍(완적, 210-263년, 字는 嗣宗)은 陳留 尉氏(今 河南 開封市) 출신. 曹魏의 시인, 竹林七賢의 한사람. 步兵校尉를 역임, '阮步兵'으로 호칭. 嵆康(혜강)과 함께 嵆阮(혜완)으로 병칭. 阮瑀(완우)의 손자인 阮咸(완함) 역시 당시의 명사이었다.

652 역시 죽림칠현의 한 사람인 劉伶(유영)은 술을 먹고 취해 제멋대로 놀았다. 심지어 집안에서 옷을 다 벗고 나체로 술을 마시기도 했다. 어떤 知人이 유령을 찾아와 이를 비웃자, 유령이 말했다.

"나는 天地를 내 집으로 삼고, 이런 집은 內衣로 생각하며 살고 있소! 그런데 그대는 왜 내 내의 속에 들어왔는가?"

서로 조심하라는 비유에 어긋났었다. 謝幼興〔사유여, 謝鯤(사곤)〕는 뇌물을 받아 관직에서 쫓겨났으니, 이는 먹고 남을 것 같은 물고기를 방류하는 莊子의 뜻에도 어긋난다.[653]

이들 여러 사람은 노자와 장자의 학설을 따르는 領袖(영수)로 노장사상(玄宗)에 빠져 있었다. 그 나머지는 속세의 桎梏(질곡)과 찌꺼기에〔塵滓(진재), 욕망〕 속에서 허우적거렸고, 名利(명리)를 쫓다가 엎어진 자들이니 그들을 어찌 다 말하겠는가!

그들은 淸談(청담)의 雅論(아론)을 쫓으며, 玄妙(현묘)하고 微眇(미묘)를 따른다며, 주인과 손님으로 왕래하면서 마음으로 즐기고 귀를 즐겁게 할 뿐 (그들의 주장은) 세상을 구제하고 풍속을 바로잡는 요체가 아니었다.[654]

---

653 원문 謝幼興臟賄黜削, 違棄其餘魚之旨也 - 謝幼興는 謝鯤(사곤). 臟賄(장회)는 뇌물. 黜削(출삭)은 削官奪職(삭관탈직)당하다. 餘魚之旨(여어지지)는, 장자는 잡은 물고기 중 다 먹을 수 없는 물고기는 놓아주었다. 이는 節儉과 知足, 無慾을 뜻한다.

654 淸談 亡國 - 청담의 기본은 허무와 無爲自然(무위자연)의 老莊사상이다.

일체의 俗塵(속진)과 名利를 털어버리고 도덕을 무시하고 현실에 초연하고자 하였다. 漢末 이후 정치 불안과 이민족의 침입과 살육, 권문세가의 횡포는 지식인들을 실의에 빠지게 하였다. 그들은 保身의 일환으로 개인주의를 지향하고 자유를 희구하면서 불안한 사회에서의 도피를 꿈꾸었다. 그래서 儒家의 도덕과 예절을 비웃고 인생의 허무를 말하고 老莊의 隱喩(은유)를 좋아하며 정치에 관여하지 않으려 했다. 그러면서도 일부는 고관의 지위

(南朝) 梁代에 이르러 이러한 풍조는 다시 널리 퍼졌는데,[655]
《莊子(장자)》,《老子(노자)》,《周易(주역)》을 모두 三玄(삼현)이라
칭한다. 양나라 武帝와 簡文帝(간문제)도 이를 직접 講論(강론)하
였다. 周弘正(주홍정)이 황제에게〔道教(도교)에 의한〕治國大計
(치국대계)를 올리자,[656] 교화가 도읍과 지방에서 실행되고 學徒
(학도)가 1천여 명이나 되어 실제로 크게 융성하였다.

(남조) 梁 元帝(양 원제)가 江州와 荊州(형주)에 머무르며 그간
익힌 바를 다시 복습하며, 학생을 불러 친히 교습하며 침식을 잊
고 晝夜(주야)로 계속하였으며, 지치거나 울분이 쌓이면 학도를
모아 친히 강론하며 풀었다. 나는 그럴 때마다 말석에 앉아 강론

와 권세를 탐하는 이율배반도 있었다. 또한 관료의 귀족화는 무
능과 직결되어 사회기강을 어지럽히며 일종의 放任을 죄악시하
지도 않았다. 공리공론에 온 정력과 지식을 다 동원하는데, 무슨
여력이 있어 정치를 돌보고 민생을 걱정하겠는가? 청담의 유행
은, 곧 퇴폐생활의 보편화와 정당화라고 말할 수 있다. 청담의 유
행은 西晉 귀족들의 사치풍조, 왕족의 골육상잔과 함께 위로는
나라를 망쳤으며 아래로는 後代에 이르기까지 심각한 영향을 주
었다는 평가를 받았다.

655 원문 洎於梁世, 茲風復闡 - 洎는 이를 계. 미치다(及也) 물을 붓
다. 茲는 이(此) 자, 흐릴 자, 때 자. 玄部 5획임. 艸(++)部의 6획
茲(무성할 자)가 아님. 闡은 열 천. 널리 퍼지다.

656 周弘正(주홍정, 496-574, 字는 思行) - 南朝 梁과 陳의 官員. 10세
에 《老子》와 《周易》에 통달. 나중에 國子博士 역임. 奉贊大猷의
大猷(대유)는 大計. 猷는 꾀 유.

을 직접 들었지만 (내 천성이) 우둔하여 (道敎의 강론을) 좋아하
지는 않았다.

095/ 無知한 효도

|原文| 齊孝昭帝侍婁太后疾, 容色憔悴, 服膳減損. 徐之
才爲灸兩穴, 帝握拳代痛, 爪入掌心, 血流滿手.

後旣痊癒, 帝尋疾崩, 遺詔恨不見山陵之事. 其天性至
孝如彼, 不識忌諱如此, 良由無學所爲. 若見古人之譏欲
母早死而悲哭之, 則不發此言也. 孝爲百行之首, 猶須學
以修飾之, 況餘事乎!

|국역| 北齊 孝昭帝(효소제)[657]가 婁(누)太后(태후)의 병환을 시
중들 때, 容色(용색)이 憔悴(초췌)하고 의복이나 음식도 크게 줄이
었다.

徐之才(서지재)[658]가 두 곳의 穴(혈)에 뜸〔灸(뜸 구)〕을 뜰 때, 효
소제는 어머니의 손을 꼭 쥐며 통증을 대신 참았는데 어머니의
손톱〔爪(조)〕이 손바닥을 파고들어 황제의 온 손에 피가 가득했
었다.

---

657 齊 孝昭帝 高演(535 - 561년, 在位 560 - 561年, 字는 延安) - 北
齊 第三代任皇帝. 文宣帝 高羊의 同母弟. 在位 1年.

658 徐之才(서지재, 505 - 572년, 字는 士茂) - 南 北朝 시대의 醫生. 先祖
徐熙는 南朝 丹陽人. 5세에 《孝經》을 외웠고, 13세에 太學生이
되었다가 포로가 되어 北齊에서 생활했고 관직은 尙書令에 작위
는 西陽王이었다.

그 뒤에 (태후의) 병이 나았지만, 효소제는 곧 질병으로 붕어하였는데, 그 遺詔(유조)에 (태후 죽은 뒤) '山陵(산릉)의 일을 직접 마치지 못한 것이 恨(한)'이라고 하였다. 효소제의 (착한) 天性(천성)과 至孝(지효)가 이와 같았지만, 꺼리고 피할 일을 알지 못했으니, 이는 정말로 無學(무학 : 배우지 못함)의 소치이었다.

만약 모친이 일찍 죽더라도 아들이 '슬피 울어드리겠다.'고 말한 것을 古人이 비난했다는 글을 읽었다면, 이런 말은 하지 않았을 것이다.[659] 孝가 百行(백행)의 첫째이나, 배울 것은 배워 실천해야 한다. 하물며 다른 일은 말할 것도 없다.[660]

---

659 《淮南子 說山訓》에 나오는 이야기 - 東家의 母가 죽었는데, 그 아들이 슬피 울지 않았다. 西家의 아들이 이를 보고 돌아와 모친에게 말했다. "어머니는 빨리 돌아가신다고 서럽게 생각하지 마십시오. 제가 슬피 울어드리겠습니다." 그 어머니가 빨리 죽기를 바란다면 모친이 죽더라도 틀림없이 슬피 울지 않을 것이다.

660 孝爲百行之先 - 孝의 무게는 1천 근인데 날마다 한 근씩 줄어든다(孝重千斤 日減一斤). (부모) 공경은 분부를 따르는 것만 못하다(恭敬不如從命). 효도하는 사람은 틀림없이 착한 마음씨가 있다(孝順之人 必有善心). 효도하는 사람은 효도하는 자식을 두고(孝順定生孝順子), 불효하는 사람은 불효자를 낳는다(忤逆還生忤逆兒).

096/ 梁 元帝의 好學

|原文| 梁元帝嘗爲吾說, "昔在會稽, 年始十二, 便已好
學. 時又患疥, 手不得拳, 膝不得屈. 閒齋張葛幬避蠅獨坐,
銀甌貯山陰甜酒, 時復進之, 以自寬痛. 率意自讀史書, 一
日二十卷, 旣未師受, 或不識一字, 或不解一語, 要自重之,
不知厭倦."

　帝子之尊, 童稚之逸, 尙能如此, 況其庶士, 冀以自達者
哉?

|국역| 그전에(嘗) 梁 元帝〔蕭繹(소역), 재위 552 – 555년〕가 말
했다.

　"옛날 내가　會稽郡(회계군)[661]에 있을 때, 12살이었는데, 나는
이미 好學하였다. 그때 옴에 걸려 주먹을 쥘 수도 또 무릎을 굽힐
수도 없었다.[662] 조용한 방에 갈포로 만든 휘장을 쳐 파리를 피하
면서 홀로 앉아 銀甁(은병)에 山陰縣의 甜酒(첨주)를 준비한 뒤, 수
시로 마시며 통증을 잊으려 했다. 한마음으로 史書를 혼자 독해

---

661 會稽郡(회계군) – 治所는 山陰縣, 今 浙江省(절강성) 북부 紹興市
　　(소흥시).

662 원문 時又患疥, 手不得拳, 膝不得屈 – 疥는 옴 개. 피부병. 몹시
　　가렵다. 拳은 주먹 권. 膝은 무릎 슬. 屈은 굽을 굴. 굽히다.

하는데,[663] 사부의 가르침 없이 하루에 20권을 읽었고, 혹 모르는 글자나 이해가 안 되는 구절이 있으면 스스로 거듭 읽었는데[664] 지루한 줄을 몰랐다.[665]

황제 아들이라는 존귀한 신분이고 어린 나이에 놀고 싶은 나이인데도 이러했거늘, 하물며 보통의 士人이 저절로 통달하기를 바랄 수 있겠는가?[666]

---

663 원문 率意自讀史書 − 率意(솔의)는 전념하여. 한마음으로.

664 책을 천 번 읽으면 그 뜻이 저절로 보인다(書讀千遍 其義自見). '글자를 모르면 세상 이치를 알지 못한다(不識字 不明理). '차라리 글자를 모를지언정(寧可不識字) 사람을 몰라보지 마라(不可不識人).'는 속담도 있다.

665 원문 不知厭倦 − 厭은 싫을 염. 倦은 게으를 권. 倦怠(권태).

666 원문 冀以自達者哉 − 冀(기)는 바라다. 自達은 스스로 달성하다. 학문의 달성으로 봐야 文理가 통할 것 같다.

097/ 古人의 勤學(근학)

|原文| 古人勤學, 有握錐投斧, 照雪聚螢, 鋤則帶經, 牧則編簡, 亦云勤篤.

梁世彭城劉綺, 交州刺史勃之孫, 早孤家貧, 燈燭難辦, 常買荻尺寸折之, 然明夜讀. 孝元初出會稽, 精選寮宷, 綺以才華, 爲國常侍兼記室, 殊蒙禮遇, 終於金紫光祿.

義陽朱詹, 世居江陵, 後出揚都, 好學, 家貧無資, 累日不爨, 乃時吞紙以實腹. 寒無氈被, 抱犬而臥. 犬亦飢虛, 起行盜食, 呼之不至, 哀聲動鄰, 猶不廢業, 卒成學士, 官至鎭南錄事參軍, 爲孝元所禮. 此乃不可爲之事, 亦是勤學之一人.

東莞臧逢世, 年二十餘, 欲讀班固《漢書》, 苦假借不久, 乃就姊夫劉緩乞丐客刺書翰紙末, 手寫一本, 軍府服其志尚, 卒以《漢書》聞.

|국역| 古人이 勤學(근학 : 배움에 부지런하다)하기로는 송곳으로 찌르거나 도끼를 던져 뜻을 세웠고,[667] 雪白(설백 : 흰눈)에 冊(책)을

---

667 원문 有握錐投斧 – 握은 잡을 악. 錐는 송곳 추. 斧는 도끼 부. 握錐(악추) – 蘇秦(소진)은 공부하다 졸리면 송곳으로 허벅지를 찔

읽고 반딧불을 모았으며〔螢雪(형설)〕,[668] 〔兒寬(예관)은〕 밭일을 하다가 경서를 읽었고,[669] 羊을 치며 부들 조각에 글을 썼으니, 이 또

러 피가 발까지 흘렀다고 한다.

蘇秦(소진, ?-前 284년, 字는 季子)은 東周 雒邑人. 鬼谷子(귀곡자)의 徒弟였다. 戰國 시대 縱橫家(종횡가). 蘇秦과 張儀(장의)는 鬼谷子 아래서 함께 縱橫(종횡)의 술수를 배웠다. 이후 몇 년 동안 제후를 찾아 유세했지만 인정을 받지 못했다. 다시 각고하며 《陰符》를 정독한 다음에 유세에 나서 燕 文公의 인정을 받고 사신으로 趙國에 나갔다. 소진은 6國이 合縱(합종)하여 抗秦(항진)해야 한다는 戰略을 유세하여 결국 6국의 연맹을 이루며 '從約長(종약장)'이 되어 六國의 相印을 지닐 수 있었으며, 이후 15년 간, 秦은 函谷關(함곡관)을 나올 수 없었다. 나중에 齊가 燕을 침략했고 소진은 齊에 점령한 땅을 돌려주라고 설득했는데, 결국 齊에서 보낸 자객에게 살해되었다.(《戰國策 秦策》) 소진이 성공한 동안 張儀(장의)의 연횡책이 설득력을 얻었다. 《史記 蘇秦列傳》에 입전.
投斧(투부)는 後漢 文黨(문당, 字는 翁仲)이란 사람의 故事(投斧就學 / 投斧受經). 長安에 유학할 결심을 세우고 여러 사람과 함께 산에 들어가 나무하면서 뜻을 말하고 도끼를 던지니 도끼가 나뭇가지에 걸렸다고 한다.(《北堂書抄》)

668 원문 照雪聚螢(조설취형 / 螢雪之功) - 孫康(손강)은 집안이 가난하여 白雪에 반사된 빛으로(映雪) 책을 읽었다.《初學記》/ 晉의 車武子(차무자)는 가난하여 기름을 구할 수 없어 명주 주머니에 반딧불을 잡아넣고 그 빛으로 책을 읽었다. 《晉書 車武子傳》

669 원문 鋤則帶經 - 鋤는 호미 서. 김을 매다. 兒寬(예관, ?-前 103)의 兒는 倪(어린애 예)와 通. 성씨. 兒寬은 千乘郡 사람이다. 《尙書》를 전공하며 歐陽生을 모셨다. 郡에서 뽑혀 博士에 보내져 孔安國에게 배웠다. 가난하여 學資가 모자라서 다른 제자들과 함께

한 근면하고 독실한 공부라 할 수 있다.⁶⁷⁰

梁代에 彭城(팽성) 사람 劉綺(유기)는 交州刺史(교주자사)인 劉勃(유발)의 손자였는데, 일찍 부친을 여의고 가난하였기에 등불을 밝힐 수가 없어, 늘 물 억새〔荻(물 억새 적)〕를 구해다가 한 자 길이, 한 치 넓이로 잘라 밤에 태워 글을 읽었다.⁶⁷¹ 孝元帝가 처음에 會稽郡(회계군) 태수로 부임하여 막료(관리)를 정선(가려 뽑다)할 때,⁶⁷² 유기는 실력이 뛰어나 國常侍(국상시) 겸 記室(기실)

일하며 취사도 하였다.

때로는 농사 품팔이를 나가 경전을 갖고 다니며 김을 매다가 쉴 때 읽고 외웠으니 그 정성이 이와 같았다.(貧無資用, 嘗爲弟子都養. 時行賃作, 帶經而鉏, 休息輒讀誦, 其精如此.) 武帝 太初 원년(前 104) 司馬遷과 함께 太初曆을 제정, 시행케 했다. 저서로《兒寬》9편이 있다.《漢書 公孫弘卜式兒寬傳》에 立傳.

670 원문 牧則編簡 - 路溫舒(노온서, 字는 長君, 생졸년 미상, 전한 昭帝 宣帝 재위 중)의 으로 鉅鹿縣(거록현) 東里 사람이다. 부친은 마을의 監門이었는데 온서에게 羊을 키우게 시켰다. 온서는 연못의 부들을 꺾어다가 잘라 작은 서첩을 만들어 글씨를 썼다. 점차 익혀 잘 쓰게 되자 獄의 小吏가 되었고 이어 律令을 익혀 獄史로 승진하였는데 縣에서 의문되는 일은 모두 온서에게 물었다. 太守가 현을 순시하다가 온서를 보고 특별하다고 생각하여 어떤 부서 업무의 부 책임자에 임명하였다.《漢書 賈鄒枚路傳》에 입전.

671 원문 然明夜讀 - 然은 태우다. 뜻을 확실하게 구분하기 위해 燃으로 쓴다.

672 원문 精選寮寀 - 寮는 벼슬아치 료. 僚와 同. 寀는 녹봉 채. 관리. 采와 同. 寮寀(요채)는 막료.

이 되어 특별한 禮遇(예우)를 받았고, 결국 金紫色(금자색) 印綬(인수)의 光祿大夫(광록대부)가 되었다.

義陽郡(의양군)의 朱詹(주첨)은 대대로 江陵(강릉)에 살다가 나중에 揚都〔양도, 建業(건업), 今 南京市〕로 이사하였는데, 好學(효학)하나 家貧(가빈)하여 學資(학자)도 없어 여러 날을 굶으면서[673] 가끔은 헌종이를 삼켜 배를 채우기도 했다. 추운 날에는 털 이불이 없어 개를 끌어안고 누워있었다. 개도 배가 고파 먹을 것을 찾으러 나가, 불러도 돌아오지 않으면, 애절하게 개를 부르는 소리가 이웃집에다 들렸지만 면학을 그치지 않았으며, 결국 學士가 되었다가 관직이 鎭南錄事參軍(진남록사참군)이 되었고 孝元帝의 예우를 받았다.

이런 일은 (보통 사람들이) 할 수 없는 일이며, 이들 역시 勤學(근학 : 부지런히 공부하다)한 사람들이다.

東莞郡〔동완군 / 동관군, 莞(완)은 菅(관)〕의 臧逢世(장봉세)는 나이 20여 세에 班固(반고)의 《漢書》를 읽고 싶었지만 책을 오랜 기간 빌릴 수가 없어, 姊夫(자부 : 매형)인 劉緩(유완)에게서 명함이나 서신에서 오려낸 종이쪽을 얻어다가[674] 책 1질을 모두 필사하였는데, 軍府(군부)에서도 그의 志向(지향)을 높이 평가하였으며, 나중에 《漢書》 주석으로 유명하였다.

---

673 원문 累日不爨 – 累日은 여러 날. 爨은 불 땔 찬, 밥 지을 찬.

674 원문 乞丐客刺書翰紙末 – 乞丐(걸개)는 빌려 오다. 客刺(객자)는 손님의 명함. 刺는 찌를 자(척), 명함 자. 書翰(서한)은 書信. 紙末은 종이 끄트머리. 끝을 오려낸 종이.

098/ 면학했던 환관

|原文| 齊有宦者內參田鵬鸞, 本蠻人也. 年十四五, 初爲閹寺, 便知好學, 懷袖握書, 曉夕諷誦. 所居卑末, 使彼苦辛, 時伺閒隙, 周章詢請. 每至文林館, 氣喘汗流, 問書之外, 不暇他語. 及睹古人節義之事, 未嘗不感激沈吟久之.

吾甚憐愛, 倍加開獎. 後被賞遇, 賜名敬宣, 位至侍中開府.

後主之奔靑州, 遣其西出, 參伺動靜, 爲周軍所獲. 問齊主何在, 紿云, "已去, 計當出境." 疑其不信, 歐捶服之, 每折一支, 辭色愈厲, 竟斷四體而卒.

蠻夷童丱, 猶能以學成忠, 齊之將相, 比敬宣之奴不若也.

|국역| 北齊에 宦者(환자 : 내시 환관)인 內參(내참) 田鵬鸞(전붕란)이 있었는데,[675] 본래 蠻人(만인, 이민족)이었다. 나이 14, 5세에 처음 환관이 되었는데,[676] 그때부터 공부를 좋아하여 소매 속에 책

---

675 원문 齊有宦者內參田鵬鸞 - 宦은 벼슬 환, 고자 환. 宦者는 환관, '거세한 사람' 으로 쓰이었다. 內參(내참)은 宦官. 직명으로 쓰이었다. 鵬은 붕새 붕. 인간이 상상한 최대의 새. 鸞은 난새 난. 봉황과 비슷한 상상 속의 새. 방울 난. 鵬鸞(붕란)이란 이름 자체의 뜻이 너무 크고 고귀하다.

을 넣고 다니며[677] 조석(아침저녁)으로 외웠다. 하는 일이 비천하고 많은 사역에 고생스러웠지만 수시로 틈을 내어 어디를 가든 물어 배웠다.[678] 文林館(문림관)에 올 때마다 숨을 헐떡이고 땀을 흘리면서도,[679] 책에 대해 묻는 외에 다른 말을 할 겨를이 없었다. 전봉란은 古人의 節義(절의)에 관한 사적을 읽을 때마다 감격하여 한참을 되뇌며 음미하지 않은 적이 없었다.

나는 그를 매우 아껴주며 전보다 더 격려하였다. 전봉란은 뒷날 인정을 받았고 敬宣(경선)이란 이름도 하사받았으며, 직위는 侍中開府(시중개부)이었다.

北齊 後主가 靑州로 달아나면서,[680] 경선을 서쪽에 보내 주변을 정탐케 하였는데, 北周의 군사에게 사로잡혔다. 북제의 황제가 어디에 있느냐고 물었을 때 "이미 출발했으니 지금쯤 국경을 지났을 것이요."라고 거짓말을 했다. (北周의 군사가) 매를 때려

---

676 원문 初爲閽寺 — 閽은 문지기 혼. 환관. 閽人. 寺는 관청 시. 寺人 (시인, 문지기).

677 원문 懷袖握書 — 懷는 품을 회. 袖는 옷소매 수. 握은 쥘 악. 손에 잡다.

678 원문 時伺閒隙, 周章詢請 — 伺는 엿볼 사. 閒隙(간극)은 틈. 周章 (주장)은 周遊, 周游. 어디를 가든. 詢은 물을 순.

679 원문 氣喘汗流 — 喘은 헐떡거릴 천. 氣喘은 숨을 헐떡거리다. 汗은 땀 한.

680 北齊 後主 — 北齊 五代皇帝(재위 565 – 577년). 齊 武成帝 高湛(고담)의 嫡長子.

자백케 했지만 팔다리가 하나씩 잘릴 때마다 언사와 낯빛이 더욱 엄숙해졌는데, 끝내 사지가 잘려 죽었다.[681]

蠻夷(만이)의 어린아이도〔童丱(동관)〕이처럼 학문으로 충성을 알고 실천하였는데, 북제의 將相(장상)은 敬宣(경선)의 종만도 못했다.[682]

---

681 원문 竟斷四體而卒 − 竟은 다할 경. 끝내. 결국에는.

682 선비가 가난할 때 그 지조를 볼 수 있고(士窮見節義), 혼란한 세상에 충신을 볼 수 있다(世亂見忠臣). 충신은 죽음을 두려워하지 않나니(忠臣不怕死), 죽음을 두려워하면 충신이 아니다(怕死不忠臣).

099/ 자식의 참된 효도는?

|原文| 鄴平之後, 見徙入關. 思魯嘗謂吾曰, "朝無祿位, 家無積財, 當肆筋力, 以申供養. 每被課篤, 勤勞經史, 未知爲子, 可得安乎?"

吾命之曰, "子當以養爲心, 父當以學爲敎. 使汝棄學徇財, 豐吾衣食, 食之安得甘? 衣之安得暖? 若務先王之道, 紹家世之, 藜羹縕褐, 我自欲之."

|국역| (北齊의 도읍) 鄴縣(업현)이 (北周에 의해) 평정된 뒤에 關中(관중, 長安)으로 이사를 가야만 했다.[683] 언젠가는 (長男인) 思魯(사로)가 내게 말했다.

"조정의 祿位(녹위)도 없고 집안에 비축한 재물도 없으니 응당 제 육신으로 일을 하여[684] 부모를 공양해야 합니다. 납세를 독촉받으면서도 經史의 학문에 노력한다지만 자식으로서 어찌 모셔

---

683 원문 鄴平之後, 見徙入關. ─ 北齊 멸망 뒤에 안지추와 陽休之(양휴지) 등 총 18人이 北周의 부름을 받아 北周 武帝의 어가를 隨從(수종)하여 長安에 들어갔다(577년). 이때 경제적으로 몹시 궁핍했었다.

684 원문 當肆筋力 ─ 肆는 힘을 다할 사, 힘쓸 사, 방자할 사, 점포 사. 筋은 힘줄 근. 筋力은 육체노동.

야 할지 모르겠습니다."

내가 아들에게 말했다.

"자식이니 응당 봉양을 생각해야 하고, 아버지는 응당 학문에 힘쓰라고 가르쳐야 한다. 네가 학문을 버려두고 재물을 좇아 나의 衣食이 풍족한들, 그 음식이 입에 달겠느냐? 아니면 그 옷이 따뜻하겠느냐? 너희가 先王의 도를 배워 가업을 이을 수 있다면, 나는 쑤성귀 국에 헌솜이나 삼베옷을 입을 것이며, 나는 스스로 그렇게 하고자 한다."[685]

---

685 원문 藜羹縕褐 - 藜는 명아주 려. 羹은 국 갱. 藜羹(여갱)은 아주 거친 음식. 縕은 헌솜 온. 褐은 삼베옷 갈.

100/ 부정확한 지식

|原文| 《書》曰,「好問則裕」.《禮》云,「獨學而無友, 則孤陋而寡聞.」蓋須切磋相起明也. 見有閉門讀書, 師心自是, 稠人廣坐, 謬誤差失者多矣.

《穀梁傳》稱公子友與莒挐相搏, 左右呼曰 '孟勞', '孟勞' 者, 魯之寶刀名, 亦見《廣雅》. 近在齊時, 有姜仲岳謂, "孟勞者, 公子左右, 姓孟名勞, 多力之人, 爲國所寶." 與吾苦諍. 時淸河郡守邢峙, 當世碩儒, 助吾證之, 姜然而伏.

又《三輔決錄》云,「靈帝殿柱題曰, '堂堂乎張, 京兆田郎.'」蓋引《論語》, 偶以四言, 目京兆人田鳳也. 有一才士, 乃言, '時張京兆及田郎二人皆堂堂耳.' 聞吾此說, 初大驚駭, 其後尋媿悔焉.

江南有一權貴, 讀誤本〈蜀都賦注〉, 解 '蹲鴟, 芋也.' 乃爲 '羊' 字 人饋羊肉, 答書云, '損惠蹲鴟.' 擧朝驚駭, 不解事義, 久後尋跡, 方知如此.

元氏之世, 在洛京時, 有一才學重臣, 新得《史記音》, 而頗紕繆, 誤反 '顓頊' 字, 頊當爲許錄反, 錯作許緣反, 遂謂朝士言, "從來謬音 '專旭', 當音 '專翾' 耳." 此人先有高名, 翕然信行, 期年之後, 更有碩儒, 苦相究討, 方知誤焉.

《漢書 王莽》贊云,「紫色蛙聲, 餘分閏位.」謂以僞亂眞耳. 昔吾嘗共人談書, 言及王莽形狀, 有一俊士, 自許史學, 名價甚高, 乃云, "王莽非直鴟目虎吻, 亦紫色蛙聲."

又〈禮樂志〉云,「給太官挏馬酒.」李奇註,「以馬乳爲酒也, 挏挏乃成.」二字並從手. 挏挏, 此謂撞搗挺挏之, 今爲酪酒亦然. 向學士又以爲種桐時, 太官釀馬酒乃熟, 其孤陋遂至於此.

太山羊肅, 亦稱學問, 讀潘岳賦,「周文弱枝之棗」, 爲杖策之杖,《世本》,「容成造歷.」以歷爲碓磨之磨.

┃국역┃《書經 商書(서경 상서) 仲虺之誥(중훼지고)》에「묻기를 좋아하면 見識(견식)이 많다.」고 하였다.[686]《禮記 學記(예기 학기)》에서는,「獨學(독학)하며 學友(학우)가 없다면, 孤陋(고루)하고 見聞(견문)이 적다.」고 하였다.[687] 이는 아마 모름지기 切磋(절차)하

---

686 《書經 商書 仲虺之誥》에「予聞曰, '能自得師者王, 謂人莫己若者亡.' 好問則裕, 自用則小. ~.」仲虺(중훼, 虺는 살무사 훼)는 湯王(탕왕)의 左相이었다. 誥는 고할 고, 아뢸 고. 아랫사람에게 알려주다. 裕는 넉넉할 유. 아는 것이 많다. 自用則小는 자기 아는 것만 고집하면 상식이 적다. 생각이 좁아진다는 뜻.

687 則孤陋而寡聞. -《禮記 學記》는 학문과 교육과 전수에 관련한 여러 가지를 언급하였다. '敎學相長' 이란 말도 여기에 수록되었다. 학문은 學友와 함께 切磋琢磨(절차탁마)가 이뤄져야 하는데,

며 (학우간) 서로 開導[개도, 啓導(계도)]해야 한다는 뜻이다.[688]

閉門讀書(폐문독서 : 문을 닫고 독서하다)하고 師心(사심)으로 自是(자시)하다가,[689] 많은 사람들이 빽빽하게 모인 곳에서[690] 오류를 범하며 실패하는 많은 사람을 볼 수 있다.

《穀梁傳(곡량전)》에 이르기에[稱(칭)], 公子(공자)인 友(우)와 莒挐[거나, 人名(인명)]가 서로 싸울 때, 구경하는 사람들이[左右(좌우)] '孟勞(맹로)'라고 소리를 질렀는데,[691] '孟勞(맹로)'란 魯國(노국)의 寶刀(보도)로《廣雅(광아)》에 실려 있다.[692] 근래 北齊(북제)에

獨學하면 孤陋(고루)하고 寡聞(과문)하다는 지적이다. 이는 학문의 성과를 거두지 못하거나 망칠 수 있는 6가지 사례 중 하나이다. 여기에는 「時過然後學하면 則勤苦而難成이라.」는 구절도 있는데, 이 말은 사실이다.

688 원문 蓋須切磋相起明也. - 蓋는 덮을 개, 대개 개. 어찌. 어찌 아니할 합(何不). 須는 모름지기 수. 切磋(절차)는 玉을 다듬는 방법의 하나. 학문을 부지런히 연마하다. 相은 서로. 起明은 啓明. 啓導. 起는 일깨우다.《論語 八佾(팔일)》의 子夏問曰, ~ 曰, "禮後乎?" 子曰, "起予者商也! 始可與言詩已矣."와 같은 뜻이다.

689 원문 師心自是 - 자신의 成心(先入見)을 스승으로 삼아 옳다고 여기다. 師心自用. 이는 혼자 공부하는 사람이 범하기 쉬운 오류이다.《莊子 齊物論》에 나오는 말이다.

690 원문 稠人廣坐 - 稠는 빽빽할 조. 稠人은 많은 사람들. 廣坐는 넓은 장소에 앉다.

691 원문 左右呼曰 '孟勞' - 左右는 구경꾼. '孟勞(맹로)'는 '죽여라!' 이는 당시 그곳 사람들에게 통용되는 隱語(은어)였을 것이다.

있을 때 姜仲岳(강중악)이란 사람이 있어 그가 말하길 "孟勞(맹로)
란 말은, 公子의 측근으로 성은 孟, 이름은 勞인데, 힘이 센 사람이
라서 나라에서 보배로 여겼다."고 하여 나와 심한 논쟁(苦諍)을 했
다. 당시 淸河 郡守(청하 군수)인 邢峙(형치)는 當世(당세)의 碩儒(석
유)로 나를 도와 증명하자, (강중악은) 얼굴을 붉히고 굴복하였다.

또《三輔決錄(삼보결록)》[693]에 의하면, 漢나라「靈帝(영제)의 전각
기둥에 '堂堂(당당)하도다 子張(자장)이여, 京兆(경조)의 田鳳(전봉)

---

692 원문 '孟勞' 者, 魯之寶刀名, 亦見《廣雅》-《廣雅》는《爾雅》의 내
용을 삼국시대 魏의 張揖(장읍)이 내용을 추가 보완한 책.
《爾雅(이아)》- 현행《爾雅》는 19편.《四庫全書》에서는 小學類로
분류. 중국 최초의 訓詁書(훈고서). 단어를 풀이한 사전.《爾雅》는
순수한 詞典이니, 儒家와 관계가 없지만 儒家 13經의 하나이다.
이는 경전의 해석에 중요한 자료이기에 그랬을 것이다. 爾는
'邇'이니 가깝다(近)는 뜻이고, 雅는 '正'이니 官方의 語言, 곧
雅言(아언)이다.《爾雅》는 唐朝 이후 '經部'에 들어갔다.
현존《爾雅》중〈釋言〉편은 動詞와 形容詞 등 常用하는 글자에
대한 해석이고,〈釋訓〉은 접속사나 詞組나 形容詞와 副詞 등 정황
묘사와 관련된 단어의 해설이며,〈釋親〉은 친척 관련 호칭에 대한
용어 해설이며,〈釋宮〉은 궁궐 건축과 관련된 해설이다. 이를 본
다면《爾雅》가 辭典임을 알 수 있다.
693《三輔決錄(삼보결록)》-《隋書 經籍志》에 의하면, 후한의 太僕인
趙岐(조기)가 찬한 書名. 全 7권, 趙岐(조기, 108 - 201, 字는 邠卿)는
《孟子章句(孟子註疏)》를 저술했는데〈孟子題辭〉에서 孟子를 亞
聖(아성)이라고 최초로 칭송하였고, 이후 맹자는 亞聖으로 통했
다.《後漢書》64권,〈吳延史盧趙列傳〉에 입전.

이 그러하였다.」라고 쓰였는데,[694] 이는 《論語》 구절을 인용하여 對偶(대우)를 맞춰 四言으로 쓴 글이며,[695] 이는 京兆人 田鳳을 지목하였다. 그런데 어떤 才士가 말하기를 '그때 張京兆(장경조)와 田郎(전랑) 두 사람이 모두 당당하였다.'고 말했다. 그는 내 해설을 듣고 처음에는 크게 놀랐지만, 그 뒤에 곧 부끄러워하며 뉘우쳤다.[696]

江南에 어떤 권세가가 있었는데, 誤字(오자)가 있는 〈蜀都賦注(촉도부주)〉를 읽었는데, 그 해석에 '蹲鴟(준치)는 芋(토란 우)이다'의[697] 芋가 '羊(양)' 자로 되어 있었다. 어떤 사람이 그에게 羊肉을 보냈는데, 그 答書(답서)에 '외람되이 蹲鴟(준치, 토란)를 받았습니다.'라고[698] 하였다. 온 朝士(조사)들이 놀라면서 그 진의를 몰랐는데, 한참 뒤

---

694 京兆田鳳 - 京兆(경조)는 京兆尹의 준말. 漢代 수도 장안의 행정구역이면서 그 행정장관을 뜻한다. 田鳳은 인명. 다음에 나오는 어떤 才子는 우선 《三輔決錄(삼보결록)》이란 책에서 三輔(京兆尹, 左馮翊, 右扶風)의 뜻을 몰랐고, 京兆를 張京兆라는 人名으로 해석하는 愚(우)를 범했다.

695 《論語 子張》曾子曰, "堂堂乎張也, 難與並爲仁矣."

696 원문 其後尋媿悔焉. - 尋은 찾을 심. 보통, 얼마 안 있을 심. 곧. 媿는 부끄러울 괴, 창피 줄 괴. 悔는 뉘우칠 회. 焉은 어찌 언. 어조사. 종결어미.

697 원문 '蹲鴟, 芋也.' - 蹲은 웅크릴 준. 鴟는 솔개 치. 蹲鴟(준치)는 토란의 생김새를 새에 비유한 말이다. 蜀에는 토란의 재배가 성했다.

698 원문 損惠蹲鴟 - 損惠는 외람되이 은혜를 입다. 분수에 넘치는 물건을 받았다는 뜻.

에 그 사유를 추적하여 그러한 줄을 알게 되었다.

北魏(북위) 시절〔元氏之世(원씨지세)〕,⁶⁹⁹ 낙양에 도읍할 적에 어떤 才學 重臣(재학 중신)이 새로 《史記音(사기음)》이라는 책을 얻었는데, 오류가 많아서⁷⁰⁰ '顓頊(전욱)'이란 글자의 半切(반절)을 잘못 기록하였으니, 頊(욱)을 응당 '許錄反(허록반, 혹, 욱)'이어야 하나, 틀리게 '許緣反(허연반, 현)'이라고 하였기에, 그가 조정의 士人들에게, "예전부터 발음이 틀렸으니 '專旭(전욱)'은 응당 '專翾(전현)'으로 읽어야 한다."고 말했다. 이 사람은 예전부터 명성이 있었기에 (많은 사람이) 옳다고 따라 하다가 1년이나 지나서야 또 다른 碩儒(석유)와 애써 서로 토론한 뒤에야 착오인 줄을 알았다.

《漢書 王莽傳(한서 왕망전)》⁷⁰¹〔班固(반고)의〕論贊(논찬)에서는

---

699 원문 元氏之世 – 北魏(386~534 존속)는 鮮卑族 拓跋珪(탁발규)가 건국한 나라이다. 북위는 적극적인 漢化정책을 폈고, 국성인 拓拔(탁발)을 元氏로 고쳐 행세했다. 그래서 北魏를 元魏라고도 부른다.

700 원문 而頗紕繆 – 頗는 자못 파. 많이. 자주. 紕는 옷의 가장자리 끝 비. 繆는 얽어맬 무. 어그러질 류. 거짓. 紕繆(비류)는 착오.

701 《漢書 王莽傳》 – 王莽(왕망, 前 45 – 서기 23년)은 漢朝를 찬탈하여 '新' 건국(서기 8 – 23년 재위). 中國 傳統 歷史學의 忠君 이념에서 볼 때 일반적으로 '僞君子'이며, '逆臣' 또는 '佞邪之材(영사지재)'라는 평가를 받는다. 莽은 풀 우거질 망. 《漢書》 99권, 〈王莽傳〉은 개인의 열전이지만, 사실 漢 멸망의 기록이며 新의 건국

「(색깔로는) 紫色(자색)이고 (음성으로는) 蛙聲(와성, 개구리 와)이니, (모두가) 餘分(여분)이고 閏位(윤위)이다.」하였으니,[702] 이 뜻은 거짓〔僞(위)〕이 참〔眞(진)〕을 어지럽힌 것이다.

그전에 나는 여럿이 함께 이 글을 논하다가, 왕망의 형상(생김새)에 대한 이야기가 나왔는데,[703] 어떤 준수한 士人(사인)이 있

과 멸망의 실록이라 할 수 있다. 上, 中, 下 3권에 걸쳐 상세한 기록이며, 前漢과 後漢 교체기의 상황을 파악할 수 있다.

702 원문 紫色蛙聲, 餘分閏位 - 紫色蛙聲(자색와성)은 보라색(紫色)과 개구리 소리. 보라색은 正色이 아닌 間色(간색)이다. 蛙聲(와성)은 邪聲(사성). 正聲이 아닌 것. 蛙(개구리 와)는 鼃(개구리 와)와 同. 餘分閏位 - 왕망의 稱帝(칭제)는 天命이 아니니, 마치 세월의 여분이 모인 閏月(윤달)과 같다는 뜻. 이는 班固의 論贊 끝 부분이다. 곧 「옛날에 秦에서는 《詩》와 《書》를 불사르고 私議를 채택하였지만 왕망은 《六藝》의 경전을 외워 자신의 간사한 주장을 꾸며대었으니 같은 곳을 향한다지만 전혀 다른 길을 가서 결국 모두가 패망의 길을 간 것이었다. 이 모두가 亢龍(항룡)의 氣數가 다한 것이고, 天命을 누릴 수 없는 자의 命運이며, 正色이나 正音이 아니고, 세월의 여분이 모인 윤달과 같은 正統이 아니었기에 결국 聖王(光武帝)에 의해 쫓겨난 것이라 할 수 있다.」

703 《漢書 王莽傳》에 기록된 왕망의 모습은 다음과 같다. 「왕망은 생김새가 큰 입에 아래턱이 짧으며, 툭 튀어 나온 눈망울에 눈동자가 붉으며 굵으나 쉰 목소리이었다. 키는 7尺5寸(약 173cm)였는데, 두꺼운 신발을 신고 높은 관을 즐겨 썼으며, 꼬불꼬불한 털을 옷에 넣고 가슴을 내밀어 고개를 들어 보거나 좌우를 내려 보았다. 이때 雜技로 黃門 待詔(대조)로 있던 자에게 어떤 사람이 왕망의 모습을 묻자, 그 대조가 말했다. "왕망은 부엉이

어, 스스로 史學에 정통하였다고 자부했으며 또 명성도 매우 높았는데, 그가 말했다.

"王莽(왕망)은 올빼미 눈에 호랑이 입술일 뿐만 아니라 얼굴은 자주색이고 목소리는 개구리 소리였습니다."[704]라고 풀이하였다.

또 《漢書》〈禮樂志(예악지)〉에 「太官(태관)에게 挏馬酒(동마주)를 헌상합니다.」라고 하였는데,[705] 李奇(이기)의 주석에 「馬乳(마유)로 술을 빚는데 위아래로 흔들면 동마주가 된다.」고 하였는데, 이는 (撞挏의) 二字가 재방 변(扌)이 있기 때문이다. 撞挏(충동)이란 세게 부딪쳤다가 밀었다 당겼다 하는 동작인데, 지금도 酪酒(낙주, 요구르트)를 만들 때 그렇게 한다. 그러나 앞서 말한 學士는 撞挏(충동)을 오동나무 심을 때라고 생각하여, 그때에 太官이 빚

눈에 호랑이 입, 그리고 승냥이 목소리를 갖고 있어 사람을 잡아먹을 수도 있지만, 사람에게 잡아먹힐 수 있는 사람이라고 말합니다." 이에 물었던 사람이 이를 밀고하자, 왕망은 그 대조를 죽이고, 밀고자를 제후에 봉했다. 왕망은 이후로는 운모 병풍으로 얼굴을 가렸기에 측근이 아니면 얼굴을 볼 수 없었다.」

704 〈왕망전〉 논찬의 글을 왕망의 모습에 대한 묘사로 잘못 알았다.

705 이 부분은 《漢書 禮樂志》에서 哀帝가 樂府를 혁파하라고 조서를 내렸고, 그 명령에 따라 완전히 혁파할 수는 없고 그중 감축할 인원을 보고하는 보고서에 들어있다. 곧 「사부에게 학습 중인 142인 중 72인은 (造酒 담당) 太官에게 挏馬酒(동마주)를 제조 헌상하는데 그중 70명을 파직할 수 있습니다.」 挏馬酒(동마주)는 馬乳酒로 요즈음 요구르트와 같은 음료수이지 알코올 도수가 있는 술이 아니다.

는 동마주가 익는다〔熟成(숙성)〕고 하였으니, 그 고루함이 이런 지경이었다.

太山郡(태산군, 泰山郡)의 羊肅(양숙) 역시 학문으로 칭송을 받았으나, (서진) 潘岳(반악)의 賦(부)에「周 文王 때의 弱枝(약지)의 棗(대추나무 조)」⁷⁰⁶를 지팡이란 뜻의 杖(장)으로 보았고, 《世本(세본)》⁷⁰⁷에서「容成公이 曆法(역법)을 만들었다.」⁷⁰⁸의 歷〔曆(역)〕

---

706 원문 周文弱枝之棗 - 潘岳(반악)의 〈閑居賦〉의 구절인데, 周 文王 시절에 '弱枝(약지, 가느다란 대추나무 가지)의 대추'라는 과일이다. 西晉(서진)의 潘岳(반악, 247~300. 潘安이라고도 함.)은 귀족 미남이며, 시인으로 명성이 높았다. 당시 《文賦(문부)》의 작자인 문장가 陸機(육기)와 나란히 그 이름을 떨쳤는데 文學史에서는 특별히 '潘陸(반육)'이라 칭한다.

707 《世本》- 古代 史官이 黃帝 이후 春秋 時까지 제왕, 諸侯, 大夫들의 姓氏와 世系, 都邑, 制作, 諡法(시법) 등을 수록한 책. 司馬遷(前 ?135 - 前 86)도 이 책을 참고했다. 宋代에 散失된 것으로 알려졌다. 반고는 〈司馬遷傳〉論贊에서 말했다.「孔子는 魯의 역사기록을 바탕으로 《春秋》를 지었고, 左丘明(좌구명)은 그 本事를 論輯(논집)하여 《春秋》의 傳을 지었으며, 또 같거나 다른 내용으로 《國語》를 편찬하였다. 또 《世本》이 있는데, 이는 黃帝 이래 春秋 시기에 이르는 帝王과 公侯와 卿大夫의 조상 연원을 수록하였다. 春秋시대 이후로 七國이 서로 다투다가 秦이 제후들을 통일하였고 《戰國策》이 나왔다. 漢이 건국되고 秦을 멸망시키고 천하를 평정할 시기에 《楚漢春秋》가 있었다. 그래서 사마천은 《左氏傳》과 《國語》의 내용을 근거하고, 거기에 《世本》과 《戰國策》의 자료를 보태고, 《楚漢春秋》 내용과 그 이후의 기록을 서술하여 武帝의 天漢 연간까지 (太史公書를) 서술하였다.」

을 碓磨(대마, 연자방아)의 磨(갈 마, 맷돌)로 잘못 생각하였다.⁷⁰⁹

---

708 《容成子》 ─ 書亡. 容成子(容成公)는 전설에서 黃帝의 曆法을 만든 사람. 신선. 東晋 葛洪(갈홍)의 《神仙傳》에서는 容成公의 字는 子黃, 道東人. 玄素之道를 실행하여 延壽가 無極이라고 했다. 《漢書 藝文志》에는 《容成陰道》라는 房中書가 있다. 房中書는 남녀 음양 교합의 기교에 관한 도서이다. 물론 여기에 여성의 生理나 위생, 보건에 관한 내용도 있겠지만 그 중심은 남성 위주의 성적 쾌락이었다. 올바른 남녀 交接으로 延年益壽한다는 말은 표면적인 구호였을 것이다. 적어도 前, 後漢 시대에는 남녀 성생활이 識者 계층의 禁忌나 忌諱(기휘)가 아니었던 것만은 확실하다.

709 '틀린 곳이 없는 책은 없다(無錯不出書)'고 하지만, 여기서 예를 들은 잘못된 지식은 본인이 노력하지 않았다는 증거이다. 본래 '3할이 가르침이라면(三分靠教), 7할은 스스로 학습에 의한 성취이다(七分靠學).' 곧 스승의 가르침도 있어야 하지만 본인의 노력이 더 중요하다.

101/ 眼學과 耳學

|原文| 談說制文, 援引古昔, 必須眼學, 勿信耳受.

江南閭里閒, 士大夫或不學問, 羞爲鄙朴, 道聽塗說, 強事飾辭, 呼徵質爲周,鄭, 謂霍亂爲博陸, 上荊州必稱陝西, 下揚都言去海郡, 言食則餬口. 道錢則孔方, 問移則楚丘, 論婚則宴爾, 及王則無不仲宣, 語劉則無不公幹.

凡有一二百件, 傳相祖述, 尋問莫知原由, 施安時復失所.

莊生有乘時鵲起之說, 故謝朓詩曰, '鵲起登吳臺.' 吾有一親表, 作七夕詩云, '今夜吳臺鵲, 亦共往塡河.'

〈羅浮山記〉云, '望平地樹如薺.' 故戴暠詩云, '長安樹如薺.' 又鄴下有一人詠樹詩云, '遙望長安薺.' 又嘗見謂矜誕爲夸毗, 呼高年爲富有春秋, 皆耳學之過也.

|국역| 이야기를 나누거나(談說) 글을 지을 때(制文), 옛날 일을 인용하려면, 필히 눈으로 확인하며 배워야 하고,[710] 들은 것을

---

710 원문 必須眼學 – 須는 모름지기 수, 하여야 할 수. 잠깐. 수염. 眼學(안학)은 눈으로 보아서 배우다. 특히 글자를 배울 때는 반드시 옥편을 찾아 눈으로 확인해야 한다. 글자를 찾으면서 눈에 스쳐

(그대로) 믿지 말아야 한다.[711]

　江南의 鄕里에서는 士大夫가 혹(或) 學問을 하지 않았다면 천박한 자신을 수치로 생각하며, 길에서 주워들은 말로[712] 억지로 꾸며 말을 만들어내니, '저당 잡히다(徵質)'를 '周, 鄭'이라 하고,[713] 霍亂(곽란)을 博陸(박륙)이라 말하며,[714] 荊州(형주) 쪽으로

가는 글자를 읽는데, 이는 眼學의 부산물이고 이 또한 무시 못할 공부이다. 그래서 한문을 제대로 공부하려면 옥편을 끼고 살아야 한다.

711 원문 勿信耳受. – 귀로 듣는 것을 믿지 말라. 본래 百聞不如一見이다. 소문은 헛것이지만(耳聽爲虛) 눈으로 보면 사실이며(眼見爲實), 귀로 듣는 것은 눈으로 보는 것만 못하고(耳聞不如目睹), 눈으로 보는 것은 몸으로 겪어보는 것만 못하다(目睹不如身受).

712 원문 道聽塗說 – 塗는 진흙 도. 길(도로). 칠하다. 《論語 陽貨》子曰, "道聽而塗說, 德之棄也." 소문은 헛것이지만(耳聽爲虛) 눈으로 보면 사실이다(眼見爲實).

713 원문 呼徵質爲周,鄭 – 呼는 부르다. 말하다. 徵質(징질)은 저당 잡히다. 周, 鄭은 춘추시대. 나라 이름. 인질을 맞교환한 일이 있었다. 살림이 쪼들려 물건 저당 잡힌 것과 나라 사이의 인질은 아무 상관없다. 質의 의미를 정확히 파악하지 못했다는 뜻이다.

714 원문 謂霍亂爲博陸 – 霍亂(곽란, 霍은 빠를 곽 / 癨亂)은 吐瀉(토사), 嘔吐(구토) 등을 수반한 급성 腹痛(복통)이다. 옛날에 농촌에서 흔한 질병이었다. 이 말이 前漢 武帝 ~ 宣帝 때의 霍光(곽광, ?-前68년, 封 博陸侯, 諡號 宣成侯)과 관련 있는 줄 알고 博陸(박륙)이라 말한 것이다. 보통 縣 이름을 작위의 칭호로 사용하는데, 博陸은 구체적 지명이 아니고 넓고 평평하다는 뜻이다.

가면서 陝西(섬서)에 간다고 말하고, 揚都(양도, 揚州)로 가면서 東海郡에 간다고 하며,[715] 식사를 餬口(호구)라고 말한다.[716] 錢(동전)을 孔方이라 말하고,[717] 이사했느냐고 물을 때 楚丘(초구)라 하고,[718] 혼인을 말하면서 宴爾(연이)라 하고,[719] 王氏를 말할 때는

715 원문 上荊州必稱陝西, 下揚都言去海郡 – 역사적 전고를 다 설명할 수 없고, 정확한 史料나 어원을 모르고 남의 말을 듣고 따라서 말하다 보니 부정확한 사실을 그대로 답습한다는 뜻이다. 비슷한 뜻의 성어로 남쪽으로 간다면서 북쪽으로 수레를 몬다는 뜻의 '南轅北轍(남원북철)'이 있다.

716 원문 言食則餬口 – 餬는 된 죽 호. 가난한 살림을 하다. 남의 집에서 붙어 얻어먹다. 餬口는 본래 다른 사람에게 의지해 얻어먹다. 입에 풀칠하다(糊口). '겨우 근근이 살아간다'는 의미. 자기 집에서 평상시 식사를 餬口라고 표현할 이유가 없다.

717 원문 道錢則孔方 – 道는 말하다. 錢은 돈 전. 본래 우리가 말하는 엽전의 시작은 秦나라의 半兩錢(반양전)인데 그 생김새는 圓形에 方孔(네모진 구멍)이었다. 그렇다 하여 錢을 말하면서 孔方이라는 표현은 우스갯소리이었다. 西晉의 魯褒(노포)의 〈錢神論〉이라는 글에서 '(錢을) 친애하기를 兄과 같이 하는데, 그 字는 孔方이다. (錢을) 잃어버리면 貧窮(빈궁)하고 얻으면 富强하다.'고 하였다. 이렇듯 세속에서 오래 통하다 보니 孔方 = 錢으로 통한다.

718 원문 問移則楚丘 – 楚丘(초구)는 齊 桓公이 衛나라를 없애고 그 백성을 이주시킨 地名이다. 보통 사람의 이사와 망국민을 이주시킨 地名과는 아무 연관이 없다. 이사를 楚丘라고 한다면 남이 못 알아듣고, 그러면 그런 말을 한 내가 유식하다고 생각할 것이다. 그렇다면 진짜 착각일 것이다.

719 원문 論婚則宴爾 – 宴爾(연이)는 《詩經 邶風(패풍) 谷風》의 구절

늘 仲宣(중선)이라 하고, 劉氏(유씨)를 말하면서 公幹(공간)을 말하지 않는 경우가 없다.[720]

이런 사례가 모두 1, 2백 곳이나 되는데, (그런 말을) 서로 따라하고 사용하지만 그 뜻을 물으면 그 본래의 유래를 알지 못하니 이런 말을 어찌 바르게 사용하겠는가?

莊周(장주, 莊子)가 '때로는 까치가 날아 오른다.'라 하였기에 謝朓(사조)[721]는 그 詩에서 '까치가 吳(오) 樓臺(누대)에 날아오른다.'고 하였다[吳 樓臺는 姑蘇臺(고소대)]. 나의 친척 表兄弟 중 한 사람이 七夕(칠석)날 詩를 지으면서 '오늘 밤 吳 樓臺의 까치도, 역시나 함께 銀河(은하)를 메우러 갔다.'고 읊었다.

〈羅浮山記(나부산기)〉에 의하면, '평지를 바라보니 나무들이

'宴爾新昏 如兄如弟'에서 나온 말이다. 본처를 버리고 다시 결혼하니 즐거울 것이라는 버려진 여인의 슬픈 푸념의 노래이다. 그렇다면 양가에서 처음 혼인을 말할 때 이런 말을 쓸 수 없을 것이다.

720 원문 及王則無不仲宣 語劉則無不公幹 — 王仲宣(왕중선)은 後漢 말 建安七子의 한 사람인 王粲(왕찬, 177 – 217년)이다. 劉公幹(유공간)은 後漢 말 建安七子의 한 사람인 劉楨(유정, 186 – 217). 王氏, 劉氏라 하여 모두 詩人이 아니거늘 왜 왕중선, 유공간이라고 불러야 하는가?

721 謝朓(사조, 464 – 499, 字는 玄暉)는 小謝(소사)라 통칭하는데, 宣城(선성) 태수를 역임하여 보통 '謝宣城'으로도 불린다. 南朝의 저명한 山水 시인으로 竟陵八友(경릉팔우)의 한 사람이며 謝靈運(사령운)과 함께 '大謝', '小謝'라 합칭한다.

마치 냉이와 같다〔望平地樹如薺(망평지수여제)〕.'고 하였기에 戴
暠(대호/대고)의 詩에서는, '長安의 나무는 냉이와 같다.'고 하였
다. 또 鄴縣(업현)의 어떤 시인은 나무를 읊은 시에서 '멀리 장안
의 냉이를 바라본다〔遙望長安薺(요망장안제)〕.'고 하였다. 또 옛
날 언젠가는 우쭐거리다(矜誕)를 '몸을 굽신거리다.'라고 하였
으며,[722] 나이 많은 사람을 보고 '춘추가 많다〔富有春秋(부유춘
추)〕.'고 하였는데,[723] 이 모두는 귀로 배운 학문, 곧 耳學(이학)의
과오이다.

---

[722] 원문 矜誕爲夸毗 – 矜誕(긍탄)은 우쭐거리다. 夸는 자랑할 과. 毗
는 도울 비. 夸毗(과비)는 비굴하게 남에게 굽신거리다.

[723] 원문 富有春秋 – 春과 秋가 지나가면 1年이다. 나이. 세월. 富有
春秋는 어린 나이라서 '앞으로 살아갈 날이 많다'는 뜻이다. 그
러니 '나이 많은 사람'이라는 뜻은 없다.

102/ 학문의 바탕 文字學

|原文| 夫文字者, 墳籍根本.

世之學徒, 多不曉字, 讀《五經》者, 是徐邈而非許愼, 習賦誦者, 信褚詮而忽呂忱. 明《史記》者, 專徐,鄒而廢篆籀, 學《漢書》者, 悅應,蘇而略《蒼》,《雅》. 不知書音是其枝葉, 小學乃其宗系.

至見服虔,張揖音義則貴之, 得《通俗》,《廣雅》而不屑. 一手之中, 向背如此, 況異代各人乎?

|국역| 文字(문자)는 모든 서적의 근본이다.[724]

이 세상의 學徒(학도) 중 문자도 많이 모른 채《五經(오경)》을 읽는 자들은 徐邈(서막)을 옳다 생각하고 許愼(허신)이 틀렸다고 말하며,[725] 賦(부)를 짓고 외우는 사람은 褚詮(저전)을 신뢰하나 呂

---

724 원문 墳籍根本. – 墳籍(분적)은 墳典. 墳典(분전)은 三墳五典의 준말. 三墳은 伏羲, 神農, 黃帝의 大道를 설명한 서적. 五典은 少昊(소호), 顓頊(전욱), 高辛(고신), 唐(堯). 虞(舜)의 常道를 논한 글. 서적. 古籍.

725 원문 是徐邈而非許愼 – 徐邈(서막, 171 – 249년, 子는 景山) – 邈은 멀 막. 燕國 薊縣(계현) 출신. 後漢末, 曹魏의 官員, 涼州의 지방관으로 치적이 뛰어났다. 愛酒家로 中聖人이라는 별호가 있다. 正史《三國志 魏書》27권, 〈徐胡二王傳〉에 立傳.

忱(여침)을 홀대한다.[726] 《史記(사기)》를 연구하는 자는 전적으로 徐廣(서광)과 鄒誕生(추탄생)의 풀이만 전문으로 하나 篆書(전서)와 史籀[사주, 大篆(대전)]를 뒷전으로 돌리며,[727] 《漢書(한서)》를 배우는 자는 應邵(응소)와 蘇林(소림)의 풀이를 즐겨 읽으나 《三蒼(삼창)》, 《廣雅(광아)》를 참고하지 않는다[略(약)].[728] 문자의 讀音

許愼(허신, 서기 58?-146年?, 字는 叔重) - 汝南郡 召陵縣 사람이다. 천성이 淳樸(순박) 敦篤(돈독)하고, 젊어 여러 경전을 널리 배웠으며, 馬融(마융)도 늘 허신을 존경하였기에 당시 사람들이 '《五經》에는 許叔重(허숙중) 만한 사람이 없다.'고 하였다. 나중에 汝南郡의 功曹(공조)로 재직했고 孝廉(효렴)으로 천거받아 두 번 승진하여 (沛國의) 洨縣(효현) 縣長이 되었다. 집에서 죽었다. 허신은 《五經》의 전수하는 해설과 평가가 서로 다른 것을 보고 이에 《五經異義》를 저술했고, 또 《說文解字》14편을 저술하였는데(서기 100年, 和帝 永元 11년), 모두 지금까지 전해온다. 《說文解字》에는 540개 部首에 9,353字를 해설하였다. 中國 文字學의 개척자로 속칭 '字聖'으로 불린다. 《後漢書 儒林列傳 下》에 입전.

726 원문 信褚詮而忽呂忱 - 褚詮(저전)은 인명. (남조) 劉宋의 褚詮之를 가리킴. 呂忱[여침. 忱은 정성 침, 字는 伯雍(백옹)]은 西晉朝의 字學者. 《字林》을 저술. 元朝 시기에 散佚(산일)되었다. 《字林》에는 한자 12,800字가 수록되었다고 한다.

727 원문 專徐,鄒而廢篆籀 - 專은 전문으로 하다. 공부하다. 徐廣(서광)은 《史記音義》12권을 저술했다. 鄒는 梁나라 鄒誕生(추탄생). 《史記音》3권을 저술했다. 篆(전)은 小篆. 소전으로 쓰인 책. 籀는 전자(篆字) 주. 大篆. 周 宣王 때 太史 籀(주)가 만든 문자.

728 원문 悅應,蘇而略《蒼》,《雅》 - 應은 應邵(응소, 人名). 《漢書集解音義》24권을 저술하였다. 蘇는 蘇林(소림). 文字學에 밝았다.

〔독음, 書音(서음)〕은 문자학의 枝葉(지엽)에 불과하고 小學〔소학 : 文字學(문자학)〕이[729] 그 大幹(대간)임을 알지 못한다.

服虔(복건)이나 張揖(장읍)의 音義(음의)를[730] 배우게 되면 귀하

《蒼》은《三蒼》,《雅》는《廣雅》. 倉頡(창힐, 생졸년 미상)은 神話 속 人物, 黃帝의 史官, 漢字의 創造者, 속칭 倉頡先師(창힐선사. 頡은 곧은 목 힐), 制字先聖, 倉頡至聖으로 불린다. 눈동자가 2개(雙瞳)에 4目으로 그려진다. 중국 기의 모든 학교에 ‘文字聖人倉頡先師’의 神位가 모셔져 있다.《蒼頡》의 七章은 秦 丞相 李斯(이사)가 지었고,《爰歷(원력)》6章은 車府令 趙高(조고)가,《博學(박학)》7章은 太史令인 胡母敬(호모경)이 지었다.《蒼頡》,《爰歷》,《博學》을 三蒼이라 했다. 여기 趙高(조고, 前 258 - 207년)는 秦始皇, 二世, 秦王 子嬰(자영)의 신하이며 ‘指鹿爲馬(지록위마)’의 주인공이다.

729 小學 - 小學은 文字學(釋形), 音韻學(釋音), 訓詁學(釋義)을 포괄하는 학문 분야로 經學의 한 분과이다. 四書(論語, 孟子, 大學, 中庸)보다 앞서 배우는, 性理學에서 강조하는《小學》이 아니다.

730 服虔(복건, 생몰년 미상, 후한 말 鄭玄과 동시대, 字는 子愼) - 虔은 정성 건. 初名은 重(중)에서 虔(건)으로 개명했다. 後漢 훈고학자. 河南 滎陽(형양) 사람이다. 젊어 가난하였으나 큰 뜻을 세우고 太學에서 공부하였으며 孝廉(효렴)으로 천거되었다. 鄭玄과 우연히 만나《左傳》을 토론했다는 이야기가 전한다. 또《左傳》에 근거하여《春秋漢議駁》2권을 편찬했고, 何休(하휴)가 저술한 漢事 60개 조항을 반박하였다. 孝廉으로 천거되었고 (靈帝) 中平 말년에 九江太守가 되었다. 면직한 뒤에 난리를 만나 여러 곳을 떠돌다가 병사하였다.《春秋左氏傳解誼》를 저술했는데 지금도 통용되고 있다. 그의 賦, 碑文, 誄辭(뇌사), 書記,〈連珠〉,〈九憤〉등 총 10여 편이 있다.《後漢書》79권,〈儒林列傳〉(下)에 立傳. 張揖(장

게 여기지만, (복건이 지은) 《通俗文(통속문)》[731]이나 (장읍이 저술한)《廣雅 (광아)》는 달갑게 여기지도 않는다. 같은 사람의 저술에서도 그 向背(향배, 취향)가 이와 같은데, 하물며 시대가 다르다거나 사람이 다른 경우 더 말할 것이 있겠는가?

읍, 字는 稚讓)은 삼국시대 魏 淸河郡 사람. 《古今字詁》,《廣雅》의 저자.

731 《通俗文》 - 後漢 말, 服虔(복건, 생졸년 미상, 字는 子愼)이 편찬한 俗語 어휘 사전이라 할 수 있다. 망실되어 지금은 전하지 않으나, 속어나 속자, 口語를 모아 해설한 책으로 經史의 訓讀과 해석을 위한 用字書이다. 지금은 淸 臧鏞堂(장용당)과 馬國翰(마국한)의 輯本(집본)이 전한다는 주석이 있다.

103/ 정확한 글자 쓰기

|原文| 夫學者貴能博聞也.

郡國山川, 官位姓族, 衣服飮食, 器皿制度, 皆欲根尋, 得其原本. 至於文字, 忽不經懷, 已身姓名, 或多乖舛, 縱得不誤, 亦未知所由.

近世有人爲子制名, 兄弟皆山傍立字, 而有名峙者, 兄弟皆手傍立字, 而有名機者, 兄弟皆水傍立字, 而有名凝者. 名儒碩學, 此例甚多. 若有知吾鍾之不調, 一何可笑.

|국역| 대체로, 學者는 견문을 넓힐 수 있는(博聞) 능력을 귀하게 여긴다.

그래서 郡國과 山川, 官位와 성씨와 씨족, 衣服과 飮食(음식), 器皿(기명)과 制度에 관하여 그 뿌리를 찾고 근원을 캐내려 한다. 그러나 文字에 대해서는 소홀하며 깊이 생각하지 않아[732] 자신의 성명도 잘못 쓰는 사람이 많으며,[733] 혹 틀리지는 않더라도 그 유래는 모르는 사람이 많다.

---

732 원문 忽不經懷 — 忽은 소홀히 하다. 經懷(경회)는 관심을 갖다. 留心.

733 원문 或多乖舛, 縱得不誤 — 乖는 어그러질 괴. 舛은 어그러질 천. 乖舛(괴천)은 잘못되다. 縱은 설령, 가령.

近世에 어떤 사람이 자식의 이름을 지으면서 형제가 모두 山변의 글자를 썼는데 峙(우뚝 솟을 치)로 지었고,[734] 兄弟가 모두 手傍(扌)의 글자를 쓰면서도 機(기)로 이름을 지었으며, 兄弟가 모두 水傍(氵)의 글자를 쓰면서 凝(엉길 응, 冫변)으로 지은 경우가 있다. 名儒나 碩學(석학)일지라도 이런 경우는 상당히 많다. 만약 자신 이름의 音이 (晉에서 주조한 鐘의 소리가 틀리듯, 다른 형제와) 같지 않은 줄을 알면[735] 얼마나 가소롭겠는가?[736]

---

734 원문 而有名峙者 – 지금 통용되는 峙(우뚝 솟을 치, 고개 치)는 山변이지만, 안지추 시절에는 止(그칠 지) 변에 寺로 썼다는 주석이 있다.

735 원문 若有知吾鍾之不調 – 춘추시대 晉 平公이 새로 鐘을 주조했는데 악사 師曠(사광)은 鐘의 음률이 맞지 않는다고 말했다. 다른 匠人은 모두 맞는다고 하였다. 이에 사광이 말했다. "만약 후세에 정확한 소리를 알아듣는 사람이 없다면 괜찮습니다. 그러나 음률에 맞지 않는다는 것을 아는 사람이 있다면(知音) 정말 부끄러울 것입니다." 晉는 응당 晉(나라 진)이어야 한다는 주석이 있다.

736 원문 一何可笑 – 여기 一은 하나같이. 얼마나의 뜻. 强調 용법.

104/ 地名의 유래 탐구

|原文| 吾嘗從齊主幸幷州, 自井陘關入上艾縣, 東數十里, 有獵閭村. 後百官受馬糧在晉陽東百餘里亢仇城側. 並不識二所本是何地, 博求古今, 皆未能曉.

及檢《字林》,《韻集》, 乃知獵閭是舊䃥餘聚, 亢仇舊是䜋劜亭, 悉屬上艾.

時太原王劭欲撰鄕邑記注, 因此二名聞之, 大喜.

|국역| 그전에 나는 齊主〔北齊 文宣帝(북제 문선제)〕를 모시고 幷州(병주, 太原郡. 今 山西省 중부 太原市) 巡幸(순행)을 수행하였는데,[737] 井陘關(정형관)을[738] 지나 上艾縣(상애현)으로 들어갔는데, 동쪽 수십 리 되는 곳에 獵閭村(엽려촌)이 있었다. 나중에 百官(백관)들은 晉陽縣(진양현 : 今 太原市) 동쪽 1백여 리 되는 亢仇城(항구성) 근처에서 馬糧(마량 : 말 먹일 풀)을 공급받았다. 그러나 그 두 곳이 어디에 속한 땅인지 아는 이가 없었고, 고금의 사적을 널리

---

737 원문 吾嘗從齊主幸幷州 - 나는(吾) 그전에(嘗). 從은 隨從(수종). 齊主는 北齊 文宣帝, 개국황제. 幸은 巡幸(순행). 幷州(병주)는, 今 山西省 省會인 太原市.《北齊書 文苑傳 顔之推傳》참고. 이때는 天保 9년, 558년, 안지추 28세이었다.

738 井陘關(정형관)은 河北省 石家莊市 관할 井陘縣에 소재한 관문.

찾아보아도 알 수가 없었다.

결국 《字林(자림)》과 《韻集(운집)》을 찾아보니, 獵閭村(엽려촌)은 옛날 㲊餘聚(엽여취)이고, 亢仇城(항구성)은 옛날 㬅馻亭(만구정)인데, 둘다 上艾縣〔상애현 幷州(병주) 관할〕에 속했다는 지역임을 알게 되었다.[739]

그때 太原郡(태원군)의 王劭(왕소)[740]는 鄕邑記注(향읍기주)를 편찬하려고 했었는데, 그 두 곳의 이름의 유래를 일러주었더니 크게 좋아하였다.

---

739 㲊餘聚, 亢仇舊是㬅馻亭, 悉屬上艾. - 㲊은 촌락 이름 엽. 聚는 모일 취. 마을, 聚落(취락). 邑落. 亢은 목 항. 仇는 원수 구, 짝 구. 㬅은 정자 이름 만. 馻는 정자 이름 구. 悉은 다 실. 모두. 艾는 쑥 애.

740 王劭(왕소, 생졸년 미상, 字는 君懋) - 隋代 歷史學者. 北齊에서는 中書舍人, 北周를 거쳐 入隋하여 著作佐郎이 되었고 집에서 《齊書》를 편찬하였다. 隋 文帝에게 발탁되어 員外散騎侍郎이 되어 《皇隋靈感志》30卷, 《隋書》80卷, 《齊志》20卷, 《齊書》紀傳 100卷을 편찬하였다. 博物君子라는 별호가 있었다고 한다.

105/ 字意 탐구(一)

|原文| 吾初讀《莊子》'魋二首',《韓非子》曰, '蟲有魋
者, 一身兩口, 爭食相齕, 遂相殺也.' 茫然不識此字何音,
逢人輒問, 了無解者. 案,《爾雅》諸書, 蠶蛹名魋, 又非二
首兩口貪害之物. 後見《古今字詁》, 此亦古之虺字, 積年
凝滯, 豁然霧解.

|국역| 내가 그전에《莊子(장자)》에서 '虺(회)는 머리가 둘이다
(二首).'라는 말을 읽었었고,《韓非子(한비자)》[741]에서는 '벌레 중

---

741 《韓非子》 - 韓非의 저서. 韓非(한비, ?前 281 - 233년)는 戰國 시대
말기 韓國(한국)에서 출생. 法家 思想의 대표적 인물. '法, 術, 勢'
를 동시에 존중하는 이론을 세워 법가사상을 집대성했다. 韓非
는 戰國 七雄 중 가장 약소국인 韓國의 宗室 公子로 출생했다.
심하게 말을 더듬었지만 文筆은 유창하고 우수했다. 前 255 -
247년 사이에 同學 李斯(이사)와 함께 儒家의 大師인 荀子(순자)
문하에서 帝王之術을 공부했지만, 이사는 자신이 韓非를 이길
수 없다는 것을 잘 알고 있었다. 韓非는 자신의 학설의 바탕을
道家의 黃老之術에 두고 老子《道德經》을 연구하여《解老》,《喩
老》등의 저술을 남겼다. 한비는《孤憤(고분)》,《五蠹(오두)》,《顯
學(현학)》,《難言(난언)》 및《韓非子》를 저술했다. 한비는 秦에 사
신으로 갔다가 秦王 政(정)의 마음에 들지 못했고, 결국 투옥되었
다가 승상 李斯(이사)의 사주로 독살되었다.

에 蛔(회)가 있는데 한 몸뚱이에 입이 두 개라서 먹이를 다투며,[742] 서로 깨물어 결국 상대를 죽인다.' 고 하였다. 나는 이 글자가 무슨 뜻인가를 전혀 알지 못했기에,[743] 만나는 사람마다 물어보았지만 아는 사람이 없었다.[744]

《爾雅(이아)》등 여러 책을 보고서야 누에 번데기〔蠶蛹(잠용)〕를 蛔(회)라고 한다는 것을 알았지만 누에 번데기는 두 개의 머리, 두 개의 입에 다른 것을 해칠 생물도 아니었다. 나중에《古今字詁(고금자고)》[745]를 보고서야 이 蛔(회)가 虺(살무사 훼)의 古字(고자)란 사실을 알아 오랫동안 막혀 있던 것이 안개 걷히듯 환히 풀려버렸다.[746]

742 원문 爭食相齕 – 齕은 깨물 흘. 씹다.

743 원문 茫然不識此字何音 – 茫은 아득할 망. 何音의 音은 意와 通.

744 원문 逢人輒問, 了無解者 – 逢은 만날 봉. 輒은 문득 첩. 了無解者는 無了解者의 도치. 了解(요해)는 이해하다. 了는 마칠 료(요).

745 《古今字詁(고금자고)》– 3권, 張揖(장읍)의 저술.

746 원문 積年凝滯, 豁然霧解 – 積年은 여러 해. 凝滯(응체)는 엉겨 막히다. 豁은 뚫린 계곡 활. 豁然은 환하게 터져 시원한 모양. 막혔던 것이 확 터진 모양. 霧解(무해)는 안개가 걷히다.

106/ 字意 탐구(二)

|原文| 嘗游趙州, 見柏人城北有一小水, 土人亦不知名. 後讀城西門徐整碑云, '洦流東指.' 衆皆不識. 吾案《說文》, 此字古魄字也, 洦, 淺水貌. 此水漢來本無名矣, 直以淺貌目之, 或當卽以洦爲名乎?

|국역| 예전에 趙州(조주)[747]를 지나면서 柏人縣(백인현) 城北(성 북쪽)에 작은 하천이 흐르는데, 토착 주민도 하천의 그 이름을 알

---

747 趙州 - 今 河北省 서남부 石家莊市 관할 趙縣. 이곳에 隋代에 만들어진 石造 拱橋(공교, 아치교)가 유명하다.

중국에서는 '魯班(노반) 앞에서 도끼 휘두른다.' 는 말을 한다. 노반은 중국에서 제일 솜씨 좋은 목수이며 석수장이다. 말하자면 중국 건축업의 시조라 할 수 있다. 그 노반이 趙州(조주)의 石橋를 가설했다는 전설이 있다. 사실은 隋 나라의 名工 李春(이춘)이 지었다.

전설에 의하면, 신선 張果老(장과로)와 柴榮(시영)은 그 교량이 얼마나 튼튼한지 시험해보려고 했다. 장과로는 자기가 타고 다니는 당나귀에 태양과 달을 실었고, 시영은 수레에 五嶽名山을 얹었다. 이들의 수레와 말이 동시에 지나가니 다리가 약간 흔들렸다. 노반은 급히 다리 아래로 내려가 두 손으로 다리를 받혔다. 물론 다리 위에는 당나귀 발굽 자국과 수레바퀴의 홈이 남았고 다리는 무사했다고 한다.

지 못했다. 뒷날 城 西門에 있는 徐整(서정)[748]의 碑(비)에 '洦川이 동쪽으로 흐른다.'는[749] 구절을 읽었는데, 사람들은 모두 모르고 있었다.

내가 《說文解字》를 보니, 이 洦 字는 옛 魄(넋 백) 字인데, 洦(백)은 얕은 물이 흐르는 모양이다. 이 하천은 漢代부터 본래 이름이 없었는데. 다만 하천의 얕은 물을 보고, 洦川이라 이름을 짓지 않았겠는가?

---

748 徐整(서정, 생졸년 미상, 字는 文操) - 三國 東吳의 太常卿. 中國 上古의 傳說을 모은 《三五曆記》의 저자. 盤古(반고)의 開天 傳說을 최초로 기록한 사람이라고 알려졌다.

749 원문 洦流東指 - 洦은 얕은 물 백.

|原文| 世中書翰, 多稱勿勿, 相承如此, 不知所由, 或有妄
言此忽忽之殘缺耳. 案,《說文》,「勿者, 州里所建之旗也,
象其柄及三游之形, 所以趣民事. 故怱遽者稱爲勿勿.」

|국역| 世人들의 書翰(서한)[750]에 '勿勿(물물)'을 자주 쓰고[751]
서로들 그렇게 따라하지만 그 事由(사유)를 알지 못하거나, 어떤
사람은 이를 '忽忽(홀홀)'의 필획이 빠진 것이라고 멋대로 말한
다.[752]

《說文解字》를 찾아보면,「勿은 마을에서(州里) 내세운 깃발로
그 자루(柄)와 3개의 깃발 술[三游(游는 깃발 유)] 모양으로 이를
세워 백성들 일을 재촉하는 뜻이었으니,[753] 그래서 갑작스런 일

---

750 書翰 - 翰은 은 날개 한. 깃털. 毛筆. 書翰은 書信

751 원문 多稱勿勿 - 勿은 말 물. 금지하는 뜻의 어조사. 아니다. 없
다. 깃발. 사람을 불러 모을 때 내세우는 깃발. 매우 바쁜 모양.
勿勿(물물)은 매우 바쁜 모양. 부지런히 힘쓰는 모양. 근심하는
모양.

752 원문 或有妄言此忽忽之殘缺耳 - 或은 或者는. 妄言(망언)은 함부
로 말하다. 忽忽(홀홀)은 문득. 갑자기. 황홀한 모양. 실망한 모
양. 명백하지 않은 모양. 殘缺(잔결)은 이지러져서 완전하지 못한
모양. 빠지다.

을 勿勿(물물)이라 한다.」고 하였다.⁷⁵⁴

---

753 원문 所以趣民事 – 趣은 재촉할 촉. 催(재촉할 최), 促(재촉할 촉)과 同.

754 원문 故恩遽者稱爲勿勿 – 恩遽(총거)는 急遽(급거), 急速(급속). 서두르다.

108/ 方言 탐구

|原文| 吾在益州, 與數人同坐, 初晴日晃, 見地上小光, 問
左右, "此是何物?" 有一蜀豎就視, 答云, "是豆逼耳." 相
顧愕然, 不知所謂. 命取將來, 乃小豆也. 窮訪蜀士, 呼粒
爲逼, 時莫之解. 吾云, 《三蒼》,《說文》, 此字白下爲匕,
皆訓粒, 通俗文音方力反." 衆皆歡悟.

|국역| 내가 益州(익주)[755]에 근무할 때, 몇 사람과 함께 앉아 있
었는데, 날이 개이면서 해가 밝게 빛났는데 땅에 반짝이는 것이
있어 옆 사람들에게 "저것이 무엇입니까?"라고 물었다. 그곳 아
이 하나가 가서 보더니 "豆逼(두핍)[756]입니다."라고 말했는데, 서
로 쳐다보며 의아해하며[757] 무슨 말인지 몰랐다. 아이에게 갖고
오라 하여[758] 보았더니 바로 콩(小豆)이었다. 蜀士(촉땅 선비)에

---

755 益州(익주) - 행정구역 단위나 명칭은 시대에 따라 달랐다. 後漢
에서 北宋 때까지 일반적으로, 今 四川 盆地(분지)와 漢中 분지
일대를 지칭하였으니, 지금의 成都市와 重慶市 일대를 말한다.

756 豆逼(두핍) - 豆는 콩 두. 逼은 닥칠 핍. 핍박하다. 豆逼(두핍)은 콩
알갱이. 逼은 皀(낱알 핍, 낱알 급)의 뜻.

757 원문 相顧愕然 - 顧는 돌아볼 고. 愕은 놀랄 악.

758 원문 命取將來 - 갖고 오라고 명하다(命取來). 여기서 將은 의미
없는 어조사.

게 자세히 물었더니, 알갱이(粒)를 逼(핍)이라 한다고(呼) 말했으나 그때는 이해가 되지 않았다. 그래서 내가 말했다.

"《三蒼》과《說文解字》를 보니, 이 글자는 白 아래에 匕를 쓴 것〔皀(낟알 핍)〕으로 뜻은 알갱이〔粒(립)〕이고《通俗文(통속문)》에는 音(음)이 方力(방력)의 반절(벽)입니다."

여러 사람이 그 뜻을 알았기에 모두 좋아하였다.

109/ 鳥名 탐구

┃原文┃ 愍楚友婿竇如同從河州來, 得一青鳥, 馴養愛翫,
舉俗呼之爲鶡.

　吾曰, "鶡出上黨, 數曾見之, 色並黃黑, 無駁雜也. 故陳
思王〈鶡賦〉云, '揚玄黃之勁羽.'"試檢《說文》, 「鶡雀似
鶡而青, 出羌中.」《韻集》音介. 此疑頓釋.

┃국역┃ 〔顔之推(안지추)의 次男(차남)〕愍楚(민초)의 友婿〔우서, 同
壻(동서)〕인 竇如同(두여동)이 河州〔하주 / 隴西郡(용서군)〕에서 돌아
오면서 靑鳥(청조) 한 마리를 얻어 와서, 길들여서 기르며 좋아하
고 즐겼는데[759] 모든 사람들이 '鶡(할) 새'[760]라고 불렀다.
　내가 말해주었다.
　"鶡(할)은 上黨郡(상당군) 지역에서 사는데, 전에 나도 여러 번
보았으며, 그 색은 黃色(황색)과 黑色(흑색)이지만 뒤섞여 알록달
록하지는 않다.[761] 그래서 陳 思王〔진 사왕 : 曹植(조식)〕은〈鶡賦(할
부)〉에서 「검고 누런 색의 힘센 날개로 날아오른다.」고[762] 하였

---

759 원문 馴養愛翫 ─ 馴은 길들일 순. 翫은 가지고 돌 완.

760 鶡 ─ 산새 이름 할(분). 꿩과에 속하는 새. 잘 싸우는 습성이라는
　　주석도 있다.

761 원문 無駁雜也 ─ 駁雜(박잡)은 색이 섞이다. 알록달록하다.

다."

　《說文解字(설문해자)》를 찾아보니,「䳟雀(개작, 䳟는 새 이름 개)
은 鶡(할) 새와 비슷하나 청색인데, 羌族(강족)의 땅에서 나온다.」
고 하였고, 《韻集(운집)》에서는 音(음)이 介(개)라고 하였다. 이로
써 의혹은 완전히 풀렸다.[763]

---

762 원문 「揚玄黃之勁羽.」 – 揚은 날아오르다. 勁은 굳셀 경.

763 원문 此疑頓釋 – 頓은 머리를 조아릴 돈. 깨지다. 한꺼번에. 頓悟
　　(돈오)는 갑자기 깨닫다. 釋은 풀 석. 풀리다.

110/ 無識(무식)

|原文| 梁世有蔡朗者諱純, 旣不涉學, 遂呼蓴爲露葵. 面牆之徒, 遞相仿效.

承聖中, 遣一士大夫聘齊, 齊主客郎李恕問梁使曰, "江南有露葵否?"

答曰: "露葵是蓴, 水鄕所出. 卿今食者綠葵菜耳."

李亦學問, 但不測彼之深淺, 乍聞無以核究.

|국역| (남조) 梁代에 蔡朗(채랑)이란 사람은 (부친 이름) 純(순)字를 피휘하였는데, 널리 배우질 못해 나중에는 蓴(순채 순)이란 채소를 露葵(노규)라고 불렀다.[764] 무식한 사람들이 서로 이를 본받아 그렇게 말했다.[765]

---

764 원문 遂呼蓴爲露葵 — 蓴은 순채 순(蒓과 同). 이는 睡蓮科(수련과)의 水生植物로 여러해살이 풀이다. 露葵와는 전혀 다른 식물이다. 露葵(노규) — 葵는 해바라기 규. 露葵(노규)는 우리말로 아욱. 시금치와 비슷하다. 音이 純과 같다 하여 무조건 피휘하는 무식 때문에 植物의 이름까지 바꾸어버렸다.

765 원문 面牆之徒, 遞相仿效. — 面牆(면장)은 담에 얼굴을 맞대다. 앞을 볼 줄 모르다. 《論語 陽貨》~. 謂伯魚曰, "女爲周南召南矣乎? 人而不爲周南召南, 其猶正牆面而立也與?" 공자는 아들 孔鯉(공리, 伯魚)에게도 《詩》의 중요성을 여러 번 강조하였다. 공자가 아

(梁 元帝) 承聖(승성, 552 – 555) 연간에, 士大夫 한 사람을 北齊에 交聘(교빙) 차 파견하였는데, 齊의 主客郞인 李恕(이서)가 梁 使者에게 물었다.

"江南에도 露葵(노규, 아욱)를 먹습니까?"

"露葵는 순채(蓴)인데, 물이 많은 지방에서 자랍니다. 卿이 지금 먹는 것은 綠葵(녹규) 나물입니다."

북제의 이서 역시 학문을 한 사람이지만 상대방 학문의 깊이를 (深淺) 몰라 잠깐 듣고서는〔乍聞(사문)〕더 캐묻지 않았다.[766]

들에게 말했다. "너는(女, 汝와 同) 〈周南〉과 〈召南〉을 공부하였는가? 사람이 〈周南〉과 〈召南〉을 모르면 마치 담(牆, 담 장)에 얼굴을 바짝 맞대고 서있는 것과 같다." 面墙之徒는 무식한 사람. 원문의 面은 '얼굴을 마주 대하다'로, 동사로 쓰이었다. 담에 바짝 얼굴을 대고 서있으니 무엇을 볼 수 있겠는가? 아무것도 볼 수 없고, 아무 데도 갈 수가 없다. 遞는 갈마들 체. 교대로. 仿效(방효)는 본받다.

766 물 깊이를 모른다면(不知深淺), 물에 들어가지 말라(切勿下水)고 하였다. 하여튼, 작은 시내에 물소리가 크고(小河流水響聲大), 학문이 얕은 사람은 저 잘났다고 한다(學問淺的好自大). 그렇더라도, 글자를 알건 모르건 간에(識字不識字), 돈이 있으면 일을 처리한다(有錢就辦事).

111/ 同音異字

|原文| 思魯等姨夫彭城劉靈, 嘗與吾坐, 諸子侍焉. 吾問儒行,敏行曰, "凡字與諮議名同音者, 其數多少, 能盡識乎?" 答曰, "未之究也, 請導示之."

吾曰, "凡如此例, 不預研檢, 忽見不識, 誤以問人, 反爲無賴所欺, 不容易也."

因爲說之, 得五十許字. 諸劉嘆曰, "不意乃爾!" 若遂不知, 亦爲異事.

|국역| (顔之推의 장남) 思魯(사로) 등의 이모부(姨夫)인 彭城(팽성, 今 江蘇省 북부 徐州市)의 劉靈(유령)이 나와 함께 이야기를 나눌 때, 여러 아들들이 侍坐(시좌:곁에 모시고 앉아있다)했었다.[767]

내가 (劉靈의 아들인) 儒行(유행)과 敏行(민행)에게 물었다.

"諮議大夫(자의대부, 劉靈의 직함)의 이름과 同音의 글자가 몇 자나 되며 모두 알 수 있겠는가?"

"생각 못했습니다만, 저희에게 일러 주십시오."

"이런 일을 미리 연구하거나 찾아보지 않으면,[768] 갑자기 그

---

767 諸子侍焉 — 안지추의 아들들, 그리고 劉靈의 아들들이 함께 어른들의 말씀을 들었다는 뜻.

768 원문 不預研檢 — 預는 미리 예. 研檢은 연구와 검토.

글자를 보았을 때 모르기에 다른 사람에게 잘못 물을 수도 있고,
그 반대로 무뢰한 사람한테 欺罔(기망) 당할 수도 있으니 쉽게 생
각할 일은 아니다."[769]

그리고서는 설명을 해주었는데 50여 자 정도이었다. 그러자
劉氏 여러 아들이 탄식하며 말했다.

"이렇게 많은 줄을 생각 못했습니다!"[770]

만약 끝내 몰랐다면 그 또한 이상한 일이었을 것이다.

---

769 원문 不容易也 – 쉽게 볼 일이 아니다. 대수롭지 않다고 생각하
면 안 된다.

770 원문 不意乃爾 – 乃爾(내이)는 그러하다.

112/ 서적 校定

|原文| 校定書籍, 亦何容易, 自揚雄, 劉向, 方稱此職耳.

觀天下書未遍, 不得妄下雌黃. 或彼以爲非, 此以爲是,
或本同末異, 或兩文皆欠, 不可偏信一隅也.

|국역| 書籍(서적)을 교정하는 일이 어찌 쉽겠는가?[771] (前漢의)
揚雄(양웅)[772]이나 劉向(유향)[773] 같은 사람이어야 이런 직무를 감
당할 수 있을 것이다.

天下書를 두루 보지 못했다면 망령되이 문자를 고칠 수 없을

---

[771] 원문 校定書籍 – 校定(교정)은 비교하여 바로잡다. 校正(교정, 校
訂)과는 약간 의미상 차이가 있다.

[772] 揚雄(양웅, 前 53 – 서기 18, 字는 子雲) – 蜀郡 成都縣의 양웅은 어려
서부터 好學, 소략하며, 속세를 초탈하였다. 말을 더듬어 언사가
유창하지 못했기에 늘 깊은 생각에 잠겼으며, 淸靜無爲하면서
부귀에 급급하지 않았고, 빈천을 슬퍼하지 않았으며, 功名을 얻
으려 하지도 않았다. 《漢書》 87권, 〈揚雄傳〉 上, 下에 입전.

[773] 劉向(유향, 前 77 – 前 6) – 原名은 更生(경생). 成帝 때 向으로 改名.
저서로는 《別錄》, 《新序》, 《說苑》, 《列女傳》이 있고 《戰國策》,
《楚辭》를 편찬. 유향의 아들이 學家 劉歆(유흠). 36권, 〈楚元王傳〉
에 입전. 《漢書 藝文志》는 劉歆(유흠)의 《七略》을 바탕으로 '六分
法'의 방식에 의거 당시 존재하던 서적 목록을 수록하였다. 말하
자면 《漢書 藝文志》의 기본 틀을 잡아주었다.

것이다.[774] 저쪽이 틀렸다고 생각할 수도, 이쪽이 옳다고 생각할 수 있으며, 근본은 같으나 그 끝이 틀릴 수 있고(或本同末異), 혹은 양쪽의 글이 모두 잘못일 수도〔缺陷(결함)〕 있으니, 한쪽 모서리만(一隅) 믿을 수 없을 것이다.

---

774 원문 不得妄下雌黃 － 雌黃(자황)은 광물 이름. 橙黃色(등황색, 오렌지색). 古人들은 黃紙에 墨書(묵서)했기에 雌黃으로 글자를 칠해 지우고 그 위에 고쳐 썼다. 자황은 文字의 改易(개역)을 의미한다.

顔氏家訓
제4권

9. 文章(문장)⁷⁷⁵

113/ 文人의 경박

| 原文 | 夫文章者, 原出《五經》. 詔命策檄, 生於《書》者

---

775 9篇의 文章은 文學과 같은 뜻이다. 古人은 문장을 중시하였는데, 그것은 문장에 글쓴이의 덕행이 그대로 반영되기 때문이며, 문장의 기교보다는 품격과 덕행을 내세웠다. 그러했기에 안지추는 문인의 輕薄(경박)을 경고하며 지조를 중시하라고 가르쳤다. 안지추는 문장의 근원은《五經》에 있다고 생각하였다(宗經論). 문장을 통해 仁義를 구현하고 功德을 發明하며, 牧民(목민)과 治國에 도움이 되어야 한다고 문학의 실용성도 강조하였다. 안지추는 문장의 기교가 勝하면 事理가 숨어버린다며 문장에서의 思想性을 우선하였다. 文章에서 事實의 추구와 강조, 그리고 識字의 용이, 또 讀誦(독송)이 쉬워야 한다면서 문학의 대중성과 편리성도 주창하였다. 안지추의 본편은《文心雕龍(문심조룡)》같은 체계적인 문학 이론서는 아니지만 南朝文學 장단점의 일면을 볼 수 있어 중요한 가치가 있다고 평가된다.

也, 序述論議, 生於《易》者也, 歌詠賦頌, 生於《詩》者也,

祭祀哀誄, 生於《禮》者也, 書奏箴銘, 生於《春秋》者也.

朝廷憲章, 軍旅誓誥, 敷顯仁義, 發明功德, 牧民建國,

施用多途. 至於陶冶性靈, 從容諷諫, 入其滋味, 亦樂事也.

行有餘力, 則可習之.

┃국역┃ 文章(文學)⁷⁷⁶의 근원은《五經》에 있다. 詔(詔書, 조서)
와 命(公文 指示), 策(策書)과 檄(격, 徵召, 曉喩, 聲討)은《書經》에서
나온 것이고, 序(서)와 述(술, 撰述)과 論議(논의) 형식의 문장은
《易》에서 나온 것이다. 歌詠(가영)과 賦(부)와 頌(송)은《詩經》에서
나온 것이고, 祭祀(제사)와 哀(애), 誄(뢰)의 문장은《禮記》에서 나
왔으며, 여러 書(書簡)와, 奏(주, 奏啓)와 箴(잠)과 銘(명) 형식의 문
장은《春秋》에서 나온 것이다.⁷⁷⁷

---

776 본래 文章은 바로 그 사람이고, 소리는 그 사람 몸과 같으며(文
如其人 聲如其身), 문장은 산을 바라보는 것과 같아 평범하면 좋
지 않다(文似看山不喜平). 그리고 名文은 본디 하늘이 성취시킨
것이고(文章本天成), 묘수란 우연히 얻어지는 것이다(妙手偶得
之). 唐의 杜甫(두보)는 그 사람의 '문장은 천 년이 넘도록 전해지
지만, 그 문장의 득실은 그 사람만이 안다(文章千古事 得失寸心
知).'고 詩로 읊었다(〈偶題〉).

777 劉勰(유협, ?465 - 521년, 字는 彦和)은 南朝 梁의 文學理論家이며
批評家(비평가)로, 그의 대표적 저술인《文心雕龍(문심조룡)》은 최

朝廷(조정)의 여러 憲章(헌장)과 軍旅(군려, 군대)에서의 誓(서)와 誥(고)는 仁義를 널리 펴고〔敷顯(부현)〕功德을 밝게 드러내며(發明), 백성을 다스리고〔牧民(목민)〕나라를 건설하는데(建國) 그 쓰임이〔施用(시용)〕여러 가지이다〔多途(다도)〕. 심지어 백성의 性靈(성령)을 陶冶(도야)하고, 조용히(從容) 諷諫(풍간)하여 재미있는〔滋味(자미)〕생활을 할 수 있는 것도 문학이 주는 즐거움이다 (亦樂事也). 그러하기에 자기 일을 하고 餘力(여력) 있을 때, 문장을 익혀야 한다(則可習之).[778]

|原文| 而自古文人, 多陷輕薄, 屈原露才揚己, 顯暴君過, 宋玉體貌容冶, 見遇俳優. 東方曼倩, 滑稽不雅, 司馬長卿, 竊貲無操. 王褒過章僮約, 揚雄德敗美新. 李陵降辱夷虜,

고의 문학비평서이다. 《文心雕龍》3권 〈宗經〉에서도 위와 같은 주장을 하였다. 「그래서 論, 說, 辭, 序 같은 문학 양식은《易》에서 시작되었다. 詔, 策, 章, 奏는 그 발원이《尙書》이다. 賦, 頌, 歌, 贊은, 곧《詩》에서 그 근본이 세워졌다. 銘, 誄(뢰), 箴(잠), 祝의 형식은《禮》가 그 발단의 총체이다. 記, 傳, 盟(맹), 檄(격)은 《春秋》가 그 뿌리가 된다. 이 모두에 대하여 (五經은) 무궁하고 높은 수준을 목표로 제시하고, 境界를 끝없이 넓혀주기에 百家가 아무리 뛰어난 주장을 하더라도 결국은 五經의 범주를 벗어나지 못한다.」

778 원문 行有餘力 -《論語 學而》子曰, 弟子 入則孝 出則悌 謹而信 汎愛衆 而親仁. 行有餘力 則以學文.

劉歆反覆莽世. 傅毅黨附權門, 班固盜竊父史, 趙元叔抗
竦過度. 馮敬通浮華擯壓, 馬季長佞媚獲誚. 蔡伯喈同惡
受誅, 吳質詆忤鄉里, 曹植悖慢犯法. 杜篤乞假無厭, 路粹
隘狹已甚, 陳琳實號麤疏, 繁欽性無檢格. 劉楨屈强輸作,
王粲率躁見嫌, 孔融·禰衡, 誕傲致殞. 楊修·丁廙, 扇動取
斃, 阮籍無禮敗俗, 稽康凌物凶終. 傅玄忿鬪免官, 孫楚矜
誇凌上, 陸機犯順履險, 潘岳乾沒取危. 顏延年負氣摧黜,
謝靈運空疏亂紀. 王元長凶賊自詒. 謝玄暉侮慢見及. 凡
此諸人, 皆其翹秀者, 不能悉記, 大較如此.

|국역| 예로부터 文人 중에는 그 행실이 輕薄(경박)한 사람이 많
았다. 屈原(굴원)[779]은 자신의 재능을 드러내고 명성을 높였지만

---

779 屈原(굴원, 前 340－278)은 戰國시대 楚의 三閭大夫(삼려대부). 楚
懷王(회왕)에게 충간을 했으나 방축되어 단옷날에 湘水(상수)에 투
신했다. 문학 장르로 楚辭의 元祖. 그의 작품으로는 〈離騷(이소),
2,490字의 大作〉, 〈九章〉, 〈天問〉, 〈九歌〉, 〈漁父辭〉 등이 있다.
〈離騷〉는 天地간을 幻游하는 초현실적인 내용이나 修辭(수사)에
치중한, 이전에는 볼 수 없던 새로운 시가 형식이었다. 〈離騷〉를
굴원의 작품으로 보지 않고, 武帝 때 淮南王이었던 劉安(?－前
122년)의 游仙詩(유선시)이며, 굴원의 다른 작품도 漢代의 시가라
는 주장도 있다. 굴원을 참소를 당한 충신의 모델로 만들었고, 〈離
騷〉에 '經' 字를 붙여《離騷經》으로 부르게 한 장본인은 後漢의

主君(임금)의 過失(과실)을 폭로하였으며, 宋玉(송옥)[780]은 용모가 뛰어났지만 俳優(배우, 광대)와 같은 대우를 받았다. 〔前漢(전한)〕 東方曼倩〔동방만천, 東方朔(동방삭)〕[781]은 滑稽(골계)를 잘하였으나 端雅(단아)하지 않았으며, 司馬長卿(사마장경, 司馬相如)[782]은 재물을 훔치는

王逸(왕일)이었다. 屈原은《史記》84권,〈屈原賈生列傳〉에 立傳.

780 宋玉(송옥, 생졸년 미상, 字는 子淵) – 戰國 후기 楚國의 辭賦 작가. 屈原 이후 楚辭 최고의 작가. 굴원과 함께 '屈宋'이라 병칭. 潘岳(반악) 만큼 유명한 미남이었다. 대표작은 〈九辯〉,〈登徒子好色賦〉,〈高唐賦〉,〈神女賦〉 등이 있다.

781 東方朔〔동방삭, 前 154 – 93, 字는 曼倩(만천)〕– 東方은 복성. 前漢의 고위 관리, 辭賦 作家. 滑稽(골계)로도 유명했던 문장가. 동방삭이 비록 우스갯소리를 잘 하였지만, 때로는 천자(武帝)의 안색을 살펴 직언으로 간쟁을 하여 천자가 자주 받아들이었다. 공경으로 재직하는 동안에 동방삭은 언제나 당당하였으며 뜻을 굽히지 않았다. 동방삭의 뛰어난 滑稽(골계)와 농담이나 점을 치고 물건을 알아맞히는 일은 천박한 일이지만, 많은 사람들이 따라했으며, 거기에 현혹되지 않는 어린아이나 목동이 없었다. 그래서 이후 호사가들은 奇言을 모두 동방삭의 말이라고 갖다 부쳤다.《史記 滑稽列傳》에 수록.《漢書》65권,〈東方朔傳〉에 단독 입전.

782 司馬相如(前 179? – 118) – 漢賦의 代表作家, '賦聖'이라는 칭송도 있다. 卓文君(탁문군)과의 私奔(사분)은 널리 알려진 이야기이다.《漢書 藝文志》에 사마상여의 賦 29편명이 올랐는데, 잘 알려진 것으로는 〈子虛賦〉,〈上林賦〉,〈大人賦〉,〈哀秦二世賦〉 등이 있다. 〈子虛賦〉는 子虛先生, 烏有先生〔烏有(오유)는 어디에도 없다는 뜻〕, 그리고 亡是公(망시공) 등 가공인물을 등장시켜 楚王의 사냥을 자랑하고, 그런 浮華(부화)한 것을 꾸짖는다. 이어 〈上林

등 조행이 불량하였다. 王褒(왕포)[783]는 그의 〈僮約(동약)〉에서 과오를 드러냈으며, 揚雄(양웅)은 덕행이 없었고 (왕망의) 新(신)을 찬양하였다. 李陵(이릉)[784]은 夷虜(이로, 오랑캐, 흉노)에게 투항하여 치욕을 당했고, 劉歆(유흠)은 왕망 시대에 〔漢(한)의 宗親(종친)이면서도 지조를〕反覆(반복)하였다. 傅毅(부의)[785]는 權門(권문)의 阿黨(아당)이 되었

賦)에서는 천자의 사냥 모습을 늘어놓는데, 무엇이 있고 어떻다는 장황한 묘사가 가득하다. 〈大人賦〉의 大人은 신선이다. 이는 求仙에 몰두한 武帝를 위한 賦이다. 이상 4개 賦 名篇 이외에 散文인 〈諭巴蜀檄(유파촉격)〉, 〈難蜀父老文〉, 〈封禪文〉 등은 모두 단독 입전한 《漢書》 57권, 〈司馬相如傳〉에 수록되었다. 우리말 번역은 譯者의 《原文完譯 漢書》(明文堂, 全 10권 중 4권) 참고. 《史記 司馬相如列傳》 참고.

783 王褒(왕포, 王裒, 생졸년 미상, 字는 子淵) — 蜀郡 출신. 작품으로 〈聖主得賢臣賦〉, 〈甘泉賦〉, 〈四子講德論〉, 〈洞簫賦〉 등이 알려졌다. 宣帝와 元帝 시기에 활동했다.

784 李陵(이릉, ?-前 74) — 무제 때 李廣의 손자. 《史記 李將軍列傳》보다 《漢書 李廣蘇建傳》의 기록이 매우 상세하다. 그의 경력과 傳奇는 후대 문학에도 영향을 주었다. 투항 후에 선우의 딸을 아내로 맞이했다. 隋 唐代에 북방 소수민족으로서 그 후손을 자처하는 자가 많았다.

785 傅毅(부의) — 傅毅(부의)의 字는 武仲(무중)으로 右扶風 茂陵縣 사람이다. 젊어 博學하였다. (明帝) 永平 연간에 (右扶風의) 平陵縣에서 문장을 공부하였는데, 〈迪志詩(적지시)〉를 지어 뜻을 말했다. 迪志는 자신의 뜻을 깨우치고 독려한다는 뜻. 迪은 나아갈 적. 이끌다. 《後漢書》 80권, 〈文苑列傳 上〉 立傳.

고, 班固(반고)⁷⁸⁶는 부친의 역사기록을 훔쳤으며, 趙元叔〔조원숙, 趙壹(조일)〕⁷⁸⁷은 과도하게 뻣뻣했다〔抗竦(항송)〕. 馮敬通〔풍경통, 馮衍(풍연)〕은 浮華(부화 : 너무 들떠있다)하여 배척당했고〔擯壓(빈압)〕,⁷⁸⁸

---

786 班固 - 반고의 부친 班彪(반표, 서기 3 - 54년)는 격변기에 하급 지방관으로 관직생활을 끝냈지만 식견이 뛰어났고, 그의 處身은 역시 옳았다. 반표는 사리에 통달한 유생이며 상등의 재능을 가진 사람으로 저술을 좋아하여 역사 저술에 전념하였다. 반표가 前漢의 역사 기록《漢書》편찬을 시작했으나 완성하지 못하고 죽자, 아들 班固가 계승했고, 결국 반고의 여동생 班昭(반소)와 馬續(마속, 〈天文志〉 완성)에 의해 완성된다.

사실 班固의《漢書》는 班彪의 시작이 없었으면 완성이 있을 수 없었다. 班固(반고, 字는 孟堅)는 前代의 司馬相如 못지않은 조숙한 천재였는데, 천재들의 일반적인 병폐인 모난 특성이 없었고 관대 온화하여 모두를 포용할 수 있는 인물이었다. 참고로,《史記》는 12本紀, 10表, 8書, 30世家, 70列傳으로 총 130권이다. 班固의《漢書》는 12紀(13권으로 분권), 8表(10권), 10志(18권), 70傳(79권)으로 총 100권(분권은 120)이다.

787 趙壹(조일, 字는 元叔) - 漢陽郡 西縣 사람이다. 체구가 크고 당당했으며 9척 신장에 멋진 수염과 굵은 눈썹으로 매우 위엄이 있었다. 자신의 재능을 믿고 오만하여 鄕黨에서 배척당하자 조일은 〈解擯(해빈)〉을 지었다. 뒷날 여러 번 법에 걸려 거의 죽일 지경이었는데 友人의 구원으로 죽음을 면했다. 자신을 변명한 〈窮鳥賦〉가 있고, 〈刺世疾邪賦〉는 세상을 풍자하고 邪惡을 질시한다는 뜻을 실었다. 《後漢書》80권, 〈文苑列傳 上〉 立傳.

788 馮衍(풍연, 字는 敬通) - 京兆尹 杜陵縣 사람이다. 조부인 馮野王(풍야왕)은 元帝 때 大鴻臚(대홍려)이었다. 풍연은 어려서부터 奇

〔後漢(후한)의〕馬季長〔마계장, 馬融(마융)〕**789**은 권세에 아첨하여 비난을 받았다. 蔡伯喈(채백개, 채옹)**790**은 董卓(동탁)과 한편이었다가

<hr>

才가 있어 9세에 詩經을 외웠지만 小官으로 지내며 뜻을 펴지 못했다. 풍연은 그저 머리가 좋은 수재였지만 그 좋은 머리를 현실에서 선용하지 못했다. 풍연이 다른 이에게 보낸 서신도 그 사람이 박학하다는 것을 알겠지만 현실과 동떨어진 공론이었다. 풍연의 賦〈顯志〉는 漢賦의 특성이 잘 나타나 있지만, 역시 空想을 통한 遊仙과 역사적 인물을 등장시켜 자신의 불우를 서술했다. 《後漢書》28권, 〈桓譚馮衍列傳〉에 입전.

789 馬融(마융, 79 - 166, 字는 季長) - 右扶風 茂陵縣 출신. 今 陝西省 咸陽市 관할 興平市. 伏波將軍 馬援(마원)의 侄孫(질손), 將作大匠인 馬嚴(마엄)의 아들. 後漢 經學者. 마융의 1천여 제자 중 鄭玄, 盧植(노식)이 유명. 마융은 미색을 좋아했다고 한다. 여인들 앞에 붉은 휘장을 치고 강학했다 하여 '絳帳教授'라는 칭호로도 불렸다. 《後漢書》60권, 〈馬融列傳〉에 立傳.

790 蔡邕(채옹, 133 - 192년, 字는 伯喈. 邕은 화할 옹. 喈는 새소리 개) - 음률에 정통, 박학했음. 名筆로 飛白書의 창시자이다. 채옹은 천성이 매우 효성스러웠으니 모친이 3년 동안 늘 여러 병을 앓았는데, 채옹은 추위와 더위가 바뀌는 계절이 아니고서는 옷을 벗을 겨를이 없었으며 70여 일이나 잠을 자질 못했다. 모친이 죽자, 무덤 곁에 오두막을 짓고 예법에 따라 복상하였다. 그러는 동안 산토끼가 길들여졌는지 집 옆에 와서 놀았으며, 나무에 連理枝(연리지)가 자라자 원근의 많은 사람들이 기이하게 생각하며 묘에 와서 구경하였다. 동탁의 인정을 받았다가 동탁이 제거된 뒤 옥사했다. 後漢의 유명한 才女 蔡琰(채염, 文姬, 177? - 249?, 음악가이며 여류 시인)의 父. 蔡琰(채염)은 84권, 〈列女傳〉에 입전. 그녀의 〈悲憤〉詩가 전한다.

(同惡) (王允에게) 주살당했으며, (三國 魏의) 吳質(오질)⁷⁹¹은 鄕
里 사람들의 비난을 들었고〔詆忤(저오)〕, (曹操의 三子) 曹植(조
식)⁷⁹²은 제멋대로 놀며〔悖慢(패만)〕 법을 어겼다. 杜篤(두독)⁷⁹³은

---

791 吳質(오질, 字는 季重) – 삼국 魏 濟陰郡 사람인데, 文才가 뛰어나
曹丕(조비)와 가까웠으며 관직은 振威將軍(진위장군)에 이르렀고
부절을 받아 河北의 모든 軍事를 감독하였고 列侯가 되었다.

792 曹植(192–232, 字는 子建) – 曹操와 卞氏(변씨) 嫡出의 第三子, 曹
魏의 著名詩人. '才高八斗(八斗之才)', '七步成詩'의 주인공. 조
조의 장남 曹丕(조비, 187–226년)는 魏 文帝, 재위 220–226. 曹
操의 長子 曹昂(조앙)은 庶出이었는데, 張繡(장수)의 반란 중에 전
사했다. 曹丕가 장남이고 아우 曹彰(조창)은 별명이 '黃鬚兒(황수
아)'로 勇將이었다. 삼남 曹植(조식)은 文學에 뛰어나 특히 글을
잘 지었으니 유명한 〈洛神賦〉가 있다. 조식은 조조의 총애를 받
았지만 曹丕(조비)와의 爭位에 失敗하여 陳王으로 책립되었다.
陳壽의 《三國志 魏書》 19권, 〈任城陳蕭王傳〉에 입전.

793 杜篤(두독, 字는 季雅) – 後漢의 京兆 杜陵縣 사람으로, 고조부인
杜延年(두연년)은 宣帝 때 어사대부이었다. 두독은 젊어 박학하
였지만 小節에 마음 쓰지 않아서 鄕人의 존경은 받지 못했다. 美
陽縣에 거처할 때, 美陽 縣令과 교유하면서 여러 번 청탁하였는
데 마음이 맞지 않아 서로 원망하였다. 현령이 노하여 두독을 체
포하여 낙양으로 압송했다. 그때 마침 後漢의 大司馬 吳漢(오한)
이 죽어서 光武帝는 여러 유생에게 오한을 弔喪(조상)하는 誄辭
(뇌사)를 짓게 하였는데, 두독은 옥중에서 뇌사를 지어 바쳤는데,
그 문장이 훌륭하여 光武帝가 크게 칭찬하며 비단을 하사하고
사면하였다.
두독은 關中은 여러 산과 河水가 안팎으로 하나이며, 先帝의 舊

청탁을 그치지 않았고, 路粹(노수)⁷⁹⁴는 마음이 아주 편협했으며 (隘狹), 陳琳(진림)⁷⁹⁵은 실제로 성격이 거칠었으며 繁欽(파흠, 繁은 많을 번. 성씨 파)⁷⁹⁶은 그 성격에 절제를 몰랐다.

劉楨(유정)⁷⁹⁷은 고집통이라서 노역에 종사했고, 王粲(왕찬)⁷⁹⁸

京이기에 낙읍에 새 도읍을 지을 필요가 없다고 생각하여 〈論都賦〉를 지어 상주하였다. 《後漢書 文苑列傳》에 입전. 이는 史書에서 文學家 立傳의 先河가 되었다. 〈儒林傳〉이 經學에 관한 史料 정리라면, 〈文苑列傳〉은 文學人을 정리하였다. 이후로 房玄齡의 《晉書 文苑列傳》과 《新唐書 文苑列傳》, 《舊唐書 文藝列傳》이 계속 이어졌다.

794 路粹(노수, ?-214年, 字는 文蔚) - 曹操의 명을 받아 孔融(공융)의 죄를 상주하게 했는데, 이후 노수의 문장을 모두가 두려워했다. 曹조(조비)와 가까웠지만 법을 어겨 처형되었다.

795 陳琳(진림, 字는 孔璋) - 後漢 말, 대장군 何進(하진)의 主簿(주부)이었다. 하진이 망한 뒤, 하진은 진림의 충고를 받아들이지 않아 결국 화를 자초하였다. 진림은 冀州(기주)로 피난했고, 원소는 진림에게 文章을 담당케 하였다. 袁氏(원씨) 일족이 패망하자, 진림은 조조에게 귀부하였다.

조조가 진림에게 물었다. "卿이 예전에 원소를 위해 격문을 지을 때 나의 죄를 따져 나를 욕하면 되거늘, 어찌 나의 부친과 조부까지 욕을 했는가?"

진림은 사죄하였고, 조조는 진림의 재주를 아껴 더 이상 문책하지 않았다. 建安七子의 한 사람.

796 繁欽(번흠, 파흠, 字는 休伯) - 文采가 뛰어났지만 建安七子의 반열에는 들지 못했다.

797 劉楨(유정, 字는 公幹) - 東平國 출신. 建安七子(鄴中七子)의 한 사

은 경솔하고 조급하여 미움을 받았으며, 孔融(공융)⁷⁹⁹과 禰衡(예

람. 건안칠자는 後漢 말 獻帝 建安 연간의 유명한 7인의 文人. 孔
融, 陳琳. 王粲, 徐幹, 阮瑀(완우), 應瑒(응창), 劉楨(유정) 등이다.
曹丕는《典論 論文》에서 7인의 特長을 설명하였다. 建安七子와
三曹(曹操, 曹丕, 曹植)는 후한 말 문단을 주도했다

798 王粲(왕찬177 - 217, 字는 仲宣) - 후한 末 문인, 建安七子의 한 사
람. 왕찬은 글도 잘 지었으니 붓을 들면 바로 문장을 완성하는
데, 다시 정정하지도 않아 그때 사람들은 왕찬은 뱃속에 글이 들
어있다고 말했다. 그러나 다시 깊이 생각해서 고친다 하여도 더
좋지는 않았다. 詩와 賦, 議論 등 60여 편을 저술하였다. 건안 21
년(서기 216), 조조를 따라 吳를 원정하였다. 22년 봄, 원안은 원
정 도중에 병사하였는데 나이 41세이었다. 왕찬의 두 아들은 魏
諷(위풍)의 모반에 관련되어 처형되어 후손이 없었다. 陳壽《三
國志 魏書》21권,〈王衛二劉傅傳〉에 입전.

799 孔融(공융, 153 - 208, 字는 文擧) - 공자의 20代孫인 공융은 7兄弟
중 6째였는데, 나이 4세에 형제들과 함께 배(梨)를 먹는데 먼저
가장 작은 배를 집었다. 어른이 까닭을 묻자, "나는 어리니까 응
당 작은 것을 먹어야 한다."고 대답하였다(孔融讓梨).《三字經》
에도 '融四歲, 能讓梨'라는 구절이 있다.
공융은 나이 13세에 부친을 여의었는데 너무 애통하여 건강을
잃어서 부축해야만 일어날 수 있었고, 고을에서는 그 효성을 본
받았다. 본래 천성이 호학하여 읽어야 할 책을 모두 섭렵하였다.
38세에 北海相을 역임하여 '孔北海'로 불린다. 獻帝는 許縣에
도읍했고, 공융은 조정에 들어가 將作大匠에 임명되었다가 少府
로 승진했다. 조회에서 황제에게 대답할 때마다 공융은 경전을
인용하여 정론을 폈는데, 다른 공경대부들은 모두 이름이나 갖
고 있을 뿐이었다. 시인으로도 유명하며 '建安七子'의 한 사람.

형)⁸⁰⁰은 허풍과 오만으로 죽음을 자초하였다. 楊修(양수)⁸⁰¹와 丁

廙(정이)⁸⁰²는 남을 선동하다가 죽어야만 했다. 阮籍(완적)은 無禮

건안 13년, 조조는 50만 대군을 동원해 강남 원정에 나선다. 이
때 태중대부 孔融은 이번 원정이 부당하다고 반대했고 결국 조
조의 명을 받은 廷尉(정위)에게 끌려가 죽음을 당한다. 나이가 어
린 공융의 두 아들은 바둑을 두다가 참변 소식을 듣는다. 빨리 피
신하라는 말에 두 형제는 전혀 놀라지 않고 말한다. "부서지는
둥지에 알인들 온전하겠는가!(破巢之下 安有完卵!)" 공융 일가는
모두 죽음을 당했다. 《後漢書》70권, 〈鄭孔荀列傳〉에 입전.

800 禰衡(예형, 173-198) – 禰는 아비사당 녜(예). 신주. 성씨. 曹操 앞
에서 나체로 북을 친 사나이. 예형은 오직 魯國의 孔融(공융)과
弘農郡의 楊脩(양수)만을 늘 칭찬하며 말했다. "大兒는 孔文學
(孔融)이고, 小兒는 楊德祖(楊脩)이다. 나머지는 碌碌(녹록)한 사
람이라 말할 필요도 없다." 26세에 曹操에 이어 劉表에게 갔다
가 다시 江夏太守 黃祖에게 피살되었다. 羅貫中의《三國演義》
中 23회 〈禰正平裸衣罵賊 吉太醫下毒操刑〉 참고 바람.

801 楊修〔楊脩(양수), 字는 德祖) – 好學하였고 俊才라서 군수 창고를 관
리하는 主簿(주부)가 되었다. 양수는 두뇌가 우수하여 조조의 아
들 曹丕(조비) 형제와 두루 친했다. 脩는 포 수. 육포. 닦을 수(治
也), 익힐 수(習也). 修와 같은 뜻으로 쓰일 때도 있다.
양수는 조조가 말한 '鷄肋(계륵)'의 의미를 알았다. 조조는 이후
양수를 꺼렸고, 거기에 양수가 袁術(원술)의 생질이기에 후환을
염려하여 구실을 찾아 죽여버렸다. 양수가 지은 賦, 頌, 碑, 贊,
詩, 哀辭, 表, 記, 書 등이 전한다.《後漢書》54권, 〈楊震列傳〉에
立傳.

802 丁廙(정이, 廙는 공경할 이), 丁儀(정의, 字는 正禮) 형제 – 沛郡(패군)
사람이다. 정의의 부친 丁沖(정충)은 조조와 오래전부터 가까웠

에 敗俗(폐속: 풍속을 어지럽히다)하였고, 嵇康(혜강)⁸⁰³은 남을 업신
여기다가 흉하게 죽었다. (西晉의) 傅玄(부현, 217-278년, 字는 休
奕)은 화를 내며 싸웠기에 免官(면관)되었고, 孫楚(손초, ?-293년,
字는 子荊, 詩人)는 거만하여 윗사람을 능멸하였으며, 陸機(육기,
261-303년. 西晉의 文章家)는 順理를 범하면서 위험한 길을 갔고,
潘岳(반악, 247-300년. 字는 安仁. 潘安이라고도 함.)은 요행수로 이
득을 취하려다가〔乾沒(건몰)〕위험에 처했었다. 顔延年(안연년, 顔
延之)⁸⁰⁴은 호기를 부리다가 쫓겨났고, 謝靈運(사령운)⁸⁰⁵은 허황

다. 曹植은 재능으로 조조의 총애를 받으면서 丁儀(정의), 丁廙(정
이), 楊脩〔양수, 鷄肋(계륵)〕등을 羽翼(우익)으로 삼았다.

803 阮籍(완적, 210-263년, 字는 嗣宗) - 陳留 尉氏(今 河南 開封市) 출
신. 曹魏의 시인, 竹林七賢의 한 사람. 步兵校尉를 역임, '阮步
兵'으로 호칭. 嵇康(혜강)과 함께 嵇阮(혜완)으로 병칭. 阮瑀(완우)
의 손자인 阮咸(완함) 역시 당시의 명사이었다.

804 顔延之(안연지, 384-456년, 字는 延年) - 琅邪 臨沂人. 東晉 및 南朝
宋 文學家, 謝靈運(사령운)과 함께 '顔謝'로 합칭. 生前의 벗 陶淵
明이 서거한 뒤에 顔延年(안연년)이 도연명을 추모하는 〈陶徵士
誄(도징사뢰)〉를 지었는데, 거기서 도연명을 靖節先生(정절선생)이
라 불렀다.

805 謝靈運(사령운, 385-433년) - 동진 謝玄(사현)의 손자, 陳郡 謝氏,
유명한 山水 詩人. 사령운은 자연에서 유람하기를 좋아하였는데
따르는 무리가 수백 명이었고, 나무를 베어 길을 내기도 하여 백
성들이 놀라 불안에 떨기도 했다. 어떤 사람이 사령운이 반역할
마음이 있다는 글을 올리자 臨川內史로 임명했지만, 관리가 그
의 죄상을 드러내며 잡으려 했다. 사령운은 私兵을 데리고 도망

된 짓으로 기강을 어지럽혔다. 王元長(王融)[806]은 흉측히 굴다가 죽음을 자초하였고, 謝玄暉(사현휘, 謝朓)[807]는 오만하여 남을 업신여기다가 죽었다. 이상 여러 文人들은 모두 두드러진 사람이고[808] 나머지는 다 기록할 수도 없으니, 대략 이러하였다.

하면서 시를 지어 말했다. "韓이 亡하자 張良이 義奮했고, 秦의 稱帝를 魯仲連(노중련)은 치욕으로 생각했다." 사령운은 쫓기다 사로잡혀 (南方의) 廣州로 귀양 갔다가 얼마 안 있어 棄市(기시) 되었다.

806 王融(왕융, 467 - 493년, 字는 元長) - 琅邪郡 臨沂縣 출신, 南朝 齊의 文學家. '三十內에 재상에 오르길 기대한다.'고 큰 소리쳤던 사람. 나중에 下獄, 賜死되었다.

807 謝朓(사조, 464~499. 朓는 그믐달 조. 字는 玄暉) - 名門 陳郡 謝氏 일족이며, 문학사에서는 말하는 '竟陵八友(경릉팔우)'의 한 사람이다. 人稱 '小謝' 또는 '謝宣城'.
남朝 梁의 개국군주인 蕭衍(소연)은 '三日不讀謝詩, 便覺口臭.(사조의 시를 3일간 읽지 않으면 입에서 냄새가 난다.)'고 말했다. 山水詩人 謝靈運과 병칭하여 小謝라 부른다. 사조가 南朝 齊의 宣城太守로 재직할 때, 江南 四大名樓의 하나인 謝朓樓(사조루)를 건립하였다. 唐代에 重建하고 北望樓, 謝朓樓, 謝公樓라 불렸는데, 李白은 그의 詩 〈宣州謝朓樓餞別校書叔雲〉에서 '中間小謝又淸發'라 읊어 謝朓의 명성을 온 천하에 날리게 하였다.

808 원문 皆其翹秀者 - 翹는 꼬리 깃털 교. 날개. 翹秀(교수)는 재능이 뛰어나다.

|原文| 至於帝王, 亦或未免. 自昔天子而有才華者, 唯漢武,魏太祖,文帝,明帝,宋孝武帝, 皆負世議, 非懿德之君也.

自子游,子夏,荀況,孟軻,枚乘,賈誼,蘇武,張衡,左思之儔, 有盛名而免過患者, 時復聞之, 但其損敗居多耳.

每嘗思之, 原其所積, 文章之體, 標擧興會, 發引性靈, 使人矜伐, 故忽於持操, 果於進取.

今世文士, 此患彌切, 一事愜當, 一句淸巧, 神厲九霄, 志凌千載, 自吟自賞, 不覺更有傍人. 加以砂礫所傷, 慘於矛戟, 諷刺之禍, 速乎風塵, 深宜防慮, 以保元吉.

|국역| 帝王(제왕) 중에서도 역시 이런 결함에서 벗어날 수 없었다. 〔文學(문학)에〕재능이 있는 옛 天子(천자)로는 漢 武帝(한 무제),[809]

---

809 漢 孝武帝(名은 徹. 재위 前 140 - 87년) - 16세 즉위, 54년 재위. 漢代 최장 재위(淸朝 康熙帝 이전에 最長 재위). 사치, 대규모 토목공사, 순행, 제천, 대규모 원정 등으로 국력 소진, 인명 경시, 잔인포악한 군주로 '秦皇漢武'로 병칭. 동시에 제도 개혁과 새로운 정책으로 황제권 강화 등 후세에 큰 영향을 남겼다. 무제의 문학적 재능은《漢書 溝洫志(구혁지)》에 수록된 〈瓠子歌(호자가)〉를 통하여 알 수 있다. 李부인을 그리워한 무제는 자신이 직접 〈悼懷李夫人賦〉를 지었다. 이러한 무제의 故事는 '漢皇重色思傾國, 御宇多年求不得'으로 시작하는 唐 白居易의 〈長恨歌〉의 소재가 되었다.《漢書 禮樂志》에 수록된 〈安世房中歌〉와 〈郊祀歌〉도

魏 太祖〔위 태조 : 曹操(조조)〕, 魏 文帝〔위 문제 : 曹丕(조비)〕, ⁸¹⁰ 魏 明
帝(명제)⁸¹¹와 宋 孝武帝(송 효무제)⁸¹² 등이나 이들은 세상의 議論
〔의론 : 評判(평판)〕에 아랑곳하지 않았지만 (그렇다고) 훌륭한 德을
지닌 군주는 아니었다.

(공자의 제자인) 子游(자유), 子夏(자하)가 있었고,⁸¹³ (전국시

武帝의 작품이다.

810 魏 文帝 曹丕(조비)는 어려서부터 文學을 좋아하여 詩, 賦(부)에
특별한 성취를 이루었는데, 특히 五言詩에 능하였고 칠언시도
남겼는데, 현재 〈燕歌行〉 등 40여 수가 전해온다. 부친 曹操 및
동생 曹植과 함께 三曹(삼조)로 통칭한다. 이외에 曹丕는《典論》
을 저술했는데, 그중 〈論文〉은 문학비평을 체계화한 글로 유명
하다. 曹丕는 '蓋文章, 經國之大業, 不朽之盛事(文章의 經國의
大業이며 不朽의 큰일이다).'라 하여 文學의 역사적 價値와 중
요성을 인정하였다.

811 魏 明帝 曹叡(조예, 204 - 239년, 재위 226 - 239년, 字는 元仲, 叡는 밝을
예) - 조예도 詩文에 뛰어났지만 曹操나 曹丕만 못했다.

812 宋 孝武帝 劉駿(유준, 430년 출생, 453 - 464년 재위) - 송의 5번째 황
제. 황음무도한 황제이었다. 남조 宋나라 8명 황제 중 건국자인
武帝 劉裕와 3대 文帝 劉義隆(유의륭), 맨 마지막 順帝를 제외한 5
명의 황제가 모두 폭군이었다. 오죽하면 60년 동안에 쫓겨난 황
제가 둘이나 있어 前 廢帝(5대), 後 廢帝〔7대 劉昱(유욱)〕로 구분
해야만 했다.

813 文學, 子游, 子夏. - 德行이 훌륭하기로는 顔淵(안연)과 閔子騫(민
자건), 冉伯牛(염백우, 冉耕), 仲弓(중궁)이다. 政事에 유능한 자로는
冉有(염유)와 季路(계로)이다. 言語(應對)를 잘하는 사람은 宰我
(재아)와 子貢(자공)이다. 文學(文獻)에는 子游(자유)와 子夏(자하)

대) 荀況(순황),[814] 孟軻(맹가, 孟子),[815] (漢의) 枚乘(매승),[816] 賈誼
(가의), 蘇武(소무), 張衡(장형)[817]이나, 左思(좌사)[818] 같은 사람이

가 뛰어났다. 《論語 先進》德行, 顔淵, 閔子騫, 冉伯牛, 仲弓. 言
語, 宰我子貢. 政事, 冉有, 季路. 文學, 子游, 子夏. 이를 孔門四科
十哲이라 한다.

814 荀卿(순경, 名은 況. 約 前 316 - 237년? 宣帝 이름을 피하여 孫으로 표시).
趙人, 齊의 稷下 學宮의 祭酒 역임. 齊人이 참소하자 荀卿은 楚
에 이주. 春申君(춘신군)이 蘭陵令에 임명. 春申君 死後에 관직
사임, 蘭陵에 거주. 李斯(이사)는 荀卿의 제자였었다. 漢代 儒學
사상과 政治에 큰 영향을 끼쳤고, 宋, 元, 明代三에는 孔廟에 배
향. 순자는 性惡論으로 孟子 性善說과 대립각을 세웠기에 유학
자의 비평을 받았고, 孔門의 이단으로 인식되거나 심지어는 法
家 人物로 분류된다. 《史記 孟子荀卿列傳 十四》에 立傳. 劉向은
순자의 저술 32편을 묶어 《孫卿書》라 합칭했다. 지금 알려진 《荀
子》는 대략 91,000字 정도이다.

815 孟子(名은 軻. 前 372 - 289, 수레의 굴대 가) - 鄒邑人(추읍인, 今
山東省 鄒城市), 子思의 弟子, 戰國 時期 儒家의 대표 인물. '亞聖'
의 尊稱. 孔子와 합칭하여 '孔孟' 《史記 孟子荀卿列傳 十四》에
입전. 性善論을 주장, 仁政, 왕도 정치를 강조. 唐의 韓愈(한유)가
맹자를 아주 높게 평가했다. 孟子의 弟子 萬章(만장) 등이 《孟子》
를 저술. 孔子의 思想을 계승, 발양했다.

816 枚乘(매승, ? - 前 140) - 字는 叔, 淮陰人(今 江蘇省 淮安市). 梁 孝
王의 빈객으로 소위 梁園에 형성된 문학가 그룹의 대표적 인물.
〈梁王菟園賦(양왕토원부)〉가 유명. 또 問答體에, 7段으로 짜여진
〈七發〉도 널리 알려졌다.

817 張衡(장형) - 중국사에서 우선 천문학자이며 과학자로 인식된다.
그 당시 지진이 일어난 장소와 强度를 알 수 있는 地動儀를 발명

있어 文名을 날리고 禍患(화환)을 면했으며, 후세에 유명한 사람
이 더 있었다지만, (文人으로) 결함을 가진 사람이 대부분이었다.

　(내가) 이를〔文人의 輕薄(경박)〕 늘 생각하며 그 원인을 따져
보았는데, 文章이란 그 自體가 感興을 일으켜 높이 내세우거나,
인간의 품성이나 영감을 끄집어내어, 사람으로 하여금 자랑하고
뽐내는 것이기에, (변함없는) 지조를 소홀히 하기 쉽고 進取에 과
감하기 때문일 것이다.

　　하였고 천문학자로서 渾天儀(혼천의)를 만들었다. 문학 방면의
　　성취도 위대하여 '漢賦四大家'의 한 사람으로, 대표작은 〈思玄
　　賦〉이다. 장형은 太史令으로 천문에도 밝은 역사학자로 전한의
　　사마천과 비슷한 성취를 이룩하였다.
　　장형은 後漢 제일의 천재이었다. 《후한서》 59권, 〈張衡列傳〉에
　　입전.

818 左思(좌사, 서기 250? – 305년) – 西晉의 문장가로, 그가 지은 〈三都
　　賦(삼도부)〉는 낙양의 종이값을 올렸다는 '洛陽紙貴(낙양지귀)'의
　　故事成語를 만들었다. 左思는 추남에 가까운 외모에 말도 더듬
　　었기에 사람들과 널리 사귀지 못하고 알려지지도 않았다. 左思
　　는 자신의 학문이 부족하다는 것을 알고 책을 많이 읽을 수 있는
　　비서랑직을 자청하였다고 한다. 左思는 10여 년 각고의 노력으
　　로 〈三都賦〉를 완성하고, 이를 당시 정계의 실력자인 張華(장화)
　　에게 보여주었다.
　　장화는 읽어본 뒤에 "이는 班固(반고)의 〈兩都賦〉나 張衡(장형)의
　　〈二京賦(이경부)〉와 함께 鼎足(정족)을 이룰만하다."고 칭찬하였
　　다. 左思와 洛陽紙貴의 故事는 학문에 뜻을 둔 사람이 어떠한 노
　　력을 해야 하는가에 대한 교육적 가치가 큰 이야기의 하나이다.

今世(금세)의 文士(문사)들에게 이러한 (문인의 경박에 따른) 환난은 더욱 절실하지만, 어떤 일이 통쾌하게 딱 맞거나[819] 一句가 청신하고 교묘하면, 작가의 마음이 하늘 끝까지〔九霄(구소)〕 치솟으며, 그 志氣(지기)가 천년을 깔아뭉갤 듯하고, 스스로 읊조리고 欣賞(흔상)하며, 옆에 누가 있는 줄도 모르기 때문이다.

이야기를 더 하자면, 날리는 모래나 자갈에 의한 상처는 창에 찔린 것보다 더 아프고, 문인에게 풍자로 인한 禍亂(화란)은 風塵(풍진) 세상의 재앙보다 더 빨리 닥치니 그 예방에 힘써 타고난 복을 잘 지켜나가야 할 것이다.

---

819 원문 一事愜當 – 愜은 흡족할 협. 愜當(협당)은 분수나 道理에 딱 맞음.

114/ 학문의 재능

|原文| 學問有利鈍, 文章有巧拙.

鈍學累功, 不妨精熟, 拙文研思, 終歸蚩鄙. 但成學士, 自足爲人. 必乏天才, 勿强操筆. 吾見世人, 至無才思, 自謂淸華, 流布醜拙, 亦以衆矣, 江南號爲詅痴符.

近在并州, 有一士族, 好爲可笑詩賦, 誂撇邢, 魏諸公, 衆共嘲弄, 虛相贊說, 便擊牛釃酒, 招延聲譽. 其妻, 明鑑婦人也, 泣而諫之. 此人嘆曰, "才華不爲妻子所容, 何況行路!"

至死不覺. 自見之謂明, 此誠難也.

|국역| 學問(학문) 성취에 銳利(예리)와 遲鈍(지둔 : 둔함)이 있고, 文章(문장) 짓기에는 巧妙(교묘)와 拙劣(졸렬)이 있다.

鈍才(둔재)의 학문도 功力(공력)을 쌓으면 정밀과 熟練(숙련)에 이르지만, 拙文(졸문)에 硏思(연사)하여도 끝내 粗野(조야)하거나 鄙陋(비루)하다.[820] 그렇더라도 학문을 이룬 士人은 성공했다고 自足(자족)할 수 있다. 타고난 재주가 정말로 없다면, 굳이 문장을 짓겠다고 나설 필요는 없다. 내가 볼 때, 재능과 사려가 전혀 없

---

820 원문 終歸蚩鄙 - 蚩는 어리석을 치. 鄙는 낮을 비. 비루하다.

는 世人(세인)인데도, 자신은 재능이 있다고 믿어 추하고 졸렬한 꼴을 내보이는 사람이 많다. 강남에서는 이를 '바보가 되라는 부적을 자랑한다.'고 말한다.[821]

근래 幷州(병주)에 있을 때, 남의 詩(시)나 賦(부)에 대하여 비웃기를 잘하는 士族(사족)이 있어, 邢邵(형소)나 魏收(위수) 같은 사람의 명문장도 놀려대었는데,[822] 여러 사람들도 함께 조롱하며 거짓으로 칭찬하는 말을 하면,[823] 그럴 때마다 소를 잡고 술을 빚어 맞장구쳐주는 사람들을 초청하였다.[824]

그 사람의 妻(처)는 문장을 볼 줄 아는 사람이라 눈물을 흘리면서 바른말을 하였다. 그 사람이 탄식하며 말했다.

"나의 재주를 아내도 몰라주니, 하물며 길을 가는 남이 알아주겠나!"

---

821 원문 江南號爲詅痴符 - 詅은 자랑할 령. 팔다. 痴는 바보 치. 符는 符籍(부적). '詅痴符'는 '바보가 되라는 부적을 남에게 자랑하다.' 졸렬한 문장을 지어 스스로 무능을 자랑한 셈이다. 수치를 모르는 사람. 철면피.

822 원문 誂撇邢,魏諸公 - 誂는 꾀어낼 조. 희롱하다. 撇은 닦을 별. 닦다. 글씨를 쓰며 삐치다. 誂撇(조별)은 희롱하다. 邢, 魏는 邢邵(형소)나 魏收(위수). 人名.

823 남이 추켜 올려주는 것을 좋아하다. 곧 뽐내고 으스대기를 좋아하는 것을 '愛戴高帽子'라고 말한다.

824 원문 便擊牛釀酒, 招延聲譽 - 便은 그때마다. 바로. 擊牛(격우)는 소를 잡다. 釀酒(시주)는 술을 거르다. 招延(초연)은 초청하다. 聲譽(성예)는 칭찬하다.

그는 죽을 때까지 깨닫지 못했다. 자신을 볼 줄 알아야 明哲(명철)이니,[825] 이는 참으로 어려운 일이다.[826]

---

825 《老子道德經》31장 - 知人者智, 自知者明. 勝人者有力, 自勝者強. 知足者富. ~.

826 사람은 자신의 추한 꼴을 알지 못하고(人不知自醜), 소는 자신의 힘을 알지 못하며(牛不知己力), 말은 제 얼굴 긴 것을 모른다(馬不知臉長).

115/ 名文 짓기

|原文| 學爲文章, 先謀親友, 得其評裁, 知可施行, 然後出手.

愼勿師心自任, 取笑旁人也. 自古執筆爲文者, 何可勝

言? 然至於宏麗精華, 不過數十篇耳. 但使不失體裁, 辭意

可觀, 便稱才士, 要須動俗蓋世, 亦俟河之淸乎!

|국역| 文章(문장) 짓기를 배웠더라도 먼저 親友(친우)와 상의하

고, 그 평가를 받아본 뒤에 발표 여부를 생각한 다음에 문장을 내

놓아야 한다.

謹愼(근신)하며, 師心(사심 : 스승의 마음)으로 自任(자임)하였다가

남의 비웃음을 사지 말라.[827] 自古(자고)로 붓을 잡고 글을 지은

자를 어찌 다 말할 수 있겠나? 그러나 宏麗(굉려)하고 精華(정화)

한 문장은 수십 편을 넘지 못한다. 다만 문장의 體裁[체재, 結構(결

구)]를 잃지 않고 글의 뜻이 볼 만하다면, 곧 才士(재사)라 일컬을

수 있으나 세속을 움직이고, 文名(문명)을 떨치려 한다면 河水(황

하)가 맑아지기를[百年河淸(백년하청)] 기다려야 할 것이다.

---

827 원문 師心自任 - 師心은 자신의 마음을 스승으로 삼다. 自任은
옳다고 믿다. (師心自用) ;《莊子 人間世》참고. 仲尼曰, '…夫胡
可以及化! 猶師心者也'. 師心은 자기의 成心을 法으로 삼다. 곧
자신의 의견만을 고집하다.

116/ 文士의 지조

|原文| 不屈二姓, 夷, 齊之節也, 何事非君, 伊, 箕之義也.

自春秋已來, 家有奔亡, 國有吞滅, 君臣固無常分矣. 然而君子之交絶無惡聲, 一旦屈膝而事人, 豈以存亡而改慮? 陳孔璋居袁裁書, 則呼操爲豺狼, 在魏制檄, 則目紹爲蛇虺. 在時君所命, 不得自專, 然亦文人之巨患也, 當務從容消息之.

|국역| 二姓의 主君을 섬기지 않기는 伯夷(백이)와 叔齊(숙제)의 節介(절개, 節概)이고,[828] '누구를 섬긴들 주군이 아닌가?'는 伊尹(이윤)과 箕子(기자)의 義理(의리)이다.[829] 春秋(춘추)시대 이래로

---

828 원문 夷, 齊之節也 – 伯夷(백이, 생졸년 미상)의 子는 姓, 名은 允. 商 紂王(주왕) 시기, 孤竹國 군주의 長子, 弟 仲馮(중풍)과 叔齊(숙제). 백이는 부친의 뜻에 따라 仲馮(중풍)에 양위했고, 숙제도 백이의 뜻에 따랐다.
伯夷와 叔齊는 西伯 姬昌(文王)이 賢者를 잘 대우한다는 말을 듣고 찾아가 의지했다. 文王이 죽고 아들 發(발, 周 무왕)이 紂王(주왕)을 정벌하려 하자, 藩國이 주군을 정벌할 수 없다며 叩馬(고마)하며 적극 諫言(간언)을 올렸다. 周 武王이 克殷(극은)하자, 두 사람은 周粟(주속)을 不食한다면서 殷商의 옛 근거지인 首陽山(수양산, 洛陽市)에 은거하며 〈采薇歌(채미가)〉를 불렀고 결국 餓死(아사)했다. 《史記》 70列傳은 〈伯夷列傳〉으로 시작한다.

도망치거나 멸망한 가문이 있고, 병탄되거나 멸망한 나라가 있으니, 君臣(군신)이라 하여 늘 일정한 본분이 있지는 않다. 그러나 君子(군자)는 交絶(교절 : 사귐을 끊다)에도 惡聲(악성)이 없어야 하나니,[830] 일단 무릎을 굽혀 남을 섬겼다면 어찌 그 存亡에 따라 생각을 바꾸겠는가? (후한 말) 陳孔璋(진공장 : 陳琳, 진림)은 袁紹(원소) 진영에서 글을 지으면서 曹操(조조)를 豺狼(시랑, 승냥이)라 하였다가, 魏나라에서 조조가 격문을 시을 때는 원소를 지목하여 蛇虺(사훼, 살무사)라 하였으니, 당시 섬기는 君命이라 마음대로 할 수 없었다지만, 그러하더라도 (지조는) 文人의 커다란 걱정거리이니, 조용한 處身(처신)에 힘써야 할 것이다.[831]

---

829 원문 伊, 箕之義也 – 伊尹(이윤, ?前1649 – ?1549)의 姒는 姓, 伊氏, 名은 摯(지). 商朝의 名臣. 중국 주방장의 神. 商 湯王(탕왕)의 廚師(주사, 주방장), 商湯에게 음식을 올릴 기회를 틈타 천하 형세를 분석했고, 이에 탕왕은 이윤을 阿衡(아형, 재상, 후에는 이윤을 지칭하는 말로 변했다)에 임명하였다. 탕왕의 아들 太甲(태갑)이 즉위했으나 昏庸(혼용) 無能하자, 이윤은 太甲을 桐地(今 河北省 臨漳)에 放流했다가 3년 뒤에 다시 즉위케 했다. 이를 復辟(복벽)이라 한다. 箕子(기자)는 子姓, 名 胥餘. 商朝 宗室, 帝 文丁의 子, 帝乙의 弟, 帝辛(紂王)의 叔父.

830 원문 君子交絶無惡聲 – 출전은 《戰國策 燕策 二》장군 樂毅(악의)의 말. 참고 司馬遷의 《史記 樂毅列傳》참고.

831 《論語 爲政》에 「사람이 신의가 없다면 쓸만한 데가 없다(人而無信 不知其可).」고 하였다. 사람은 근본을 잊어서는 안 되고(人不可忘本), 처세와 사람 노릇에는 신의가 근본이다(處世爲人 信義

爲本). 이름도 없는 봄풀은 해마다 푸르지만(無名春草年年綠),
信義 없는 사내는 대대로 가난하다(無信男兒世世窮).

117/ 揚雄(양웅)에 대한 평가

|原文| 或問揚雄曰, "吾子少而好賦?"

雄曰, "然. 童子雕蟲篆刻, 壯夫不爲也."

余竊非之曰, "虞舜歌 〈南風〉 之詩, 周公作 〈鴟鴞〉 之詠, 吉甫, 史克 〈雅〉, 〈頌〉 之美者, 未聞皆在幼年累德也. 孔子曰, 「不學詩, 無以言.」「自衛返魯, 樂正, 〈雅〉, 〈頌〉 各得其所.」 大明孝道, 引詩證之. 揚雄安敢忽之也? 若論 '詩人之賦麗以則, 辭人之賦麗以淫.' 但知變之而已, 又未知雄自爲壯夫何如也? 著 〈劇秦美新〉, 妄投於閣, 周章怖慴, 不達天命, 童子之爲耳. 桓譚以勝老子, 葛洪以方仲尼, 使人嘆息. 此人直以曉算術, 解陰陽, 故著《太玄經》, 數子爲所惑耳. 其遺言餘行, 孫卿, 屈原之不及, 安敢望大聖之淸塵? 且《太玄》今竟何用乎? 不啻覆醬瓿而已."

|국역| 어떤 사람이 揚雄(양웅)에게 물었다.

"당신은(吾子) 젊어서 賦 짓기를 좋아했습니까?"[832]

---

832 揚雄(양웅)은 젊어서부터 辭賦(사부)를 좋아하였다. 양웅이 賦를 창작하는 것은, 이를 통해 풍자하려는 뜻이었다. 옛날에 武帝가 神仙을 좋아하자, 司馬相如가 〈大人賦〉를 지어 올려 풍간하려

양웅이 대답했다.

"그렇습니다. (賦는) 童子가 蟲書〔충서:중국 진나라 때 벌레 모양을 본뜬 글씨체임. 한자의 팔체서(八體書)의 한 가지〕를 새기고 篆書(전서)를 木刻하는 것과 같으니,[833] 壯夫(장부)는 하지 않습니다."[834]

───

하였으나 무제는 오히려 표연히 구름을 타고 노니는 뜻을 품었다. 그러나 賢人君子의 詩賦로 주군을 바로잡으려는 뜻도 이때는 없어지고 다시 시도하지도 않았다. 《漢書》에는 양웅의 〈甘泉賦〉, 〈河東賦〉, 〈校獵賦〉, 〈長楊賦〉 등이 수록되었다. 이를 본다면 양웅은 젊어 賦의 창작에 열심이었다.

양웅은 家産이라야 十金이 되지 않았지만, 또 비축한 것이 없어도 마음은 늘 편했다. 스스로 생각해서 성인의 글이 아니라면 좋아하지 않았고 내키지 않으면 부귀한 사람일지라도 섬기려 하지 않았다. 다만 젊어서부터 辭賦(사부)를 좋아하였다. 《太玄》과 《法言》을 지었다. 나중에 劉歆(유흠)이 와서 이를 읽어보고 양웅에게 말했다. "공연히 고생을 하였소! 지금 학문하는 사람들은 아직 《易》에도 밝지 못하거늘, 어찌 《玄》을 공부하겠습니까? 내 생각으로는 후인들이 항아리 뚜껑으로 쓸 것 같아 걱정입니다." 양웅은 웃으며 대답하지 않았다. 양웅은 나이 71세인 王莽 天鳳 5년(서기 18)에 죽었다. 사후에 양웅의 《法言》은 크게 유행하였으나 《太玄》은 끝내 유행하지 못했지만, 그 내용은 남아 있다.

833 원문 童子雕蟲篆刻 ─ 雕는 새길 조. 蟲은 蟲書(충서). 篆은 전서 전. 刻은 刻符(각부). 漢代 어린아이들이 익혀야 할 秦書 八體 중 蟲書와 刻符는 배우는 노력에 비해 그 효용이 적었다. 즉 賦를 지으면서 문자와 章句를 彫琢(조탁)하는 일이 이와 같으니, 丈夫가 할 만한 일은 못 된다는 뜻. 사인이 힘들여 賦를 지어도 그를 감상하는 王公은 작가를 광대와 비슷하게 대우했었다. 무제 때 사마상여나 동방삭에 대한 대우가 그러했다.

내가(안지추) 마음속으로 양웅의 말을 잘못된 것이라 비판하였다.

"虞舜〔우순, 舜帝(순제)〕은 〈南風(남풍)〉의 詩(시)를 지었고, 周公(주공)은 〈鴟鴞(치효)/부엉이〉[835]의 노래를 창작하였으며, 尹吉甫(윤길보)[836]와 史克〔사극, 魯(노)의 史官(사관)〕은 〈雅(아)〉와 〈頌(송)〉의 찬미하는 노래를 지었는데, 幼年(유년:어린 나이)에 이런 노래를 지어 그 덕행에 累(누)가 되었다는 말을 들어보지 못했다. 孔子(공자)는 「不學詩(불학시)면 無以言(무이언)이라.(시를 배우지 않으면 말을 제대로 할 수 없다.)」하였고, 「自衛返魯(자위반노:내가 위에서 노로 돌아오다)하여 《樂(악)》을 바로잡았고, 〈雅(아)〉와 〈頌(송)〉이 각각 제자리를 잡았다.」고 말씀하셨다.[837] 또 〔孔子(공자)는〕 효도를 크게 강조하면서 《詩(시)》를 인용하여 증명하였다. 그런데 揚雄(양웅)이 어찌 감히 詩賦(시부)를 忽視(홀시)할 수 있겠는가? 만약 (양웅의) '詩人(시인)의 賦(부)는

---

834 원문 壯夫不爲也 - 대장부는 하지 않습니다. 대장부가 할 일은 못된다.

835 원문 作 〈鴟鴞〉之詠 -《詩經 豳風 鴟鴞》. 豳은 나라 이름 빈. 鴟는 부엉이 치. 鴞는 부엉이 효. 周公이 管叔 등 三監의 난을 평정하려고 이 시를 지어 어린 成王에게 보냈으며, 이는 憂國의 衷情(충정)을 밝힌 것이라는 풀이가 있다.

836 尹吉甫(윤길보, 前 852?-775) - 西周 尹國의 國君. 姞은 姓, 兮는 氏. 名은 甲, 字는 伯吉父, 周宣王을 도와 西周의 중흥을 이룩했다. 歷史上 유명한 政治家, 軍事家 겸 文學家. '中華의 詩祖'로 추앙받는 사람. 尹氏, 吉氏의 시조.

837 원문 「不學詩 無以言」은 《論語 季氏》의 구절. 「自衛返魯, 樂正, 〈雅〉,〈頌〉各得其所.」은 《論語 子罕》의 구절이다.

아름다우며〔麗(려)〕 바르나〔則(즉)〕, 辭人(사인)의 賦(부)는 아름다우
나 지나치다〔淫(음)〕.' 라는 말로 論(논)한다면, 이는 사물의 변화〔變
(변)〕만 알았을 뿐이며, 또 양웅 자신이 丈夫(장부)가 되어 어떻게 될까
를 몰랐다는 말이 된다. 〔揚雄(양웅)은〕〈劇秦美新(극진미신)〉이란 글
을 지었으며,[838] 제멋대로〔校書(교서)하던 天祿閣(천록각)〕누각에서
몸을 던져 뛰어내리며〔妄投於閣(망투어각)〕,[839] 공포에 떨었으나 죽
지는 않았으니, 이런 일은 어린아이 짓거리와 같았다.[840] 桓譚(환
담)[841]은 (양웅을) 老子(노자)보다도 더 낫다고 보았으며,[842] 葛洪(갈

---

838 〈劇秦美新(극진미신)〉 - 양웅이 지은 문장. '秦(진)을 비판하고 왕
    망의 新나라를 찬미한다.' 는 뜻.

839 당시 甄豐(견풍) 부자가 주살되었고 그와 연관 있는 자들을 잡아들
    였는데, 양웅은 刑吏가 찾아오자 면할 수 없다고 지레 짐작하고
    자살하려 했다.

840 원문 周章怖慴, 不達天命 - 周章은 두려워 허둥대다. 怖慴(포섭)
    은 몹시 두려워하다. 不達天命은 죽지는 않았다는 뜻. 양웅은 천
    수각에서 뛰어내렸고 거의 죽을 뻔했다.

841 桓譚(환담, 前 23 - 서기 56년, 字는 君山) - 전한 말기, 新, 후한의 학
    자이면서 관리.

842 大司空 王邑(왕읍)이 양웅이 죽었다는 소식을 듣고 桓譚(환담)에
    게 물었다. "당신은 늘 양웅의 저서를 칭송했으니, 후세에 전수
    할 수 있겠는가?" 이에 환담이 말했다. "필히 전할 것입니다. 생
    각해 보면, 당신과 나는 그분을 따라갈 수가 없습니다. ~지금 揚
    子(양자, 양웅)의 저서는 文義가 아주 심오하고 그 논리가 성인의
    뜻에 어긋나지 않으니, 만약 때와 주군을 만나고 현인이나 지자
    들이 다시 읽는다면 틀림없이 諸子書를 뛰어넘을 것입니다."

홍)⁸⁴³은 양웅을 仲尼(중니, 공자)에 비교하였으니, 다른 사람이 탄식할 일이었다. 이 사람은〔此人(차인), 揚雄(양웅)〕, 다만(直) 算術(산술)에 통달하고, 陰陽(음양)을 알았다 하여 《太玄經》을 저술하였으나, 여러 제자들이 다만 그에 현혹되었다. 그 遺言(유언)이나 餘行(여행)은 孫卿〔손경, 荀子(순자)〕과 屈原(굴원)에게도 미치지 못할 정도인데, 어찌 감히 大聖(孔子나 老子)의 뒷모습이라도 우러러 바라볼 수가 있겠는가?⁸⁴⁴ 또 《太玄經(태현경)》을 지금 끝내 어디에 사용할 수 있겠나? 장독 덮개로는 쓸 수 있을 뿐이다."⁸⁴⁵

---

843 葛洪(갈홍, 283 - 343년, 字는 稚川, 号는 抱朴子, 人称 葛仙翁) - 東晋 시대의 陰陽家, 医學者, 煉丹術을 신봉한 道敎의 인물로 羅浮山(나부산)에서 煉丹(연단)에 성공하여 신선이 되었다고 한다. 《抱朴子》, 《神仙傳》을 저술하여 道敎의 기본 이론을 확립하였다. 갈홍은 "道란 儒學의 근본이며, 儒學은 道의 말단이라.(道者 儒之本也. 儒者 道之末也.)"하며 儒學에 대한 道敎의 우위를 주장하였다. 중국의 宗敎, 哲學, 医藥學에 큰 영향을 끼친 사람이다.

844 원문 淸塵(청진) - 수레 뒤에 따라 일어나는 먼지. 淸은 공경의 뜻을 포함하는 敬辭. 어찌 감히 뒷모습을 바라볼 수가 있는가?

845 원문 今竟何用乎? 不啻覆醬瓿而已 - 竟은 다할 경. 끝내. 何用乎는 무엇에 쓰겠는가? 不啻(부시)는 다만 ~뿐만 아니라. 마치 ~와 같다. 啻는 뿐 시. 覆은 덮을 복. 醬瓿(장부)는 장독. 醬은 간장 장. 젓갈. 瓿는 단지 부. 항아리. 而已는 ~뿐이다.
劉歆이 찾아와서 양웅의 《太玄》과 《法言》을 읽어보고 양웅에게 말했다. "공연히 고생을 하였소! 지금 학문하는 사람들은 아직 《易》에도 밝지 못하거늘, 어찌 《玄》을 공부하겠습니까? 내 생각으로는 후인들이 항아리 뚜껑으로 쓸 것 같아 걱정입니다." 양웅은 웃으며 대답하지 않았다. 《漢書 揚雄傳》

118/ 風雪을 이기고 꽃도 피운다면?

|原文| 齊世有席毗者, 清幹之士, 官至行臺尚書, 嗤鄙文學, 嘲劉逖云, "君輩辭藻, 譬若榮華, 須臾之翫, 非宏才也. 豈比吾徒千丈松樹, 常有風霜, 不可凋悴矣!"

劉應之曰, "既有寒木, 又發春華, 何如也?" 席笑曰, "可哉!"

|국역| 北齊(북제) 시기에 席毗(석비)란 사람은 청렴하고 유능한 士人(사인)으로[846] 그 관직이 중앙 정부〔行臺(행대)〕의 尚書(상서)였는데, 文學(문학)을 우습게보면서[847] 劉逖(유적)[848]을 조롱하였다.

"당신들의 辭藻〔사조, 文辭(문사)〕는 활짝 핀 꽃〔榮華(영화)〕 같지만 잠깐의 구경거리이니, 큰 재능은 아닙니다. 어찌 우리들 같이 천길 높이에 풍우와 서리를 견디며 조락하지 않는 소나무와 같겠습니까?[849]

---

846 원문 清幹之士 – 清은 청렴. 幹은 줄기 간. 처리하다. 재능, 기량, 일.

847 원문 嗤鄙文學 – 嗤는 웃을 치. 우습게 보다. 鄙는 인색할 비. 천하게 여기다.

848 劉逖(유적, 525 – 573년, 字는 子長) – 彭城人(今 江蘇 북부 徐州). 北齊 詩人.

849 원문 不可凋悴矣 – 凋는 시들 조. 시들어 떨어지다〔凋落(조락)〕.

유적이 응답하였다.

"추위를 견딘 나무가 다음 봄에 꽃도 피운다면 어떻겠습니까?"

그제야 석비가 웃으며 말했다.

"맞는 말입니다."

悴는 파리할 췌. 초췌하다.데 양웅은 刑吏가 찾아오자 면할 수
없다고 지레 짐작하고 자살하려 했다.

119/ 良馬에 고삐를

|原文| 凡爲文章, 猶人乘騏驥, 雖有逸氣, 當以銜勒制之, 勿使流亂軌躅, 放意塡坑岸也.

|국역| 문장을 짓는 것은 마치 사람이 좋은 말을 타는 것과 같으니,[850] 비록 말이 뛰어난 氣力이 있어도 재갈이나 고삐로 제어하여[851] 궤도를 벗어나거나 구덩이에 빠지게 해서는 안 될 것이다.[852]

---

850 원문 猶人乘騏驥 - 猶는 같을 유. 騏는 말 이름 기. 驥는 천리마 기. 騏驥는 良馬.

851 원문 當以銜勒制之 - 銜은 재갈 함. 입에 물리는 쇠. 勒은 굴레 륵.

852 원문 勿使流亂軌躅, 放意塡坑岸也. - 軌는 길 궤. 궤도. 마찻길. 躅은 밟을 촉. 발자국이 찍힌 곳. 머뭇거리다. 軌躅(궤촉)은 軌跡. 塡은 메울 전. 빠트리다. 坑은 구덩이 갱. 岸은 언덕 안. 길가. 웅덩이를 피하다가 우물에 떨어지다(避坑落井)는 결과적으로 더 나빠졌다는 뜻.

120/ 문장 규범

|原文| 文章當以理致爲心腎, 氣調爲筋骨, 事義爲皮膚, 華麗爲冠冕.

今世相承, 趨本棄末, 率多浮艶. 辭與理競, 辭勝而理伏, 事與才爭, 事繁而才損. 放逸者流宕而忘歸, 穿鑿者補綴而不足. 時俗如此, 安能獨違? 但務去泰去甚耳. 必有盛才重譽, 改革體裁者, 實吾所希.

|국역| 文章(문장)에서는, 응당 理致(이치)를 우리 몸의 심장으로(心腎), 氣調(기조)는 근육이나 골격, 事義(사의)를 皮膚(피부)로, 華麗(화려)한 멋을 冠冕(관면)으로 삼아야 한다.[853]

오늘날에 서로서로가 근본을 버리고 末技(말기)를 따르며, 모

---

853 문장의 주요 要素를 신체의 器官에 비유하여 설명하였다. 理致(이치)는 문장이나 작품의 사상이나 감정이다. 문장의 논리이며 主題라고 생각할 수 있다. 氣調는 문장의 氣勢(氣運)이다. 事義는 用事와 같은 말인데, 논리 전개의 합리적 적합성이라고 할 수 있다. 華麗함은 멋내기이니(修辭), 우리 몸의 최고 장식 겸 상징은 冠冕(관면)일 것이다. 劉勰(유협)의 《文心雕龍 附會》에도 이런 주제의 글이 있다. 곧 「夫才量學文, 宜正體製, 必以情志爲神明, 事義爲骨髓, 辭采爲肌膚, 宮商爲聲氣, 然後品藻玄黃, 摛振金玉, 獻可替否, 以裁厥中. 斯綴思之常數也.」

두가 浮華(부화)한 艶麗(염려)만을 추구한다.[854] 文辭(문사)와 事理 (사리)의 관계에서는 文辭가 優美(우미)하면 事理(사리)가 나타나 지 않고〔理伏(이복)〕, 事義〔사의 : 內容(내용)〕와 才華(재화)의 관계에 서는 내용이 번잡해지면 재화는 훼손될 것이다. 방종하고 逸脫 (일탈)한 문장은 流宕(유탕)하여 本義(본의)에 歸附(귀부 : 되돌아오 다)하지 않고,[855] 깊이 파고 들어갔다면 보충하기가 어렵게 된 다.[856] 時俗(시속)이 이와 같으니, 어찌 홀로 어기겠는가?[857] 다만 〔但(단)〕 크고〔泰(태)〕 심한〔甚(심)〕 폐단이라도 제거하려〔去(거)〕 힘쓸〔務(무)〕 뿐이다〔耳(이)〕. 才華(재화)가 뛰어나고〔盛才(성재)〕 명성이 높아〔重譽(중예)〕 (문장의) 體裁(체재)를 개혁해 줄 士人(사 인)이 틀림없이 나타나기를, 나는 진실로 바라고 있다.

---

854 원문 趨本棄末, 率多浮艶 – 趨本棄末은 文理 上 趨末棄本(추말기 본)의 오류가 확실하다. 浮艶(부염)은 浮華한 아름다움. 여기서 本은 理致(이치)와 氣調를, 末은 華麗를 뜻한다.

855 원문 流宕而忘歸 – 流宕(유탕)은 먼 곳을 떠돌다. 방만하여 中道 에 맞지 않다. 宕은 거칠 탕. 지나치다.

856 원문 穿鑿者補綴而不足 – 穿鑿(천착)을 뚫다. 깊이 파고들다. 補 綴(보철)은 보태고 이어 채우다.

857 원문 安能獨違 – 安은 의문사. 어찌. 違는 어긋날 위.

121/ 古今 문장의 조화

|原文| 古人之文, 宏材逸氣, 體度風格, 去今實遠, 但絹綴
疏朴, 未爲密緻耳. 今世音律諧靡, 章句偶對, 諱避精詳,
賢於往昔多矣. 宜以古之制裁爲本, 今之辭調爲末, 並須
兩存, 不可偏棄也.

|국역| 古人(고인)의 文章(문장)은 宏大〔광대, 壯大(장대)〕한 재능과
빼어난 기상〔逸氣(일기)〕, 몸가짐〔體度(체도)〕과 風貌(풍모)와 격식
〔風格(풍격)〕등에서 지금과는 확실하게 다르다.[858] 다만〔但(단)〕
짜임새〔絹綴(집철)〕가 거칠고 질박하며 치밀하지는 않다.[859] 지금
시대〔今世(금세)〕의 音律(음률)은 美麗(미려)하고 조화로우며, 章句
(장구)의 對偶〔대우, 偶對(우대)〕와 정확하고 상세한 피휘(避諱)는 옛
문장보다 많이 뛰어나다.[860] 그러니 옛 制裁〔제재, 體制(체제)〕를 근
본으로 삼고, 지금의 辭調(사조)를 末枝(말지, 끝가지)로 삼되, 두 가
지를 다 계승해야지 어느 한쪽을 버릴 수는 없을 것이다.

---

858 원문 去今實遠 – 지금에서 확실하게 멀다. → 지금과는 크게 다
르다.

859 원문 未爲密緻耳 – 密緻는 緻密(치밀). 緻는 촘촘할 치. 密은 빽빽
할 밀.

860 원문 賢於往昔多矣 – 賢은 뛰어나다. 往昔은 옛날. 多는 많이.

122/ 우리 가문의 文風

|原文| 吾家世文章, 甚爲典正, 不從流俗.

梁孝元在蕃邸時, 撰《西府新文》, 訖無一篇見錄者, 亦以不偶於世, 無鄭,衛之音故也. 有詩,賦,銘,誄,書,表,啓,疏二十卷, 吾兄弟始在草土, 並未得編次, 便遭火盪盡, 竟不傳於世. 銜酷茹恨, 徹於心髓! 操行見於《梁史 文士傳》及孝元《懷舊志》.

|국역| 우리 家門〔가문 : 家世(가세)〕의 文章(문장)은 매우 典雅端正(전아단정)하여 세간의 習俗(습속)을 따르지 않았다.

梁 孝元帝(양 효원제)가 蕃邸(번저)에 있을 때,[861] 《西府新文(서부신문)》[862]을 편찬하였는데, 거기에 한 편의 문장도 수록되지 않은 까닭은 세태에 맞지 않고 또 鄭音(정음)과 衛音(위음)[863]처럼 저속

---

861 梁孝元在蕃邸時 – 梁 武帝의 아들 蕭繹(소역)이 湘東王(상동왕)으로 江陵(강릉)에 머물 때. 蕃邸(번저)는 藩鎭에 머물다.

862 《西府新文》– 梁 元帝가 蕭叔(소숙)으로 하여금 당시 臣僚(신료)들의 글을 모아 11권으로 편찬케 한 문집이다. 당시 안지추의 부친인 顔勰(안협, 顔協)은 鎭西府咨議參軍이었지만 그 문장이 선록되지 않았다.

863 원문 鄭 · 衛之音 –《論語 衛靈公》에서 顔淵問爲邦. 子曰, "~. 放鄭聲하고 遠佞人하라. 鄭聲은 淫하고, 佞人(영인, 佞은 아첨할 영)은

한 글이 없었기 때문이었다. 가문에 詩, 賦, 銘, 誄(뢰), 書, 表, 啓, 疏(소) 등 20권 분량의 문장이 있었으나 우리 형제가 친상을 당했고,[864] 그런 詩文을 편찬하기 전에 兵禍를 당해 모두 불타 없어졌기에, 결국 하나도 세상에 전해지지 않았다.[865] 나의 沈痛(침통)한 遺恨(유한)이 내 마음과 골수에 사무친다.[866] (부친의) 操行(조행)

殆(위험할 태)하다." 라고 하였다. 원문 鄭·衛之音은 음란한 음악. 여기서는 실속 없고 겉만 화려한 문장.

《漢書 地理志》에서는 「鄭은 국토가 좁고 험준해서 산에 살며 계곡의 물을 길어 먹어야 했기에 남녀가 자주 모일 수가 있어 그 풍속은 음란하였다. 그래서 〈鄭風〉에서도 '東門을 나가니 여인들이 구름처럼 모였네.' 또는 '溱水(진수)와 洧水(유수)의 물은 호호탕탕하고, 남자와 여인이 蘭꽃을 주고받네.' 그리고 '마주보며 즐기나니, 남자와 여인이 서로 함께 장난치네.' 라고 노래하였으니, 그들 습속이 이러하였다.」라고 기록했다.

또 古 衛地에 대해서는 「衛(위)는 곳곳에 뽕밭이나 하천의 은밀한 곳이(桑間濮上之阻) 많아, 男女가 자주 만날 수 있기에 聲色(성색)이 저절로 생겨날만한 곳이라서 세속에서는 鄭과 衛의 聲音이라고 하였다.」라는 기록이 있다.

864 吾兄弟始在草土 – 草土는 居喪中이다. 부모가 돌아가시면, 자식은 草席에서 흙 베개를 베고 잤다.

865 원문 便遭火盪盡, 竟不傳於世 – 遭는 만날 조. 盪盡(탕진)은 씻은 듯 없어지다. 竟은 다할 경. 끝내.

866 원문 銜酷茹恨, 徹於心髓 – 銜은 재갈 함. 머금다. 가슴에 품다. 酷은 혹할 혹. 혹독. 茹는 먹을 여. 茹恨(여한)은 한을 품다. 徹은 뚫을 철. 사무치다. 心髓는 마음. 가슴.

은《梁史 文士傳》및 孝元帝가 편찬한《懷舊志(회구지)》⁸⁶⁷에서
볼 수 있다.

867《梁史 文士傳》《懷舊志》- 여기《梁史》는 南朝 陳의 許亨(허형)이
　　저술한 53권으로, 正史 二十四史가 아니다. 正史로《梁書》는 唐
　　의 姚思廉(요사렴)의 저술이다.

123/ 문장은 쉬워야!

|原文| 沈隱侯曰, "文章當從三易. 易見事, 一也, 易識字, 二也, 易讀誦, 三也."

邢子才常曰, "沈侯文章, 用事不使人覺, 若胸憶語也." 深以此服之.

祖孝徵亦嘗謂吾曰, "沈詩云, '崖傾護石髓.' 此豈似用事邪?"

|국역| 沈隱侯(심은후, 沈約)[868]가 말했다.

"文章은 당연히 三易(삼이 : 세가지 쉬움) 원칙을 따라야 하니 쉬운 典故(전고) 쓰기가 첫째이고, 쉬운 글자가 두 번째, 세 번째는 쉽게 읽을 수 있어야 한다."[869]

邢子才〔형자재, 邢邵(형소), 496 - ?〕가 늘 말했다.

"沈侯(심후, 沈約)의 문장에서 쓰인 典故〔用事(용사)〕는 다른 사람이 알아채지 못하니 그 가슴속에서 나온 말과 같다(독창적이다)."

---

868 沈約(심약, 441 - 513년, 字는 休文) - 南朝 宋과 齊에 출사. 梁 무제 즉위를 적극 도왔다. 史學者로 正史 《宋書》 100권 저술. 文學者로 詩作에서 '四聲八病說'을 주장했다.

869 원문 易讀誦 - 音韻(韻律)을 맞춰 시나 문장을 지어야 한다는 뜻. 음률이 맞아야 읽기도 쉽고 정확하게 들을 수 있다.

나는 이 말을 깊게 받아들이었다.

祖孝徵〔조효징, 祖珽(조정)〕이 그전에 나에게 말했다.

"심약의 시에서, '비탈을 구르면서도 石髓(석수)[870]를 감쌌네.' 하였으니, 무슨 전고가 쓰인 것 같은가?"

【參考】 文心雕龍(문심조룡) - 梁代의 문학 활동

梁나라의 劉勰(유협 464?~521?)은 독학으로 학문의 기초를 다진 뒤, 20세 전후에는 절에 들어가 10여 년간 불경을 교정하는 일을 했다고 한다. 유협은 자신이 지은 《문심조룡》을 당시 문단의 領袖(영수)인 沈約(심약)에게 보여주고 극찬을 받았다. 이후 관직 생활을 시작하여 당시 (梁) 昭明太子(소명태자)의 東宮(동궁)에서 근무하기도 하였다.

《문심조룡》은 중국문학비평에서 획기적인 저작이며, 지금도 유효한 문학비평의 명저로 알려졌다. 《문심조룡》은 크게 문학의 원리와 문학의 장르 그리고 문학의 창작과 비평으로 구분하여 문학을 논한 책이다.

유협은 문학의 원천을 성인의 경전, 곧 《五經》에 있다고 보았는데, 이는 문학의 역사 및 문학의 기초가 되는 경서를 중시해야 한다는 의미로 해석할 수 있다. 유협의 《문심조룡》은 중국문학사상 최초로 체계적인 문학 이

---

870 石髓(석수) - 石鐘乳(돌고드름) - 鐘乳石(종유석). 여러 자료를 종합하면 돌 틈에서 흘러나오고 말랑말랑하며, 그것을 말려 다시 丸으로 만들어 복용할 수 있는데, 그 효과는 치아가 다시 나오며 흰머리가 검게 된다. 말하자면 회춘할 수 있는 영약인데, 신선이 이를 복용한다. 嵇康(혜강)이 王烈이란 사람을 따라 입산했는데, 왕렬이 石髓(석수)를 하나 얻어 반은 자신이 먹고 반은 혜강에게 주었다. 돌아오는데, 두 사람은 모두 굳어 돌이 되었다고 한다.

론을 정립하였고 문학 감상과 비평의 기준을 마련했다는 점에서 후세에 절대적인 영향을 끼쳤다.

《문심조룡》 이외에 鍾嶸(종영, ?-518年, 字는 仲偉)은 齊와 梁에서 활동하였는데, 그의 《詩品》에서는 漢에서 魏와 梁에 이르는 시기의 시인 122명을 상중하 三品으로 나누어 비평하고 작가의 원류를 논하였다. 물론 이 《시품》의 평가가 지금과 일치하지는 않더라도 당시에 이런 비평서가 있었다는 자체가 그만큼 문학의 수준이 높았다는 반증이라 할 수 있다.

그리고 昭明太子(蕭統, 501-531, 字는 德施, 梁 武帝의 長子)의 《文選》은 역대 詩文 選集(선집)으로 지금도 매우 소중한 책이다.

이들보다 약간 뒤늦은 徐陵(서릉)은 梁나라 簡文帝의 명을 받아 《玉臺新詠(옥대신영)》을 편찬하였다. 이는 당시의 화려한 艶情詩(염정시)만을 모은 시집이라는 점에서 매우 주목할 만한 저술이다.

124/ 인물 평가

|原文| 邢子才,魏收俱有重名,時俗準的,以爲師匠.

邢賞服沈約而輕任昉,魏愛慕任昉而毁沈約, 每於談燕,
辭色以之. 鄴下紛紜, 各有朋黨. 祖孝徵嘗謂吾曰, "任,沈
之是非, 乃邢,魏之優劣也."

|국역| 邢子才〔형자재, 邢邵(형소)〕와 魏收(위수, 507 – 572년, 字는
伯起)는 모두 높은 명성을 누리며 당시의 표준적 인물로 (문단의)
師匠(사장, 宗師, 師表)과 같았다.

(그런데) 邢邵(형소)는 沈約(심약)을 칭송하고 心服(심복)하나
任昉(임방)[871]을 경시했고, 魏收(위수)는 임방을 愛慕(애모)했지만
沈約을 헐뜯었는데, 두 사람이 평소 담소나 음주 시에도 얼굴을
붉혔었다. 그래서 鄴縣(업현)에서 사람들의 인물평이 갈라지면서
〔紛紜(분운)〕각각 붕당이 형성되었다.

---

871 任昉(임방, 460 – 508년, 字는 彦昇 언승) – 南朝 梁 文學家. 任昉은 문
장을 잘 지어 당시 表, 奏, 書, 啓 등 文體에 뛰어났고 그 文格이
壯麗했다. 같은 시기에 沈約은 詩로 유명하여 그때 사람들이 '任
筆沈詩'라 칭송했다. 임방과 沈約, 王僧儒(왕승유)는 당시 三大藏
書家로 알려졌다. 임방은 竟陵八友(경릉팔우)의 한 사람이며,《述
異記》2권,《雜傳》247권,《地記》252권,《文集》23권,《文章緣
起》1권 등을 저술했었다.

(그래서) 祖孝徵〔조효징, 祖珽(조정)〕이 그전에 나에게 말했었다.

"임방과 심약에 관련한 是非(시비)는, 곧 邢邵(형소)와 魏收(위수)의 優劣(우열)과 같습니다."[872]

---

872 원문 乃邢,魏之優劣也. – 위수는 형소보다 정치적으로 출세가 늦었던 사람이었다. 임방과 심약 두 사람은 각각 명성을 누렸으나 그 선호하는 바가 달랐을 것이다. 어찌 보면 詩文의 우열은 그 인품의 우열, 또는 정치적 능력과 우열에 따라 평가가 달랐을 것이다.

125/ 詩文에서 꺼리는 말

|原文| 《吳均集》有〈破鏡賦〉.

　昔者, 邑號 '朝歌', 顏淵不舍, 里名 '勝母', 曾子斂襟, 蓋
忌夫惡名之傷實也. 破鏡乃凶逆之獸, 事見《漢書》, 爲文
幸避此名也.

　比世往往見有和人詩者, 題云敬同, 《孝經》云,「資於事
父以事君而敬同.」不可輕言也.

　梁世費旭詩云, '不知是耶非.' 殷澐詩云, '飄揚雲母
舟.' 簡文曰, '旭旣不識其父, 澐又飄揚其母.' 此雖悉古
事, 不可用也.

　世人或有文章引《詩》「伐鼓淵淵」者, 《宋書》已有屢游
之誚, 如此流比, 幸須避之.

　北面事親, 別舅摛〈渭陽〉之詠, 堂上養老, 送兄賦 '桓
山之悲', 皆大失也.

　擧此一隅, 觸塗宜愼.

|국역| 《吳均集》에〈破鏡賦(파경부)〉[873]라는 글이 있다.

---

873 《吳均集》〈破鏡賦〉- 吳均(오균)은 梁代의 관리, 글을 잘 지었는데
　　그 문체가 淸新하여 본뜨는 사람이 많았고, 그런 문체를 吳均體

옛날에, 성읍 이름이〔邑號(읍호)〕 '朝歌(조가)'[874]라서 顔淵(안연)은 거기서 머물지 않았고〔不舍(불사)〕, 마을 이름이 '勝母(승모)'[875]라 하여, 曾子(증자)는 옷깃을 여미었으니〔斂襟(염금)〕, 이

라 하였다.

〈破鏡賦〉는 離婚(이혼)을 묘사한 글 같으나 현재 不傳한다.

874 朝歌(조가) - 地名. 今 河南省 鶴壁市 관할 淇縣(기현). 商朝(殷)의 武乙(무일)이 건립한 副都(陪都). 武王이 殷을 정벌할 때, 帝辛〔紂王(주왕)〕이 朝歌의 교외인 牧野(목야)에서 싸워 패망하였다.

이는 顔淵(안연, 안회)의 고사가 아니라 墨子(묵자)의 故事로 알려졌다. 《漢書 鄒陽傳》에 「～이름이 '勝母'라서 曾子가 지나가지 않았고, 邑名이 '朝歌'이기에 묵자는 수레를 돌렸던 것입니다.(故里名勝母, 曾子不入, 邑號朝歌, 墨子回車).」라는 문단이 있다. 墨子는 非樂을 주장했기에 '아침부터 노래를 한다.'는 뜻을 가진 성읍에 回車했다고 한다.

875 勝母 - 모친을 이긴다. 모친의 뜻을 어긴다. 효자인 증자가 이런 이름의 마을에 들어가지 않았을 것이다. 曾子 曾參(증삼, 前 505 - 435년)은 孔門十哲은 아니나 儒家의 宗聖으로 불린다. '吾日三省 吾身'하며 수양했다. 증자는 병이 위독할 때 제자들에게 "啓予足! 啓予手!"하라며, 부모로부터 받은 신체를 훼손하지 않는 것이 효도의 시작이라고 말했다. 증자는 〈二十四孝〉 중 '齧指痛心(설지통심)'의 주인공이다. 증삼이 산에서 나무를 할 때 손님이 찾아왔다. 증삼의 모친은 기다렸지만 어떻게 알릴 방법이 없었다. 이에 모친은 손가락을 깨물어 피를 흘렸다. 산에서 나무하던 증삼은 갑자기 가슴이 아파 견딜 수 없었는데, 증삼은 모친에게 변고가 있다고 생각하여 급히 나뭇짐을 메고 돌아왔다. 모친은 "내 손끝을 깨물어 너에게 알리려 했다."고 말했다. 이를 齧指痛心(설지통심, 깨물 설)이라 한다.

는 대체로 惡名(나쁜 명칭)이 사실을 손상케 한다 하여 기피한 것이다. 破鏡(파경)은 凶逆(흉역)한 짐승이니,《漢書 郊祀志(한서 교사지)》[876]에 보이는데, 글을 지을 때 이런 이름을 기피하기 바란다.

지금 다른 사람에게 화답하는 시에 가끔(往往) '敬同(경동)'이라 제목을 붙이는데,[877] 이는《孝經(효경)》[878]에서 「事父(사부 : 아버지 섬김)하는 마음으로 事君(사군 : 임금을 섬기다)하니 그 공경하는 마음은 같다.」 하는데서 나온 말로, 함부로 쓸 말은 아니다.

梁代에 費旭(비욱)의 詩에 '옳은 지 그른 지를 알지 못하다(不

---

876 올빼미는 어미를 잡아먹는 惡鳥이고, 破鏡(파경)은 아비를 잡아먹는다는 惡獸(악수)이다.
《漢書 郊祀志》에 「~ 黃帝에 대한 제사에는 (惡鳥인) 올빼미 한 마리〔一梟(올빼미 효)〕와,〈惡獸(악수)〉破鏡(파경)을 제물로 올리고, 冥羊神(명양신)에는 羊으로 제사하고, 馬行神(마행신)에게는 푸른 수컷 말로(一靑牡馬) 제사합니다." (~祠黃帝用一梟, 破鏡, 冥羊用羊祠, 馬行用一靑牡馬.) 라고 하였다. 이런 제물을 바치는 것은 그런 惡獸나 惡鳥를 없애려는 뜻일 것이다.

877 題云敬同 - 題는 題目. 敬은 상대방에 대한 공경의 의미로 붙이는 일종의 접두사이다. 同은 같은 제목이라는 의미. 和答詩에 보인다. 唐代에는 보통 〈和~〉라 하였다. (例; 杜審言의 〈和晋陵陸丞早春遊望 진릉 육승의 '早春遊望'에 화답하다.〉 쏙參(잠삼)의 〈奉和中書舍人賈至早朝大明宮〉 등.)

878《孝經》全書는 1,800여 字로 儒家 十三經 중 분량이 가장 적지만 독립된 경전이다. 일반적으로 曾子의 저술로 알려졌지만, 공자 제자들의 여러 언행을 秦, 漢 시절에 儒者의 저작이라고 인정된다.

知是耶非).' 하였고,⁸⁷⁹ 殷澐(은운)의 詩에서는 '바람에 雲母의 배가 흔들린다(飆揚雲母舟).'고 하였다.⁸⁸⁰ 이에 대하여 簡文帝(간문제)⁸⁸¹는 '費旭은 그 아버지인지 아닌 가를 모르고, 殷澐(은운)은 그 어미를 흔드는구나!'라고 말했다. 이런 사례는 모두 옛일이라서 꼭 받아들일 것은 아니다.

(그러나) 世人 중에 혹《詩經》의 「伐鼓淵淵(벌고연연, 북을 둥둥치네)」라는 구절을 끌어다 쓰는 사람도 있고,⁸⁸² 《宋書》에서는

---

879 費旭(비욱)은 人名이니, 악부시를 잘 지은 費昶(비창)이어야 한다는 주석이 있다. 詩句는 '옳은 지 그른 지를 알지 못하다(不知是耶非).'는 뜻이지만, 耶(어조사 야)는 아버지를 호칭하는 말로 보통 쓰인다. 그러니 간문제가 '아버지인지 아닌지를 모른다.'는 뜻으로 해석될 수 있다고 지적하였다.

880 殷澐(은운)은 人名이다. '바람이 雲母로 장식한 배를 흔든다(飆揚雲母舟).'는 뜻이지만 飆(불어오는 바람 요)가 구름을 날리고 어머니와 배를 흔든다는 뜻의 느낌이 있을 수 있다는 지적이다.
雲母는 대리석의 일종으로 광물 이름인데, 중국인들은 이 운모에서 구름이 생겨난다고 믿었다. 또 운모를 長服하면 몸이 가벼워져 神仙처럼 나를 수 있다고 생각했다. 귀족들은 이런 운모로 병풍을 장식하였다.

881 梁 簡文帝 蕭綱(소강, 字는 世讚) - 梁 武帝 蕭衍(소연)의 第三子, 昭明太子 蕭統의 同母弟. 재위 449 - 451년.

882 원문《詩》「伐鼓淵淵」-《詩經 小雅 采芑(채기)》의 구절. '伐鼓淵淵'은 북소리를 둥둥 울리다. 淵淵은 북소리라는 주석이 있다. 여기서 伐鼓의 反切音이 腐骨(죽은 자의 썩은 뼈)로 들릴 수 있다는 주석이 있다. 우리말소리와 다르기에 상세한 설명은 생략

'屢游(누유)'라는 말의 뜻을 비난하였으니,[883] 이와 같은 사례는 모름지기 피하기 바란다.[884]

北面하며 양친을 모시는 사람이, 외삼촌을 보내면서(別舅)〈渭陽(위양)〉이라고 읊거나,[885] 집에 연노하신 부모님을 모시는 사람이 兄을 떠나보내면서 桓山(환산)의 슬픔을 말한다면,[886] 이는 모

한다.

883 원문 屢游之誚 – 屢游(누유)는 '자주 놀러가다'. 그런데 이 말의 反切語의 뜻을 풀이하면, 원문과 전혀 다른 나쁘다는 뜻의 의미가 된다.

그래서 그런 글자를 쓰는 것이 좋지 않다는 안지추의 지적이다. 誚는 꾸짖을 초. 《宋書》가 아니라 宋玉이어야 한다는 장황한 주석이 있지만, 여기서는 생략한다.

884 원문 如此流比 – 如此(여차)는 이와 같은. 流比(유비)는 비슷한 종류(流輩比類).

885 원문 別舅擒〈渭陽〉之詠 – 舅는 외삼촌 구. 시아버지. 擒는 펼지. 펴다. 짓다. 〈渭陽〉之詠은 〈渭陽〉의 이별이라 읊다. 〈渭陽〉은 《詩經 秦風 渭陽》이다. 渭陽은 河水의 최대 지류인 渭水의 북쪽이니 秦이 일어난 곳이다. 《毛詩》序에 〈渭陽〉은 康公이 모친을 追念한 詩로 외삼촌을 보내면서 돌아가신 어머니를 그리워하는 시라고 하였다. 그러니 모친이 살아 계시다면, 이런 시의 구절이나 뜻을 인용할 수 없을 것이다. 저자 안지추는 글을 지을 때 그 典故를 확실하게 알고 지으라는 뜻이다. 어설프게 알고 함부로 인용하면 본 바닥을 드러내는 것이다.

886 원문 送兄賦桓山之悲 – 桓山之悲(桓山之鳥). 《孔子家語》에 있는 典故이다. 桓山(환산)의 새가 새끼 넷을 키워, 날개가 자라 사방으로 날아갔다. 그 어미 새가 슬피 울며 보냈다. 말하자면, 어미

두 큰 실수이다.

이는 하나의 작은 예이지만 그때그때(경우에 따라) 신중해야
한다.⁸⁸⁷

로서 자식을 떠나보내는 슬픔이다.

顔回가 부친상을 당한 사람의 울음소리를 들었다. 거기에는 부
친을 여윈 슬픔과 또 생이별의 슬픔이 있었다. 사연을 알아보니
부친상에 가난 때문에 아들을 팔아 장례를 치른다고 하였다. 안
지추는 아버지가 살아계신데, 兄과 이별하며 桓山의 슬픔을 말
할 수 없다는 뜻이다.

887 원문 觸塗宜愼 – 觸塗(촉도)는 處處. 곳곳에. 때에 따라. 경우에
따라. 宜는 마땅할 의. 觸은 닿을 촉. 塗는 길 도. 진흙.

126/ 詩文 비평

|原文| 江南文制, 欲人彈射, 知有病累, 隨即改之, 陳王得
之於丁廙也.

山東風俗, 不通擊難. 吾初入鄴, 逐嘗以此忤人, 至今爲
悔. 汝曹必無輕議也.

|국역| 江南 지역에서의 문장을 지으면 다른 사람이 비평케 하
여[888] 잘못된 곳을 알아 그에 따라 고쳤으니, 옛날 陳王(陳 思王,
曹植)도 丁廙(정이)의 비평을 받아들이었다.[889]

그러나 山東의 풍속에 남의 비평은 통하지 않았다.[890] 내가 처
음 북쪽 (齊의 도읍) 鄴縣(업현)에 살면서 (남의 글에 대한 비평으
로) 남의 뜻을 거슬렀던 일〔忤人, 忤(거스를 오)〕은 지금도 후회가

---

888 원문 江南文制, 欲人彈射 – 文制는 製文(제문). 글을 짓다. 製는
制와 通. 欲은 희망하다. 人은 타인. 彈射(탄사)는 비평하다. 지적
하다.

889 丁廙(정이, 廙는 공경할 이), 丁儀(정의, 字는 正禮) 형제는 沛郡(패군)
사람이다. 정의의 부친 丁沖(정충)은 曹操(孟德)와 오래전부터 가
까웠다. 曹植은 재능으로 조조의 총애를 받았고, 丁儀(정의), 丁
廙(정이), 鷄肋(계륵)의 사나이 楊脩(양수) 등은 曹植의 羽翼(우익)
이었다.

890 원문 不通擊難 – 擊難(격난)은 攻擊(공격)하다. 責難(책난)하다.

된다. 너희들은 필히 함부로 남의 글을 품평하지 말라.

127/ 代作의 어려움

|原文| 凡代人爲文, 皆作彼語, 理宜然矣.

　至於哀傷凶禍之辭, 不可輒代. 蔡邕爲胡金盈作〈母靈
表頌〉曰,'悲母氏之不永, 然委我而夙喪.'又爲胡顥作其
父銘曰,'葬我考議郎君.'〈袁三公頌〉曰,'猗歟我祖, 出
自有嬀.'

　王粲爲潘文則〈思親詩〉云,'躬此勞悴, 鞠予小人. 庶
我顯妣, 克保遐年.'而並載乎邕,粲之集, 此例甚衆. 古人
之所行, 今世以爲諱.

　陳思王〈武帝誄〉, 遂深永蟄之思. 潘岳〈悼亡賦〉, 乃愴
手澤之遺, 是方父於蟲, 匹婦於考也. 蔡邕〈楊秉碑〉云,
'統大麓之重.'潘尼〈贈盧景宣詩〉云,'九五思龍飛.'孫
楚〈王驃騎誄〉云,'奄忽登遐.'陸機〈父誄〉云,'億兆宅
心, 敦敘百揆.'姊誄云,'倪天之和.'今爲此言, 則朝廷之
罪人也. 王粲〈贈楊德祖詩〉云,'我君餞之, 其樂洩洩.'
不可妄施人子, 況儲君乎?

|국역| 무릇 다른 사람을 위해 글을 지을 때는 모두 그쪽(상대
방)의 語氣(어기)로 써야 이치에도 맞는다.

애사에 애도하는 글의 대작(대신 써주다)을 쉽게 수락해서는
안 된다. (후한 말의) 蔡邕(채옹)은 胡金盈(호금영)을 위하여 〈母靈
表頌(모령표송)〉을 지었는데, '母氏(모씨 : 어머님)의 不永(영원히 살
지 못하다)을 슬퍼하나니, 나를 버리고 일찍 돌아가셨네.' 라[891] 하
였고, 또 胡顥(호호)를 위하여 그 부친의 銘文(명문)을 지었는데,
'나의 아버지〔我考(아고)〕議郎君(의랑군)을 장례한다.' 고 하였으
며, 〈哀三公頌(애삼공송)〉에서는 '아름답구나! 나의 선조여! 嬀姓
(규성)에서 갈라 나왔네.' 라고 하였다.[892]

王粲(왕찬)은 潘文則(반문칙)을 위한 〈思親詩(사친시)〉에서, '몸
소 이리 큰 고생하시며 우리 어린 자식을 키우셨다. 나의 어머니
시여! 오래오래 편하십시오.' 라 하였다.[893] 이런 글들은 모두 채
옹과 왕찬의 문집에 들어있는데, 이런 예는 아주 많다. 이러한 고
인의 행적을 오늘날에는 꺼리면서 피한다.

陳思王〔진 사왕 : 曹植(조식)〕의 〈武帝誄(무제뢰)〉[894]에서 '이에

---

891 원문 然委我而夙喪 – 자식이 제 어머니를 母氏라 지칭할 수는 없
　　을 것이다. 委我는 나를 버려두다. 夙은 일찍 숙. 喪은 죽다. 잃다.

892 원문 猗歟我祖, 出自有嬀 – 猗歟(의여)는 아름답도다. 猗는 아름
　　다울 의. 歟는 감탄사. 嬀(규)는 성씨 규.

893 원문 躬此勞悴, 鞠予小人. 庶我顯妣, 克保遐年. – 躬은 몸 궁. 몸
　　소. 勞悴는 고생. 勞는 힘쓸 로(노). 悴는 파리할 췌. 병이 들다.
　　鞠은 기를 국. 국문하다. 顯妣(현비)는 돌아가신 어머니. 遐는 멀
　　하. 遐年은 오래오래.

894 〈武帝誄(무제뢰)〉 – 조조의 공식 지위는 漢 황제의 제후로 魏王

영원히 蟄伏(침복)하실 것이라 깊이 생각한다.' 고[895] 하였다. 潘
岳(반악)은 〈悼亡賦(도망부)〉에서 손때가 묻은 유품을 슬퍼한다
고 하였으니,[896] 부모를벌레〔蟲(충)〕에, 또 죽은 아낙네에 비유하
였다. 蔡邕(채옹)의 〈楊秉碑(양병비)〉에서는 '나라 祿位(녹위)의
重任(중임)을 통할하였다.' 고[897] 하였다. 潘尼(반니)는 〈贈盧景宣
詩(증노경선시)〉에서 '九五의 重位(중위)에서 龍飛(용비)를 생각하
였다.' 고 하였으며,[898] 孫楚(손초)란 사람은 〈王驃騎誄(왕포기뢰)〉
에서 '갑작스레 홀연히 먼 길을 떠나셨다.' 고 하였다.[899] 陸機(육

이었다. 曹조(조비)가 魏王을 계승했다가 帝位에 오르면서 武帝
로 추존했다. 《三國演義》에서는 78회 〈治風疾神醫身死 傳遺命
奸雄數終〉에 조조의 죽음이 묘사되었다. 조조는 자신의 진짜 무
덤을 포함하여 "72개의 疑塚(의총)을 만들어 후세 사람이 자신이
묻힌 곳을 알지 못하게 하라."고 유언하였다(遺命設立疑塚七十
二 勿令後人之吾葬處). 이는 후인의 발굴을 두려워했기 때문이
다.

895 원문 遂深永蟄之思 – 永蟄之思는 '벌레가 영원히 잠들 것이라는
생각'이라 풀이할 수 있다. 蟄은 숨을 칩. 벌레의 겨울잠. 선친의
죽음을 벌레의 겨울잠으로 표현했다.

896 원문 乃愴手澤之遺 – 愴은 슬퍼할 창. 手澤은 손때. 평상시 사용
하던 가구.

897 원문 統大麓之重 – 나라의 祿位(녹위)에 관계되는 일을 총괄하였
다. 麓은 산비탈 록. 麓은 祿과 通. 祿位.

898 원문 九五思龍飛 – 乾爲天(☰☰)의 九五는 君主의 자리이며, 그
爻辭(효사)는 '飛龍在天하니 利見大人이다.' – 이런 말을 함부로
쓸 수 없다.

기)는 〈父誄(부뢰)〉에서, '億兆(억조) 萬民(만민)이 歸心(귀심)하고 백관을 화목케 하였다.' 라고[900] 했으며, 누이〔姊(자)〕의 誄文(뇌문)에서는 '天女(천녀)와도 같았다.'[901] 하였으니, 지금 이런 글을 쓴다면 조정의 죄인이 된다.

王粲(왕찬)은 〈贈楊德祖詩(증양덕조시)〉에서 '我君(아군)께서 그에게 술과 음식을 대접하여 길을 떠나게 하셨으니, 그 마음이 몹시 즐겁다.' 하였는데,[902] 이는 타인의 자녀에게도 쓸 수 없는데, 하물며 儲君(저군, 太子)에게[903] 쓸 수 있겠는가?

---

899 원문 奄忽登遐 - 奄은 가릴 엄. 문득. 갑자기. 忽은 홀연히. 遐는 멀 하. 登遐는 먼 길을 떠나다. 登假(등가)와 통. 登遐는 본래 죽음을 뜻하는 말이지만 나중에는 천자의 죽음을 의미하는 말이 되었다.

900 원문 億兆宅心, 敦敍百揆 - 億兆(억조)는 萬民. 宅心은 歸心. 敦敍(돈서)는 敦序와 同. 親睦케 하고 和順케 하다. 百揆(백규)는 百官.

901 원문 倪天之和 - 倪는 비유할 견. 염탐할 현. 倪天之和(견천지화)는 妹. 하늘의 소녀와 같았다는 뜻. 《詩經 大雅 大明》 '大邦有子하니 倪天之妹라.' 는 구절이 있다.

902 원문 我君餞之 其樂洩洩 - 楊德祖는 鷄肋(계륵) 때문에 죽은 楊修(양수). 我君은 文理上 曹操를 지칭한다는 주석이 있다. 이 말은 본래 모친과 반역했던 아들의 화해를 설명하는 뜻이라 하였다. 餞은 전별할 전. 주식을 대접하여 가는 사람을 보내다. 餞筵(전연)은 송별연(送別宴). 洩洩(설설)은 몹시 화락한 모양. 洩은 샐 설 (泄과 通).

903 원문 不可妄施人子, 況儲君乎? - 人子는 자녀. 儲君(저군)은 太

子. 儲는 쌓을 저. 버금.

128/ 輓歌(만가)

|原文| 輓歌辭者, 或云古者〈虞殯〉之歌, 或云出自田橫
之客, 皆爲生者悼往告哀之意. 陸平原多爲死人自嘆之言,
詩格旣無此例, 又乖制作本意.

|국역| 輓歌(만가) 가사에 대하여 혹자는 옛날 〈虞殯(우빈)〉의
가사에서[904] 나왔다 말하고, 或(혹)은 〔漢初(한초)〕田橫(전횡)[905]
의 門客(문객)에서 시작되었다고 하는데, 모두 生者(살아있는 자)
가 죽은 자를 위하여 슬픔을 표시하는 뜻이다.

　陸平原〔육평원, 陸機(육기), 平原內史(평원내사) 역임〕의 만가에는 死
人(사인)이 自嘆(자탄:스스로 탄식하다)하는 말이 많은데,[906] 詩格

---

904 원문 或云古者〈虞殯〉之歌 - 〈虞殯〉은 輓歌의 名. 虞는 헤아릴
　　우. 산지기. 殯은 염할 빈. 시신을 수습하는 일. 輓은 (수레를) 끌
　　만. 당기다. 輓歌는 葬送曲(장송곡).

905 田橫(전횡, ?-前 202)은 田齊의 宗室. 秦漢 교체기에 齊國의 宰相
　　을 역임하고, 齊王으로 自立하였으나 패전하고 海島(今 山東省
　　田橫島)로 숨었다. 漢高祖 劉邦의 압박에 田橫이 不屈하고 자살
　　하니, 그의 門客 500여 명이 모두 主君을 위해 자결했다.《漢書》
　　33권,〈魏豹田儋韓王信傳〉에 입전.《史記·田儋列傳》참고. '有
　　反歲나 我行無歸年이라.' 며 자탄하는 구절이 있다.

906 死人自嘆 - 陸機의 輓歌詩 '人往有反歲나 我行無歸年이라.' 며
　　자탄하는 구절이 있다.

(시격)에도 이런 예가 없으며, 또 지은 뜻과도 어긋난다.⁹⁰⁷

---

907 自作 輓歌의 대표작은 陶潛(도잠, 陶淵明)의 〈挽歌詩〉이다.
「荒草何茫茫, 白楊亦蕭蕭. 嚴霜九月中, 送我出遠郊.
四面無人居, 高墳正嶕嶢. 馬爲仰天鳴, 風爲自蕭條.
幽室一已閉, 千年不復朝. 千年不復朝, 賢達無奈何.
向來相送人, 各已歸其家. 親戚或餘悲, 佗人亦已歌.
死去何所道, 託體同山阿.」
《文選》28권 수록. 도연명은 또 〈自祭文〉도 지었다.

129/ 일관된 主題

|原文| 凡詩人之作, 刺箴美頌, 各有源流, 未嘗混雜, 善惡
同篇也.

陸機爲〈齊謳篇〉, 前敍山川物産風敎之盛, 後章忽鄙山
川之情, 殊失厥體. 其爲〈吳趨行〉, 何不陳子光,夫差乎?
〈京洛行〉, 胡不述赧王,靈帝乎?

|국역| 모든 시인의 작품에서 풍자, 충고〔箴言(잠언)〕, 찬미, 頌
祝(송축)은 각각 그 원류가 있으니, (이런 내용이) 한 작품에서 뒤
섞이거나 선악을 함께 다룬 적은 없었다.

陸機(육기)의 〈齊謳篇(제구편)〉[908]에서, 앞부분에서는 山川(산천)
과 物産(물산)과 風敎(풍속과 교화)의 성대함을 서술하였으나 뒷
부분에서는 갑자기 山川의 風情(풍정)을 비하하였으니 그 체제를
(主題) 완전히 상실하였다. 그리고 〈吳趨行(오추행)〉을 지으면서
어찌 子光(자광 : 公子 光)과 夫差(부차)를 서술하지 않았는가?[909] 〈京

---

908 〈齊謳篇〉-〈齊謳行(제구행)〉. 謳는 노래할 구. 樂府雜曲歌辭名.
齊나라의 여러 모습을 서술. 정직, 성실한 생활을 강조한 내용이
라는 주석이 있다.

909 원문 其爲〈吳趨行〉, 何不陳子光,夫差乎?-육기의 글. 〈吳趨行〉
은 吳人의 吳의 풍속에 대한 서술. 趨는 달릴 추. 걷다. 子光〔자

洛行(경락행)〉⁹¹⁰에서는 어찌 〔東周(동주)의 마지막인〕 赧王(난왕)
과 〔後漢(후한)의〕 靈帝(영제, 獻帝의 父)를 함께 서술하지 않았는
가?

　　광, 吳王 闔閭(합려)〕은 夫差(부차)의 父親. 夫差는 부국강병을 이룩
　　하여 월왕 구천의 항복을 받았지만, 결국 伍子胥(오자서)의 충고
　　를 수용하지 못하고 오만방종으로 몰락한다. 子光과 夫差에 관
　　한 사실의 서술이 없지만 주제에서 벗어나지는 않았다는 주석도
　　있다.
910 〈京洛行〉 - '京都인 洛陽의 노래'란 뜻.

130/ 典故의 바른 인용

|原文| 自古宏才博學, 用事誤者有矣.

　百家雜說, 或有不同, 書儻湮滅, 後人不見, 故未敢輕議之. 今指知決紕繆者, 略舉一兩端以爲誡.

　《詩》云, 「有鷕雉鳴.」 又曰, 「雉鳴求其牡.」 《毛傳》亦曰, 「鷕, 雌雉聲.」 又云, 「雉之朝雊, 尙求其雌.」 鄭玄注《月令》亦云, 「雊, 雄雉鳴.」 潘岳賦曰, 「雉鷕鷕以朝雊.」 是則混雜其雄雌矣.

　《詩》云, 「孔懷兄弟.」 孔, 甚也, 懷, 思也, 言甚可思也. 陸機 〈與長沙顧母書〉, 述從祖弟士璜死, 乃言, '痛心拔腦, 有如孔懷.' 心旣痛矣, 卽爲甚思, 何故方言有如也? 觀其此意, 當謂親兄弟爲孔懷. 《詩》云 「父母孔邇.」 而呼二親爲孔邇, 於義通乎?

|국역| 自古로, 큰 재능에〔宏才(굉재)〕博學(박학)하더라도 典故(전고)를 잘못 사용하는 사람이 있다.[911]

　諸子百家(제자백가)의 여러 주장이 서로 다르고 서적이 혹시 湮

---

911 원문 用事誤者有矣 – 用事는 故事를 인용하다. 典故. 典據(전거)가 되는 故事.

滅(인멸)되어[912] 後人(후인)이 못 볼 수도 있으니 경솔하게 정할 수
는 없을 것이다. 여기서 확실한 오류임을 알 수 있는[913] 대략 한
두 가지 예를 들어 警戒(경계)로 삼고자 한다.

《詩經 邶風(시경 패풍) 匏有苦葉(포유고엽)》에서는 「꾸룩꾸룩 암
꿩이 우네.」라 하였고, 또 「꿩이 울며 그 수컷을 찾는다.」 하였으
며,[914] 《毛傳(모전)》[915]에서도, 「鷕(울 요)는 암꿩〔雌雉(자치), 까투
리〕의 소리〔聲(성)〕」라고 하였다. 또 말하길, 「꿩은 아침에 울어

912 원문 書儻湮滅 - 儻은 빼어날 당. 혹시. 갑자기. 湮滅(인멸) 잠기
거나 없어지다. 흔적도 없이 사라지다. 湮은 물에 잠길 인.

913 원문 今指知決紕繆者 - 紕는 의복의 가장자리 비. 錯(섞일 착)과
通. 繆는 잘못될 류(謬와 通). 얽을 무. 紕繆(비류)는 錯誤(착오).

914 원문《詩》云,「有鷕雉鳴.」又曰,「雉鳴求其牡.」-《詩經 邶風(패
풍)》중〈匏有苦葉(포유고엽)〉의 구절. 鷕는 울 유. 암꿩이 우는 소
리. 꿩꿩! 하며 큰 소리로 우는 것은 장끼(수꿩)이다. 암꿩은 꾸
룩꾸룩! 하는데, 사실 그 울음소리가 크게 들리지 않는다. 雉는
꿩 치. 鳴은 울 명. 牡는 수컷 모.

915《毛傳》- 현존하는《詩經》이다. 毛公(모공, 毛萇)은 趙國 사람이
다. 毛公이라 할 때, 毛亨(모형)을 大毛公, 毛萇(모장)을 小毛公이
라 칭한다.《詩》는《詩三百》으로 통칭. 漢朝에서 유학이 강조되
면서《詩經》이라 불렸다.《詩經》은《齊詩》,《魯詩》,《韓詩》가 있
었다. 지금 전하는《詩經》은 魯國 毛亨(모형)과 漢朝의 毛萇(모장)
이 주석한《詩經》으로《毛詩》라고도 불린다.《毛詩》는 古文經으
로《齊詩》,《魯詩》,《韓詩》와 같이 28권이나《毛詩》에는〈序〉1
권이 별도로 있었다는 주석이 있다. 우리 조상들은 朱子가 註釋
한 毛詩, 곧《詩經集註》를 읽었다.

여전히 그 암컷을 찾는다.」고 하였다.⁹¹⁶ 鄭玄(정현)의 예기《月令(월령)》注에서도⁹¹⁷ 역시「雊(구)는 수꿩〔雄雉(웅치)〕의 울음소리이다〔鳴(명)〕.」라고 하였다. 그런데 潘岳(반악)의 賦(부)에서는(〈射雉賦(사치부)〉)「꿩(雉)이 꾸룩꾸룩하며〔鷕鷕(요요)〕아침에 울어댄다〔朝雊(조구)〕.」하였으니, 그 수컷과 암컷의 울음소리를 혼동하였다.⁹¹⁸

《詩》에서는,「형제를 매우 그리워한다.」하였는데,⁹¹⁹ 孔(공)은

---

916 원문「雉之朝雊, 尙求其雌.」- 雊는 장끼가 울 구. 尙은 오히려. 여전히. 雌는 암컷 자.

917 鄭玄(정현, 서기 127 - 200년, 字는 康成)은 北海郡 高密縣 사람이다. 정현은 젊어 鄕의 嗇夫(색부)였는데, 휴가일에는 늘 學官에 나갔고 색부의 일을 즐겨하지 않았기에 부친이 여러 번 화를 내었지만 금할 수 없었다. 결국 太學에 가서 受業을 받았는데 京兆人 第五元先(제오원선)을 사부로 모시고《京氏易》,《公羊春秋》,《三統曆》,《九章算術》등에 능통하였다.

정현은 山東에서 더 배울 사람이 없다 하여 서쪽으로 關中에 들어가서 涿郡(탁군)의 盧植(노식)과 함께 右扶風의 馬融(마융)을 스승으로 섬겼다. 後漢 말기 난세에 오로지 학문의 등불을 밝히려 애를 썼던 사람이다. 그의 명성은 그가 벼슬길을 기웃거리지 않았고 학문의 길만을 걸었기에 얻은 명성이니, 그 경력 자체가 당시로서는 특이하고 또 어려운 일이었다.《後漢書》35권,〈張曹鄭列傳〉에 立傳.《月令》은《禮記 月令》.《禮記》의 한 편명.

918 원문 雉鷕鷕以朝雊 - 鷕는 꿩 암컷의 울음소리 유. 雊는 꿩 수컷의 울음소리 구.

919 원문《詩》云,「孔懷兄弟.」-《詩經 小雅 常棣(상체)》에서는「兄弟

심하다〔甚也(심야)〕의 뜻이고, 懷(회)는 생각하다〔思也(사야)〕이니, 매우 많이 생각하다는 뜻이다. 그러나 陸機(육기)의 〈與長沙顧母書(여장사고모서)〉에서는 從祖(종조)의 아우인〔再從(재종)〕士璜(사황)이 죽었을 때, '아픈 마음이 뇌를 찢는 듯, 孔懷(공회)와 같다.'고[920] 서술하였는데, 마음이 이미 아프다면〔心旣痛矣(심기통의)〕곧 많이 생각한 것인데, 왜 여기에 무엇 때문에 '~와 같다'고 하였는가? 그 (문장의) 의미를 찾아보면 친형제를 孔懷(공회)라 한 것 같다.[921] 또《詩經》에서는 「父母님이 아주 가까이 계시다.」하였으니,[922] 兩親(양친 : 二親)을 孔邇(공이)라고 지칭한다면 그 뜻이 통하겠는가?

| 原文 |《異物志》云,「擁劍狀如蟹, 但一螯偏大爾.」何遜

孔懷.」로 되어 있다. 孔은 구멍 공. 매우, 심히. 懷는 품을 회. 생각하다.

920 원문 '痛心拔腦, 有如孔懷.' – 拔腦(발뇌)는 뇌를 뽑아내다. 머릿속을 찢듯.

921 원문 當謂親兄弟爲孔懷 – 孔懷는 본래 親兄弟라는 의미가 없는 말이나, 陸機는《詩經》의 구절을 해석하며 자기 마음대로 孔懷 = 親兄弟라는 의미를 부여했다는 뜻이다.《千字文》에도 '孔懷兄弟 同氣連枝'라는 구절이 있다.

922 원문《詩》云「父母孔邇.」–《詩經 周南 汝墳(여분)》. 孔은 심할 공. 邇는 가까울 이.

詩云,「躍魚如擁劍.」是不分魚蟹也.

《漢書》,「御史府中列柏樹, 常有野鳥數千, 棲宿其上, 晨去暮來, 號朝夕鳥.」而文士往往誤作烏鳶用之.

《抱朴子》說項曼都詐稱得仙, 自云,「仙人以流霞一杯與我飲之, 輒不饑渴.」而簡文詩云, '霞流抱朴碗.' 亦猶郭象以惠施之辨爲莊周言也.

《後漢書》,「囚司徒崔烈以鋃鐺鎖.」鋃鐺, 大鎖也, 世間多誤作金銀字. 武烈太子亦是數千卷學士, 嘗作詩云, '銀鎖三公脚, 刀撞僕射頭.' 爲俗所誤.

|국역| 《異物志(이물지)》[923]에 말하기를,「擁劍(옹검)은 그 모습이 게〔蟹(해)〕와 비슷한데, 다만 그 집게발이 유난히 크다.」고 하였다.[924] 〔南朝 梁(남조 양)의 시인〕何遜(하손)이란 사람의 詩(시)에「뛰어오르는 물고기가 擁劍(옹검) 같다.」하였으니, 이 구절은 물고기와 게를 구분하지 못한 것이다.

---

923 《異物志》 - 後漢의 楊孚(양부, 생졸년 미상, 字는 孝元, 章帝 和帝 時)가 撰(찬)한 일종의 博物志.

924 원문「擁劍狀如蟹, 但一螯偏大爾.」 - 擁은 안을 옹. 껴안다. 蟹는 게 해. 갑각류. 擁劍(옹검)은 게의 한 종류. 螯는 게의 집게발 오. 偏은 치우칠 편. 爾는 너 이, 그러할 이. 이와 같이. 형용하는 말 (然).

《漢書 朱博傳(한서 주박전)》[925]에 「御史府(어사부) 안에 잣나무를 줄지어 심었는데, 늘 들까마귀 수천 마리가 그 나무에서 잠을 자고서, 아침에는 날아 떠나갔다가 저녁이면 돌아오기에 朝夕鳥(조석조)라 불렀다.」고 하였는데, 문사들은 가끔 까마귀를 솔개〔鳶(연)〕로 잘못 쓴다.

《抱朴子(포박자)》[926]에서는 項曼都(항만도)가 거짓으로 신선이 되었다면서 스스로 「仙人(선인)이 流霞酒(유하주) 한 잔을 내게 주어 마셨더니〔一杯與我飮之(일배여아음지)〕, 갑자기 饑渴(기갈)이 없어졌다.」고 하였다. 그런데 簡文帝(간문제)의 詩(시)에서는, '霞流酒(유하주)가 담긴 抱朴子(포박자)의 잔〔碗(완)〕'이라 하였으니, 이는 郭象(곽상)[927]이 惠施(혜시)[928]의 변설을 莊周〔장주, 莊子(장자)〕의 말이라 한 것과 똑같다.

---

925 朱博(주박, ?-前 5년) - 유능한 지방관으로 승상까지 올랐으나 죄를 짓고 자살. 《漢書》83권, 〈薛宣朱博傳〉. 常有野鳥數千은 지금 통용되는 《漢書》에는 '野鳥'로 되어 있다.

926 《抱朴子》- 東晉 시대 葛洪(갈홍)의 저술. 뒷날 道敎의 經典이 되었다. 그중 〈內篇〉이 道家 思想과 丹道 수련 방법을 설명하고 있다. '抱朴'은 《老子》의 '見素抱樸, 少私寡慾'에서 나왔다. 葛洪 본인이 抱朴子로 自號하며 지은 書名이다.

927 郭象(곽상, ?252-312년, 字는 子玄) - 西晉 哲學者, 玄學者(道家人).

928 惠施(혜시, ?前 370-310년) - 戰國 시대 宋國人. 莊子와 같은 시대 인물. 《莊子》에 혜시의 담론이 많이 들어있다. 〈天下篇〉 속의 '歷物十事', 〈秋水篇〉의 '濠梁之辯' 등이 그 예이다.

《後漢書》에서는 「司徒(사도)인 崔烈(최열)을 잡아두고 쇠사슬로 묶었다.」하였는데,[929] 鋃鐺(낭당)은 큰 쇠사슬이나, 세간에서는 鋃(낭)을 金銀의 銀(은)자로 글자를 잘못 쓴다.

武烈太子(무열태자)[930] 이 분 역시 수천 권을 읽은 學士(학사)인데도, 그전에 시를 지으면서 '三公(삼공)의 다리〔脚(각)〕에 銀(은)족쇄를 채우고, 칼로 僕射(복야)의 머리를 내리쳤다.'고 하여 세속인처럼 착오를 범했다.

---

929 《後漢書》「囚司徒崔烈以鋃鐺鎖.」-崔烈(최열)은 《後漢書》 52권, 〈崔駰列傳〉에 附傳. 司徒인 崔烈(최열)을 가둬두고 쇠사슬을 채웠다. 鋃은 쇠사슬 낭(랑). 鐺은 쇠사슬 당. 鎖는 쇠사슬 쇄.

930 武烈太子(무열태자)-梁 元帝의 長子 蕭方等(소방등, 字는 實相). 남방을 원정하다가 패전하고 溺死(익사)하였다.

131/ 文章의 지리적 지식

|原文| 文章地理, 必須愜當. 梁簡文〈雁門太守行〉乃云,
'鵝軍攻日逐, 燕騎盪康居, 大宛歸善馬, 小月送降書.'

肖子暉〈隴頭水〉云, '天寒隴水急, 散漫俱分瀉, 北注
徂黃龍, 東流會白馬.' 此亦明珠之纇, 美玉之瑕, 宜愼之.

|국역| 文章(문장)에서 地理(지리)에 관한 내용은 필히 사실과 합당해야 한다.[931]

梁 簡文帝(양 간문제)의 〈雁門太守行(안문태수행)〉[932]에서 읊었다.

'거위 陣法(진법)으로 (흉노) 日逐王(일축왕)을 공격하고,

燕(연)의 騎兵(기병)으로 (서역) 康居國(강거국)을 소탕하였다.

(서역) 大宛國(대원국)에서 좋은 말을 보내오고,

小月氏族(소월지족)은 降書(항서: 항복 문서)를 보내왔다.'[933]

---

931 원문 必須愜當. – 必須(필수)는 모름지기. 愜은 마음이 쾌할 협.
맞다. 합당하다. 愜當(협당)은 도리에 맞다.

932 〈雁門太守行〉– 雁門(안문)은 漢代의 郡名. 治所는 善無縣, 今 山
西省 북부 朔州市(삭주시) 右玉縣이다. 〈雁門太守行〉은 樂府詩
相和歌의 詩題이다. 唐나라 시인 李賀(이하, 790 – 816년. 별호 詩
鬼)의 〈雁門太守行〉이 유명하다.

933 이 시는 簡文帝의 詩가 아니고, 梁 褚翔(저상)의 詩라는 주석이
있다. 이 詩에 묘사된 나라 이름, 부족 이름 등 事跡이 일치하지

肖子暉(초자휘)⁹³⁴의 〈隴頭水(농두수)〉에서 읊었다.

차가운 날씨 隴水(농수)⁹³⁵는 빨리 흐르고,
질펀히 나뉘어 함께 세차게 흐른다.
북쪽에 쏟아져 黃龍城(황룡성)에 이르고
동쪽에 흘러서 白馬津(백마진)에 닿는다.⁹³⁶

이 모두가 明珠(명주)에 있는 흠결이고, 美玉(미옥)의 瑕疵(하자: 티)와 같은 것이니⁹³⁷ 응당 신중해야 한다.

않는다. 나라와 지리적 관계 등 상세한 설명은 생략한다. 鵝는 거위 아. 日逐(일축)은 흉노 부족장급의 칭호. 燕(연)은 지명. 지금의 북경시 일대를 지칭. 盪은 씻을 탕. 깨끗하게 정벌하다. 康居(강거)는 漢代 서역의 나라 이름. 大宛國은 서역의 국명, 名馬의 산출지. 小月은 小月氏族(소월지족). 宛은 나라 이름 원. 氏는 나라 이름 지.

934 肖子暉(초자휘, 字는 景光) – 梁의 詩人.

935 隴은 隴山(농산), 今 陝西省 서부의 甘肅省 경계 지역의 산. 六盤 산맥의 남쪽 부분.

936 이 시에서 언급한 표현이나 지명은 모두 과장에 의한 것이니, 꼭 지리적 위치나 거리 등 합리적 이해가 어렵다.

937 明珠之類, 美玉之瑕 – 類는 실마디 뢰. 실이 한번 엉킨 곳. 작은 결점. 瑕는 티 하. 玉의 티. 瑕疵(하자).

132/ 文外 絕唱 – 詩人 王籍(왕적)

|原文| 王籍〈入若耶溪〉詩云, '蟬噪林逾靜, 鳥鳴山更幽.' 江南以爲文外斷絶, 物無異議. 簡文吟詠, 不能忘之, 孝元諷味, 以爲不可復得, 至《懷舊志》載於〈籍傳〉.

范陽盧詢祖, 鄴下才俊, 乃言, "此不成語, 何事於能?" 魏收亦然其論.《詩》云,「蕭蕭馬鳴, 悠悠斾旌.」《毛傳》曰,「言不諠嘩也.」吾每嘆此解有情致, 籍詩生於此耳.

|국역| 王籍(왕적)[938]이 〈入若耶溪(입약야계)〉[939]란 詩에서 읊었다.

'매미 시끄러우니 숲이 더 조용하고〔蟬噪林逾靜(선조임유정)〕,

---

938 王籍(왕적, ?–540년?, 字는 文海) – 琅邪 臨沂縣(임기현) 출신. 南朝 齊, 梁의 관리, 시인. 부친 王僧祐(왕승우)는 南齊의 驍騎將軍. 七歲에 문장을 지었고, 才華(재화)가 뛰어나 謝靈運의 인정을 받았다. 當時 사람들이 謝靈運에게 王籍은 孔子에게 左丘明이, 老子에게 莊子가 있는 것과 같다고 하였다.

939 〈入若耶溪〉 – 若은 같을 약. 耶는 어조사 야. 若耶溪(약야계)는, 今 浙江省(절강성) 紹興市의 若耶山 기슭의 강물. 일명 浣沙溪(완사계). 西施(서시)가 비단을 빨래하던 냇물. 唐나라 綦毋潛(기무잠, 692–755, 字는 孝通. 綦毋는 복성)의 〈春泛若耶溪〉도 정말 멋진 시이다.

새들 지저귀나니 산은 더 유심하다〔鳥鳴山更幽(조명산갱유), 유심(幽深) : 깊숙하고 그윽함〕.'

(이 구절을 두고) 江南에서는 이 글보다 더 나은 것이 없다는 데에 異議(이의)가 없었다. 簡文帝(간문제)가 읊어보고는 잊을 수 없다 하였고, 孝元帝(효원제)가 감상하고서는, 다시 얻을 수 없는 표현이라 하여,《懷舊志(회구지)》의 〈王籍傳(왕적전)〉에 수록하였다.

范陽(범양)⁹⁴⁰의 〔文章家(문장가)인〕 盧詢祖(노순조)는 鄴縣(업현) 일대의 俊才(준재)인데, 이를 두고 "이 구절은 말이 안 되거늘, 무엇이 뛰어났는가?"라고 하였다. 魏收(위수) 역시 그런 말을 하였다.

《詩經》에「쓸쓸히 말이 울어대고, 깃발은 유유히 나부낀다.」고 하였다.⁹⁴¹ 이를《毛詩故訓傳(모시고훈전)》에서는「시끄럽지 않다는 뜻을 말했다.」고 하였다. 나는 늘 그 해석이 情趣(정취)가 있다고 감탄하였으니, 왕적의 시는 이런 의미일 것이다.

---

940 范陽(범양) - 地名 겸, 行政 區劃. 대략 지금의 河北省 중부 保定市와 北京市 일대. 때로는 범양과 幽州(유주)가 통용된다.

941《詩經 小雅 車攻》의 구절, 蕭蕭(소소)는 말의 울음소리. 悠悠(유유)는 길게 늘어진 모양. 旆는 기 패. 旌은 기 정.

133/ 완연한 정경

|原文| 蘭陵蕭愨, 梁室上黃侯之子, 工於篇什. 嘗有〈秋詩〉云, '芙蓉露下落, 楊柳月中疏.' 時人未之賞也. 吾愛其蕭散, 宛然在目.

潁川荀仲擧, 琅邪諸葛漢, 亦以爲爾. 而盧思道之徒, 雅所不愜.

|국역| 蘭陵(난릉)의 蕭愨(소각)은[942] 梁 皇室(양 황실) 上黃侯(상황후)의 아들인데, 詩歌(시가)에 뛰어났었다.[943] 일찍이〈秋詩(추시)〉를 지었는데,

'芙蓉(부용)은 이슬 속에 떨어지고,
楊柳(양류:버들)는 달빛 아래 듬성하다.' 고 하였다.[944]

---

942 원문 蘭陵蕭愨 – 蘭陵(난릉)은 郡國名. 西晉 惠帝 元康 원년(서기 291년) 설치. 今 山東省 남부 棗莊市(조장시) 동남 일대. 蕭愨(소각, 字는 仁祖)은 인명. 北齊人. 太子洗馬 역임. 愨은 삼갈 각.

943 원문 工於篇什 – 工은 匠人 공. 교묘하다. 일(事). 樂人(악인). 篇什(편십)은 詩作. 什은 열 십. 詩歌. 詩篇, 《詩經》〈雅〉와 〈頌〉의 詩를 10篇씩 묶어 한 권으로 구분하며 ○○之什이라 하였다. 例;〈小雅 鹿鳴之什〉,〈大雅 文王之什〉,〈周頌 淸廟之什〉등. 器物 집. 세간, 살림살이. 例 사무용 什器(집기).

944 원문 '芙蓉露下落, 楊柳月中疏' – 완벽한 對句이다. 芙蓉(부용, 연

그때 사람들이 이를 알아주지 않았다. 나는 그 한가하고, 고요한 정경을 좋아하였으니 눈에 宛然(완연)하였다.[945]

潁川郡(영천군)[946]의 荀仲擧(순중거, 字는 士高)와 琅邪郡(낭야군)[947]의 諸葛漢(제갈한)[948] 역시 그렇게 생각하였다. 그러나 〔隋(수)나라〕盧思道(노사도)[949] 등은 평소에〔雅(아)〕 그런 구절을 좋아하지 않았다.

꽃)과 楊柳(양류, 버들), 露와 月(月光). 下落과 中疏. 疏는 드물 소. 빽빽하지 않다. 버드나무 가지가 많지 않다는 뜻.

945 원문 吾愛其蕭散, 宛然在目. — 蕭散(소산)은 마음에 비워 멀리하다. 욕심이나 잡념을 없애 한가롭고 여유가 있다. 宛然(완연)은 뚜렷한 모양. 흡사하다. 宛은 굽을 완. 완연하다. 나라 이름 원, 작을 원.

946 潁川郡(영천군) - 潁은 강 이름 영. 潁水. 今 河南省 중앙부 許昌市 일원. 치소는 陽翟縣(양책현). 潁川을 흔히 穎川郡(이삭 영)으로 잘못 쓴다. 今 河南省 中部. 秦에서 唐代까지 郡名.

947 琅邪郡(낭야군) - 琅琊郡. 琅은 玉 이름 랑. 邪는 고을 이름 야, 어조사 야. 간사할 사. 琊는 땅이름 야, 今 山東省 동남부와 江蘇省 북부 지역에 해당. 바닷가 郡. 句踐(구천)의 古都. 郡治는 東武縣(琅邪縣). 今 山東省 濰坊市 관할 諸城市. 洛陽에서 1,500리.

948 荀仲擧(순중거)와 諸葛漢(제갈한)은《北齊書 文苑傳》에 立傳.

949 盧思道(노사도. 字는 子行) - 北齊, 北周, 隋代의 관원, 시인.

134/ 何遜(하손)의 詩

|原文| 何遜詩實爲淸巧, 多形似之言.

揚都論者, 恨其每病苦辛, 饒貧寒氣, 不及劉孝綽之雍容
也. 雖然, 劉甚忌之, 平生誦何詩, 常云, "‘蘧車響北闕’,
懂懂不道車." 又撰《詩苑》, 止取何兩篇, 時人譏其不廣.

劉孝綽當時旣有重名, 無所與讓, 唯服謝朓, 常以謝詩置
几案間, 動靜輒諷味. 簡文愛陶淵明文, 亦復如此.

江南語曰, ‘梁有三何, 子朗最多.’ 三何者, 遜及思澄, 子
朗也. 子朗信饒淸巧. 思澄游廬山, 每有佳篇, 亦爲冠絕.

|국역| 何遜(하손)⁹⁵⁰의 詩는 실제로 淸新(청신)하고 奇巧(기교)
하며 형상을 잘 그려낸 표현이 많다.

揚都〔양도, 建業(건업)〕의 論者(논자)들은 그의 詩가 늘 질병과 고

---

950 何遜(하손, 480–520년, 字는 仲言) – 梁代 東海郡 郯縣人. 8세에 作
詩, 20세에 秀才가 되었다. 沈約(심약)은 늘 何遜의 詩를 읽으면
서 ‘一日에 三復하나 그래도 그칠 수가 없다.’고 말했다. 시문에
서 劉孝綽(유효작)과 함께 ‘何劉’로 병칭되었다. 지금 그의 시 1
백여 首가 전한다. ‘밤비가 빈 계단에 떨어지고(夜雨滴空階), 새
벽 등불에 어둠이 방을 나간다(曉燈暗離室).’는 名句가 전한다.
沈德潛(심덕잠)은 하소의 시를 ‘情辭가 완연하고 평이한 말에 깊
이가 있다(情辭宛轉, 淺語俱深).’고 칭송하였다.

난, 빈곤과 추위를 한탄하였기에 劉孝綽(유효작)⁹⁵¹의 온화한 여유를 따라갈 수 없다고 하였다.

그렇지만 유효작은 하손을 싫어하면서도 평생 동안 하손의 시를 읽었다고 한다.

유효작은 늘 "蘧伯玉(거백옥)의 수레 소리가 北闕(북궐：궁궐의 북문)에 들린다 하였으니,⁹⁵² 이는 수레의 삐거덕거리는 시끄러운 소리이다."라면서 하손의 시를 혹평하였다. 또《詩苑(시원)》을 편찬하면서 하손의 시를 겨우 2편만 選錄(선록)하여 당시 사람들이 유효작의 좁은 속마음을 비난하였다.

劉孝綽(유효작)은 그 당시에 명성을 누리고 있어 다른 사람에게 (명성을) 양보하지 않았지만〔無所與讓(무소여양)〕, 오직 謝朓(사

---

951 劉孝綽(유효작, ?－539년, 名은 冉(염), 孝綽은 字. 綽은 너그러울 작. 字로 알려졌다.)－彭城(팽성, 今 江蘇省 북부 徐州市) 사람. 7세에 能文하여 神童으로 소문. 여러 관직을 역임하나 노모를 모시지 않았다 하여 탄핵, 파직. 복직하여 여러 관직을 역임, 시를 잘 지어 何遜(하손)과 함께 '何劉'로 병칭. 그의 여동생 劉令嫻(유영한)도 여류 시인으로 유명했다.《梁書 劉孝綽傳》에 입전.

952 蘧伯玉(거백옥)은 춘추시대 衛(위)나라의 賢人 大夫. 이름은 瑗(원), 伯玉은 字. 공자가 魯를 떠나 각국을 周遊할 때, 衛(위)에 가서는 蘧伯玉(거백옥)의 집에 머물렀다.《論語 衛靈公》子曰, "～君子哉蘧伯玉! 邦有道, 則仕, 邦無道, 則可卷而懷之."라 하여 거백옥의 인품을 칭송하였다. 거백옥은 수레를 타고 가다가 궁 앞에서는 수레에서 내려 걸어갔다. 이는 보는 사람이 없는 한밤에도 그러하였다.

조)[953]에게는 心服(심복)하여 늘 사조의 시를 책상에 두고 틈틈이 사조의 시를 음미하였다.

簡文帝(간문제)는 陶淵明(도연명)[954]의 문장을 좋아하여 역시 이와 같았다.

江南(강남) 지방에 전하는 말에 '梁代에 三何(삼하)가 있었고 그 중 子朗(자랑)의 詩가 가장 좋다.'고 하였으니, 三何(삼하)는 何遜(하손) 및 何思澄(하사징)[955]과 何子朗(하자랑)[956]이다.

하자랑의 시는 확실히 청신하고 기교가 뛰어난 시가 많았다. 하사징은 盧山(여산)[957]에 유람하면서 佳作(가작 : 잘된 작품)을 많

---

953 謝朓(사조, 464 - 499, 字는 玄暉)는 小謝(소사)라 통칭하는데, 宣城(선성) 태수를 역임하여 보통 '謝宣城'으로도 불린다. 남조의 저명한 산수 시인으로 竟陵八友(경릉팔우)의 한 사람이며, 謝靈運(사령운)과 함께 '大謝', '小謝'라 합칭한다.

954 陶潛(도잠, 陶淵明, 365 - 427) 彭澤令. 팽택현은, 今 江西省 九江市 관할의 彭澤縣. 今 江西省 최북단.

955 何思澄(하사징, 480年代 - 530年代, 字는 元靜) - 東海 郯縣人. 思澄은 少勤學하여 文辭에 능했다. 여러 관직을 역임하고 〈遊廬山詩〉를 지었다. 沈約(심약)이 크게 칭찬하였다. 그 시문이 典雅하고 生麗하였다. 《梁書 文苑傳》에 입전.

956 何子朗(하자랑) - 何思澄의 宗人. 字는 世明, 24세에 요절.

957 盧山(여산) - 江西省 북부 九江市에 있으며, 주위가 250리나 된다. 周 武王 때, 匡裕(광유) 형제들이 도술을 익히고 이곳에 오두막을 짓고 숨어살았으므로, 盧山(여산) 또는 匡廬(광려)라고 한다. 여산은 '雄(웅장), 奇(기이), 險(험준), 秀(수려)'로 유명하며, 보

이 지었고 역시나 남보다 뛰어났었다.

통 '匡廬奇秀甲天下(광려산의 기이함과 수려함은 天下의 으뜸이다.)'로 통한다. 여산은 長江의 남쪽, 중국 최대의 담수호인 鄱陽湖(파양호) 平原의 北部에 자리하고 香爐峯(향로봉) 등 유명한 봉우리가 많으며, 가장 높은 漢陽峯(한양봉)은 높이가 1,426미터나 된다. 廬山은 동시에 文化名山으로 중국 山水文化와 歷史的 축소판으로 東晉 이래 著名한 文人, 高僧, 政治人物들이 여기에 족적을 남겼다. 여산을 읊은 시가가 4,000여 수나 된다는 그들의 자랑이 꼭 과장만은 아닐 것이다. 司馬遷, 陶淵明, 王羲之, 慧遠(혜원) 이외에 李白, 白居易, 蘇東坡(소동파), 朱熹(주희)는 물론 蔣介石(장개석, 장제스), 毛澤東(마오쩌둥) 등이 모두 여산과 관련이 있다. 李白은 〈望廬山瀑布〉에서 "日照香爐生紫烟, 遙看瀑布挂前川. 飛流直下三千尺, 疑是銀河落九天."이라고 읊었다.

顔氏家訓(안씨가훈) (上)

초판 인쇄　2022년 3월　4일
초판 발행　2022년 3월 10일

원　　　저 | 안지추
역　　　주 | 진기환
발 행 자 | 김동구
디 자 인 | 이명숙 · 양철민
발 행 처 | 명문당(1923. 10. 1 창립)
주　　　소 | 서울시 종로구 윤보선길 61(안국동)
　　　　　　우체국 010579-01-000682
전　　　화 | 02)733-3039, 734-4798, 733-4748(영)
팩　　　스 | 02)734-9209
Homepage | www.myungmundang.net
E - mail | mmdbook1@hanmail.net
등　　　록 | 1977. 11. 19. 제1~148호

ISBN 979-11-91757-36-1 (04820)
ISBN 979-11-91757-35-4 (세트)
18,000원